Une vie plus belle

DIANE CHAMBERLAIN

Une vie plus belle

Roman

Titre original : THE GOOD FATHER

Traduction de l'américain par JEANNE DESCHAMP

© 2012, Diane Chamberlain.
© 2015, Harlequin SA

Publié avec l'aimable autorisation de MIRA.

Tous droits réservés, y compris le droit de reproduction de tout ou partie de l'ouvrage, sous quelque forme que ce soit.

Cette œuvre est une œuvre de fiction. Les noms propres, les personnages, les lieux, les intrigues, sont soit le fruit de l'imagination de l'auteur, soit utilisés dans le cadre d'une œuvre de fiction. Toute ressemblance avec des personnes réelles, vivantes ou décédées, des entreprises, des événements ou des lieux, serait une pure coïncidence.

MOSAÏC® est une marque déposée

Le visuel de couverture est reproduit avec l'autorisation de :

Enfant : © GETTY IMAGES/FLICKR STATE/ROYALTY FREE
Réalisation graphique couverteure : ATELIER D. THIMONIER

Tous droits réservés.

MOSAÏC, une maison d'édition de la société HARLEQUIN
83-85, boulevard Vincent Auriol, 75646 PARIS CEDEX 13
Tél. : 01 45 82 47 47
www.editions-mosaic.fr
ISBN 978-2-2803-3871-4 — ISSN 2261-4540

*Pour Nolan et Garrett, Claire et Olivia
qui ont la chance d'avoir de si bons pères!*

1. Travis

Raleigh, Caroline du Nord
Octobre 2011

Mon réveil indiquait 9 h 40 lorsque j'ai ouvert les yeux à l'arrière du fourgon. 9 h 40 ! *Et si Erin avait déjà quitté le café ? Et si elle n'était pas venue du tout ce matin ?* Ces incertitudes me rongeaient la tête pendant que je levais et préparais Bella. Ma fille avait rêvé de son petit mouton en peluche et voulait tout me raconter en détail, mais je ne parvenais à penser qu'à une seule chose pendant que je lui enfilais la tenue la plus propre dont je disposais encore en réserve : *Qu'est-ce que je fais si Erin n'est pas au Coup d'Envoi ?*

Au téléphone, hier, Roy m'avait assuré que je faisais le bon choix.

— Tu verras, mec, tu peux te ramasser un max de thune avec ce genre de combine.

J'ai revu la montre en or à son poignet. La Mustang rouge qu'il conduisait.

— J'en ai rien à cirer, de tes combines. Tout ce que je veux, c'est avoir de quoi nous nourrir, ma fille et moi, jusqu'à ce que je trouve un vrai boulot.

Je me sentais bête de lui tenir ce discours moraliste au téléphone. Ce gars était un crétin intégral, de toute façon.

— Pour l'instant, ouais, tu te dis que tu t'en fous. Mais

attends d'avoir commencé à palper de l'argent facile et on en reparlera, mon pote.

J'en avais assez entendu.

— C'est bon, Roy. Dis-moi juste où et quand tu veux qu'on se retrouve.

— On te rejoint vers 11 heures demain soir. Tu squattes toujours au même endroit ? Le parking devant le Target ?

— Oui. Toujours pareil.

— Tout ce que je te demande, c'est d'avoir assez d'essence dans ton fourgon pour faire l'aller-retour jusqu'à la frontière de la Virginie.

Roy avait coupé là-dessus.

Il me restait donc une journée complète pour flipper au sujet de ma décision. Et si tout se passait comme prévu, je n'aurais même pas Bella avec moi pour me distraire de mes angoisses. A cette pensée, le nœud dans ma poitrine s'est resserré. Je ne savais pas comment je trouverais la force de me séparer de ma fille. Si ce n'est dans la certitude qu'Erin était une femme cent pour cent fiable. Je l'avais perçu tout de suite. Et Bella était en confiance, avec elle. Le seul hic, c'est qu'Erin pourrait être quelqu'un de *trop* droit — et considérer qu'elle était moralement tenue de signaler ma disparition à la police. Mais c'était un risque que j'allais devoir courir.

Mes mains tremblaient alors que je griffonnais un petit mot au dos d'un reçu de station-service. Je l'ai glissé dans la poche de pantalon de Bella sans qu'elle le voie, pour qu'elle ne me pose pas de questions. Et pour éviter qu'elle n'essaie de l'extirper de là. J'ai repensé à la façon dont les mains de ma mère avaient commencé à trembler, il y a quelques années. « Légère trémulation », comme l'avait diagnostiqué le médecin. Il avait ajouté que l'affection était peu handicapante et dépourvue de tout caractère de gravité... Mon tremblement à moi n'avait *rien* de léger. J'ai dû m'y reprendre à trois fois pour enfiler les chaussettes de Bella.

— J'ai faim, papa, m'a annoncé ma fille en mettant ses tennis.

J'ai trouvé une boîte de Tic Tac et j'en ai versé quelques-uns dans sa paume ouverte.

— On va aller prendre notre petit déjeuner, lui ai-je promis alors qu'elle enfournait les bonbons.

J'ai visualisé Erin au moment où elle trouverait le petit mot. Encore fallait-il qu'elle mette la main dessus, pour commencer… Si elle ne pensait pas à regarder dans les poches de ma fille, que se passerait-il ? J'ai fait le compte de tout ce qui pouvait aller de travers, dans mon scénario tordu, et cela m'a procuré un sale mal de tête. *Bon. Procédons par ordre*. La première chose à faire était d'aller au Coup d'Envoi avant le départ d'Erin, sinon le projet entier serait fichu en l'air avant même d'avoir commencé.

— Pipi, pipi, papa !

— Oui, ma puce. Moi aussi. Juste une minute.

J'ai passé un peigne dans ses cheveux bruns, que j'aurais dû essayer de laver dans les toilettes de l'hypermarché Target hier soir, comme je l'avais déjà fait une fois cette semaine. Mais dans l'état où j'étais hier, l'idée ne m'avait même pas traversé l'esprit. Ma fille avait grand besoin d'une coupe mais, comme par hasard, je n'avais pas pensé à embarquer une paire de ciseaux en quittant Carolina Beach. Sa frange était presque assez longue pour que je puisse lui glisser les cheveux derrière l'oreille. J'ai essayé de les faire tenir comme ça, mais dès que Bella a sauté hors du fourgon, la coiffure s'est défaite et ses cheveux lui sont tombés de nouveau dans les yeux. Pauvre gamine. Elle avait l'air d'une orpheline abandonnée. J'ai prié le ciel, la terre, et tout ce qui était priable en ce bas monde pour qu'elle n'en devienne pas une cette nuit.

Sa petite main dans la mienne, nous sommes partis à pied en direction du *coffee shop* tout proche.

Bella a gémi :

— Tu me fais mal, papa.

Je me suis aperçu que je lui serrais les doigts comme un malade. Comment pouvais-je lui faire un coup pareil, à ma fille ? Impossible de la préparer mentalement à ma défection, en plus. *Bella, je suis désolé.* Je ne pouvais espérer qu'une chose : que son jeune âge lui permettrait d'oublier cet épisode. Qu'elle ne serait pas poursuivie pendant le restant de ses jours par des images cauchemardesques du « jour où son papa l'a abandonnée dans un café ».

Sur le terre-plein qui bordait le parking, il y avait des fleurs des champs qui poussaient, et j'ai soudain eu une idée. Ce n'étaient que des mauvaises herbes mais elles feraient l'affaire. Je les ai montrées à ma fille.

— Regarde, Bella. On va faire un beau bouquet pour Erin, d'accord ?

Nous nous sommes avancés dans l'herbe pour choisir nos fleurs et j'ai prié pour que la vessie de Bella supporte ce délai supplémentaire. Le bouquet était le seul moyen à ma disposition pour remercier Erin du service que je m'apprêtais à lui imposer.

Elle était assise dans le fauteuil en cuir marron qu'elle occupait tous les matins et, comme d'habitude, tapotait sur son iPad en retenant une mèche de cheveux châtain clair qui glissait sur son visage. J'ai ressenti en même temps une puissante vague de soulagement et une déception de même ampleur. Si Erin ne s'était pas montrée au Coup d'Envoi ce matin, je n'aurais pas pu mettre mon projet à exécution, ce qui aurait été une bonne chose. Mais elle était là et bien là. Elle souriait, même, comme si elle avait guetté notre arrivée et qu'elle était heureuse de nous voir.

— La voilà ! a crié Bella d'une voix suffisamment forte pour attirer l'attention générale.

Deux filles assises à une table d'angle ont regardé dans notre direction. Elles devaient avoir plus ou moins mon âge, autour de vingt-deux ou vingt-trois ans. L'une m'a souri puis a rougi avant de détourner les yeux. Je l'ai à peine regardée. Seule m'intéressait la femme de trente et quelques années qui occupait le fauteuil en cuir. Je l'aurais serrée dans mes bras !

Je lui ai adressé un salut amical, comme si ce matin au Coup d'Envoi était comme n'importe quel autre.

— La forme, Erin ?

— Ça va, oui.

Elle a effleuré la joue de Bella.

— Bonjour, ma puce. Qu'est-ce que tu me racontes, ce matin ?

— Pour le petit déjeuner, on a eu des Tic Tac, a annoncé ma fille.

Gêné, je me suis hâté de préciser :

— Juste en attendant de prendre quelque chose de plus consistant ici.

Mais l'attention d'Erin restait rivée sur Bella.

— Des Tic Tac ? Ouah ! Ils étaient bons ?

Bella a fait oui de la tête et ses cheveux lui ont presque entièrement dissimulé le visage. Je les ai glissés derrière une oreille.

— Il faut que nous fassions un petit tour côté toilettes, pas vrai, jeune fille ?

J'ai tourné les yeux vers Erin.

— A tout de suite, alors ? Tu restes par là ?

— A tout de suite, oui. Je ne bouge pas pour le moment.

— Ah ! Voici pour toi, au fait.

Je lui ai tendu les fleurs. J'aurais dû prendre le temps de les nouer avec quelque chose — mais avec quoi ?

— Bella les a cueillies pour toi ce matin.

— Comme elles sont jolies !

Elle a accepté le bouquet de fleurs sauvages et les a senties avant de les poser sur la table.

— Merci, Bella. Cela me fait très, très plaisir.

J'ai repéré un livre pour enfants, juste à côté des fleurs.

— On dirait qu'Erin a apporté un nouvel album pour te faire la lecture, ai-je observé en priant pour que ce soit bien le cas.

Un nouveau livre offrirait à Bella une distraction qui tombait à pic, pendant que je… Je ne voulais même pas y penser.

Ma fille m'a rappelé à l'ordre :

— Pipi, papa !

Je lui ai attrapé la main.

— Allez, on y va. A tout de suite, Erin.

13

Dans les toilettes, j'ai procédé avec précipitation au brossage de dents, au passage au petit coin et à notre séance de débarbouillage quotidienne. Mes mains tremblaient comme celles d'un alcoolique en plein delirium tremens, et j'ai laissé Bella se débrouiller plus ou moins seule avec sa brosse à dents. J'avais déjà bien assez de mal avec la mienne. Pour le rasage, je me suis dit que ce n'était même pas la peine d'essayer.

Lorsque nous sommes retournés dans la salle du café, Erin avait son livre placé sur l'accoudoir du fauteuil.

— Je crois qu'il te plaira, celui-ci, Bella.

Elle a ouvert les bras à ma fille, qui a grimpé sur ses genoux comme si elles se connaissaient depuis toujours. Je me suis payé d'une prière de remerciement muette. Ce que je m'apprêtais à faire ce soir n'était pas très glorieux. Mais si Erin avait été placée sur mon chemin cette semaine, il était sans doute écrit que je devais en passer par là.

— Je vais aller chercher mon café et notre muffin. Je peux te rapporter quelque chose, Erin ? lui ai-je demandé — comme si j'avais les moyens de lui offrir quoi que ce soit !

— J'ai encore du café, merci. J'ai pris un jus d'orange pour Bella.

Je savais — et l'avais su dès le premier jour — que c'était Bella qui l'intéressait, et pas moi. Cette préférence m'allait bien. Me convenait à la perfection, même.

— C'est sympa, Erin. Merci.

J'ai commandé mon café, un muffin aux myrtilles et un gobelet d'eau pour Bella. En prenant l'eau sur le comptoir, je l'ai renversée avec mon tremblement qui n'avait rien d'une « légère trémulation ».

— Ah zut. Désolé.

J'ai attrapé une poignée de serviettes en papier sur le comptoir et j'ai entrepris d'éponger.

— Pas grave, m'a fait Nando, le serveur souriant qui prenait ma commande tous les matins.

Il a appelé une fille en cuisine qui est venue réparer les dégâts pendant qu'il me resservait un second gobelet d'eau.

Il a placé le tout sur un plateau que j'ai pris avec soin pour le porter jusqu'à ma place.

Erin et Bella étaient complètement absorbées par leur nouveau livre. Bella posait des questions, le doigt posé sur la page, pointant des détails sur l'image. Elle avait la tête contre l'épaule d'Erin et paraissait un peu somnolente. A cause de ce rêve, disait-elle, qui avait duré, duré pendant la nuit entière. Et nous nous étions réveillés si tard, ce matin. Ma fille avait l'air aussi épuisée que je l'étais moi-même. C'était décidé : j'utiliserais une partie de l'argent que je gagnerais ce soir-là pour qu'elle voie un médecin et subisse les examens médicaux nécessaires. Notre régime alimentaire, ces derniers temps, n'était pas des plus équilibrés — pour ne pas dire franchement carencé. J'étais sur le point de partager le muffin en deux, mais je me suis ravisé et j'ai décidé de le donner en entier à Bella. Il était clair, de toute façon, que je ne pourrais pas avaler grand-chose, ce matin.

Je me suis installé sur le canapé et j'ai réfléchi à mon timing. Il ne s'agissait pas de traîner trop longtemps puisque je n'avais aucune idée de l'heure à laquelle Erin quitterait le café. J'ai pris une gorgée de café qui a glissé comme de l'acide le long de mon œsophage. *Tu crains, comme père, mon vieux.*

Erin a interrompu son histoire et a annoncé qu'elle allait faire une petite pause pendant que Bella mangerait son gâteau.

— Viens ici, comme ça, tu n'en mettras pas partout sur Erin, ai-je ordonné à Bella.

Erin m'a souri.

— Elle est très bien, là où elle est. Tu n'as qu'à poser l'eau ici, sur la table.

J'ai fait ce qu'elle me demandait, même si je voulais Bella dans mes bras. D'accord, ça m'arrangeait qu'elle se sente en sécurité sur les genoux d'Erin et tout ça, mais j'aurais eu grand besoin, en cet instant, de la présence de ma fille, là, tout contre moi. Cela dit, je risquais de lui faire peur, si je la serrais trop fort dans mes bras — tout comme je l'avais déjà effrayée en lui broyant la main sur le parking. C'était sans doute mieux ainsi. Il ne me restait plus qu'à préparer ma gracieuse sortie de scène. J'aurais pu prétexter un besoin de retourner aux toilettes, mais elles me verraient si j'en sortais pour me diriger vers la porte.

— Il ne te reste plus que deux jours avant de reprendre le travail, alors ? ai-je soudain demandé à Erin.

Je voulais être sûr et certain qu'elle n'aurait pas à retourner à sa pharmacie avant le surlendemain. Si je m'étais trompé sur les dates, ce serait une catastrophe.

— Ne me le rappelle pas, s'il te plaît !

Erin a frictionné gentiment le dos de Bella. J'ai vu que ma fille avait de la myrtille coincée entre les dents... Heureusement que j'avais pensé à mettre sa brosse à dents dans son petit sac à main rose.

— Ça t'arrive, des fois, d'être, tu sais, *tentée*, par tous ces narcotiques autour de toi ?

Pourquoi, mais *pourquoi*, lui avais-je posé une question pareille ? Je n'en avais aucune idée. La nervosité. Je n'étais plus qu'un paquet de nerfs sous haute tension.

Erin m'a regardé comme si j'appartenais à quelque sous-espèce humaine bassement rampante.

— Pas tentée du tout, non. Et rassure-moi, s'il te plaît : dis-moi que tu ne le serais pas non plus ?

J'ai fait un effort pour sourire.

— Aucun souci de ce côté-là. Ce n'est pas mon truc.

Pourquoi avais-je laissé échapper cette question idiote, bon sang ? Ce que je redoutais, en fait, c'était qu'elle remarque mon tremblement. Et qu'elle en déduise que j'avais abusé d'une substance quelconque. Et soudain, l'inspiration m'a frappé et j'ai su comment j'allais négocier ma sortie de scène.

— J'ai un nouvel entretien, aujourd'hui.

— Ah super. Tu as trouvé quelque chose sur les petites annonces en ligne ?

— Non, finalement c'est mon ami qui s'est décidé. J'espère que ça va marcher, cette fois, ai-je lancé en pianotant sur mon jean avec des doigts mouillés de sueur.

16

— Oh ! moi aussi, Travis. C'est un emploi dans le bâtiment, je suppose ? Pour une entreprise d'ici ? Ou…

Je me suis levé.

— J'ai le profil du poste dans mon fourgon. Ça ne t'ennuie pas de me garder Bella une seconde pendant que je vais le chercher ? Je te donnerai l'adresse et tu pourras peut-être m'expliquer comment y aller.

— O.K. Bien sûr. Avec plaisir.

Et là, je me suis trouvé incapable de bouger. J'aurais voulu embarquer Bella dans les toilettes pour la tenir encore une fois contre moi, enfouir mon visage dans ses cheveux. Mais il fallait en finir. *Allez vas-y. Go!* Je me suis penché pour embrasser ma fille sur le sommet de la tête puis je suis sorti à grands pas. J'ai franchi la porte, traversé le parking, je suis monté dans mon fourgon. Vite. Vite. Ne surtout pas me laisser le temps de changer d'avis. J'ai tourné la clé de contact. Impossible de rester garé ici. Erin et Bella me verraient dès qu'elles sortiraient du *coffee shop*. J'ai roulé en direction de l'extrémité opposée du gigantesque centre commercial, en évitant de justesse de percuter des voitures en stationnement au passage. J'accélérais par à-coups spasmodiques, je ne voyais plus devant moi qu'un brouillard indistinct et un seul mot surnageait dans mon esprit.

Bella. Bella. Bella.

2. Travis

Six semaines plus tôt
Carolina Beach, Caroline du Nord

Vous savez comment, par moments, la joie, la vraie, peut soudain vous tomber dessus sans prévenir, vous prenant si fort au dépourvu que vous en éclatez de rire ? C'est ce qui m'était arrivé alors que je fabriquais la moulure d'une corniche pour un meuble de cuisine, dans une maison au bord de l'océan. Il y avait quatre ans, déjà, que j'enchaînais les petits boulots dans le bâtiment et je détestais ce travail. Je considérais que c'était juste une occupation alimentaire qui me permettait de nous nourrir tous les trois, Bella, ma mère et moi. Mais les emplois dans le bâtiment devenaient de plus en plus difficiles à trouver ces derniers temps, surtout dans ma pauvre ville de Carolina Beach qui n'attirait pas vraiment les investisseurs de luxe, même si le sable y était aussi blanc et l'océan aussi bleu que sur le reste de la côte. Sans compter que ce serait toujours *ma* ville.

Toujours est-il que le dernier de mes chefs de chantier en date m'avait regardé bosser du coin de l'œil alors que j'agrandissais une terrasse en bois. Et il avait dû remarquer je ne sais quelle qualité en moi car il m'avait demandé de l'assister pour faire de la menuiserie d'intérieur. Il m'apprenait des techniques d'ébénisterie, me montrait les gestes du métier. Mine de rien, il me formait. Et j'acquérais peu à peu des compétences, sans me douter que tout à coup, un beau jour de la fin août, j'éclaterais de rire en découvrant que je prenais enfin plaisir à faire ce que je faisais de mes dix doigts. Encore une chance qu'il n'y ait eu personne d'autre que moi dans cette cuisine. Cela m'a évité d'avoir à expliquer aux gars qui bossaient avec moi pourquoi je me marrais soudain comme une baleine.

J'étais perché sur une échelle, à fixer la corniche sur le meuble, lorsque j'ai entendu des sirènes à distance. Plusieurs sirènes, même. Mais elles étaient loin et ne me parvenaient qu'en écho, couvrant à peine le bruit de l'océan. Je ne leur ai d'ailleurs pas accordé une grande attention. Au bout d'un moment, les signaux sonores des pompiers se sont confondus avec le fracas des vagues alors que je me concentrais sur mon travail. Je descendais juste de mon escabeau lorsque j'ai entendu des pas précipités.

— Travis !

Jeb, l'un de mes collègues, est entré en courant dans la cuisine. Il était écarlate et il est resté un instant plié en deux, au beau milieu de la pièce, à essayer de reprendre son souffle.

— Grouille-toi, Trav. C'est ta maison, mec. Elle a pris feu !

J'ai lâché mon marteau et me suis rué dehors.

— Elles n'ont rien, toutes les deux, au moins ? ai-je crié par-dessus l'épaule.

— J'en sais rien. J'ai juste appris la nouvelle et je me suis dépêché pour te prévenir que...

Je n'ai pas entendu le reste de sa phrase car j'ai manqué une marche de l'escalier du perron et me suis retenu de justesse à la rampe. Mon cerveau fonctionnait en accéléré et mes pensées partaient dans toutes les directions. Qu'est-ce qui avait provoqué l'incendie ? L'installation électrique archaïque du salon ? Une de ces bougies parfumées avec lesquelles ma mère gardait espoir de purifier l'air renfermé de notre vieux bungalow ? Ou une de ses saloperies de cigarettes ? Ma mère faisait toujours très attention, pourtant. Elle n'était pas du genre à s'endormir avec une clope à la main, surtout pas avec Bella à la maison...

Bella. Oh ! non. Faites qu'il ne leur soit rien arrivé.

J'ai couru jusqu'à mon fourgon. En faisant demi-tour pour rentrer chez moi, j'ai vu la fumée dans le ciel. Légère et gris pâle, elle semblait plutôt indiquer une fin de combustion. Ce n'était pas l'épaisse colonne noire qui se serait dégagée d'un feu qui faisait encore rage, n'est-ce pas ? Cela m'a donné de l'espoir. La fumée grise montait en volutes vers le ciel avant de rester suspendue dans un courant d'air chaud qui la chassait vers l'intérieur des terres. En trois minutes montre en main, j'ai parcouru les six kilomètres qui me séparaient de chez moi.

A l'arrivée, j'ai trouvé deux véhicules de pompiers, une ambulance et deux voitures de patrouille devant les restes calcinés du petit cottage où j'avais vécu pendant huit ans et qui ne serait plus jamais ma maison. Mais à ce moment-là, je me fichais du bâtiment en lui-même. J'ai bondi hors de mon fourgon et j'ai couru droit vers l'ambulance. Ridley Strub, un flic que je connaissais depuis qu'on avait été ensemble au collège, a surgi soudain de nulle part et m'a attrapé le bras.

— Ils ont emmené ta mère à l'hôpital. Bella est ici, dans l'ambulance. Ta fille va s'en sortir.

— Lâche-moi !

Je me suis dégagé pour courir jusqu'aux portes arrière ouvertes de l'ambulance et je suis entré d'un bond sans attendre d'y avoir été invité.

— Papa !

Le cri de Bella a été étouffé par le masque à oxygène. Mais il a résonné assez fort pour me rassurer sur son état de santé. Je me suis assis sur le bord de la civière et je l'ai prise dans mes bras.

— Tout va bien, mon bébé. Je suis là.

Ma gorge était si nouée que le « je suis là » a été à peine plus qu'un murmure. J'ai levé les yeux vers l'auxiliaire médicale, une fille qui ne devait même pas avoir vingt ans.

— Elle n'a rien, hein ?

— Pas de bobo pour votre fille, non. Nous lui avons juste mis un peu d'oxygène par mesure de précaution mais…

— On peut enlever le masque ?

J'avais besoin de voir son visage. De vérifier de mes propres yeux qu'elle était indemne. Je voulais être sûr qu'elle en avait été quitte pour la peur. Elle avait son agneau en peluche serré contre elle, comme je venais de le noter, et j'ai aussi repéré son petit sac à main rose par terre — les deux objets fétiches dont elle ne se séparait jamais.

— Je veux qu'on m'enlève ça, papa !

Bella a tiré sur le bord du masque en plastique à l'endroit où il lui appuyait sur la joue. Elle hoquetait comme elle le faisait chaque fois qu'elle pleurait.

L'auxiliaire médicale s'est penchée pour la libérer.

— Nous allons juste laisser l'oxymètre sur son doigt pour vérifier qu'il n'y a pas eu d'intoxication par la fumée.

J'ai lissé les cheveux bruns de ma fille avec mes mains. Une odeur de fumée âcre émanait d'elle.

— Tu n'as rien. Pas de bobo. Tout va bien, ma Bella.

Elle a eu un nouveau hoquet.

— Nana est tombée dans le salon. Et la fumée, elle est sortie par la fenêtre.

— Elle est sortie par la fenêtre ? Tu as dû avoir très peur.

Ma mère était tombée ? Je me suis soudain souvenu que Ridley avait parlé d'hôpital. J'ai levé de nouveau les yeux vers l'auxiliaire médicale. Elle contrôlait quelque chose sur un tableau au-dessus de la civière.

— Et ma mère ? Elle n'a pas eu trop de mal ?

La jeune femme a jeté un coup d'œil en direction des portières ouvertes. Son soulagement a été visible quand enfin Ridley est monté à bord de l'ambulance. Il a posé une main sur mon épaule.

— Il faut que je te parle une minute, Trav.

— Quoi ?

Je gardais mon attention rivée sur Bella, qui se cramponnait à ma main de toutes ses forces.

— Viens dehors avec moi un instant, Travis. S'il te plaît.

Maman. Je ne voulais pas sortir avec lui de cette ambulance — je refusais d'entendre ce qu'il avait à me dire.

— Allez-y, a dit la fille. Je reste ici avec Bella.

21

Lorsque je me suis levé, ma loupiote s'est agrippée à moi de plus belle, arrachant le moniteur de son doigt.

— Papa ! J'veux pas que tu me laisses toute seule !

Elle a tenté maladroitement de descendre de la civière, mais je l'ai retenue par les épaules et j'ai plongé mon regard dans le sien.

— Il faut que tu restes ici un tout petit moment. Je reviens tout de suite, bichette. Je suis juste à côté.

Je savais qu'elle ferait ce que je lui demandais. Bella m'obéissait toujours. *Presque* toujours, en tout cas.

— Combien de minutes ? a-t-elle voulu savoir.

— Pas plus de cinq.

J'ai regardé ma montre. Je n'avais encore jamais trahi une promesse faite à Bella. Mon père avait toujours tenu celles qu'il m'avait faites et je me souvenais de ce que cela représentait pour moi, dans le temps, de savoir que je pouvais me fier à sa parole, quoi qu'il arrive.

Je me suis penché pour l'embrasser sur les cheveux. L'odeur de fumée était si forte que j'en ai eu mal aux poumons.

Ridley m'a conduit dans un coin, près de la propriété voisine, loin des camions de pompiers et des touristes qui s'étaient attroupés pour assister à la débâcle de quelqu'un d'autre.

— C'est au sujet de ta mère, Trav. La voisine a dit qu'elle était dehors à étendre son linge lorsque le feu a démarré. Il est parti très vite ; il paraît que la maison brûlait comme une torche. Ta mère s'est précipitée à l'intérieur pour sortir Bella de là. Peut-être qu'elle a respiré trop de fumée ou qu'elle a fait un arrêt cardiaque. Quoi qu'il en soit, elle a chuté et…

— Mais elle va bien, quand même ?

Je voulais qu'il en vienne *au fait*. Ridley a secoué la tête.

— Je suis désolé, Trav. Elle n'a pas survécu.

— Elle n'a pas survécu ? ai-je répété comme un idiot.

Les mots résonnaient dans ma tête mais je refusais de comprendre.

— Elle est morte dans l'ambulance.

Ridley a avancé une main en direction de mon bras, sans

me toucher pour autant. Comme s'il se préparait seulement à me récupérer au cas où je basculerais vers l'avant.

— Mais je ne comprends pas, là! Bella n'a *rien*, pas même une égratignure. Comment peut-elle être parfaitement indemne et ma mère… morte?

Le volume de ma voix enflait et les gens commençaient à regarder dans notre direction.

— Ta mère a sauvé ta fille. Les pompiers pensent qu'au moment où elle est tombée Bella a dû réussir à trouver une sortie toute seule. Mais ta mère n'a pas pu…

— Merde, merde, merde!

J'ai reculé d'un pas pour regarder ma montre. *Quatre minutes.* J'ai regagné l'ambulance et j'ai grimpé à l'intérieur.

— Papa, a pleurniché Bella. Je veux rentrer à la maison.

Je me suis mordu l'intérieur de la joue pour ne pas pleurer.

— Une chose à la fois, Bell. Il faut d'abord vérifier que tes poumons vont bien.

Et ensuite? Ensuite *quoi*? Où irions-nous? Un seul regard sur la maison m'a confirmé que tout ce que nous possédions sur terre avait été réduit en cendres. J'ai fermé les yeux, imaginant ma mère courant dans la maison au milieu des flammes et de la fumée, cherchant Bella à tâtons. Dieu merci, elle l'avait trouvée. Mais Dieu n'avait fait que la moitié du boulot, cette fois-ci. J'espérais que ma mère avait déjà perdu conscience avant de tomber. J'espérais qu'elle ne s'était pas vue mourir. *S'il te plaît, Dieu, fais qu'elle ne se soit rendu compte de rien.*

— Je veux rentrer à la maison, papa! a crié Bella, en larmes.

Sa voix a résonné dans l'habitacle de l'ambulance. Je l'ai prise par les épaules et je l'ai regardée droit dans les yeux.

— Notre maison a brûlé, Bella. Nous ne pouvons pas retourner chez nous. Mais nous trouverons un autre endroit. Nous avons plein d'amis, pas vrai? Ils vont nous aider, ma puce.

— Tyler? a demandé ma fille.

Tyler était son copain de cinq ans qui vivait un peu plus loin dans la rue. Son innocence m'a scié net sur place.

— *Tous* nos amis, Bella.

J'ai croisé les doigts pour qu'ils répondent présent. C'était sur chacun d'entre eux que j'allais devoir compter désormais. J'ai vu alors sur le visage de ma fille quelque chose que je n'avais encore jamais vu auparavant. Comment cela avait-il pu se produire ? Elle était à deux semaines de l'anniversaire de ses quatre ans et, en l'espace de quelques heures, elle semblait être passée du stade de grand bébé à celui d'adulte miniature. Sur ses traits, j'ai vu la jeune fille qu'elle deviendrait. J'ai reconnu Robin. Il y avait toujours eu un je-ne-sais-quoi de sa mère chez elle — la façon dont elle plissait les yeux quand elle riait. Le dessin de ses lèvres qui se relevaient légèrement aux commissures, ce qui lui donnait toujours un air rieur. Le rose de ses joues.

Mais là, tout à coup, c'était beaucoup plus net, beaucoup plus saisissant qu'un vague air, et je suis resté un instant sous le choc, transporté dans un passé que je maintenais d'habitude à distance. J'ai attiré Bella contre ma poitrine, plein d'amour pour la mère que j'avais perdue trop tôt et trop vite, pour la petite fille que je me suis juré de protéger toujours, et peut-être aussi — enfoui très profondément, là où ma colère ne pouvait pas l'atteindre — pour l'adolescente qui tant d'années plus tôt m'avait fermé son cœur.

3. Robin

Beaufort, Caroline du Nord

Nous nous sommes levés, James et moi, au moment même où Dale franchissait la porte de la salle d'attente. Dale semblait exercer une influence gravitationnelle particulière qui agissait sur tout être et toute chose. Cette fois-ci n'a pas fait exception : les sept autres personnes assises dans la pièce ont tourné la tête de concert pour le regarder alors qu'il se dirigeait vers nous. Si elles ne s'étaient pas accrochées à leurs accoudoirs, elles auraient toutes flotté jusqu'à lui, littéralement. Telle était l'ampleur de son magnétisme. Une force d'aimantation qui avait agi sur moi dès notre première rencontre.

A présent, il me souriait, et il s'est penché pour me poser un rapide baiser sur la joue. Il a échangé ensuite une solide poignée de main avec son père, comme s'ils ne s'étaient pas quittés quelques heures plus tôt à peine, à la maison.

— Comment va-t-elle ? a demandé Dale à voix basse, en nous interrogeant du regard tour à tour, son père et moi.

— Elle est dilatée à huit, ai-je murmuré. Ta mère est avec elle. Alissa s'en fait beaucoup, mais la sage-femme trouve que cela se passe plutôt bien.

Dale a secoué la tête.

— Pauvre gamine.

Il m'a pris la main et nous nous sommes assis sur nos trois chaises alignées. En face de nous, un couple âgé échan-

25

geait des propos à voix basse tout en regardant dans notre direction et j'ai compris qu'ils nous avaient reconnus. J'ai eu une brève seconde pour me demander s'ils allaient ou non nous aborder. Déjà, la femme se levait, lissait ses cheveux argent impeccablement coiffés et se dirigeait droit sur nous.

Son attention était fixée sur James.

— Monsieur le maire…

Elle a souri et James s'est levé pour prendre sa main dans la sienne.

— Pardonnez-moi, vous êtes madame…?

— Mary Wiley, juste l'une de vos électrices. Nous…

Elle a tourné la tête par-dessus l'épaule vers le vieux monsieur, probablement son mari.

— … voyons approcher votre retraite avec des sentiments mêlés. Notre seule consolation, c'est que votre fils prendra la relève.

Déjà, Dale était sur ses pieds; déjà, son super sourire fleurissait sur ses lèvres — celui qui vous donnait le sentiment d'être pour lui un être aussi merveilleux qu'unique. Il y avait eu un temps où je croyais encore que ce sourire m'était réservé, mais je n'avais pas été longue à découvrir qu'il le dispensait généreusement à tous ceux qui croisaient son chemin.

— Ma foi, *j'espère* prendre la relève. Dois-je comprendre que je puis compter sur votre vote, madame?

— Le mien et celui de tout mon cercle de connaissances. C'est une évidence, non? Je veux dire, très franchement, cette pauvre Dina Pingry… Ce n'est même pas la peine d'y penser.

Mary Wiley a levé les yeux au ciel en prononçant le nom de l'opposante de Dale, un agent immobilier survolté qui vivait depuis quelques années à Beaufort. Naturellement, tous ceux que nous fréquentions étaient des supporters des Hendricks, et il était parfois facile d'oublier que Dina Pingry avait ses propres partisans qui la soutenaient avec un enthousiasme fanatique. Mais James avait été le maire de cette petite ville de bord de mer depuis vingt ans. Qu'il passe à présent le relais à son fils avocat de trente-trois ans apparaissait comme une simple formalité. A nos yeux, en tout cas.

— Ce n'est jamais gagné d'avance, a observé Dale. Alors nous comptons sur votre présence aux urnes le jour des élections, madame Wiley.

Il avait une mémoire formidable pour retenir les noms.

— Soyez sans inquiétude, nous tenons les bureaux de vote. Nous ne manquons jamais une élection.

Le regard de la dame a fini par tomber sur ma personne, toujours assise entre les deux hommes debout.

— Et vous, mon petit, êtes sur le point de faire le plus beau mariage de la décennie ou je me trompe ?

Je ne me suis pas levée, mais j'ai serré la main qu'elle me tendait et je l'ai gratifiée de mon propre sourire — celui que j'avais très vite appris à afficher en public. Il me venait assez naturellement. C'était le premier aspect qui l'avait attiré chez moi, affirmait Dale : le fait que je souriais à tout propos. Pour moi, cela avait été ses yeux gris. Lorsque son regard avait plongé dans le mien pour la première fois, j'avais soudain compris le sens du terme « coup de foudre ».

— J'ai beaucoup de chance, ai-je assuré à Mme Wiley.

Dale a posé la main sur mon épaule.

— Le plus chanceux des deux, c'est moi.

Mary Wiley a hoché la tête.

— Nous sommes ici pour le petit troisième de ma fille.

Elle a désigné d'un geste les portes à double battant qui conduisaient aux salles d'accouchement.

— Et je suppose que vous attendez pour Alissa...

Elle n'a pas terminé sa phrase, se contentant de hausser les sourcils pour attendre une confirmation. Mary Wiley avait deviné juste, bien sûr. Alissa était la sœur encore adolescente de Dale. Agée de dix-sept ans à peine, ma future petite belle-sœur était devenue à Beaufort la figure emblématique du Courage d'Assumer ses Actes. Les Hendricks avaient réussi ce petit miracle : transformer un scandale potentiel en atout électoral. Juste en soutenant ouvertement leur fille enceinte et célibataire. Dans cette famille, on ne dissimulait pas grand-chose, avais-je découvert. Ou on avait l'art, du moins, de capitaliser sur le négatif. Aux yeux du monde extérieur, leur attitude passait pour un soutien inconditionnel, mais pour moi qui avais accès aux coulisses, tout n'était pas si rose.

— Mme Hendricks est avec notre fille, a précisé James à son électrice. Aux dernières nouvelles, tout se passait très bien.

En public, James n'appelait jamais sa femme, Mollie, autrement que « madame Hendricks ». J'avais demandé à Dale de ne pas reproduire cette tradition lorsque nous serions mariés. En fait, j'avais souhaité garder mon nom de jeune fille, Saville, mais de toute évidence, pareilles pratiques n'avaient pas cours chez les Hendricks.

— Je vous laisse tranquilles, en famille, a susurré Mary Wiley. C'est le dernier moment de calme dont vous disposez. Une fois que le bébé sera là, ce sera plus animé, je peux vous le dire d'expérience !

— Nous nous réjouissons de vivre bientôt dans ce joyeux chaos, lui a assuré Dale. Ce fut un plaisir de faire votre connaissance, madame Wiley.

Il a salué cette dernière d'une légère inclination de la tête, et son père et lui se sont rassis pendant que la vieille dame regagnait son siège.

J'étais fatiguée et j'aurais bien posé un instant la tête sur l'épaule de Dale, mais je n'étais pas certaine qu'il apprécie une telle démonstration d'intimité en public. « En public » était un terme qui revenait très souvent dans les conversations, chez les Hendricks. Et j'étais formée pour devenir l'une des leurs. Je crois qu'ils ont commencé à me dresser dès l'instant où ils ont fait ma connaissance, deux années plus tôt, lorsque j'avais posé ma candidature pour un emploi dans leur bed and breakfast de Taylor's Creek, juste au bout du boulevard du front de mer. Je m'étais tellement bien sortie de mes fonctions qu'ils m'avaient très vite confié la gérance des chambres d'hôtes. Pour mon entretien d'embauche, j'avais été conviée chez eux, à la Villa Hendricks, leur grande demeure blanche d'un étage située juste à côté des chambres d'hôtes. Les deux maisons, construites dans le style anglo-saxon que l'on appelait Queen Anne, offraient un aspect presque identique. Les Hendricks m'ont confié par la suite qu'ils avaient su immédiatement que j'étais la personne qu'il leur fallait, malgré mes vingt ans et ma totale absence d'expérience dans quelque domaine que ce soit, puisque je n'avais appris jusque-là qu'à survivre.

« Nous ne nous attendions pas à quelqu'un d'aussi jeune, m'a expliqué Mollie par la suite. Mais nous te sentions sociable, ouverte, sûre de toi et pleine d'enthousiasme. Après l'entretien, nous nous sommes regardés, tous les trois, et notre décision était prise. J'ai décroché mon téléphone et j'ai appelé les autres candidates pour annuler leurs entretiens. »

Je me suis demandé plus tard s'ils avaient également anticipé alors que je deviendrais un membre de leur famille. *Et s'ils l'avaient désiré.* Il m'a semblé que oui. C'était amusant pour moi d'avoir des retours aussi chaleureux sur ma personne. Je commençais tout juste à faire connaissance avec mon nouveau moi. De fait, ma vraie vie débutait à peine. Une année s'était écoulée depuis ma transplantation cardiaque et je n'avais pas encore complètement appris à faire confiance à mon corps. Je découvrais peu à peu que je pouvais gravir un escalier, faire un grand tour à pied et même envisager un avenir. Si j'avais en permanence le sourire, ce n'était pas sans raison. J'étais *en vie* et reconnaissante de l'être. Reconnaissante pour chaque seconde qui m'était donnée. Aujourd'hui, j'expérimentais l'avenir en question, mais il m'arrivait de penser que je n'avais guère plus de contrôle sur mon existence que lorsque j'étais encore faible et malade.

« Tout le monde se sent ainsi, m'avait assuré Joy, ma meilleure amie. C'est parfaitement normal. »

De la « normalité », je savais si peu de chose que je ne pouvais que souhaiter qu'elle dise vrai.

Les portes à double battant se sont ouvertes et Mollie nous a rejoints dans la salle d'attente. Elle ne souriait pas et j'ai eu soudain peur pour Alissa. Cette fois, j'ai été celle de nous trois qui a bondi sur ses pieds.

— Tout se passe bien, Mollie ?

J'adorais Alissa. Elle était si naturelle. Si solidement ancrée dans la réalité. Même si j'avais cinq ans de plus qu'elle, je me sentais très proche de cette adolescente — liée à elle par des points communs que j'étais seule à connaître.

— C'est pour très bientôt, maintenant, nous a annoncé Mollie. Mais c'est toi qu'elle veut auprès d'elle.

Elle a plongé son regard dans le mien.

— Cela t'ennuie de la rejoindre en salle d'accouchement ?

— Moi ?

Depuis le début, il avait été prévu que *Mollie* serait auprès de sa fille pour la naissance.

— C'est toi qu'elle demande, ma chérie.

La voix de Mollie était lasse. Dale s'est levé pour placer une main rassurante dans le creux de mon dos.

— Tu te sens capable de le faire, Robin ?

Dale avait toujours un comportement très protecteur envers moi. Parfois, j'appréciais. Mais par moments, cela me rappelait mon père et la façon dont il me coupait toujours du reste du monde.

— Bien sûr que je me sens capable d'accompagner Alissa !

Les hôpitaux ne m'étaient pas inconnus, même si la salle d'accouchement ne faisait pas partie de mes territoires familiers. Je comptais faire plus tard une carrière dans le médical, même si Dale m'assurait que rien ne m'obligerait plus à travailler, une fois que nous serions mariés. La seule chose qui me faisait hésiter à rejoindre Alissa, c'était l'idée de m'octroyer un rôle si clairement dévolu à Mollie.

Ma future belle-mère m'a fait signe de la suivre.

— Viens, je te montre le chemin.

Ensemble, nous avons franchi les doubles portes qui donnaient sur un couloir. Mollie m'a désigné une salle.

— Il suffit de lui tenir la main, d'être présente. Ma fille ne supporte plus ma compagnie, semble-t-il.

A la fragilité de son sourire, j'ai bien vu que la préférence exprimée par l'adolescente l'avait blessée.

J'ai entendu Alissa dès la seconde où j'ai ouvert la porte. Elle était relevée en position semi-assise et haletait, avec une expression d'intense concentration sur le visage. J'en ai conclu qu'elle était en plein milieu d'une contraction.

— Robin ! a-t-elle réussi à murmurer alors qu'elle reprenait son souffle.

Son visage écarlate ruisselait de sueur et son front était plissé par la douleur.

— Je suis là, Ali.

Une infirmière m'a indiqué le tabouret à côté de la table d'accouchement. Je me suis assise et j'ai pris la main d'Alissa dans les miennes. Je ne savais pas très bien quoi lui dire. « Comment te sens-tu ? », me paraissait plutôt malvenu. Il n'était pas difficile de voir comment elle se sentait... Je me suis donc contentée de me répéter :

— Je suis là.

Quelqu'un m'a tendu une serviette humide que j'ai appliquée sur le front d'Alissa. Des mèches de ses cheveux auburn lui collaient au visage et ses yeux bruns étaient injectés de sang.

— Je n'aurais pas pu supporter ma mère une *seconde* de plus.

Elle parlait à travers ses dents serrées. Et s'est interrompue pour émettre un long gémissement sonore. J'ai jeté un œil sur les moniteurs de l'autre côté de la table. Le cœur du bébé battait à grande vitesse. Etait-il normal qu'il s'emballe ainsi ?

— Je crois que ta mère l'a bien pris, ai-je menti.

— Je la hais, là, maintenant. Je les hais *tous*. Toute ma famille à la con. Sauf toi.

— Chut..., ai-je murmuré en rapprochant mon tabouret.

Les infirmières en salle d'accouchement étaient-elles tenues de garder pour elles les propos qui échappaient aux parturientes ? Elles devaient entendre toutes sortes de révélations compromettantes dans leur travail... En pleine période électorale, il serait gênant pour Dale que les administrés de son père s'avisent que l'harmonie ne régnait pas franchement dans la première famille de Beaufort.

— C'est Will qui devrait être ici avec moi, a chuchoté Alissa. Ce n'est pas normal qu'on nous sépare de force, comme deux gamins !

31

J'ai été surprise de l'entendre mentionner le père de son enfant. Will Stevenson ne faisait plus partie du paysage et je pensais qu'Alissa avait fait son deuil de cet état de fait. Will avait créé des complications que la famille Hendricks avait dû résoudre. Mais ce n'était pas le moment de se lancer dans un grand débat avec Alissa à ce sujet. Je ne l'avais jamais rencontré, son Will, d'ailleurs. Alissa avait gardé ses amours secrètes. Même moi, elle ne m'avait pas mise dans la confidence. Et je dois reconnaître que j'avais été blessée de l'apprendre. Je pensais que nous étions plus proches que cela, elle et moi. Cela dit, elle m'avait épargné un dilemme inconfortable. Il m'aurait été pénible d'avoir des secrets pour Dale — du moins, d'en avoir plus que ceux que je gardais déjà…

Alissa a été saisie d'une nouvelle contraction et elle m'a serré les doigts si fort qu'elle a failli me les briser. Le rythme cardiaque du bébé s'est ralenti d'une manière notable, et je guettais la sage-femme avec anxiété pour essayer de déterminer dans quelle mesure la situation était préoccupante. Mais personne ne semblait s'affoler à part moi.

— Ce bébé va ficher ma vie en l'air !

Alissa a presque hurlé au moment où la contraction a pris fin.

— Chut…, lui ai-je murmuré encore.

C'était la première fois que je l'entendais dire une chose pareille et sa réaction m'inquiétait. Si Alissa avait été libre de prendre ses propres décisions, elle aurait donné le bébé à l'adoption. Mais ses parents n'auraient *jamais* accepté pareille attitude chez une Hendricks.

— Tu l'aimeras, une fois que tu la tiendras dans tes bras, lui ai-je assuré — comme si je m'y connaissais en matière d'amour maternel ! Tout va s'arranger, tu verras.

Une heure plus tard, la petite Hannah était née et j'ai vu ma future belle-sœur passer de l'état de guerrière au combat hurlant des invectives furieuses à celui d'une toute jeune fille défaite, docile et exténuée. L'obstétricien a déposé la petite fille sur son ventre, mais Alissa ne l'a pas touchée. N'a même pas voulu la regarder. Sa tête a roulé sur le côté et j'ai vu deux des infirmières échanger un regard. Je ressentais moi-même un besoin urgent de toucher ce bébé. Comment Alissa pouvait-elle s'en désintéresser ? Une infirmière a emporté Hannah dans une petite pièce adjacente pour la laver. Je me suis penchée à l'oreille d'Alissa.

— Elle est très belle, Ali. Regarde-la, elle va t'émerveiller.

Mais Alissa n'a même pas voulu me regarder moi. Et lorsque je lui ai essuyé le visage avec la serviette mouillée, je ne suis pas parvenue à déterminer si j'épongeais des larmes ou de la sueur.

L'infirmière est revenue près du lit avec le bébé.

— Vous êtes prête à prendre votre fille avec vous ?

Alissa n'a pas répondu mais a indiqué que non d'un signe à peine perceptible de la tête. L'infirmière s'est tournée vers moi.

— Et sa tatie ? Vous aimeriez la tenir un moment ?

J'ai tourné les yeux vers la petite fille qui venait de naître, puis j'ai souri et posé la serviette humide sur la barre métallique du lit d'accouchement. Dans mes bras tendus, l'infirmière a déposé Hannah, légère comme une plume. J'ai examiné le visage minuscule, ciselé à la perfection, et j'ai senti l'émotion la plus étrange, la plus inattendue fondre sur moi. Elle s'est glissée dans mes veines et m'a verrouillé la gorge. J'avais rarement fait le rapport entre la grossesse d'Alissa et la mienne. Il m'avait été facile de rester dans le déni tant mes souvenirs de cette période demeuraient flous, inconsistants. Le bébé que j'avais mis au monde n'existait pas pour moi. Mais voilà que brusquement, alors que je tenais ce petit ange dans mes bras, cette pensée inattendue m'assaillait : *C'est donc à côté de cela que je suis passée*. Je découvrais en tenant Hannah ce dont j'avais été privée sans en avoir jamais eu conscience — ce que j'aurais pu connaître mais que personne ne devait savoir.

Ce fut en posant mes lèvres sur la tempe fragile du nouveau-né que j'ai versé pour la première fois des larmes sur cette part vide que je refusais de nommer mais que je portais en moi.

4. Erin

Michael venait de poser un carton sur le plan de travail en granit de ma nouvelle petite cuisine. Par la fenêtre au-dessus de l'évier, j'ai vu le soleil disparaître derrière des nuages couleur de poussière. Le ciel se déchaînerait bientôt sous forme d'un orage de fin d'été. J'étais contente que nous ayons réussi à terminer le déménagement avant que la pluie ne commence à tomber.

— Voilà. C'était le dernier, a annoncé Michael en se frottant les mains l'une contre l'autre, comme pour se débarrasser de saletés imaginaires qui auraient été collées au carton.

Il est passé dans la salle à manger attenante et a regardé par la fenêtre.

— Tu es vraiment perdue en pleine cambrousse, ici.

Je savais de quelle vue il bénéficiait à travers cette fenêtre : le gigantesque centre commercial de Brier Creek. Un agglomérat sans fin de restaurants appartenant à des chaînes, de grandes surfaces alimentaires et autres magasins de bricolage. L'inverse exact de la « cambrousse », en fait.

— Ce n'est pas si loin, lui ai-je fait, même si l'appartement se trouvait à une bonne vingtaine de kilomètres de notre maison, située dans le quartier de Five Points, à Raleigh.

— Tu ne connais strictement personne ici, Erin. Je n'arrive pas à comprendre ton choix.

— Je sais que tu ne comprends pas. Mais moi je suis en accord avec ce lieu. C'est ce que je veux. Ce dont j'ai besoin, en ce moment. Merci de… de le comprendre, c'est tout.

Son regard s'est de nouveau perdu par la fenêtre. La lumière grise glissait sur ses cheveux brun cendré — la couleur qu'auraient eue également les miens si je ne les éclaircissais pas. Les cheveux de Michael étaient de la couleur de mes racines, en fait. Il y avait une éternité que j'aurais dû prendre rendez-vous chez mon coiffeur pour une retouche, mais mon aspect m'était devenu indifférent.

— Laisse-moi vivre ici à ta place, plutôt, m'a-t-il soudain proposé.

J'ai froncé les sourcils.

— Toi ? Mais pourquoi ?

— C'est juste que…

Il a tourné la tête vers moi.

— Je n'ai pas envie de te savoir dans un endroit comme celui-ci. Tu as passé tellement de temps à arranger la maison. Ta vie est là-bas. Pas ici.

— Cet appartement me va très bien, Michael. Tout est propre et neuf, voyons !

J'étais profondément touchée. Il m'aimait encore assez pour accepter de venir vivre à ma place dans ce petit meublé quelconque. Ce que Michael ne semblait pas parvenir à comprendre, en revanche, c'est que je ne pouvais plus rester chez nous un jour de plus. Partout, dans notre maison, je vivais l'absence de Carolyn. Sa chambre, dans laquelle je n'avais pas mis une seule fois les pieds depuis sa mort, il y a quatre mois, me torturait derrière sa porte close. Et Michael qui avait été jusqu'à suggérer que nous la transformions en salle d'entraînement ! C'était comme s'il voulait effacer Carolyn de nos vies. Il trouvait cet appartement déprimant alors qu'il m'apparaissait comme un lieu neutre et sûr. Loin de mon ancienne vie. De ma vie-Carolyn. De nos amis avec enfants dont je ne supportais plus la présence. De nos anciennes connaissances que je ne voulais surtout plus croiser dans la rue. De mon mari que je n'avais plus le sentiment de connaître. Il me semblait que mes amis n'aspiraient pas plus à ma présence que je ne souhaitais la leur. Au début, ils avaient été merveilleux, solidaires, mais maintenant ils n'avaient plus rien à me dire. Je représentais l'horreur pour eux : un rappel constant de l'infinie précarité du bonheur et de la vie. *De l'enfance.*

Michael s'est tourné vers moi.

— Qu'est-ce que je dis si on me pose la question ? Que nous nous séparons ? Que nous divorçons ? Comment suis-je censé expliquer le fait que tu décides de vivre loin de moi ?

— Dis-leur ce que tu veux. Ce qui te paraît le plus pratique.

Je me contrefichais de ce que pensaient les gens. Avant, je me souciais de mon image, comme tout le monde, mais cette phase de mon existence était derrière moi. Michael, lui, attachait encore de l'importance à l'opinion d'autrui. Et c'était ce qui nous différenciait. Lui avait gardé les deux pieds dans notre vie d'avant. Une vie où nous nous inquiétions encore de savoir ce que les gens pensaient de nos actes ; une vie où il espérait retrouver petit à petit le chemin de la normalité. De mon côté, j'avais renoncé à la normalité. Je me fichais du normal comme de ma première trottinette ! « Normal que vous vous fichiez du normal », avait commenté avec laconisme Judith, ma thérapeute.

Mon ancien moi aurait ri de sa réaction. Mais mon moi d'aujourd'hui ne riait plus de rien.

Michael a désigné l'un des cartons posés sur un tabouret devant le bar.

— Celui-ci est marqué « Chambre ». Je te le porte à côté.

— C'est gentil, merci.

Il a soulevé la caisse de livres à bras-le-corps. Avant, j'adorais ses bras, probablement plus que n'importe quelle autre partie de son corps. Ses entraînements quotidiens les avaient sculptés à la manière d'une œuvre d'art. Michael faisait partie de ces oiseaux rares qui en avaient dans la tête autant que dans les biceps. « Un geek avec un corps de dieu grec », avait résumé une fois une de mes amies alors que nous regardions nos maris s'ébattre avec nos enfants dans une des piscines privées du voisinage.

Mais quand je regardais Michael maintenant, je ne ressentais plus rien.

37

J'ai traversé le petit living d'un pas lent et regardé par la fenêtre le paysage rassurant par son anonymat même. Il n'y avait rien ici pour me rappeler ma fille — ma belle, ma radieuse, ma pétillante petite fille. « Vous fuyez », avait commenté Judith lorsque je lui avais fait part de mon projet de prendre un appartement. Il n'y avait eu aucune nuance de jugement dans sa voix, même si je savais qu'elle ne souscrivait pas à ma décision. Judith ne me faisait jamais la morale, contrairement à Michael qui, lui, me sermonnait jusqu'à la nausée.

« T'enfuir de la maison, tu peux, ce n'est pas compliqué. Mais le bazar que tu as dans la tête te suivra partout quand même. »

Je lui aurais cassé la figure le jour où il m'avait dit ça. J'en avais plus que ma claque de ses conseils et de ses critiques dites constructives sur mon « style » de deuil particulier. Et tant pis si de mon côté je n'étais pas beaucoup plus tolérante sur la façon dont il vivait le sien. J'étais hantée par des questions profondes qui laissaient Michael de glace. Des questions existentielles. Reverrais-je Carolyn lorsque je mourrais à mon tour ? Son âme se trouvait-elle quelque part ? Je percevais sa présence partout autour de moi. Parfois, j'entendais presque sa voix. Lorsque je demandais à Michael si cela lui arrivait aussi, il me répondait « Oui, oui », d'un ton qui m'indiquait tout le contraire.

Michael est revenu dans le séjour et m'a rejointe devant la fenêtre. Il a passé un bras autour de mes épaules et j'ai remarqué à quel point son geste était hésitant. Il lui était devenu difficile d'anticiper quand sa présence physique m'était un réconfort et quand elle m'insupportait. Judith essayait de m'amener à lui témoigner plus de compassion. Mais j'étais trop occupée à m'en témoigner à moi-même. L'énergie me manquait ces derniers temps pour rester attentive aux besoins de Michael. Il était devenu quelqu'un que j'avais aimé dans le temps mais que je ne parvenais plus à comprendre. Je sais qu'il aurait pu dire exactement la même chose de moi.

— Je suis inquiet pour toi, a-t-il dit.

Son bras sur mes épaules m'a soudain paru peser des tonnes.

— Ce n'est pas nécessaire.
— Je ne suis pas sûr qu'il soit bon que je te laisse faire ça.
— Que tu me laisses faire *quoi*?

Je me suis dégagée pour aller m'asseoir sur le canapé. Il était ferme. Inconfortable. A des années-lumière de celui que nous avions à la maison, qui était accueillant, rembourré, tout ébouriffé de coussins de couleur.

— Tu te prends pour qui pour me dire ça? Mon père?
— Tu as une date fixée pour la reprise de ton travail?
— Si tu me poses encore *une* fois cette question, je…

Découragée, j'ai secoué la tête. J'avais essayé de retourner à la pharmacie qui m'employait. Mais ma reprise avait duré moins de vingt-quatre heures. Dès le premier jour, j'avais commis une erreur dans une délivrance de médicament qui aurait pu coûter la vie à la cliente. En m'en apercevant, j'avais retiré ma blouse blanche, remis l'ordonnance à l'un de mes collègues et j'étais sortie de la pharmacie sans un regard en arrière.

— Tu vas rester assise toute la journée dans ce…

D'un geste du bras, Michael a englobé l'espace qui me servirait de salon, salle à manger et cuisine.

— … dans cet endroit et ruminer. Cela me fait peur, Erin.

Il m'a regardée droit dans les yeux, alors, et j'ai vu la sollicitude dans son regard. Incapable de le soutenir, je me suis concentrée sur mes mains qui reposaient à plat sur mes cuisses.

— Ça va aller pour moi, ne t'inquiète pas.
— Il faut que tu cesses de ressasser chaque instant, chaque détail, comme tu le fais à longueur de journée, a-t-il poursuivi, comme s'il ne m'avait pas déjà dit la même chose au moins vingt fois. Tu ne peux pas continuer à te repasser encore et encore le film des événements en multipliant les «et si…». Les «et si…» sont des instruments d'auto-torture qui te détruisent à petit feu, Erin. Ce qui est arrivé est arrivé. Et aussi atroce que cela puisse être, il n'y a pas de retour en arrière possible. Il serait temps que tu commences à l'accepter.

Je me suis levée.

— Il vaut mieux que tu t'en ailles, maintenant.

Je me suis dirigée vers la porte. Si j'avais emménagé dans cet appartement, c'était, entre autres raisons, pour échapper à des discussions telles que celle-ci.

— Merci pour toute ton aide, Michael. Je sais que cela n'a pas été facile pour toi.

J'ai bien vu la frustration dans son regard, mais il s'est levé sans protester. Je l'ai suivi dans l'entrée. Avant de quitter l'appartement, il s'est penché pour me prendre dans ses bras.

— Est-ce que tu me détestes ? a-t-il chuchoté, les lèvres enfouies dans mes cheveux.

— Bien sûr que non, lui ai-je murmuré en retour.

Même s'il y avait des moments où je lui en voulais à mort. Je pouvais affirmer en toute sincérité qu'il était le seul homme que j'avais jamais aimé. Et si quelqu'un m'avait prédit que notre couple se désagrégerait comme il était en train de le faire, j'aurais souri avec aplomb et répondu que c'était mal nous connaître. Et pourtant la désagrégation était là et nous n'aurions pu être plus éloignés l'un de l'autre.

Michael est sorti sur le palier.

— Bye, ai-je dit.

Je commençais à refermer la porte lorsqu'une bouffée de panique m'a saisie.

— Surtout ne touche pas à sa chambre !

Michael ne s'est pas retourné. Il a juste levé une main en l'air pour m'indiquer qu'il avait entendu. Je savais qu'il souffrait. Peut-être même passait-il par des phases de chagrin intolérables. Mais je savais aussi comment il affrontait sa douleur morale. Tout à l'heure, en rentrant, il inventerait un nouveau jeu vidéo ou se lancerait dans des travaux de bricolage. Il se noierait dans l'hyperactivité. Lui ne *ruminait* jamais, bien sûr. Et même s'il avait désiré le faire, il n'aurait pas su comment s'y prendre. Alors que j'étais devenue une grande experte en la matière. Sans que ce soit délibéré, d'ailleurs. C'était comme ça, voilà tout. Je commençais par avoir l'esprit occupé par des choses du quotidien — une liste de courses, par exemple. Mais avant que je puisse anticiper le processus, je me retrouvais en train de revivre chaque détail de cette soirée cauchemardesque et de les raconter dans ma tête, comme si j'en faisais le récit à quelqu'un. A qui est-ce que je parlais ainsi en moi-même ? J'avais besoin de revenir sur les événements, de la même manière que certains obsessionnels affublés de TOC étaient contraints de se laver les mains toutes les deux minutes. Parfois, j'avais l'impression de sombrer dans la folie et je m'obligeais à penser à autre chose. Mais dès l'instant où je cessais de me surveiller, je repartais de plus belle dans mes ressassements et mes souvenirs. C'était la raison pour laquelle j'aimais tant le forum « Le Papa de Harley et ses Amis » que j'avais trouvé sur internet. Il avait été créé par le père d'une petite fille — Harley —, une enfant de huit ans qui avait perdu la vie dans un accident de vélo. Le forum était presque uniquement fréquenté par des parents endeuillés. Je n'en connaissais aucun dans la « vraie vie », mais je les considérais comme mes plus proches amis. J'avais le sentiment de les connaître mieux que je ne connaissais Michael. Ils comprenaient mon besoin de revenir, encore et encore, sur les événements qui avaient coûté la vie à Carolyn. Ils me comprenaient *moi*. Je passais des heures chaque jour en leur compagnie. Je lisais les posts où ils racontaient leurs errances, leurs effondrements et leurs combats. Et j'écrivais en retour pour partager les miens. Pour certains d'entre eux, je ressentais un élan que je ne pouvais que qualifier d'amour, même si, pour la plupart, je ne savais même pas à quoi ils ressemblaient. Mais peu m'importait leur aspect physique. J'en étais venue à penser à eux comme à ma seule vraie famille.

A présent, dans mon petit meublé, j'étais enfin à l'abri. Je recréais mon propre univers, dans un nouveau quartier avec mes nouveaux amis du forum du « Papa de Harley ». Je me suis retournée pour examiner mon nouveau séjour, avec l'impression d'être une évadée en cavale enfin délivrée de sa prison. Mais à la place du mobilier quelconque et de la pièce sans caractère, j'ai vu un ciel d'un noir de velours et le long ruban illuminé de la jetée d'Atlantic Beach. Et j'ai su que je pourrais mettre autant de kilomètres que je voudrais entre la maison et moi, mais que cette nuit horrible serait toujours, *toujours* là et ne me quitterait pas.

5. Travis

Bella courait devant moi sur la plage. Les grains de sable sur ses pieds et ses jambes étincelaient au soleil. Septembre était arrivé et nous avions le bord de mer pratiquement pour nous tout seuls. Les cheveux bruns de Bella flottaient joyeusement derrière elle comme une bannière, et son sac rose lui battait les flancs dans sa course. Elle avait l'air si libre… J'aurais voulu qu'elle puisse toujours se sentir comme en cet instant. Heureuse, spontanée. C'était bien pourquoi je l'avais emmenée à la plage aujourd'hui, pour qu'elle puisse courir, jouer et se comporter comme une enfant de son âge. Notre ancienne maison — qui n'était plus qu'un tas de cendres — se trouvait à quelques centaines de mètres de l'océan, et j'avais pris l'habitude de conduire chaque jour ma fille au bord de l'eau. Mais depuis l'incendie nous n'étions pas revenus une seule fois sur *notre* plage. En l'espace d'une semaine, Bella était devenue une petite fille tout à fait sérieuse et tout à fait perdue. Un peu à l'image de son père, aussi paumé et à la dérive qu'elle. En l'espace de quelques heures, nos deux vies étaient parties en fumée, comme la maison. Je ne voulais pas que Bella le sache ; j'aurais voulu la tenir à l'abri, la préserver de la peur. Mais ma fille n'était pas bête. Elle le savait bien, que tout avait changé.

Franny, une des copines d'église de ma mère, nous hébergeait provisoirement chez elle. Mais ce n'était pas une bonne solution pour nous. Elle avait une ribambelle de petits-enfants qui entraient et sortaient en permanence de chez elle. Sans parler de la cohorte de chats qui vivaient là et auxquels je soupçonnais Bella d'être allergique... On sentait que Franny nous accueillait par obligation morale et chrétienne mais que nous étions une charge pour elle. Elle nous avait relégués, Bella et moi, sur le matelas défoncé d'un vieux canapé-lit que nous étions condamnés à partager. J'avais parfois l'impression de me réveiller la nuit couvert de piqûres de puces, mais je n'étais pas en position de me plaindre. On ne pouvait pas dire que les propositions d'hébergement aient plu sur nous... A peu près trois fois par jour, Franny me demandait si j'avais trouvé un nouvel endroit où loger. Eh bien c'était chose faite ! Une petite caravane placée sur un bout de terrain situé en bordure de la route. Grosso modo : une boîte de conserve améliorée. Un grand coup de vent du nord-est suffirait sans doute à l'envoyer rouler sur la plage, de l'autre côté de la voie. Mais il nous faudrait nous en contenter. Il y avait un lit double que je laisserais à Bella et un futon dont je m'accommoderais. Selon moi, ce n'était pas gênant pour de très jeunes enfants de dormir dans le même lit que leurs parents. Mais les livres que j'avais lus étaient unanimes : il valait mieux éviter ce genre de cohabitation une fois qu'ils avaient passé l'âge de trois ans. A la maison, Bella avait dormi sans difficulté seule dans sa chambre. Mais chez Franny, on ne nous avait pas donné le choix. Et Bella, de toute façon, avait eu besoin de moi. Tout comme je ressentais le besoin de sa proximité, moi aussi.

En revanche, si elle me demandait encore une fois quand sa Nana allait revenir, je péterais un câble. Je lui avais expliqué que sa grand-mère était au ciel et qu'elle devait y rester, qu'elle n'avait pas le choix. Et Bella d'en conclure que Nana était enfermée à clé quelque part et que quelqu'un de méchant l'empêchait d'en sortir. Je lui avais donc parlé du bon Dieu, en lui précisant que le ciel était un endroit super, voire très convoité. Mais une nouvelle crainte m'était venue tout de suite après : et si Bella en déduisait que mourir était *la* chose à faire ? Une autre série de questions s'était ensuivie :

« Est-ce que toi aussi tu vas aller au ciel, papa ? Et je serai toute seule si tu montes là-haut ? »

Franny avait secoué la tête en décrétant que je me posais trop de questions et que je compliquais inutilement les choses. Elle avait fourni sa propre version à Bella :

« Ta Nana est allée dormir au ciel avec Jésus. Et quand tu seras une très, très vieille dame, tu iras la retrouver. »

Cette explication avait paru convenir à ma fille. Du moins, je l'avais cru. Jusqu'au moment où, moins d'une heure plus tard, la question suivante était tombée :

« Est-ce qu'on peut aller rendre visite à Nana au ciel, aujourd'hui ? *S'il te plaît*, papa. »

Bon sang, comme j'aurais aimé pouvoir y faire un petit saut…

Je n'avais pas eu une mère parfaite. Loin de là. Elle avait été fumeuse, diabétique, en surpoids, et n'avait jamais pris aucun soin d'elle-même. Mais elle avait adoré Bella et s'en était occupée avec plaisir pendant mes heures de travail. L'enquête avait montré que l'incendie avait été provoqué par un problème électrique dans les branchements derrière la cuisinière. Et non pas par une éventuelle négligence de ma mère. J'avais été soulagé de l'apprendre. Je n'avais pas envie de lui en vouloir maintenant, alors que je l'avais perdue. Cela m'aurait gêné d'avoir à laisser partir ma mère sur une grosse colère. Au lieu de cela, j'étais rempli de gratitude. Elle avait donné sa vie pour Bella. J'avais un peu de mal, c'est vrai, à me représenter ma mère, obèse et toujours essoufflée, courant se jeter dans une maison en flammes pour sauver ma fille… « Le Seigneur a agi à travers elle », avait dit le pasteur pendant la cérémonie de funérailles.

Et même si Dieu et moi nous n'avions jamais été en très bons termes, cette idée me plaisait assez. Je m'y raccrochais, même.

Je n'avais jamais réalisé à quel point j'étais devenu dépendant de ma mère depuis que j'avais Bella. A présent, ma fille n'avait plus que moi au monde et cette pensée me terrifiait. Je n'avais plus de boulot, pour le coup. Impossible de partir travailler le matin alors que je n'avais personne pour garder ma fille. Et pas de boulot voulait dire *pas d'argent*.

Mon patron avait trouvé quelqu'un d'autre pour terminer les placards de cuisine que j'avais eu tant de plaisir à fabriquer dans la maison neuve en bord de mer. Il n'avait pas eu de mal à me remplacer. Vu la crise qui sévissait en ce moment dans le bâtiment, cent types au moins s'étaient montrés prêts à prendre ma place.

Comble de déveine : j'avais bossé au noir. Mon salaire m'était versé en liquide, autrement dit. Et l'enveloppe avec ma dernière paye avait brûlé avec le reste. *Quatre cents dollars* partis en fumée. Le billet de cent que j'avais dans mon portefeuille était le seul rempart qui nous séparait encore de la mendicité.

Plus loin sur la plage, Bella s'est accroupie pour ramasser quelque chose que je ne pouvais pas voir de là où je me tenais. Elle est revenue vers moi au pas de course en tenant l'objet contre sa poitrine avec son petit mouton. La peluche est tombée et, lorsqu'elle s'est penchée pour la ramasser, sa trouvaille a chuté à son tour. Je n'ai pu m'empêcher de rire en m'avançant dans sa direction.

— Tu as besoin d'un coup de main?

— Je fais toute seule! a proclamé ma fille en calant le mouton sous son bras.

J'ai alors découvert son trésor. C'était un gros bulot gris pâle, le plus grand que j'aie jamais vu sur cette plage. Et j'avais eu l'occasion d'en ramasser quelques-uns depuis que je vivais ici.

— Ouah, Bella ! Il est énorme ! Tu as touché le gros lot !

— C'est un bulot, papa.

Elle a renoncé à essayer de transporter en même temps le coquillage et la peluche, et a choisi plutôt de s'asseoir à même le sable. Je me suis installé à côté d'elle pour examiner le coquillage. *Buccinum undatum.* Il était plus grand que ma main et sans défaut, avec la nacre à l'intérieur d'un rose pâle couleur d'aurore. J'étais tellement heureux que Bella l'ait trouvé. Dès l'instant où elle avait pu se tenir sur ses jambes, nous avions commencé à collectionner les coquillages. Mais ils avaient presque tous été détruits dans l'incendie. Ce beau bulot marquait le début d'une nouvelle collection.

— Tu te souviens du nom de la bête qui vivait à l'intérieur ?

— Un escargot ! m'a-t-elle répondu avec fierté.

Elle était assise en tailleur et effleurait le relief du coquillage du bout des doigts.

— C'est presque ça. Un animal qui ressemble à un escargot.

Bella a hoché la tête. Comme moi, elle adorait qu'on lui parle de tout ce qui concernait la vie marine. Je sentais l'esprit de mon père souffler à travers moi lorsque j'étais à la plage avec ma fille et que je lui apprenais les choses de la mer. C'était parfois comme si j'entendais sa voix sortir de ma bouche. Je regrettais qu'ils n'aient pas eu la chance de se connaître, Bella et lui. Ils se seraient tellement bien entendus, tous les deux.

— Et il mange des palourdes !

— Très bien. Et quoi d'autre encore ?

Bella a réfléchi si fort que son petit visage s'est plissé. Le bout de son nez était un peu rose. J'avais oublié la crème solaire.

— Des coquilles frère Jacques ?

— Des coquilles *Saint*-Jacques.

Elle se trompait chaque fois dans le nom. Un jour, elle le retiendrait correctement et j'aurais la nostalgie de ses « frère Jacques ». Bella a tapoté le coquillage comme s'il s'agissait d'un jeune chiot.

— C'est celui-là, papa, où les garçons deviennent des filles ?

Un soupir m'a échappé. Franny avait raison : je lui donnais trop d'informations, à cette gamine. Elle n'avait pas besoin de connaître l'hermaphrodisme des gastéropodes à l'âge de trois ans — bientôt quatre. Je devais avoir au moins sept ou huit ans lorsque mon père m'avait livré ce scoop.

— Oui, c'est celui-là, me suis-je contenté de confirmer, sans entrer dans les détails. Tu veux qu'on le mette dans le sac et qu'on continue de chercher ?

A mon épaule, je portais le fourre-tout en toile que nous utilisions toujours pour notre récolte de coquillages.

— Oui, oui ! On va en chercher plein d'autres, papa !

Elle s'est redressée d'un bond pour s'élancer devant moi sur la plage. Je la suivais à quelques pas, longeant le bord de l'eau pour sentir le sable mouillé sous mes pieds. Et j'ai songé qu'entre mon père et moi il existait une différence de taille. Il avait été plombier indépendant et sa petite entreprise avait toujours bien tourné. Je n'avais pas été élevé comme un enfant de riche, mais je n'avais jamais manqué de rien. Mon père avait été à la hauteur, lui, alors que moi j'avais le sentiment de trahir mes responsabilités envers Bella. Avant toute autre chose, je souhaitais être le genre d'homme dont mon père aurait été fier. Et je n'étais pas vraiment en bonne voie, vu comme je pataugeais dans la vie en ce moment.

Si le père de Robin avait encore été en vie, je lui aurais peut-être envoyé un S.O.S. J'aurais pu m'adresser à Robin directement mais, dans le contrat que son père m'avait fait signer, je m'étais engagé à ne la recontacter sous *aucun* prétexte. De toute façon, j'étais bien trop remonté contre elle. Robin était la dernière personne à qui je me serais abaissé à demander de l'aide. Mais son père, me semblait-il, n'aurait pas poussé la cruauté jusqu'à tourner le dos à sa petite-fille si elle mourait de faim. De toute façon, la question ne se posait plus. Il était mort. Ma mère avait été une lectrice assidue des rubriques nécrologiques, toujours soucieuse de s'assurer que ses amis se trouvaient encore sur terre et pas à six pieds dessous. La nouvelle du décès du père de Robin m'avait fait une impression bizarre. Nous ne nous étions jamais aimés, lui et moi. Mais la première fois que j'avais tenu Bella dans mes bras, j'avais un peu mieux compris certains trucs chez lui : le besoin de protéger sa fille envers et contre tout, par exemple. Je sais que je serais capable de n'importe quoi pour Bella. Et c'était tout ce que le père de Robin avait cherché à faire : écarter le danger de sa fille. Je l'avais compris alors, même si je n'avais pas trop de sympathie pour le vieux.

Bella et moi, nous sommes restés encore un long moment à observer les dauphins et les pélicans. Puis nous avons attrapé nos affaires pour partir. Je m'étais senti tellement heureux sur la plage, si éloigné de tous mes problèmes, que j'ai repris, par automatisme, le chemin de notre ancienne maison. Au bout d'un moment, je m'en suis aperçu et j'ai bifurqué pour retourner chez Franny. Le fourre-tout pesait un peu plus lourd sur mon épaule. Alors que je tournais le dos à la plage pour me diriger vers ma nouvelle vie, *tout* m'a paru peser un peu plus lourd sur mes épaules.

6. Robin

2004

Le Dr McIntyre m'a aidée à descendre de la table d'examen.
— Va t'asseoir un instant dans la salle d'attente, d'accord ? Je veux parler à ton père.

Je voyais le cardiologue depuis des années et il terminait chaque visite par un entretien en privé avec mon père. Mais cette fois-ci son ton était plus grave qu'à l'ordinaire. Mon père m'a ouvert la porte pour me laisser sortir, et son visage m'a paru soudain très vieux et fatigué. Avant qu'il ne referme complètement le battant, j'ai entendu la voix du médecin :

— L'évolution de la maladie est plus rapide que nous ne l'avions espéré. Son état est malheureusement plus avancé que celui de sa mère au même âge.

Je n'ai pas compris la réponse de mon père car la porte s'était refermée. Mais je crois que je n'aurais pas saisi ce qu'il disait, de toute manière. J'étais sous le choc. J'ai longé le couloir pour me diriger vers la salle d'attente, avec l'impression que mes jambes s'enfonçaient dans de la boue. En vérité, je le savais déjà, non ? Au fond de moi, l'angoisse était là depuis pas mal de temps — celle de subir un sort identique à celui qu'avait connu ma mère : la mort à vingt-cinq ans. Mon état se détériorait, je le sentais. Quand je réfléchissais à ce que j'étais encore capable de faire il y a six mois, je voyais bien que mes performances physiques allaient en diminuant. Enfant déjà, je courais moins vite et moins longtemps que mes camarades. Et je n'avais pas pu les suivre dans leurs longs périples à vélo. Mais maintenant, c'était tellement pire. Le moindre effort physique me laissait à bout de souffle avec une sensation de vertige dans la tête. La veille encore, alors que je dansais dans ma chambre avec mes amies, j'avais dû m'asseoir au bout de quelques secondes. Depuis mon lit, je les avais regardées rire et se démener pendant qu'elles perfectionnaient leurs mouvements. Et c'était comme si je les avais senties *physiquement* s'éloigner de moi.

Je me suis laissée tomber dans un des fauteuils en cuir de la salle d'attente et me suis préparée à la réaction de mon père. Même si je n'avais pas surpris les paroles du Dr McIntyre, j'aurais compris en voyant ses yeux rougis. Il m'a fait signe de le rejoindre et il m'a pris la main, qu'il a tenue serrée très fort pendant que nous nous dirigions à pas lents vers le parking. Nous n'avons pas échangé un mot jusqu'à la voiture. Je crois qu'aucun de nous deux n'aurait été capable de dire quoi que ce soit, de toute façon.

— Je t'aime de toutes mes forces, Robin, a fini par déclarer mon père en ouvrant ma portière. Je veux que tout aille bien pour toi.

Je reconnais que je n'en menais pas large.

— J'ai entendu ce que le docteur a dit. Que l'état de mon cœur est encore pire que celui de maman à mon âge. Ça veut dire que je vais vivre encore moins longtemps qu'elle ?

Je venais d'avoir quinze ans. Cela me laisserait dix ans grand max.

— Tu vivras plus longtemps que ta mère, a décrété mon père avec force. Aussi longtemps que n'importe qui, probablement. La médecine a beaucoup progressé en dix ans et on en sait plus sur ta maladie. De plus en plus de gens, d'autre part, signent une carte de donneur d'organes. Donc lorsque tu auras besoin d'un cœur, il y en aura un disponible pour toi.

Je n'étais pas stupide. Je savais que ce n'était pas tout à fait aussi simple. Sans un mot, j'ai pris place dans la voiture et j'ai fixé le tableau de bord pendant que mon père venait s'asseoir au volant.

— Je veux que tu arrêtes complètement l'EPS, m'a-t-il dit en tournant la clé de contact.

Je passais quasiment toute l'heure de cours assise à regarder les autres faire du sport, de toute façon. Mais je détestais ce genre d'interdit qui m'éloignait encore un peu plus des filles de mon âge.

— Franchement, pour ce que ça me fatigue...

— Et à partir de maintenant, je te conduirai au collège en voiture.

— *Papa!* De toute façon, tu ne peux pas. Tu vas à l'université le matin.

— Je modifierai mon emploi du temps.

— Allez, s'il te plaît ! Je ne vois pas quelle différence ça fait d'être assise dans une voiture ou dans un bus !

Je le sentais qui grignotait encore un peu plus mon espace de liberté. Il avait toujours été hyperprotecteur avec moi. Et j'avais le sentiment que ça allait encore empirer.

— Cela t'évitera d'aller à pied jusqu'à l'arrêt de bus. Et puis, ce n'est pas bon pour toi, toute cette... agitation qui règne dans les transports scolaires.

— *Quelle* agitation ? Qu'est-ce que tu racontes ?

— Ecoute... fais-moi plaisir, d'accord ? Je veux que tu mènes une vie aussi calme et tranquille que possible.

Ce qu'il voulait, c'était ne plus me quitter des yeux une seule seconde. Me protéger. *M'étouffer.* Bientôt, il m'enchaînerait à son côté.

Pour la première fois cette nuit-là, j'ai compris ce que c'était que d'avoir peur de mourir. Dans mon lit, je sentais mon cœur cogner contre mes côtes et j'entendais le sang bruisser dans ma tête, si fort que je n'osais pas me laisser aller au sommeil. Ma mère était morte durant la nuit, sans véritables signes avant-coureurs. Son cœur s'était arrêté comme ça, sans prévenir, alors qu'elle dormait. C'est pour cela que je suis restée éveillée pendant des heures à guetter chaque battement sourd — comme si je pouvais, par la seule force de ma volonté, maintenir mon cœur en état de fonctionnement…

Dès le lendemain matin, mon père m'a conduite au collège en voiture. J'ai retrouvé mes amies à la descente du bus. Leur conversation portait sur un garçon qui plaisait à Sherry, ma meilleure amie, et sur une fête où elles comptaient toutes aller. Sherry espérait que le garçon l'embrasserait à cette occasion. Il était également question de bière et d'herbe que quelqu'un apporterait peut-être. Je ne trouvais rien à dire qui aurait pu me permettre de m'intégrer à la discussion. Et les filles ont « oublié » de ralentir leur pas pour l'ajuster au mien. Sherry et moi, nous nous sommes séparées du groupe pour aller ensemble en cours de SVT. Mais même comme ça, en tête à tête, on n'avait plus grand-chose à se raconter, elle et moi. J'étais épuisée par ma nuit sans sommeil et j'avais du mal à garder les yeux ouverts. Pendant que mes amies rêvaient de garçons, de fêtes et d'ivresse, j'avais juste été occupée à lutter pour *rester en vie*.

En cours de SVT, j'ai découvert qu'on avait un nouveau dans la classe. Les bureaux étaient prévus pour deux. Et comme mon voisin habituel était malade, Mlle Merrill avait casé Travis Brown à sa place. Petit et fluet, il avait l'air d'un cinquième plus que d'un troisième. Lorsque je lui ai tendu le paquet de documents que la prof voulait faire circuler, il a évité mon regard. Je voyais ses cils très longs et recourbés, ses cheveux épais qui lui tombaient sur le front. Il avait l'air d'une fille et il paraissait vraiment très triste. C'était le genre de garçon qui allait forcément servir de cible aux abrutis du collège.

Mlle Merrill s'est adressée à moi de son estrade :

— Robin, après la classe, tu passeras tes cours à Travis, s'il te plaît. Et tu lui donneras les devoirs à faire pour qu'il puisse s'intégrer rapidement.

— Oui, madame.

J'acceptais parce que je n'avais pas trop le choix. A quelques rangées devant moi, Sherry s'est retournée pour

53

me décocher un sourire du style : « J'aime autant que ce soit toi que moi. »

La dernière chose dont j'avais envie, c'était de traîner avec ce nouveau bizarre à la fin des cours. J'ai donc annoncé en deux mots à Travis que je lui enverrais les devoirs à faire par mail. Au moment où j'ai voulu sortir de la classe, Mlle Merrill m'a rappelée.

— Ce n'est pas par hasard que je t'ai choisie pour aider Travis, Robin. Son père vient de mourir. J'ai pensé que tu comprendrais mieux que les autres ce qu'il est en train de vivre.

J'ai protesté en secouant la tête.

— Il y a longtemps que ma mère est morte. Ce n'est pas pareil.

Elle a haussé les sourcils.

— Tu crois que c'est si différent ?

— Je pense, oui.

Mais en m'acheminant vers ma salle de cours suivante avec l'adresse mail et le numéro de téléphone de Travis en poche, je me suis dit que la prof n'avait peut-être pas complètement tort. Nous étions des semi-orphelins, lui et moi. Et on ne se remettait jamais vraiment de la perte d'un parent — l'âge n'y faisait rien.

Je lui ai transféré les devoirs par mail, ce soir-là. Mais lorsqu'il m'a demandé en retour de lui préciser un truc qu'il n'avait pas compris, j'ai décidé, sur une impulsion, de l'appeler au téléphone. Je lui ai fourni les explications sur le devoir à faire, puis j'ai ajouté après une hésitation :

— Mlle Merrill m'a dit que tu avais perdu ton père ? Ma mère… Ma mère est morte quand j'avais quatre ans. Je crois que c'est pour ça qu'elle m'a choisie pour t'aider.

— Ce n'est pas pareil.

— C'est exactement ce que je lui ai dit !

— Tu as eu toute ta vie pour t'habituer, toi.

— Oui, enfin… On ne s'habitue pas tant que ça, en fait. Je ne me souviens pas très bien de ma mère, mais elle me manque toujours. Enfin, ça me manque de ne pas avoir de maman, en tout cas.

— Ouais, je comprends.

Il est resté silencieux un instant.

— Il était trop cool, mon père.
— Tu as des frères et sœurs ?
— Non. Et toi ?
— Non plus.

J'ai senti le poids de la solitude, soudain. La mienne. La sienne.

— C'est dur.
— Ouais, grave. Et en plus, on a été obligés de dégager de chez nous. On n'avait plus les moyens de garder notre maison, à Hampstead. Ma mère a des amis ici qu'elle connaît par l'église, mais je déteste ce coin. On s'est retrouvés en location dans une espèce de vieille baraque pourrie. Et puis je hais ton collège à la con aussi. La seule chose que j'aime, dans ce patelin, c'est la plage. Mon père m'emmenait toujours sur l'île de Topsail. Tu verrais les plages là-bas, elles sont trop classe.

C'était comme si j'avais appuyé sur un bouton et que j'avais déclenché un flot continu.

— Elle est où ta nouvelle maison, alors ?
— A Carolina Beach.
— Ah, d'accord.

Jusqu'à maintenant, je n'avais pas trop fréquenté les élèves de ma classe qui venaient de Carolina Beach. Mon père les avait toujours regardés de haut et je crois que j'avais calqué mon attitude sur la sienne, sans même m'en rendre compte.

— Et toi ? m'a-t-il demandé. Tu vis où ?
— Dans un appartement à Wilmington, à côté de l'université. Mon père est prof de fac.

Nous avons parlé de nos quartiers respectifs et j'ai découvert que nous menions deux vies totalement différentes. La mienne, bien clean, bien tranquille, caractéristique des classes moyennes cultivées. La sienne, elle, semblait avoir été bricolée en urgence, avec les moyens du bord.

— Toi au moins, tu as des amis ici, a conclu Travis. Pour moi, c'est tout à recommencer.

— J'*avais* des amis, ici. Mais maintenant, plus trop.

Ouah. Etait-ce réellement le cas ? J'avais l'impression que je me décidais enfin à me l'avouer. Je ne me souvenais plus de la dernière fois où Sherry avait pris l'initiative de m'appeler. C'était toujours moi qui prenais mon téléphone. Même chose pour les textos. Mes amies allaient de l'avant. Et je restais derrière, à la traîne.

— Qu'est-ce qui te fait dire ça ? m'a demandé Travis.

— Elles sont devenues... Je ne sais pas... Différentes des filles que j'ai connues. On n'évolue pas pareil, elles et moi. Ce qu'elles racontent ne m'intéresse plus trop.

J'en parlais comme si c'était moi qui m'éloignais d'elles et non le contraire.

— La plupart des filles sont comme ça. Elles n'ont rien dans la tête.

— C'est un peu gros, comme généralisation.

— Peut-être, ouais.

Il m'a parlé de ses anciens amis, à Hampstead, et à quel point ils avaient été chouettes. Je lui ai fait la liste de ceux qu'il valait mieux éviter au collège et de ceux qu'il pouvait approcher en toute confiance. Puis nous avons commencé à parler musique et je n'ai plus vu le temps passer, jusqu'au moment où mon père a frappé à ma porte pour me dire qu'il était 10 heures et qu'il fallait que j'aille au lit.

— C'est ton père que j'ai entendu ? m'a demandé Travis.

— Ouais. Il veut que je raccroche et que j'aille dormir.

— Non, sérieux ? Il n'est que 10 heures !

— Je sais.

J'ai regardé en direction de mon lit et me suis souvenue de l'angoisse que j'avais ressentie la nuit précédente et des heures d'insomnie passées à guetter les battements de mon cœur.

— J'ai la trouille de me coucher.

Je me suis mordu la lèvre, horrifiée d'avoir confié un truc aussi perso à quelqu'un que je connaissais à peine.

— Pourquoi ?

— C'est juste que… Enfin, c'est stupide de ma part, mais…

Il était rare que je parle de mon cœur. Je n'avais pas envie que les gens pensent que j'étais faible. L'image physique de Travis m'a soudain traversé l'esprit : petit, fluet, presque féminin d'allure. Qu'est-ce qui faisait que je me confiais à lui, comme ça ? C'était absurde. Et pourtant les mots semblaient se bousculer pour sortir de ma bouche :

— J'ai une cardiopathie congénitale… La même maladie cardiaque dont ma mère est morte, en fait. Et hier j'ai appris que mon état était encore plus grave que le sien au même âge. Cette nuit, je n'arrêtais pas de sentir les battements de mon cœur, du coup. Ça me fichait la trouille, comme s'il allait s'arrêter net. Et maintenant, rien qu'à l'idée de me coucher, j'angoisse.

— Ah d'accord…

Pendant quelques instants, il a gardé le silence.

— Tu pourrais m'appeler, a-t-il fini par proposer.

— Comment ça ?

— Téléphone-moi de ton lit et on discutera. Ça t'évitera de penser à ton cœur. Et moi, à mon père.

— Ça ne marchera pas.

— En tout cas, si tu veux appeler, tu peux.

— Non, merci. Il faut que je te laisse, d'ailleurs. J'ai encore un chapitre à lire, en histoire. Et toi, tu as un paquet de cours à rattraper.

Il s'est mis à rire.

— Parce que tu crois que je vais le faire ? Bon, ben à demain, alors.

J'ai coupé mon téléphone et j'ai enfilé mon pyjama en me disant que j'étais une abrutie finie d'avoir perdu une heure à discuter avec ce Travis Brown. Mais lorsque je me suis retrouvée seule dans le noir sous la couette, mon cœur a recommencé à faire n'importe quoi et pas moyen de prendre de l'air correctement, comme si ma respiration était coupée. Avant que je comprenne moi-même ce que j'étais en train de faire, j'avais déjà appuyé sur la touche rappel.

Travis a répondu si vite que j'ai su qu'il attendait mon coup de fil.

C'est ainsi qu'il est devenu mon ami, la personne que je me réjouissais de retrouver chaque matin au collège. Ce n'était plus Sherry ni aucune de mes ex-copines de toujours. Alors même que je les perdais, je trouvais Travis. Avec les autres garçons, il ne s'était pas vraiment intégré. Pas seulement à cause de son aspect malingre même si, en toute sincérité, je commençais à le trouver mignon. Il avait des yeux gris vraiment chouettes derrière ses cils phénoménalement longs. Travis ne souriait pas souvent, mais les rares fois où c'était le cas, il avait une façon d'incliner la tête qui faisait qu'on ne pouvait que lui sourire en retour. Mais il était trop déprimé par la mort de son père pour chercher à plaire et à se faire accepter par la bande de garçons de la classe. Son père, il pouvait m'en parler pendant des heures. Et je l'enviais d'avoir eu le temps de si bien le connaître alors que la vie m'avait volé ce droit élémentaire : grandir auprès d'une maman. J'étais impressionnée par le père de Travis. J'aimais beaucoup le mien et je considérais que nous avions de bonnes relations, lui et moi. Mais le père de Travis avait été un peu pour lui comme son meilleur ami. Un vraiment très, très bon père.

Nous communiquions par téléphone plus souvent que par mail. Il m'a fallu un certain temps pour comprendre que le vieil ordinateur que Travis partageait avec sa mère les lâchait régulièrement et qu'ils n'avaient pas les moyens de le faire réparer. C'était une situation que je n'avais jamais connue : manquer de l'argent nécessaire pour entretenir quelque chose d'aussi basique et indispensable qu'un ordinateur. Nous en avions trois dans l'appartement, rien que pour mon père et moi. Travis devait utiliser celui de la bibliothèque pour faire ses devoirs — et il était studieux, en fait, même s'il se comportait toujours comme si les cours ne l'intéressaient pas. De temps en temps, mon père me conduisait chez lui en voiture pour que nous puissions faire nos devoirs ensemble. Une fois notre travail scolaire terminé, nous déambulions sans nous presser jusqu'à la plage où Travis me parlait encore et encore des marées, de la houle et des espèces marines — toute la science qu'il tenait de son père. Le mien, de père, semblait apprécier Travis et il l'appelait « ce gentil garçon de la plage ». En fait, il se réjouissait que je me sois éloignée de mes anciennes amies qui menaient des vies de plus en plus déchaînées. Le « gentil garçon » amateur de coquillages lui paraissait être d'une compagnie beaucoup moins périlleuse.

A la fin de l'année scolaire, avec l'arrivée des beaux jours, je n'avais pratiquement plus aucun contact avec Sherry et les autres, mais cela m'était bien égal. Nous n'avions plus rien en commun, les filles et moi. Je les snobais d'autant plus qu'elles refusaient d'entendre parler de Travis, qu'elles considéraient comme le loser intégral de base. Cet été-là, Travis est parti deux mois avec sa mère dans le Maryland, chez une grand-tante. Lorsqu'il est revenu au lycée, début septembre, ce n'était plus le même garçon que j'avais connu. Lorsque je l'ai revu le jour de la rentrée, juré, il m'a fallu un moment pour comprendre que c'était lui. Il avait fait une poussée de croissance pas croyable, tellement rapide que ses articulations avaient dû en souffrir. Non seulement il était plus grand que moi, à présent, mais il avait désormais des muscles là où il n'y avait eu jusque-là que de la peau et une ossature saillante. Il avait même commencé à se raser ! Il ne serait venu à l'esprit de personne de lui trouver un air féminin, cette année. Toutes les filles — Sherry et mes anciennes copines en tête — lui ont fait des avances. Mais il n'avait pas oublié leur ancienne attitude à son égard. Il n'avait pas oublié non plus la seule fille qui l'avait traité comme quelqu'un de valable : moi.

J'avais pas mal changé aussi de mon côté, au cours de l'été. Je comprenais mieux, à présent, la fascination que les garçons exerçaient sur mes ex-amies. Et mon regard sur Travis avait perdu de son innocence. Nous nous sommes réinstallés assez spontanément dans notre ancienne amitié. Mais quelque chose de nouveau et d'excitant bouillonnait sous la surface. Et nous en avions conscience l'un et l'autre. Comme avant, nous passions de longs moments le soir au téléphone. Mais nos conversations prenaient des tours et des détours inattendus, se compliquaient de moments d'embarras et de silence.

— J'ai rencontré une fille dans le Maryland, m'a-t-il confié un soir, peu après la rentrée des classes.

Je me suis efforcée de garder une voix détachée, même si je me sentais ridiculement jalouse.

— Et elle est comment ?
— Cool. Jolie. Sexy.

Je crois bien que c'était la première fois que j'entendais Travis prononcer le mot « sexy ». Toutes mes extrémités nerveuses étaient soudain en feu. Je me sentais mourir à l'idée qu'il l'avait embrassée. Qu'il avait touché son corps.

— Et vous l'avez fait ?

Il a émis un petit rire embarrassé.

— Presque. Mais on n'a pas été jusqu'au bout.

Le soulagement m'a envahie.

— Est-ce que tu es encore... ? Je veux dire, est-ce que tu vas... euh... ?

Il a ri de nouveau et, cette fois-ci, je savais qu'il riait *de moi*.

— Allez vas-y, pose-la, ta question !

J'ai fermé les yeux. Mon cœur battait si fort que je le sentais cogner à travers mon dos jusque dans le matelas.

— Tu vas la revoir ? Le Maryland, ce n'est pas à l'autre bout du monde non plus...

— Non. Je pense que ce ne serait pas juste pour elle.
— Pourquoi ?
— Parce que pendant tout le temps où je traînais avec elle j'avais envie d'être avec toi.

Yes ! Je n'aurais jamais cru que je désirerais à ce point l'entendre prononcer ces mots.

— Je t'aime, ai-je chuchoté.

Terrifiée, j'ai ouvert les yeux en sursaut. J'ai scruté le plafond en me mordant la lèvre. Et attendu.

— Depuis quand ?

Ce n'était pas tout à fait la réaction que j'avais espérée. Mais j'ai remonté le fil de mes souvenirs quand même.

— Depuis le premier soir où on a parlé au téléphone. Tu te souviens ? Tu m'avais dit qu'on pourrait se parler, que ça m'aiderait à oublier mon cœur et que toi, ça t'éviterait de penser à…

— Je t'aime aussi, m'a-t-il interrompue.

Et brusquement, rien n'a plus été comme avant.

Cet automne-là, je n'ai pas arrêté de manquer les cours parce que mon immunité était trop faible et que je tombais malade tout le temps. Mon père tremblait dès que je sortais de l'appartement pour aller dans « l'usine à germes », comme il appelait désormais mon lycée. Chaque fois que j'étais absente, Travis passait au volant de la vieille Honda de sa mère pour m'apporter des livres et me transmettre les devoirs. Mon père voyait ces visites d'un très mauvais œil. Au début, je pensais que c'était parce que les livres et les cahiers venaient tout droit de la fameuse « usine à germes ». Puis j'ai compris petit à petit qu'il n'aimait pas nous savoir *seuls* dans l'appartement, Travis et moi. Papa avait très bien accepté Travis lorsqu'il n'était encore qu'un gamin chétif à l'allure inoffensive. Mais à présent qu'il avait un physique d'homme adulte, mon père s'en méfiait comme de la peste. Lorsque Travis s'est enfin décidé à m'inviter au cinéma, mon père a décrété d'emblée que c'était, je cite, « tout à fait hors de question ». Nous étions assis dans son bureau lorsque nous avons eu cette conversation. Je faisais un exercice de maths sur le canapé, et lui répondait à ses mails. Il n'a même pas pris la peine de se retourner pour me signifier son refus.

Dépitée par son attitude catégorique, j'ai levé les yeux de mon cours de maths.

— Mais, *papa* ! Nous sommes juste amis. Je ne vois pas ce qu'il y a de mal à aller voir un film au cinéma.

Il a retiré les lunettes qu'il mettait pour lire et les a posées sur son bureau. Chaque fois qu'il faisait ce geste, je savais que j'étais bonne pour un long sermon sur ce que je pouvais

et ne pouvais pas faire dans la vie, compte tenu de mon
« état ». Cela faisait des années qu'il en était ainsi.

— Ecoute-moi, ma chérie. Un jour, tu auras un nouveau
cœur et tu pourras mener une vie aussi libre et aventureuse
que tu le voudras. Mais en attendant, ta priorité absolue, c'est
de préserver ta santé. Et pour ça, il faut que tu te ménages.

— Je sais, je sais… Mais je ne vois pas en quoi le fait de
rester assise dans un fauteuil de cinéma avec mon meilleur
ami pourrait me fatiguer le cœur.

Il était rare — *très* rare — que je conteste les décisions
de mon père. Lui et le docteur McIntyre m'avaient appris
à être toujours très conciliante. Pour ne pas occasionner de
stress à mon cœur défaillant, je devais éviter les conflits à
tout prix. J'étais censée prendre des respirations calmes et
profondes en répétant les mots « calme et sérénité » dans
ma tête, jusqu'à ce que le besoin de me rebeller se dissipe.
Mais certaines causes méritaient que l'on se batte pour elles.
Et celle-ci en faisait partie.

— Toi, tu le considères peut-être comme ton meilleur ami,
Robin. Mais je sais comment fonctionnent les adolescents
de son âge. Et lui, ce n'est pas une *amie* qu'il voit en toi.

— Tu te fais des idées, papa.

Sur le coup, il m'a paru tout à fait justifié et naturel de lui
mentir. Je n'avais pas l'intention de laisser mon père gâcher
cet amour entre nous.

— Les garçons et les filles ne peuvent pas rester amis
lorsqu'ils deviennent des hommes et des femmes, Robin.
Les hormones entrent dans la danse et les relations se
compliquent forcément. Sans compter que Travis n'est pas
vraiment un garçon pour toi.

— Pour commencer, il n'y a rien de ce que tu penses
entre lui et moi.

Alors même que je disais cela, je nous imaginais main
dans la main au cinéma, Travis et moi. Et je visualisais le
baiser que nous échangerions plus tard, à la sortie.

— Et deuxièmement, il n'y a personne au monde qui

se soucie autant de moi que Travis. Sauf toi, bien sûr, me suis-je hâtée d'ajouter.

— J'ai été moi-même un adolescent, Robin. Et même les plus attentionnés d'entre eux n'ont qu'une idée en tête.

Mon père a fait pivoter sa chaise pour se tourner face à moi.

— Quoi qu'il en soit, même si ta santé n'avait pas été en jeu, je ne t'aurais pas autorisée à sortir avec Travis. Il est temps de mettre la pédale douce et de refroidir un peu cette amitié, Robin. Il pourrait te tirer vers le bas.

— Vers le bas ? A cause de l'argent, tu veux dire ? Il n'y a pas un si grand écart entre nous ! Nous ne sommes pas riches.

— C'est vrai, nous ne sommes pas riches. Mais nous jouissons d'une situation financière confortable. Et cela ne sera jamais le cas de Travis. Je ne dis pas que c'est sa faute, bien sûr. Il n'a pas bénéficié des mêmes avantages que toi. Mais il reste que ce n'est pas le genre de personne que je voudrais voir partager la vie de ma fille. Alors autant éviter de l'encourager. Bon... On considère que la question est réglée ?

— Ah non, alors ! C'est trop injuste !

J'avais les joues en feu. Je les sentais qui brûlaient alors que j'abattais d'un coup sec mon livre de maths sur la table basse. Mon père a aussitôt été sur ses pieds, les mains levées en un geste instinctif d'apaisement.

— Allons, allons, calme-toi. Te braquer ainsi n'est pas bon pour ta santé, tu le sais bien.

— Tu me répètes tout le temps que nous sommes tous égaux, qu'il ne faut traiter personne de haut. Et maintenant, sous prétexte qu'il a un peu moins d'argent que nous, tu m'interdis d'aller au cinéma avec Travis ? Il est *intelligent*, papa. Il veut devenir biologiste marin !

— Bon, reprenons les choses du début, Robin...

Il s'est assis à côté de moi sur le canapé et a passé un bras autour de mes épaules.

— Pour l'instant, je refuse que tu sortes avec *qui que ce soit*, d'accord ? Je crois que tu ne comprends pas à quel point tu es physiquement fragile à cause de ton cœur.

— Mon cœur, tu me le mets en vrac cent fois plus que Travis ne pourrait le faire !

— Alors cesse de me contredire.

Sa voix restait d'un calme exaspérant.

— Essaie d'admettre que je sais mieux que toi ce qui est bon pour toi. Si tu veux, je peux prendre un rendez-vous avec le Dr McIntyre pour que vous en parliez ensemble ? Je sais qu'il pense comme moi. Tant que tu n'auras pas ton nouveau cœur, tu devras…

— … rester bouclée dans ma chambre sans voir personne, sans jamais m'amuser ni profiter de la vie !

— Tu devras rester prudente. C'est tout ce que j'allais dire.

Je savais qu'il était temps pour moi de céder. Je sentais que mon cœur me faisait mal, même si cela ressemblait plus à la douleur d'un cœur en peine qu'à celle d'un cœur malade. Je *trouverais* le moyen de passer du temps avec Travis. Il allait juste falloir que je procède en cachette de mon père. Jamais jusqu'à présent, je n'avais agi dans son dos. Mais il ne me laissait pas le choix.

En fin de compte, je suis bien allée au cinéma avec Travis. En lui expliquant que nous allions nous voir désormais en secret car mon père était inquiet pour ma santé et ne voulait pas que je sorte avec des garçons. Je ne lui ai pas précisé que ce dernier refusait que je le fréquente *lui*. Pour rien au monde, je n'aurais voulu le blesser en lui révélant que mon père le regardait de haut. Travis était doux et sensible. C'est ce qui m'avait fait l'aimer, même lorsqu'il n'était encore qu'un jeune garçon trop fluet. Et c'est aussi pour ça qu'avec lui j'avais découvert des sentiments d'une profondeur que je n'avais jamais éprouvée auparavant. Il était différent des autres garçons que je connaissais — ceux qui étaient à fond dans les beuveries et les « plans drague ». Ceux-là mêmes qui plaisaient tant à mes anciennes copines qu'elles en bavaient en parlant d'eux jour et nuit.

Ça a été un grand moment pour moi de me trouver dans une salle de cinéma, main dans la main avec Travis, de sentir l'électricité entre nous, là où il n'y avait eu tout d'abord que la chaleur d'un contact amical. Au retour, il m'a embrassée dans sa voiture et j'ai perdu un peu la tête lorsqu'il a passé les mains sur mon corps par-dessus mes vêtements. Je me souviens distinctement d'avoir pensé alors : *Il se peut que je meure demain, alors je ne laisserai personne me priver de ce bonheur-là aujourd'hui.*

J'ai décidé en cet instant que je mettrais le maximum de vie possible dans tout ce que je ferais.

Sans en laisser perdre ne serait-ce qu'une goutte.

7. Erin

Je vivais dans mon appartement de Brier Creek depuis bientôt une semaine lorsque j'ai découvert un *coffee shop* dissimulé dans un recoin éloigné de l'immense parking du centre commercial. La construction en stuc beige paraissait ancienne, comme si elle datait déjà de plusieurs décennies et que le centre commercial s'était construit autour d'elle, englobant ce fragile îlot du passé au sein de sa modernité. Mais cela ne pouvait pas être le cas, bien sûr. Le café imitait l'ancien pour se donner une personnalité. Le nom de l'établissement avait été peint sur une enseigne de bois artisanale accrochée au-dessus de la porte vitrée, et je ne suis parvenue à le lire qu'une fois que j'ai eu le nez dessus : Le Coup d'Envoi. Je me suis risquée à l'intérieur et j'ai été aussitôt transportée très loin du parking gigantesque — avec ses milliards de voitures et l'illusion de la nouveauté immaculée — vers un lieu chaleureux qui donnait presque l'impression d'entrer dans une salle de séjour privée. Le mobilier était regroupé de manière à former de petites zones d'intimité, séparées les unes des autres par des bibliothèques et une cheminée — éteinte, en l'occurrence, car il faisait encore très chaud dehors. Sinon, il y avait un long comptoir avec un menu qui proposait des pâtisseries, des salades et une variété de thés et de cafés. La musique d'arrière-fond était discrète — plutôt de style jazz, que je n'aimais pas en temps normal. Mais maintenant, ils pouvaient bien passer tout ce qu'ils voulaient en ce qui me concernait. La musique, les livres, la politique, l'art, le sexe — tout cela m'était devenu complètement indifférent.

La moitié des sièges, tables et canapés en cuir étaient occupés, principalement par des gens de mon âge qui pianotaient sur leurs claviers ou griffonnaient des annotations dans des dossiers. Trois jeunes femmes partageaient une même table et riaient, leurs têtes collées l'une à l'autre, penchées sur un écran. Un homme parlait d'immobilier avec un couple âgé. J'ai perçu des bribes de leur conversation au passage : « maison de ville » et « trop d'escaliers pour nous ». Un autre couple était plongé dans une conversation intense, semblait-il, avec une bible ouverte posée entre eux sur la table. Dès le premier instant, j'ai su que je reviendrais ici régulièrement. J'avais un sentiment d'anonymat confortable qui me convenait vraiment très bien.

J'ai repéré un fauteuil en cuir que j'avais envie de m'approprier. Bien qu'il fasse partie d'un ensemble de trois fauteuils et un canapé, personne ne se trouvait installé dans ce petit cercle. L'idée d'avoir cet endroit pour moi seule m'allait comme un gant, même s'il allait sans doute m'arriver d'avoir à le partager.

J'ai commandé un café noir et un bagel, que je ne ferais que grignoter, je le savais. J'avais perdu dix bons kilos durant les quatre mois qui avaient suivi la mort de Carolyn et je devais me forcer pour manger. Rien de ce que j'avalais ne semblait plus avoir de goût et j'avais l'impression que la nourriture formait un plâtre étouffant qui me collait à l'œsophage. Le serveur, un beau brun répondant au nom de Nando, s'il fallait en croire son badge, m'a souri, ce qui a creusé une fossette au creux de sa mâchoire. J'ai fait un effort pour lui rendre la pareille, mais sans grand succès. J'ai noté qu'il avait une licorne tatouée sur l'avant-bras lorsqu'il m'a tendu mon bagel.

Je me suis installée dans le fauteuil en cuir marron, donc, j'ai sorti mon iPad et ouvert mes mails. Michael m'écrivait que je lui manquais et me demandait comment j'allais. Je lui ai répondu dans la foulée :

> Bien, j'ai découvert un nouveau café. Le cadre est sympa. J'espère que tout est O.K. aussi pour toi.

Depuis que j'avais quitté la maison, nous procédions tous les matins à un bref échange de ce type. Et j'avais l'impression que cela resterait notre mode de communication de base pendant encore un bon bout de temps. Des mots neutres. Des mots polis. Des mots vides. De ceux que l'on pourrait adresser à une vague connaissance avec qui on échange quelques banalités une fois par an. Et non pas à l'homme dont on avait si longtemps partagé la vie. L'homme avec qui on avait ri, fait l'amour, et versé tant de larmes.

Michael et moi, nous avions l'habitude de nous écrire des mails à longueur de journée, avant. Les jours où je travaillais à la pharmacie, je lui envoyais quelques lignes pour le consulter au sujet des courses ou du dîner. Ou simplement pour lui dire que je l'aimais. Et quand j'étais à la maison, je le mettais au courant de nos activités, avec Carolyn. Lui me répondait qu'il était triste de ne pas être avec nous. Et je sais qu'il le pensait sincèrement. Mes amies m'avaient enviée sur ce point : que Michael soit si proche de notre fille, si compétent pour s'occuper d'elle. Lorsque les autres mères de notre petit cercle devaient laisser leurs enfants à leur mari pour une raison ou pour une autre, elles étaient toujours un peu inquiètes. Ce qui n'était jamais mon cas avec Michael. Il emmenait Carolyn au parc ou lui inventait un super jeu auquel ils pouvaient jouer sur-le-champ. J'avais admiré cet aspect de lui. Il était drôle et créatif, et Carolyn avait adoré passer des moments seule avec son papa.

Comment parvenait-il à endurer le fait de l'avoir perdue ? Il l'avait tellement aimée, notre fille. Comment pouvait-il revenir à la vie normale et même parler de faire un nouveau bébé, comme si rien ne s'était passé ? Je ne comprenais plus mon mari.

J'ai effacé quelques spams ainsi qu'un mail de confirmation de Judith pour notre prochaine séance. Et voilà. Mon courrier du jour s'arrêtait là. Quelques semaines auparavant, j'avais fini par m'apercevoir que quelqu'un m'avait retirée de la liste de diffusion des « Mamans de Five Points ». Pendant quatre ans, j'avais figuré sur cette liste qui nous permettait de rester en lien et de partager conseils et expériences. Ce petit groupe de mères préparait des fêtes d'anniversaire, organisait des pique-niques improvisés ou des balades au parc. Après le décès de Carolyn, les filles m'avaient retirée de la liste pendant une semaine pour réfléchir à un moyen de nous aider, Michael et moi. C'est ainsi que le groupe s'était réparti des tours de cuisine et que, chaque soir, on nous avait apporté des plats faits maison. Pendant un mois, nous n'avons pas eu à nous préoccuper de nos repas. Le seul problème, c'est que nous étions incapables de manger. Enfin… moi je l'étais, en tout cas. Et une partie de toute cette nourriture était encore stockée au congélateur, à la maison.

Les filles m'avaient réintégrée dans la liste par la suite. Mais je l'avais vécu comme une torture. Comment pouvais-je supporter de lire qu'elles projetaient d'aller à la piscine avec *leurs enfants* ? Même chose pour les débats sur les vaccins, les adresses de dentistes pédiatriques et les idées de cadeaux d'anniversaire. Les caprices d'un tel, les problèmes d'un autre en maternelle et, pire que tout encore, les réunions entre mamans chez l'une ou chez l'autre auxquelles je n'avais plus aucune raison de participer. Les autres mères m'avaient toutes écrit individuellement pour prendre de mes nouvelles. Mais peu à peu, elles avaient cessé de se manifester. Je me demandais qui avait pris l'initiative de retirer mon adresse mail de la liste. Qui avait dit : « Elle ne donne plus signe de vie, de toute façon. Ne devrait-on pas l'enlever ? » Oui, cela m'avait fait mal de figurer sur cette liste. Comme cela me faisait mal d'en avoir été rayée. Mais le plus douloureux, c'est que tout le monde avait disparu de ma vie, comme si je cessais de compter parce que je n'avais plus d'enfant. En toute honnêteté, je ne pouvais leur en vouloir. Nous n'évoluions plus dans le même monde, elles et moi. Le mien était trop angoissant pour elles ; le leur trop douloureux pour moi.

Donc maintenant, il me restait le forum du « Papa de

Harley et ses Amis ». Je naviguais dessus jour et nuit pour voir où les uns et les autres en étaient. J'ai lu les messages les plus récents. De nouveaux membres s'étaient inscrits. Je leur ai souhaité la bienvenue parmi nous et leur ai exprimé ma compassion. Ils racontaient leur douleur avec des phrases saccadées — narrations chaotiques où les détails s'enchevêtraient, où les mots traduisaient tant bien que mal la douleur à vif. Je hochais la tête en lisant leurs récits torturés. Mon cœur s'ouvrait pour les accueillir et leur faire une place dans mon univers.

J'avais demandé à Judith si c'était un signe de pathologie mentale que mes meilleurs amis soient désormais des inconnus sur un forum.

Elle s'était contentée de sourire. « A votre avis ? »

Comme d'habitude, elle me retournait ma question.

Il y avait un commentaire exaspéré écrit par Cinq-fois-mère dont la sœur lui avait fait remarquer que :

« La vie est faite pour les vivants. Pour tes quatre autres enfants, il faut que tu relèves la tête. Arrête de te laisser aller. »

Je me suis indignée de cette réaction et j'ai aussitôt écrit pour faire part de mon soutien à Cinq-fois-mère. J'étais tellement furieuse que mes doigts volaient sur le clavier de mon iPad. Dans mon esprit, je mettais dans un même panier sa sœur et Michael ainsi que tous ceux qui se permettaient de porter un jugement sur la façon dont on était censé vivre la perte d'un être aimé.

Au début, nous avions été assez synchro, Michael et moi, dans nos réactions à la perte de Carolyn. Ensemble et plus soudés que jamais, nous avons traversé la phase de déni où nous errions comme des âmes en peine dans la maison, en larmes, effarés, à secouer la tête avec des « Je ne peux pas y croire », des « Non, ça n'est pas possible ; dis-moi que ce n'est pas possible ». Nous nous cramponnions l'un à l'autre et sanglotions pendant des heures et j'aimais Michael de toute mon âme. Il me reliait à Carolyn ; il était celui qui partageait avec moi l'amour éperdu que je vouais à ma fille — l'amour le plus profond, le plus fort que l'on puisse imaginer. Puis, une semaine jour pour jour après le décès, il était retourné travailler. De sa propre initiative. Et je n'avais pas réussi à comprendre *comment* il pouvait se concentrer sur quelque chose d'aussi insignifiant que son travail. A ce stade, je ne m'imaginais même pas être un jour capable de reprendre mon activité à la pharmacie. Mais Michael, lui, n'avait fait ni une ni deux et s'était investi à fond dans un nouveau projet. Avant, j'admirais ce qu'il faisait. Il m'avait convaincue que les jeux vidéo qu'il concevait avaient une dimension beaucoup plus vaste qu'un simple divertissement.

« Ils font appel au lien social, m'avait-il expliqué. L'idée de base, c'est que des gens puissent réunir leur créativité, leurs compétences, leur sensibilité pour résoudre un problème donné. »

Il avait gagné un certain nombre de récompenses avec ses jeux et il en était fier. Mais vus des rivages de douleur où je me tenais maintenant, ils ne m'apparaissaient plus que comme des passe-temps superficiels et idiots. Des jeux ! Comment pouvait-on s'intéresser à des *jeux* lorsqu'on venait de perdre sa propre fille ? Et pourtant, on aurait pu croire qu'il avait pour mission de sauver la planète, vu le nombre d'heures qu'il y consacrait. Lorsqu'il rentrait du travail, vers 18 heures, il avalait son dîner puis se remettait à son ordinateur pour poursuivre de plus belle. Pendant les week-ends, il s'était attelé à tous les travaux de bricolage dont il différait l'exécution depuis des années. Réparer la terrasse en bois. Repeindre le séjour. Se maintenir occupé d'une façon ou d'une autre pour ne plus m'entendre râler, gémir et tempêter. Pour autant que je pouvais en juger, il était *déjà* sorti de la phase de deuil.

Au début, nous allions voir Judith ensemble. Mais au bout de quelques séances Michael n'avait plus eu grand-chose à dire au sujet de Carolyn. Alors que j'avais l'impression que je venais tout juste de commencer. J'avais *besoin* de parler d'elle. Il me semblait que je pourrais continuer à tisser et retisser chaque détail de sa courte existence jusqu'au fin fond de l'éternité. Je revoyais la mèche de cheveux sur son front qui refusait de se laisser aplatir. Je l'entendais de nouveau chantonner dans son lit pour s'aider à s'endormir ; je revivais les samedis matin où elle venait se pelotonner avec nous dans notre grand lit. Bavarde. Toujours à babiller. Ma Carolyn avait été une vraie petite pie. Et si joyeuse que je ne pouvais tout simplement accepter l'idée que… Je revenais alors à cette nuit de cauchemar sur la jetée et je réexaminais chaque geste, chaque hésitation, chaque microdécision qui aurait pu faire que la tragédie soit évitée. Je n'ai pas été surprise lorsque Michael s'est levé un jour et a quitté la pièce au beau milieu de la séance.

— Cela ne sert à rien, avait-il lancé à l'intention de Judith. Elle est incapable de lâcher.

Lorsque la porte s'est refermée sur lui, j'ai posé un regard éteint sur notre psy.

— Vous voyez bien. Il a déjà tourné la page. Et moi, je suis encore dedans et je n'en sortirai jamais.

— Les hommes et les femmes n'ont pas la même façon de pleurer leurs morts.

Judith était dans la cinquantaine, avec des cheveux mi-longs, gris et lisses, des yeux bleu vif. Mon médecin m'avait recommandé d'aller la voir peu après la disparition de Carolyn lorsqu'il avait constaté que mes insomnies résistaient à tous les calmants, somnifères et autres médications qu'il avait essayé de me prescrire. Chaque fois que je tombais dans une brève somnolence, je me retrouvais immédiatement sur la jetée et je revivais tout de A à Z.

— D'un point de vue intellectuel, je peux accepter l'idée que les hommes et les femmes n'ont pas la même façon de vivre leur deuil, ai-je répondu à Judith. Mais je ne peux plus *vivre* avec cette différence.

C'est ce jour-là que j'ai pris la décision de déménager.

Après avoir passé une heure au Coup d'Envoi, je me suis sentie vaguement coupable d'occuper une table si longtemps, avec ma tasse vide et mon bagel tout juste entamé, même si personne ne se battait pour ma place. Je suis donc retournée au comptoir pour demander à Nando de me remettre la même chose.

— Vous êtes nouvelle ici, a-t-il déclaré en me versant un second café.

— Je viens juste d'emménager dans le quartier.

— Vous travaillez dans le coin ?

— Non. Je suis… temporairement en congé.

— Quel genre ?

— Euh… pardon ?

— Quel genre de café, je veux dire. Je ne me souviens plus lequel vous avez commandé tout à l'heure.

— Noir, s'il vous plaît.

— Je m'en souviendrai la prochaine fois, m'a-t-il promis en me tendant ma tasse avec son sourire à fossettes. Vous venez d'où, alors ?

— Je suis de… euh… Pas très loin, en fait. Juste un autre quartier de Raleigh.

J'avais envie de regagner mon fauteuil et rien d'autre.

— Merci, ai-je dit.

— Tout le plaisir est pour moi.

J'ai repris ma place et rouvert mon iPad. Il y avait un nouveau père sur le forum du « Papa de Harley » et il se trouvait dans un état de grande souffrance. Je voulais réagir à ses messages. Lui faire savoir qu'il n'était pas seul. Je ne pouvais imaginer Michael mettant ainsi son âme à nu — en ligne ou hors ligne. J'ai rédigé mon post.

> Donald, je suis désolée pour les circonstances qui font que tu nous as rejoints mais je suis contente que tu nous aies trouvés. A travers ce que tu écris sur ta petite fille, je me représente une enfant vraiment merveilleuse.

Nando s'est mis à chanter quelque chose en espagnol tout en servant un autre client. J'ai jeté un rapide coup d'œil dans sa direction. Il avait dit qu'il se souviendrait de la façon dont je buvais mon café. Adieu l'anonymat… La manière abrupte dont j'avais répondu à ses questions avait dû lui paraître un peu hostile. Les questions, même les plus banales, devenaient un vrai casse-tête pour moi. Les raisons pour lesquelles j'avais déménagé d'un quartier de Raleigh à un autre ne regardaient personne. Même chose pour le fait que je m'étais momentanément mise en congé. Dans ma poitrine, j'ai soudain ressenti la douleur amère de la perte. Pas de Carolyn, cette fois-ci, mais de mon ancienne vie. La nostalgie a enflé, m'a envahie tout entière et j'ai dû serrer les dents pour ne pas fondre en larmes. J'avais adoré mon métier et adoré ma vie. Cuisiner, aménager la maison, décorer, m'occuper de ma fille, faire l'amour à mon mari. J'ai pressé les doigts sur mon sternum, comme si je pouvais faire partir la douleur juste comme ça, en frottant. Puis j'ai baissé les yeux sur ma tablette et reporté mon attention sur Donald, Cinq-fois-mère et les autres. Tous ceux qui comprenaient que par une tiède soirée d'avril, sur une jetée baignée de lune, ma vie, mon bonheur, mon avenir s'étaient éteints à tout jamais.

8. Travis

Notre caravane n'offrait pas un spectacle très réjouissant, au premier abord. Elle était blanche à l'extérieur — ou l'avait été, du moins — et exhibait de grosses plaques de rouille sur sa carrosserie cabossée. Elle était environ deux fois plus longue que mon fourgon et reposait sur des blocs de ciment au-dessus du sol sablonneux, au milieu d'un alignement de ses semblables, de formes et de tailles variées. La plupart étaient vides, à présent que l'été était derrière nous. Il y avait quand même une voiture garée devant un petit mobil-home peint en doré, juste à côté de notre future « maison ». Une jolie New Beetle Volkswagen verte décapotable qui jurait dans ce décor sinistre. J'avais emprunté à un copain de quoi payer ma première semaine de loyer. J'espérais pouvoir le rembourser assez vite mais je n'étais pas vraiment optimiste.

J'ai fait glisser la porte latérale du fourgon et aidé Bella à sortir de son siège-auto.

— Voici notre nouvelle maison, Bell. Nous allons habiter ici quelque temps. Tu viens ? On entre et on explore les lieux ?

« Explorer » n'était sans doute pas le mot approprié lorsqu'il s'agissait de faire le tour d'une caravane qui se résumait à une seule pièce. Mais peu importe. Bella est restée plantée sur place sans bouger et a fixé ses grands yeux gris sur notre nouveau domicile. La veille, elle avait eu ses quatre ans et nous avions organisé une petite fête chez Franny avec des ballons et un gâteau glacé et quasiment pas de cadeaux. Je crois que ce que fêtait surtout Franny, c'était notre départ, mais bon… Ma fille avait au moins eu l'occasion de souffler ses quatre bougies.

— Ce n'est pas une maison, ça, a décrété Bella.

Son agneau en peluche et son sac rose dans les bras, elle restait collée contre le fourgon. Ma mère lui avait offert ce sac pour son troisième anniversaire, et j'étais reconnaissant qu'à la fois le sac et « Petit Mouton » aient survécu à l'incendie. Ces deux objets lui procuraient un sentiment de continuité, lui permettaient de se raccrocher à des éléments familiers de son ancienne vie. Dans le sac, elle avait une photo de nous trois — ma mère, Bella et moi — assis sur la plage, autour d'un château de sable que nous avions construit. Bella avait aussi une toute petite poupée blonde que lui avait offerte une femme avec qui j'étais sorti quelque temps. Ma fille adorait cette poupée à cause de ses longs cheveux blonds qu'elle pouvait peigner. La troisième et dernière relique que contenait le sac était un portrait de Robin. Juste une petite photo d'identité, en fait, que j'avais en ma possession depuis le lycée. Heureusement que j'avais résisté à la tentation de la déchirer. Bella savait que Robin était sa mère, mais rien de plus. Un jour, quand elle serait plus grande, je comptais lui raconter toute l'histoire. Mais je n'avais aucune idée de la façon dont j'allais lui expliquer que sa maman ne voulait pas entendre parler d'elle.

— Nous allons en faire une vraie maison, Bella, tu verras. Elle est différente de celle que nous avions avant. Ça s'appelle une caravane. Beaucoup de gens habitent dans des maisons qui bougent, tu sais. Ce sera une aventure pour nous. Allez viens, on va visiter, tu veux bien ?

Elle a pris ma main tendue et nous avons gravi le petit marchepied qui menait à la porte. A l'intérieur, il faisait tellement noir que je ne voyais même pas ma main devant mon visage. Les *odeurs*, elles, m'ont sauté au nez direct. Une, caractéristique, qui évoquait les lieux de bord de mer longtemps restés fermés. Et une autre, plus désagréable — j'espérais juste qu'elle n'avait aucun rapport avec des chats mâles en chaleur.

— Je ne vois rien du tout, papa.

Au son de la voix de Bella, j'ai compris que les larmes n'étaient pas loin. Je ne sais pas exactement à quoi j'entendais cela. C'était juste une inflexion, une amorce de plainte à peine perceptible que j'étais seul à détecter. Même ma mère n'avait jamais été fichue de discerner ce signe avant-coureur secret. Parfois, alors que Bella disait quelque chose, je lui soufflais à l'oreille : « Attention. Crise en vue. »

Et cela ne manquait jamais. Cinq secondes plus tard, les pleurs se déchaînaient. Ces crises de larmes se faisaient plus rares, désormais, mais là j'avais l'impression qu'il s'en préparait une musclée. Depuis deux semaines, ma fille avait eu plus que sa dose de coups durs à encaisser.

— Tu sais pourquoi il fait noir, ma puce ? Parce que tous les stores sont fermés. Nous allons les ouvrir et laisser entrer la lumière.

J'ai dégagé ma main de la sienne et trouvé le premier store, repérable au minuscule rai de lumière qui se dessinait autour. Il s'est ouvert si vite que j'ai cligné des yeux, ébloui par le soleil qui inondait le verre mince de la vitre.

— Ah ! C'est déjà mieux… Combien de fenêtres avons-nous, Bella ?

Elle a regardé autour d'elle.

— Trois !

— Je crois qu'il y en a une de plus. Tu la vois ?

Bella a décrit un cercle sur elle-même.

— J'ai vu, j'ai vu, turlututu ! s'est-elle écriée en découvrant la longue fenêtre étroite au-dessus de l'évier.

— Bravo !

J'ai fini de lever les stores pendant que Bella courait ouvrir l'unique porte intérieure.

— C'est la salle de bains, ai-je indiqué.

— Et ma chambre ? Elle est où ?

— C'est ça, le truc sympa, dans une caravane, tu vois. On a une grande pièce au lieu de plusieurs séparées. Alors voici notre séjour…

77

J'ai désigné la banquette avec le futon, la petite table et les deux chaises sous une des fenêtres.

— ... et aussi notre salle à manger, ta chambre et la cuisine.

Je lui ai montré le lit deux places tassé dans un coin de notre nouveau domaine.

— Toi, tu dormiras là. Et moi sur le futon.

— C'est quoi, un futon ?

— Un canapé. Un genre de canapé... Tu sais quoi, Bella ? Je pense que la première chose que nous devrions faire, avant même d'apporter les sacs avec nos vêtements, c'est de trouver un endroit pour mettre tes nouveaux coquillages.

Les gens de la paroisse de ma mère avaient rassemblé pour nous des vêtements, des draps, des couvertures, des serviettes de bain. Ils avaient été si gentils que pendant quelques jours j'avais caressé l'idée de retourner à la messe, comme quand j'étais gamin. Mais mon élan religieux était vite retombé. A présent, j'étais en mode survie et j'avais mes priorités : un endroit où dormir, de quoi manger, un boulot, une garde d'enfants. Le salut de mon âme, lui, attendrait des conditions plus propices.

— Je veux mes coquillages d'*avant*, papa !

Les accents plaintifs étaient de retour. Pas vraiment discrets, cette fois. Même un étranger les aurait perçus. Elle était fatiguée. N'avait pas eu sa sieste. Et quand Bella manquait sa sieste, le résultat ne se faisait généralement pas attendre...

— J'aurais vraiment voulu que tu puisses les retrouver, ma grenouillette. Mais même si tu n'as plus les coquillages, tu gardes toujours le souvenir.

— C'est pas les souvenirs que je veux, c'est les *vrais*. Et je veux ma Nana aussi.

Je lui avais dit qu'elle garderait toujours le souvenir de sa Nana mais je savais que c'était faux. En grandissant, elle perdrait toute trace de sa grand-mère. A quatre ans, elle était encore trop jeune pour garder des souvenirs conscients. Au mieux, Bella conserverait quelques vagues impressions. Et cette pensée me mettait en rogne : que ma mère qui avait tant fait pour elle et qui l'avait aimée de toute son âme serait gommée de la mémoire de ma fille. Pfff... envolée. Cela m'apparaissait comme une injustice supplémentaire qui venait allonger la liste des vacheries qui me fâchaient avec la vie en ce moment.

— Je vais aller te chercher tes nouveaux coquillages, ai-je annoncé, espérant ainsi échapper à la crise.

— Je les veux pas, tes coquillages, a décrété ma fille d'une voix où tremblaient les larmes.

Je suis retourné au fourgon et j'en ai sorti le fourre-tout à coquillages ainsi qu'un sac-poubelle plein de linge. Le sol de la caravane sonnait creux sous mes pas, ai-je noté en grimpant à l'intérieur. Bon. *Restons zen*. Cette nouvelle vie allait exiger une petite phase d'adaptation.

Bella était roulée en boule sur le futon, son agneau serré dans les bras et sa lèvre inférieure avancée en une moue si irrésistible qu'il m'a été difficile de réprimer un sourire. Avant, j'éclatais de rire lorsqu'elle faisait cette mimique, mais ma mère m'avait dit que comme ça, je l'encourageais dans cette attitude. Et que je finirais par en faire le genre de fille qui manipulait les garçons en se comportant en bébé boudeur. Là, je peux vous dire que cette perspective a effacé *pronto* le sourire de mon visage. Je voulais que ma fille soit indépendante et forte.

— Bon. Où allons-nous les placer, ces coquillages ? ai-je demandé en examinant notre nouvel univers.

A la maison, nous les avions exposés sur la tablette au-dessus de la cheminée hors d'usage.

Bella faisait toujours la lippe, mais elle s'est redressée un peu et a commencé à regarder autour d'elle. J'avais repéré l'unique étagère, sous la longue fenêtre au-dessus de l'évier. Mais j'attendais que Bella la trouve par elle-même. Et c'est ce qui est arrivé. D'un bond, elle est descendue de la banquette et a couru vers le coin cuisine en criant :

— Là !
— Parfait.

Je lui ai remis le sac.

— Tu vas me les passer un à un et je les mettrai là-haut, d'accord ?

Elle m'a tendu en premier le bulot géant — destiné à devenir la pièce maîtresse de sa collection, c'était clair. Il était de loin son préféré. Je l'ai posé bien en évidence, au milieu de l'étagère.

Bella a sorti ensuite une coquille Saint-Jacques du sac et a froncé les sourcils.

— C'était mieux sur la cheminée. Ici il n'y aura pas assez de place.

Je trouvais que c'était plutôt intelligent de sa part, comme remarque. Pour un enfant de quatre ans, cela requérait déjà de bonnes qualités d'anticipation de prévoir qu'une étagère serait trop petite pour contenir une collection de coquillages destinée à s'agrandir. Ma mère disait que je me faisais une idée exagérée des performances intellectuelles de Bella et je n'avais pas beaucoup de points de comparaison, bien sûr. Mais ma fille me paraissait quand même plutôt très brillante.

— Oui, tu as raison. Quand on n'aura plus de place, on les mettra dans un grand bocal de verre, d'accord ?

— Mais ils vont casser !

— Pas si on fait bien attention...

— Toc toc !

Je me suis retourné. Une femme se tenait dans l'encadrement de la porte ouverte. Comme elle avait le soleil dans le dos, je ne discernais pas ses traits, mais sa voix ne m'était pas familière. J'étais certain de ne pas la connaître.

— Entrez.

Et l'arrivante a pénétré dans notre nouveau *home sweet home*. J'ai eu la confirmation que c'était bien la première fois que je la voyais. Si nous nous étions déjà rencontrés, je ne l'aurais pas oubliée de sitôt. Elle devait avoir, quoi ? Une vingtaine d'années environ. Et elle était *canon*. Une vraie bombe, même. Juste un peu fil de fer sur les bords. Mais proportionnée à la perfection, avec de longs cheveux blonds attachés en une queue-de-cheval qui coulait avec sensualité sur son sein droit. Avec ça, elle n'avait pas grand-chose sur le dos. Juste un short court, des sandales et un débardeur. J'ai senti poindre une érection — et j'ai eu la nette impression que cela ne lui avait pas échappé… Elle a eu un sourire qui m'a paru complice, mais j'étais peut-être déjà parti dans mes fantasmes. Je vivais comme un ascète depuis déjà plusieurs mois et j'avais sans doute un objectif supplémentaire à inscrire sur ma liste de priorités immédiates…

— Salut. Je suis Savannah, la voisine d'à côté.
— Cool.

Je me suis avancé pour lui serrer la main.

— Travis… Travis Brown. Et voici Bella, ma fille.

J'ai posé la main sur l'épaule de Bella et elle a passé un bras autour d'une de mes jambes tout en gardant le sac de coquillages serré dans l'autre main.

— Bonjour, Bella.

Savannah s'est accroupie devant ma fille et m'a offert par la même occasion une vue assez sensationnelle sur ses seins.

— Bienvenue au caravaning, ma puce. C'est quoi, que tu as dans ce sac ?

Je m'attendais à ce que Bella se montre distante. Il lui fallait généralement un peu de temps avant de se laisser approcher par des inconnus. Mais ma fille a démenti mon pronostic. Elle a ouvert le fourre-tout et a laissé Savannah jeter un coup d'œil à l'intérieur. Je me suis surpris à me demander si notre voisine lui rappelait la poupée aux longs cheveux qu'elle avait dans son sac rose.

— Des coquillages !

Les yeux de Savannah ont brillé, et sans hésiter elle s'est assise en tailleur sur la moquette élimée d'une propreté douteuse.

— Tu me les montres ? J'adore les coquillages.

Ouah. Enfin quelque chose qui ressemblait à un coup de chance. J'aurais pu avoir comme voisin de caravane un vieux cinglé qui se serait promené en marcel à longueur de journée, en montrant une attirance marquée pour les petites filles prépubères. Au lieu de quoi la vie m'offrait une nana plutôt sexe qui savait s'y prendre avec les enfants.

Pendant que Bella sortait ses coquillages du sac et les montrait un à un à Savannah, j'ai jeté un coup d'œil par la porte ouverte.

— Elle est à toi, la Volkswagen verte ?

— La New Beetle ? Oui, elle est à moi.

Elle avait répondu sans même me regarder. Son attention était centrée sur Bella et elle faisait des commentaires sympas sur chacun de ses petits trésors de nacre.

— Cela fait trois mois que je vis dans ce mobil-home et je suis contente d'avoir enfin des voisins. Des *vrais* voisins, du moins. Pendant l'été, ça grouillait de monde, ici. On était trop nombreux, et maintenant c'est carrément mort, a-t-elle déclaré avec une petite moue désolée.

— Tu es... Enfin, pourquoi vis-tu ici ?

— J'ai bossé comme serveuse dans le coin, cet été. Et maintenant je prends des cours du soir. En cosméto. Je ne peux pas mettre trop d'argent dans le loyer, donc j'ai gardé ce truc ici. Question tarif, c'est imbattable.

Je me suis mis à rire.

— Ça, on peut le dire.

Bon, d'accord, elle n'avait pas fait Polytechnique. Mais moi non plus. Même s'il y avait eu un temps où j'avais nourri de plus hautes ambitions que de passer ma vie à manier le marteau. Mais cette glorieuse époque était loin derrière moi.

— En fait, j'étais venue vous inviter à dîner, Bella et toi.

Elle s'est remise sur pied et s'est essuyé les mains sur son short.

— Juste des macaronis au fromage et une salade. Ça vous irait ?

Bella a poussé un petit cri de joie. Toujours assise par terre, elle a levé les yeux vers moi avec un sourire interrogateur. Bon sang, qu'est-ce qu'elle était mignonne, ma fille. Je lui ai adressé un clin d'œil.

— Ça te plairait, des macaronis au fromage, Bella ?

C'était son plat favori. Elle a hoché énergiquement la tête.

— A quelle heure ? ai-je demandé à Savannah.

— 18 heures ? C'est bon, pour vous ?

— Excellent. Ça nous laissera le temps de nous installer. Et l'un d'entre nous pourrait avoir besoin d'abord d'une petite sieste.

Nous avons échangé nos téléphones et je me suis abstenu de lui préciser que je risquais de ne pas garder le mien très longtemps. Je n'avais pas pu payer ma dernière facture. J'ai eu une pensée pour les plaques sur les flancs de mon fourgon marquées « Brown Construction », avec mon numéro de téléphone juste au-dessous. Mes plaques, je *refusais* de les retirer. Elles représentaient quelque chose d'important pour moi. Ce n'était pas seulement du plastique aimanté à mes yeux. Mon père avait toujours roulé avec « Brown Plomberie » affiché sur les côtés de son véhicule. Et en mettant mes plaques, j'avais pensé à lui, à ce qu'il avait dû ressentir en montant sa propre entreprise. La fierté d'être son propre patron. La fierté de pouvoir entretenir sa famille tout comme j'avais pu faire vivre maman et Bella avant que l'économie s'effondre. Mais à quoi me serviraient les plaques sur le côté de mon fourgon si je ne pouvais même plus payer l'abonnement de mon portable ?

Le mobil-home de Savannah offrait une version très légèrement améliorée de notre caravane. Rien à voir avec un appartement de luxe mais on percevait quand même la touche féminine en entrant. Un, ça sentait bon, avec l'odeur des macaronis qui cuisaient dans l'eau et de la sauce qui chauffait à feu doux. Il y avait également une autre senteur, plus discrète — une bougie parfumée, peut-être. Deux : elle avait ajouté des tapis sympas sur la vilaine moquette. Je me suis promis de faire la même chose dès que j'aurais gagné un peu d'argent. Trois : un tissu doré à rayures faisait office de jeté de canapé, et elle avait mis plein de coussins et des lampes de chevet partout. Il n'en fallait pas plus pour donner l'impression d'une vraie petite maison. De là où j'étais, j'entrapercevais la chambre de Savannah avec un couvre-lit en satin jaune et des coussins aux couleurs flashy.

83

Il y avait un truc qui me posait problème, en revanche, et c'était le narguilé posé en évidence sur le plan de travail. La drogue, je n'y touchais jamais, par principe. Même avec l'alcool, je faisais très attention. J'avais peut-être forcé un temps sur la bière au moment où Robin m'avait lâché, mais dès l'instant où j'avais eu un enfant à élever, je m'étais surveillé de près. Que Savannah fume de l'herbe, je n'avais rien contre. Ce n'était pas bien méchant. Mais le narguilé en plein milieu du mobil-home, juste sous le nez de Bella… Non, cela ne me convenait pas. *Elle* me plaisait drôlement, en revanche. Savannah s'était changée pour enfiler une robe d'été légère. Pas de soutien-gorge. Elle était si fine qu'elle pouvait aisément s'en passer, mais le tissu de la robe lui moulait les seins, dessinait leurs globes délicats. J'avais du mal à garder les yeux sur son visage. Elle avait dénoué ses cheveux et ils étaient très longs, couleur d'or pâle. Lisses et soyeux. Comme on en voit à la TV, dans les publicités pour shampoings. J'avais envie de les toucher. D'en attraper une poignée à pleines mains et d'embrasser ces lèvres charnues…

Oups. Il était temps que je me calme, là.

— Merci de nous avoir invités. Je n'ai pas encore eu le temps de faire les courses.

— Je sais ce que c'est, le jour du déménagement.

Elle a ouvert le réfrigérateur pour en sortir une bière qu'elle a décapsulée avant de me la tendre.

— Et toi, Bella ? Tu veux du jus d'orange ? Ou plutôt du lait ?

— Du jus d'orange, s'est hâtée de répondre Bella.

Normalement, le soir, c'était lait obligatoire. Mais j'étais prêt à faire une exception, pour cette fois.

— … s'il te plaît, ai-je complété à l'intention de ma fille.

— S'il te plaît, a répété Bella.

Savannah a versé le jus de fruits dans un grand gobelet en plastique avec un couvercle et une paille. Parfait.

— Tu as l'habitude des enfants, on dirait ?

Tout en questionnant Savannah, j'ai installé Bella à la table avec un puzzle que j'avais emporté pour éviter qu'elle ne s'ennuie. Bella adorait les puzzles et celui-ci tout particulièrement, parce qu'il représentait Cendrillon et que ma fille adorait les princesses.

— Oh! j'ai toute une flopée de nièces. Et j'ai travaillé comme bénévole pendant un an dans une crèche. Les enfants sont vraiment adorables à cet âge, m'a-t-elle fait en désignant Bella. C'est la période que je préfère. Ils sont encore tellement spontanés et innocents, tu vois?

J'ai hoché la tête mais je réfléchissais à ce qu'elle venait de m'apprendre. Elle avait une expérience professionnelle dans une crèche? Le hasard m'offrirait-il sur un plateau non seulement la fille la plus sexy dont un homme puisse rêver, mais en plus une garde d'enfants potentielle?

Savannah a sorti du réfrigérateur de quoi faire une salade et a posé le tout sur le plan de travail. Elle a paru alors s'apercevoir de la présence du narguilé et l'a pris sans un mot pour le faire disparaître dans un de ses placards. Je n'ai fait aucun commentaire.

— Je peux t'aider à préparer quelque chose, Savannah?

Nous nous sommes mis au travail ensemble dans la minuscule cuisine tout en parlant de nos villes d'origine. Moi j'étais d'ici, bien sûr, je vivais depuis des années à Carolina Beach. Et elle était originaire de Kinston. Nous avons commencé par nous livrer au petit exercice laborieux qui consistait à essayer de nous trouver des relations communes, en nous demandant tour à tour si nous ne connaissions pas un tel ou une telle. Mais ce fut peine perdue. Nos cercles d'amis ne se recoupaient pas. Je lui ai parlé de l'incendie et Savannah a cessé de trancher son céleri pour me regarder. Elle m'a posé la main sur l'épaule.

— Je suis désolée, Travis.

Elle a jeté un coup d'œil à Bella, qui était toute tranquille, occupée à faire son puzzle.

— Oh! merde, c'est vraiment moche ce qui vous est arrivé. Ça doit être dur, pour vous deux?

J'ai hoché la tête.

— Plutôt, oui.

La main de Savannah reposait toujours sur mon épaule. Elle l'a laissée descendre le long de mon bras et l'a glissée au creux de ma paume. L'invite était claire. Depuis la naissance de Bella, je n'avais plus eu de relation stable avec une fille. Et je n'étais pas prêt non plus à démarrer quelque chose maintenant. Je n'avais pas la tête à ça, pour commencer. Et je voulais d'abord me remettre en selle sur le plan professionnel. Mais retrouver une vie sexuelle ? Ce ne serait pas de refus. Je ne pouvais pas nier que le besoin était là. A la façon dont Savannah me touchait, j'ai compris qu'elle savait très bien ce qu'elle faisait. Elle serait aussi sensas au lit que son look et son attitude le laissaient supposer.

Je me suis concentré sur la laitue pour garder la tête claire.

— Mon gros problème, c'est que j'ai besoin de bosser. Mon dernier salaire est parti en fumée avec la maison. Mais si je trouve du travail, il me faut quelqu'un pour garder Bella. Tu ne connaîtrais pas quelqu'un qui s'occuperait d'enfants ?

Elle a haussé les épaules avec un petit sourire.

— Je connais… bibi. J'ai un peu d'expérience. Je t'ai dit que j'avais bossé dans une crèche. Mes cours sont tous en soirée. Et dans la journée, je tourne en rond. Je serais supercontente de m'occuper d'elle.

— Je te paierais, bien sûr. Du moins… une fois que j'aurai du travail et que j'aurai touché un salaire.

Elle a hoché la tête.

— Le boulot, ce n'est pas ce qu'il y a de plus simple à trouver, hein ?

J'ai fait non de la tête.

— Pour chaque poste, on est chaque fois au minimum vingt à se présenter.

— Ecoute, si tu trouves un job, tu peux compter sur moi pour Bella. A part, juste que…

Elle a hésité, a donné encore deux ou trois coups de hachoir à sa branche de céleri.

— De temps en temps, il m'arrive d'aller à Raleigh, lorsque je n'ai pas cours, pour voir des amis. Mais je pense que je pourrais trouver quelqu'un pour me remplacer à ce moment-là.

— Ah, O.K...

Je me disais que je ne me sentirais pas tranquille de laisser Bella à une parfaite inconnue. Mais en même temps j'étais prêt à la confier à Savannah. Et on ne pouvait pas dire que je la connaissais non plus. J'aurais probablement dû lui demander le nom de la crèche où elle avait travaillé pour aller prendre quelques renseignements. Mais j'avais peur de la vexer. Pour l'instant, ce que je savais de Savannah, c'est qu'elle avait grandi à Kinston, qu'elle prenait des cours du soir pour apprendre à faire des coiffures ou à vernir des ongles ou un machin comme ça, qu'elle buvait de la bière et fumait de l'herbe de façon assez régulière pour avoir un narguilé à disposition sur son plan de travail. Et si elle consommait des trucs plus musclés que la marijuana ? Je me suis promis d'être attentif à ce qu'elle boirait ce soir. Il ne faudrait pas non plus qu'elle ait une bande de potes plus ou moins clean traînant toute la journée avec elle dans son mobil-home. Je n'avais pas envie que ma fille soit entourée de losers. Cela dit, qu'est-ce qui me différenciait d'un raté, au point où j'en étais ? Etait-ce l'image d'un minable que Savannah avait de moi ?

— Et la maman de Bella ? Elle est où ? m'a-t-elle demandé à voix basse en versant le céleri dans un saladier.

— A Beaufort.

— Elle est... ? C'est quoi son nom, au fait ?

— Robin.

— Et elle n'a pas été jugée capable de s'occuper de sa fille ? Pourquoi Bella est-elle avec toi ?

— C'est une longue histoire.

Robin n'avait jamais été mon sujet de conversation préféré. Encore moins avec des inconnus.

— Bella la voit de temps en temps, quand même ?

— Bien sûr.

Bon, d'accord, c'était totalement faux. Mais ma relation

avec Robin ne regardait pas Savannah. Et mentir était la façon la plus simple de clore le sujet.

— Tiens, tu veux que je te râpe ces carottes, pour la salade ?
— Oui, je veux bien. Merci.

Savannah a souri. Et m'a touché le bras.

— Je pense que Bella est une petite fille qui a beaucoup de chance d'avoir été confiée à la garde de son papa.

Pendant le dîner, nous avons surtout parlé à Bella — et par son intermédiaire. Mais sous la table Savannah a avancé son pied nu et l'a remonté lentement de ma cheville jusqu'à mon genou. La première fois, elle a accompagné le geste d'un regard interrogateur, comme pour me dire : « Tu es d'accord ? Nous sommes bien sur la même longueur d'onde ? » Je lui ai adressé un sourire pour lui signifier que nous étions tout à fait synchro sur ce coup-là et qu'on ne pourrait être plus partant que je ne l'étais. Même si je savais que ce n'était pas forcément un bon plan. Trouver quelqu'un pour garder Bella aurait dû être ma priorité d'entre les priorités, et le fait de coucher avec ma garde d'enfants risquait de compliquer la relation. Mais en cet instant, alors que son pied nu glissait vers l'intérieur de ma cuisse, ce n'était pas tellement à une nounou que je pensais.

Après le repas, Savannah a allumé la télévision pour Bella. Nous avons regardé un moment tous les trois puis j'ai installé Bella sur le canapé. Je ne pensais pas qu'elle s'endormirait rapidement. En temps normal, elle était longue à trouver le sommeil, surtout dans un endroit qu'elle ne connaissait pas. Et puis elle était habituée à ce que je lui lise une histoire avant d'éteindre la lumière. Des livres, elle en avait eu un paquet avant, mais ils avaient tous brûlé dans l'incendie. Heureusement, Franny nous avait offert *Le Chat chapeauté* le jour où nous avions emménagé chez elle. Et Bella ne semblait pas se lasser d'entendre tous les soirs la même histoire. Même une fois le livre terminé, elle ne s'endormait presque jamais tout de suite. Elle commençait par demander un verre d'eau puis se levait pour poser une question qui, forcément, ne pouvait attendre jusqu'au lendemain matin. Et continuait à brasser de l'air ainsi jusqu'à épuisement de ses forces. Mais la sieste manquée a joué à son avantage. A *mon* avantage. Je l'ai couverte et elle s'est enfoncée dans un sommeil profond pendant que je la bordais. Savannah s'est penchée derrière moi pour poser ses lèvres dans mon cou.

Je me suis redressé et j'ai glissé les bras autour d'elle.

— Ecoute… Je ne me sens pas prêt pour un plan longue durée. Je…

— Chut !

Elle m'a posé un doigt sur les lèvres puis m'a embrassé.

— Le long terme, je m'en tape, Travis. Je vis dans le moment présent.

Savannah m'a pris la main pour me conduire dans sa chambre. Et pendant les deux heures qui ont suivi, j'ai oublié l'incendie, mon absence d'emploi et à peu près tout le reste, et ne me suis plus concentré que sur son corps et sur le mien.

9. Robin

Une fois que les pensionnaires de mes chambres d'hôtes ont pris un bon petit déjeuner et se sont préparés à sortir pour visiter Beaufort, j'ai laissé à Bridget, mon assistante, le soin de débarrasser et de remettre la cuisine en ordre. Je suis passée dans la propriété voisine retrouver ma future belle-famille à la Villa Hendricks. Le fait qu'à trente-trois ans, Dale vive encore chez ses parents m'avait paru vraiment bizarre jusqu'au moment où j'avais vu son appartement. Il occupait un étage entier de la demeure familiale, avec une entrée indépendante. Sitôt mariés, nous aurions un endroit à nous, bien sûr. Deux semaines plus tôt, juste avant la naissance de Hannah, nous avions signé le compromis pour une jolie petite maison à deux pas du bord de mer. Enfin, c'était *Dale* qui avait signé, plus exactement. Le bungalow, construit dans le style typique de Beaufort, resterait à son nom jusqu'à la date du mariage. Dans un mois, la vente serait conclue et je mourais d'impatience de me lancer dans les aménagements. Je garderais la direction des chambres d'hôtes, même si Bridget se préparait à reprendre mon spacieux appartement au rez-de-chaussée et me soulagerait d'une bonne partie de mes tâches actuelles. S'il n'en avait tenu qu'à Dale, j'aurais carrément tout arrêté. Dans son idée, j'aurais pu me contenter de profiter de la vie et de faire du caritatif, comme sa mère. Quand je parlais de reprendre mes études, il se rembrunissait toujours un peu. Je ne savais pas encore très bien si je voulais devenir infirmière ou technicienne en soins médicaux d'urgence, mais j'étais sûre et certaine que j'avais *besoin* de faire autre chose de ma vie que de fréquenter les clubs de jardinage ou d'améliorer mes performances en golf ou en tennis. Deux sports que je détestais, déjà, pour commencer. La grande obsession de Dale, c'est que je devais me ménager. Il se faisait toujours du souci pour ma santé. Je prenais quelques poignées de cachets deux fois par jour et je devais éviter les infections, mais je refusais de vivre ma vie entière dans un cocon surprotégé.

J'ai pris l'allée qui reliait le bed and breakfast à la maison de mes futurs beaux-parents et j'ai aperçu Mollie, occupée à jardiner près de l'escalier du perron. Ils avaient quelqu'un pour s'occuper du jardin, bien sûr — ils étaient même plusieurs jardiniers à tourner sur les deux propriétés —, mais le jardin latéral qui faisait toute la largeur de la maison restait le domaine réservé de Mollie.

— Bonjour, maman ! l'ai-je saluée en m'approchant.

Mollie s'est assise sur les talons en rajustant son chapeau en paille pour me regarder.

— Bonjour, ma chérie.

Son sourire était marqué par la fatigue et j'en ai conclu que le sommeil des uns et des autres avait dû pâtir de la présence d'un bébé dans la maison. J'avais commencé à appeler Mollie et James « papa » et « maman » à leur demande dès l'instant où Dale et moi leur avions annoncé nos fiançailles, il y a un an. M'adresser à Mollie comme à une maman s'était fait assez naturellement. Elle était douce, attentionnée et me témoignait toujours une grande affection. Je ne me souvenais pas de ma propre mère et j'avais passé presque toute ma vie à regretter de n'avoir personne à appeler « maman ». Donner du « papa » à James m'avait coûté, en revanche. Mon propre père vivait encore, à l'époque, et je le considérais comme l'unique détenteur du titre. James, qui plus est, avait toujours maintenu une certaine distance. Oh ! il était très gentil avec moi et je savais qu'il m'aimait, à sa façon, mais c'était un politicien dans l'âme. Je ne savais jamais si son expression du moment reflétait ou non son ressenti réel. Je l'avais vu adresser tant de sourires chaleureux à des gens qu'il assassinait ensuite en privé que je ne me sentais jamais vraiment en confiance. Il m'arrivait d'observer cette même façon d'agir chez Dale et cela me mettait mal à l'aise.

— C'est Alissa qui va être contente de te voir !

Mollie a essuyé la terre collée à son short.

— Le bébé a encore fait du foin toute la nuit.

— Hannah vous a empêchée de dormir ?

Mollie a secoué la tête.

— Dieu merci, non. J'ai des boules Quies depuis le jour où j'ai épousé James. Je t'en offrirai une paire en cadeau de noces.

J'ai ri de bon cœur. J'avais été à deux doigts de lui répondre que Dale ne ronflait pas, mais je me suis refrénée à temps. En toute sincérité, j'étais incapable de dire s'ils savaient ou non que Dale passait l'essentiel de ses nuits au bed and breakfast, avec moi. Quoi qu'il en soit, il aurait été « indélicat » de ma part de laisser entendre que leur fils partageait déjà mon lit. Je commençais à me faire une idée assez précise de ce que l'on pouvait dire ou ne pas dire dans une famille soucieuse de préserver son image publique. Le mot « indélicat » revenait souvent dans les conversations. S'ils avaient réglé la question de la grossesse d'Alissa de façon si ouverte et rapide, c'est qu'il s'agissait de devancer les mauvaises langues pour transformer des citrons acides… en citronnade.

J'avais adoré Alissa dès l'instant où je l'avais rencontrée. Elle avait tout juste quinze ans quand je l'avais connue, avec des cheveux auburn et lisses, un grand sourire franc et ouvert. Pendant longtemps, elle m'avait impressionnée. Cette fille m'avait paru tellement droite et mature pour son âge. Ses résultats scolaires étaient brillants ; elle était populaire et paraissait très attachée à Jess, son petit ami, un garçon timide, attentionné, et parfaitement adorable. Alissa faisait ce qu'elle voulait avec un ordinateur. C'était elle, à quatorze ans, qui avait créé — sans aide — le site des chambres d'hôtes. Si quelqu'un aurait dû être capable de discerner la vraie Alissa derrière la façade, c'était bien moi. Mais je n'y avais vu que du feu. Elle avait attendu d'être enceinte de cinq mois avant d'en parler à ses parents et à Dale. Là, pour la première fois, j'avais vu une tempête se déchaîner à la Villa Hendricks. Lorsque James, Mollie et Dale avaient proclamé leur intention d'alerter les parents de Jess, la vérité avait fini par sortir du puits : Jess n'avait été qu'une couverture. Il était le meilleur ami d'Alissa, aussi gay que ce jour avait été long, et il l'avait aidée à contourner l'interdit parental de fréquenter Will Stevenson. Jess se montrait à la maison, venait chercher sa « copine » en faisant en sorte que tout le monde le voie, puis la conduisait au lieu de rendez-vous qu'Alissa et Will s'étaient fixé. Je ne connaissais pas le Will en question, donc je ne pouvais porter de jugement, mais le reste de la famille le haïssait pour des raisons que je ne pouvais m'empêcher de trouver mineures, voire mesquines. Même si j'étais prête à admettre que l'addition d'une grande quantité de « petites raisons » pouvait finir par en faire une grande. Premier reproche formulé contre Will : il avait décroché du lycée et travaillait comme technicien de surface dans une entreprise quelconque. Sa mère gagnait sa vie en faisant des ménages — de fait, elle avait été l'employée de maison des Hendricks lorsque Will et Alissa étaient enfants. Son père était en prison pour un délit lié à une histoire de drogue. Ajouté à cela, Will avait dix-neuf ans, donc deux ans et demi de plus qu'Alissa. Pour les Hendricks, cela semblait être l'outrage suprême. Sachant que Dale avait onze ans de plus que moi, la question de la différence d'âge m'apparaissait comme un argument anti-Will un peu faible. Mais je sentais qu'il valait mieux que je me tienne en dehors de ce débat familial.

Quoi qu'il en soit, pour l'ensemble de ces raisons, Alissa avait reçu l'interdiction formelle de le fréquenter. Et le jour où elle avait reconnu qu'il était le père de son bébé, les réactions avaient été explosives. Nous étions tous réunis dans le salon lorsque le nom de Will avait fini par être prononcé. James et Dale étaient devenus comme fous. Sérieusement, j'avais cru un instant qu'ils récupéreraient leurs armes dans le râtelier du bureau pour se lancer dans une chasse à l'homme, fusil au poing.

Au final, après délibération, la famille avait choisi de garder le silence sur le nom du père, qui fut décrit simplement comme un « garçon plus âgé » qui avait abusé de la crédulité de leur fille, encore jeune et vulnérable.

« Nous vous demandons à tous de nous laisser régler cette question familiale d'ordre éminemment privé et de protéger notre fille adolescente qui a commis une erreur et a décidé d'assumer, la tête haute, la responsabilité de ses actes », avait déclaré James à la presse.

Alissa me faisait de la peine. Elle avait seize ans de moins que Dale — un bébé-surprise arrivé sur le tard, m'avait confié Mollie — et c'était comme si elle avait trois parents au lieu de deux. Ils sont allés jusqu'à contrôler ses appels sur son portable et à s'introduire dans son ordinateur pour vérifier que Will et elle n'étaient plus en contact. J'avais cru sincèrement qu'Alissa avait rompu avec lui, jusqu'au moment où elle avait mentionné son nom en salle d'accouchement. J'avais remis le sujet sur le tapis avec prudence quelques jours après la naissance de Hannah, mais elle m'avait répondu qu'elle avait dit n'importe quoi sous l'effet de la souffrance physique — qu'en vérité elle s'était détachée de Will depuis longtemps et qu'il ne l'intéressait plus du tout.

Bizarrement, je n'avais jamais fait le lien entre les mésaventures d'Alissa et ce que j'avais moi-même vécu avec Travis. Peut-être parce que Alissa était en parfaite santé avec la tête bien posée sur les épaules, ce qui, à l'évidence, n'avait pas été mon cas. Peut-être parce qu'elle avait ses deux parents ainsi que son grand frère, alors que je vivais seule avec mon père. Peut-être aussi parce que je n'avais jamais rencontré Will et qu'il n'avait aucune réalité concrète pour moi. Ce qui était clair pour moi, en revanche, c'est que je me rangeais du côté d'Alissa plus que de celui de ses parents et de Dale. Je veillais avec soin à n'en rien laisser paraître, bien sûr. Mais je pensais qu'Alissa comprenait qu'elle pouvait se fier à moi. En approchant de sa chambre à coucher, j'ai entendu le bébé pleurer de loin. La porte était ouverte et, lorsque je suis entrée, Alissa se berçait dans un fauteuil à bascule pendant que Hannah donnait de la voix dans son couffin.

— Elle a faim ? ai-je demandé en allant me pencher sur le nourrisson qui hurlait.

Je ne pouvais supporter de la voir en larmes. Chaque fois que je l'entendais s'époumoner, j'étais prête à faire n'importe quoi pour la consoler.

— Quand a-t-elle mangé pour la dernière fois ?

Alissa m'a montré le biberon qu'elle tenait à la main.

— J'allais justement le lui donner, m'a-t-elle dit — même si elle paraissait plutôt relax, dans son fauteuil à bascule. Si tu veux, tu peux le faire, toi.

— Le biberon est encore trop chaud ?

— Ouais. Je l'ai fait chauffer plus longtemps que le temps indiqué. J'attendais qu'il refroidisse.

Je me suis penchée pour prendre Hannah dans mes bras. Depuis peu, j'arrivais à la tenir sans fondre aussitôt en larmes. Le jour de sa naissance, lorsque je l'avais reçue dans mes bras, toute une part enfouie de moi-même s'était soudain réveillée. Et maintenant, j'étais insatiable. Dès que j'avais une minute, je venais proposer mon aide à Alissa, même si Mollie avait embauché une nourrice, une dame d'un certain âge, appelée Gretchen, qui s'occupait de Hannah plusieurs heures par jour. Lorsqu'elle était là, ma présence devenait superflue et cela me désolait. Tout le monde pensait que j'étais travaillée par mes hormones, vu la façon dont j'étais submergée par l'émotion chaque fois que je m'approchais de Hannah. Et peut-être était-ce le cas, en effet. Des bébés, j'en avais vu des quantités depuis que le mien était né, il y a quatre ans. Mais c'était la première fois que je réagissais de cette façon. Comme si j'étais prête seulement maintenant. Prête à admettre en moi-même que c'était arrivé, même si j'avais tiré un grand trait sur ce chapitre de mon histoire.

A travers la grande baie vitrée, le soleil tombait sur les longs cheveux brun-roux d'Alissa. Pour la première fois depuis la naissance de Hannah, elle paraissait de nouveau forte, en pleine santé et jolie. Je lui ai pris le biberon des mains et me suis installée dans une bergère en face du rocking-chair. De là où j'étais assise, je pouvais voir le bureau d'Alissa. Le livre que je lui avais offert — *Comment élever bébé* — était enseveli sous une pile désordonnée de romans et de magazines. Il ne me donnait pas l'impression d'avoir été ouvert récemment. Alors que je l'avais moi-même lu de la première à la dernière page avant de le lui offrir.

— Maman dit qu'elle est restée éveillée une bonne partie de la nuit ?

J'ai approché la tétine des lèvres de Hannah et un petit tremblement l'a parcourue avant qu'elle ne s'en empare avec avidité, comme si elle ne pouvait attendre une seconde de plus d'ingérer son lait. Sa fébrilité, la force de son élan de vie m'ont fait sourire.

Alissa s'est bercée un petit moment dans son fauteuil.

— Je n'ai pas réussi à la calmer. Gretchen m'a dit de faire des petits bruits dans son oreille en soufflant tout doucement. Mais ça n'a pas marché.

— Pauvre Ali. C'est frustrant quand rien ne marche.

Gretchen nous avait confié, à Mollie et à moi, qu'Alissa peinait à tisser des liens avec sa fille. Nous étions censées garder l'œil sur elle. Et nous assurer qu'elle ne sombrait pas dans une dépression post-partum grave. Il me semblait pour ma part qu'Alissa avait surtout besoin de sommeil. Mais d'autres facteurs entraient vraisemblablement en jeu. C'était une fille très sociable et je savais qu'elle souffrait de vivre ainsi à l'écart. Sa grossesse, déjà, l'avait séparée de ses amis. Et maintenant, c'était le bébé qui la clouait à la maison. Dans un mois, elle retournerait au lycée, ce qui allégerait peut-être un peu son humeur…

Hannah a soulevé les paupières et m'a regardée droit dans les yeux. Le faisait-elle aussi avec Alissa ? me suis-je demandé. Je l'espérais, en tout cas. Comment pouvait-on plonger les yeux dans ce regard intense de nouveau-né rivé sur soi sans en avoir le cœur chamboulé à vie ?

— Bonjour, ma petite chérie, ai-je susurré au bébé. C'est bon, ce lait, alors ?

De son fauteuil près de la fenêtre, Alissa regardait sa fille téter, un peu comme elle aurait examiné un jeune chiot qu'elle hésitait encore à adopter. Je lui ai souri.

— Elle a un bel appétit, ta fille.

— Le courant passe tellement mieux avec toi qu'avec moi.

— Tu vas t'habituer très vite, tu verras.

— Pourtant tu n'as jamais eu de bébé non plus ! Mais ça a l'air naturel chez toi ! Alors que chez moi rien ne vient *naturellement*. Gretchen me dit qu'il suffit que je sois calme, détendue, mais je me crispe. C'est plus fort que moi.

— Sois patiente avec toi-même. Il faut te donner un peu de temps.

Par la fenêtre, Alissa s'est mise à contempler les eaux calmes de Taylor's Creek.

— Peut-être que Dale et toi vous pourriez la prendre et l'élever comme votre fille ? a-t-elle suggéré sans me regarder.

Je lui ai répondu avec douceur :

— Nous serons là, avec toi, pour t'aider chaque fois que tu en auras besoin, Ali. Tu n'es pas seule, je te le promets.

Elle a poussé un long soupir découragé.

— Je me sens comme une prisonnière dans une tour.

— Bientôt, tu retrouveras tes amis.

— Avec un bébé.

— Tout se passera bien, tu verras.

Je savais cependant qu'elle aurait un lourd combat à mener. Entre elle et ses anciens amis, l'écart serait difficile à combler.

J'ai passé encore une heure en compagnie d'Alissa et de Hannah, puis j'ai dû retourner à côté pour contrôler les chambres, répondre à mes messages et m'occuper des réservations. J'avais fait faire son rot à Hannah puis je l'avais changée. J'étais en train de la replacer dans son couffin lorsque Alissa m'a soudain pris la main.

— Tu ne peux pas savoir comme je suis contente que tu sois là. Que ce soit toi que Dale ait choisie et non Debra.

Dès le début, alors que nous ne nous connaissions encore

qu'à peine, Dale m'avait parlé de Debra, sa précédente fiancée. Il avait été très épris d'elle et elle lui avait juré qu'elle n'avait jamais eu de relation sérieuse avant lui, qu'il était son premier amour. Un journaliste venu écrire un article au sujet de la famille Hendricks dans la presse locale avait alors déterré un scoop : Debra avait déjà été mariée une première fois ! Ce n'était pas un crime, non. Mais son mensonge en était un, en revanche. Dale s'était senti blessé et humilié par sa trahison. Je l'avais lu dans ses yeux lorsqu'il m'avait rapporté cette histoire. Sa souffrance était encore à vif en ce temps-là, et j'en avais eu mal pour lui.

Je me suis penchée pour serrer Alissa dans mes bras.

— Moi aussi, je suis contente. Appelle-moi si tu te sens seule. A plus tard, Ali.

Je me hâtais vers la porte d'entrée lorsque j'ai repéré James dans le living, en compagnie de deux hommes vêtus avec soin.

— Ah, voici notre chère Robin ! a lancé James d'une voix joviale.

J'ai aussitôt ralenti le pas pour progresser à une allure plus distinguée. J'ai salué tout ce petit monde d'un sourire poli.

— Bonjour !

— Entre donc un instant, Robin.

James a tendu le bras pour me faire signe de les rejoindre. Il m'a présentée à ses deux compagnons, mais leur nom est entré par une oreille pour ressortir de l'autre. Dale m'avait prévenue qu'il faudrait que je fasse un sérieux effort de mémorisation lorsqu'il serait maire. Mais je n'avais pas sa capacité à retenir les patronymes.

— Robin est notre futur nouvel ajout à la famille, a annoncé James.

Il paraissait fier de moi et j'ai tenté de me montrer digne de la considération qu'il semblait me porter. Mais, en short et en T-shirt avec des traces de régurgitations de bébé sur l'épaule, je craignais de ne pas vraiment faire bonne figure. Si James m'en voulait d'être aussi peu présentable, il n'en a en tout cas rien laissé paraître.

L'un des messieurs a gardé ma main serrée entre les siennes.

— Ma femme ne me parle plus que de ce mariage. Elle dit que cela fait si longtemps qu'elle n'a pas assisté à une belle cérémonie. Promettez-moi de venir faire sa connaissance avant. Ainsi, lorsqu'elle commencera à pleurer, elle saura au moins qui est la personne qui lui inspire toutes ces larmes !

— Je serais ravie de rencontrer votre épouse, lui ai-je assuré poliment.

Ce mariage commençait à me donner des sueurs froides. Toute la ville, apparemment, y était conviée. L'organisation m'avait été ôtée des mains par Mollie qui avait dressé la liste des invités et fait tous les choix, des fleurs jusqu'au gâteau. J'avais quand même pu préciser que je le voulais au chocolat mais c'était elle qui avait déterminé le style de pâtisserie. Elle avait également fourni la robe, mais comme elle l'avait portée elle-même je ne pouvais la critiquer sur ce point. Elle était magnifique, d'ailleurs. Fabuleuse, même. J'essayais de considérer l'événement comme l'heureuse réalisation de tous mes rêves. Mais je me réveillais chaque nuit autour de 2 heures du matin avec le sentiment de nager plutôt en plein cauchemar. Ma vie, ces jours-ci, semblait échapper de plus en plus à mon contrôle.

— Il faut que je file, ai-je expliqué à James. On m'attend à côté, au bed and breakfast.

— Bien sûr. Fais ce que tu as à faire, ma chérie.

Comme je me dirigeais vers la porte, je l'ai entendu lancer à ses amis :

— N'est-elle pas charmante ?

Ses mots m'ont fait monter les larmes aux yeux. Les gens de cette maison montraient parfois un double visage ; ils pouvaient être calculateurs, et il arrivait même qu'ils vous mettent des coups de poignard dans le dos. Mais d'une chose au moins j'étais certaine : ils *m'aimaient*. En traversant le jardin pour retourner au gîte, la question qui m'a traversé l'esprit m'a coupé les jambes : un mensonge par omission comme le mien ne présentait-il pas un caractère de gravité comparable au mensonge pur et simple de Debra ?

Une fois derrière les fourneaux, je me suis lancée dans la préparation du plat cuisiné que je servirais le lendemain à mes hôtes au petit déjeuner. Tout en réunissant mes ingrédients, je pensais aux paroles adorables de James et au tour miraculeux qu'avait pris ma vie. C'était mon amie Joy — que j'avais connue au centre de rééducation cardiaque où nous avions souffert et lutté ensemble — qui m'avait informée qu'une place était à prendre dans un bed and breakfast, sur Taylor's Creek. Elle-même travaillait alors comme serveuse dans un restaurant de Beaufort et elle m'avait encouragée à quitter Chapel Hill pour emménager avec elle. Je ne savais pas très bien quoi faire de moi-même, à l'époque. Mon père me poussait activement à entamer au plus vite un cursus universitaire. Mais si étudier figurait dans mes projets, je voulais d'abord un souffle de liberté. Une grande bouffée d'air frais. J'avais l'impression d'avoir vécu sous clé au fond d'un placard pendant des années. D'abord à cause de ma maladie, ensuite du fait de ma rééducation. Après une année de convalescence, je n'avais pas envie de me plonger tout de suite dans les livres. Je voulais d'abord savourer à grands traits le plaisir grisant de me sentir *en vie*.

Suite à mon embauche chez les Hendricks, Dale s'était chargé d'assurer mon initiation express aux points forts touristiques de Beaufort afin que je puisse parler de la ville et de la région à mes clients. Il m'a fait découvrir le front de mer, m'a présentée à tous les propriétaires de boutiques, m'a nommé les yachts des uns et des autres. Au loin, il nous arrivait de discerner les poneys sauvages sur Carrot Island, fièrement dressés face à la houle. C'est à la faveur de ces longues balades en tête à tête que nous sommes tombés amoureux, Dale et moi. J'étais touchée par l'affection qu'il portait à sa ville. Il adorait Beaufort et je le voyais prêt à se démener pour assurer le bien-être de ses habitants. Déjà, il y a un an, il prévoyait de devenir maire à son tour même si j'étais loin de me douter, alors, que la transition se ferait aussi vite. Physiquement parlant, j'étais très troublée par Dale. Durant ma maladie, j'avais oublié cet aspect de moi-même. J'avais été coupée de ma sexualité. Coupée du monde. Coupée de moi-même, aussi. C'était tellement étrange de ne plus exister qu'en fonction de sa pathologie. Parfois j'avais eu l'impression d'être un cœur plus qu'une personne — de me résumer à un organe. Avec Dale, je sentais que tout le reste de moi-même revenait à la vie. Lorsqu'il m'avait pris la main, j'avais senti vibrer chaque cellule de mes doigts comme si je les découvrais pour la première fois. Et ses magnifiques yeux gris ! Je n'avais pas encore eu l'occasion de les voir virer à l'orage, en ce temps-là. Car il arrivait que de terribles nuages s'y amoncellent. Dale était capable d'une grande gentillesse et je savais que sa cordialité, sa générosité étaient authentiques. Mais derrière sa douceur se cachait aussi quelque chose d'inflexible, de volontaire, de dur comme l'acier. Il ne pliait pas facilement et j'avais découvert que si je voulais faire quelque chose contre sa volonté — apporter une modification dans le fonctionnement des chambres d'hôtes, par exemple, ou même regarder un film qui ne lui plaisait pas — je devais aborder le sujet avec précaution et procéder avec une infinie prudence si je voulais avoir une chance de venir à bout de son obstination. Mais toute relation, aussi heureuse soit-elle, demandait sa part de concessions... Je l'avais appris très tôt en grandissant avec mon père. Il n'y avait là rien de bien nouveau pour moi.

Mon père a été enchanté d'apprendre que j'étais amoureuse de Dale Hendricks. En tant que professeur à Sciences-Po, il s'intéressait également aux rouages de la politique locale. Et il savait exactement qui était Dale : l'héritier présomptif de l'empire Hendricks. Mon père a toujours voulu que je sois protégée. Et il savait que si je devenais une Hendricks il n'aurait plus à se soucier de mon avenir.

A l'époque où Dale me faisait visiter Beaufort, mon cœur était devenu le dernier sujet de conversation au monde auquel j'avais envie de m'intéresser. Mais il m'a posé une multitude de questions au sujet de ma maladie cardiaque et je n'en ai laissé aucune sans réponse. Il a déclaré que j'étais très courageuse et je lui ai rétorqué que les seules personnes réellement admirables, dans l'histoire, étaient les membres de la famille du donneur. Et là-dessus, j'avais fondu en larmes, comme chaque fois que je songeais que des inconnus que je ne rencontrerais jamais m'avaient fait le cadeau le plus généreux que l'on puisse recevoir de toute une existence. Je me souviens que nous étions assis sous un kiosque en fer forgé avec vue sur Taylor's Creek. Le soir tombant se refermait doucement sur nous et les couleurs pastel du couchant se déployaient sur la terre et sur l'eau. Depuis ma transplantation, je vivais chaque instant de ma vie comme une grâce. Mais ce moment précis restait suspendu dans ma mémoire, comme un très beau tableau accroché en permanence dans ma tête. Dale avait passé les bras autour de moi. Essuyé mes larmes avec le dos de ses doigts puis tourné mon visage vers le sien.

Mon dernier baiser remontait à une éternité et j'avais oublié comment le simple contact de lèvres à lèvres pouvait faire jaillir en moi des petites bulles effervescentes, comme si mon corps entier n'était plus qu'un grand verre de champagne. Comment ce contact pouvait me faire perdre la raison. Et me conduire à adopter un comportement un peu fou, comme faire l'amour avec un homme que je connaissais à peine, par exemple. Oui, nous sommes retournés à pied jusqu'à la Villa Hendricks, nous avons grimpé sans bruit l'escalier extérieur qui menait à son appartement privé et j'ai arraché sa chemise avant même d'avoir mis le pied dans sa chambre à coucher.

J'ai souri au souvenir de cette nuit en couvrant avec une feuille d'aluminium le ragoût que je venais de cuisiner. Je l'ai placé au réfrigérateur puis j'ai appelé Dale sur mon portable, j'ai fermé les yeux au son de sa voix et pris appui contre le plan de travail.

— Tu crois que tu pourrais rentrer un peu plus tôt, ce soir ? Tu me manques.

J'entendais pleurer mon bébé quelque part dans les chambres d'hôtes, mais je ne pouvais pas l'atteindre. Je savais que c'était un rêve mais cette certitude ne m'apportait aucun soulagement. Je courais à travers la maison qui, dans mon cauchemar, consistait en un enchaînement sans fin — une pièce conduisant à une autre, puis à une autre, et une autre encore. Certaines d'entre elles étaient si basses et minuscules qu'il fallait ramper pour les traverser. D'autres étaient grandes comme des salles de bal. Les pleurs du bébé me déchiraient le cœur. Ma petite fille avait *besoin* de moi. L'appel semblait venir d'une certaine direction, puis d'une autre, et je courais, courais, sans parvenir à me rapprocher de mon bébé pour autant. En baissant les yeux sur le T-shirt que je portais dans mon rêve, j'ai vu que j'avais un halo humide sur chaque sein.

— Robin !

La voix semblait venir de très loin.

— Réveille-toi, Robbie. Tu es en train de faire un mauvais rêve.

J'ai ouvert les yeux. Dans l'obscurité, la seule chose que je discernais était la lumière LED bleue du petit poste de télévision sur ma commode. J'étais à bout de souffle d'avoir tant couru dans mon rêve et je ne savais plus très bien où j'étais. L'hôpital ? Ma chambre d'enfance ? J'ai porté la main à mon sein gauche et touché le tissu de mon débardeur. Sec.

— Redresse-toi un peu, ma chérie.

C'était la voix de Dale. J'étais chez moi, à Taylor's Creek. Et le corps de Dale enveloppait presque le mien tandis qu'il me soulevait par les épaules.

— Tout va bien, ma chérie ? Tu es essoufflée. Est-ce que ton cœur... ?

— Non, non, pas mon cœur. C'était juste un cauchemar.

Je le disais à mon intention autant qu'à la sienne. Je savais que mon cœur n'était pas en cause. Il était même probablement plus solide que le sien. Il me venait d'une jeune fille de quinze ans, morte dans un accident automobile. D'habitude, lorsque j'avais des cauchemars, c'était à son sujet. Je rêvais de ses derniers instants, alors qu'elle était seule dans la voiture qui avait basculé dans un ravin, et je voyais en rêve la vie qui s'échappait de son corps pour venir nourrir le mien. Parfois, je rêvais que nous étions vivantes l'une et l'autre et je me réveillais, illuminée par une joie merveilleuse, jusqu'au moment où ma mémoire se remettait en marche.

— Pff... Ça m'a secouée.

J'ai laissé retomber ma tête vers l'avant et Dale m'a massé la nuque. Je me sentais gênée.

— J'espère que je n'ai pas hurlé, au moins.

J'ai fait un effort pour rire.

— Je ne voudrais pas terrifier nos pensionnaires.

Lorsque nous étions devenus amants, Dale et moi, nous avions effectué quelques tests pour vérifier si on nous entendait de la chambre au-dessus de la mienne. Dale était monté à l'étage et j'étais restée allongée à émettre des bruits érotiques variés tout en secouant le lit jusqu'à le faire grincer. Il m'a promis qu'il n'avait rien entendu, mais nous nous étions beaucoup amusés tous les deux pendant que nous procédions à ces vérifications.

— J'ai vraiment crié, alors ?

— Non. Tu gémissais et tu respirais fort.

Il m'a serrée dans ses bras et m'a bercée contre lui. Il pouvait être si tendre, parfois.

— Parle-moi de ton rêve.

J'ai hésité un instant mais je ne voyais aucune raison de lui cacher la vérité — jusqu'à un certain point.

— J'avais un bébé, dans le rêve. Une petite fille. Elle pleurait et je ne pouvais pas l'atteindre. Je cherchais mon chemin dans la maison et je ne le trouvais pas. C'était angoissant... Je voulais absolument être auprès d'elle.

Les larmes qui ont jailli m'ont prise par surprise. Je pouvais dire merci à l'obscurité qui masquait ma réaction. Ce n'était pas la première fois que je rêvais de mon bébé depuis la naissance de Hannah. Dans la journée, tout allait très bien. Aucun problème. Mais quand je dormais et que je cessais de surveiller mes pensées, mon enfant venait me hanter. Je l'entendais pleurer à distance et ne parvenais jamais à l'approcher. Dans un de ces rêves, j'étais dans tous mes états parce que je ne connaissais pas son prénom, j'ignorais comment s'appelait *ma propre fille*. C'était Travis qui avait choisi. Etait-elle heureuse et en bonne santé ? Je savais qu'elle n'avait pas hérité de ma pathologie cardiaque. Mon père m'avait dit qu'elle avait été examinée aussitôt après la naissance et que son cœur fonctionnait à la perfection, ce qui était un petit miracle compte tenu des médicaments que j'avais dû prendre pendant la grossesse. La plupart du temps, je parvenais à évacuer ce bébé de mes pensées. Mais maintenant, tout à coup, elle cherchait de nouveau une voie d'entrée.

Dale a ri tout bas au récit de mon rêve.

— Tu passes beaucoup trop de temps avec Ali et Hannah, ma chérie ! Parlons sérieusement : tu as été d'une grande aide, Robin. Ma sœur n'est pas vraiment une bonne… Je veux dire, elle ne se fait pas vraiment à sa maternité, si ?

— Je crois qu'elle est encore un peu désorientée. Une fois qu'elle retournera en classe avec ses amis, elle retrouvera sans doute ses marques.

Même si je l'espérais du fond du cœur pour Alissa, j'étais moins optimiste que je ne voulais le laisser croire. Elle avait raison de s'inquiéter pour son avenir. Aucune de ses copines ne serait obligée de rentrer en courant à la sortie des cours pour répondre aux besoins d'un enfant en bas âge.

— Tu feras une mère tellement extraordinaire, toi, Robin.

Là encore, je me suis réjouie de l'obscurité car je ne voulais pas qu'il me voie me crisper. Je ne lui avais pas caché que je ne pourrais peut-être pas avoir d'enfants. Sur ce point, j'avais été entièrement sincère. Le traitement antirejet que je devais prendre à vie rendait une grossesse très risquée. Mon gynéco m'avait dit qu'avoir des enfants serait pour moi, je cite : « improbable mais pas complètement impossible ». Et Dale semblait avoir effacé le mot « improbable » du pronostic qu'il avait mémorisé. « Nous trouverons un moyen », m'assurait-il chaque fois avec conviction.

Et je le laissais dire, comme chaque fois que nous abordions un sujet potentiellement conflictuel. Je désirais avoir des enfants mais je penchais pour la solution de l'adoption. Mais à la façon dont Dale et ses parents avaient réagi lorsque Alissa avait proposé de faire don de son bébé à un couple stérile, j'avais compris que l'idée ne serait sans doute pas accueillie très favorablement dans la famille.

J'ai cru entendre de nouveau pleurer le bébé alors que j'étais à présent complètement réveillée. Je me suis écartée de Dale pour allumer la lampe de chevet. Les ténèbres m'oppressaient, tout à coup.

La lumière a accroché le regard de Dale. Ses yeux étaient d'un beau gris argent, de la couleur de l'océan par temps couvert. Quelque chose dans leur aspect m'a soudain frappée de plein fouet, comme si je les voyais pour la première fois. J'ai su alors *pourquoi* j'étais tombée amoureuse de Dale. J'ai su pourquoi, le jour où il m'avait reçue en entretien j'avais eu envie de me jeter dans ses bras. Alors que j'avais conclu à un coup de foudre, mon inconscient s'était amusé à mes dépens.

Car c'étaient les yeux de Travis que j'avais reconnus dans les siens.

— Quoi ? Qu'est-ce qu'il y a ?

Je me suis rendu compte que je regardais Dale fixement, comme si je ne savais plus très bien qui il était.

— Rien... Rien du tout. Je suis un peu à l'ouest, c'est tout.

J'ai frissonné. Il se passait des trucs bizarres dans ma tête et je n'aimais pas cela du tout. Le bébé d'Alissa remuait en moi des émotions nouvelles et étranges. Alors que tout se mettait enfin en place dans ma vie, je ne voulais surtout pas être *remuée*. La dernière chose dont j'avais envie en ce moment, c'était de me retrouver hantée par des souvenirs de Travis et du bébé. Non, non, et non. Qu'est-ce que cela voulait dire ?

Ton enfant est en sécurité. Ta fille a un père et une mère qui l'aiment et elle est en bonne santé.

Je ne pensais presque jamais à elle. J'avais eu une greffe cardiaque et c'était ce qui faisait de moi la personne que j'étais. Pas le fait d'avoir eu un bébé. Ma grossesse n'avait été dans ma vie qu'une parenthèse oubliée. Les rares fois où je songeais à elle, c'était avec une totale absence d'émotion. Ce soir, il me semblait avoir compris pourquoi, et cette prise de conscience m'effrayait. En m'empêchant de sentir, mon cerveau m'avait protégée d'une souffrance qui aurait pu me détruire. Mais maintenant que Hannah avait surgi dans ma vie, mes défenses commençaient à craquer aux coutures.

— Tu es prête à te rendormir ? m'a demandé Dale en me frictionnant l'épaule.

J'ai hoché la tête sans savoir si je parviendrais à retrouver le sommeil. Le rêve paraissait déjà loin mais il avait laissé derrière lui un trouble si profond que j'hésitais presque à éteindre la lumière. Je m'y suis astreinte, cependant, et me suis blottie contre Dale en respirant son odeur pour essayer de m'en imprégner, de me relier à lui par tous mes sens. Pour essayer de penser à la vie merveilleuse qui serait la mienne une fois que nous serions mariés. Mais mes pensées ne sont pas parties dans cette direction. C'est la voix de mon père que j'ai entendue murmurer à mon oreille :

« Ce bébé n'a jamais existé, Robin. Laisse-le partir. Cet épisode de ta vie n'a jamais eu lieu. »

J'ai songé au rêve et au besoin éperdu que j'avais éprouvé d'atteindre mon bébé. Et en cet instant, j'ai compris que l'on pouvait aimer quelqu'un que l'on n'avait pas connu et que l'on ne connaîtrait jamais. On pouvait même l'aimer, ce quelqu'un-là, de toutes ses forces, de toute son âme.

10. Erin

Depuis l'accident qui avait coûté la vie à ma fille, je détestais aller me coucher. Dès l'instant où ma tête touchait l'oreiller, je voyais la jetée s'étirer sur l'écran noir de mes paupières. J'évitais donc ma chambre et n'y entrais que lorsque je tombais de sommeil au point de ne plus avoir la force de penser. Alors, parfois, si la chance me souriait, le sommeil me prenait avant que la jetée ne surgisse. C'est pourquoi, deux semaines après avoir emménagé dans mon nouvel appartement, j'étais encore debout à 2 heures du matin à regarder une rediffusion nocturne de *La Mélodie du bonheur* à la télévision.

J'avais toujours été un oiseau de nuit, mais mes horaires de travail m'obligeaient à me coucher avant minuit. Aujourd'hui, sans mari et sans emploi, je pouvais veiller autant que je le souhaitais. Je me posais sur le canapé trop dur, dans le séjour, et je regardais à la télévision des trucs pas compliqués, comme la chaîne « Maison et Jardinage » ou des vieux films en noir et blanc. Tout en gardant un œil sur l'écran, je faisais des réussites sur mon iPad et me connectais de temps en temps sur le forum du « Papa de Harley ». Michael n'était pas très en faveur des réussites, patiences et autres jeux de solitaire. Et du coup je prenais un plaisir retors à y consacrer une bonne partie de mon temps.

« Ce sont des jeux pour autistes ! Ils ne relient pas les gens les uns aux autres », râlait-il toujours.

Il aimait les jeux interactifs — ceux qui rapprochaient et créaient des liens, que ce soit par la compétition ou la coopération. Genre FarmVille. Ou des jeux de rôle, comme World of Warcraft.

Dans la mesure où j'étais encore un tant soit peu capable d'aimer quoi que ce soit en ce moment, j'aimais ma vie solitaire. Je n'avais à me soucier ni de cuisine, ni de repas, ni de la tête que j'avais en me levant le matin. Il m'était arrivé une fois ou deux de m'endormir tout habillée et de garder les mêmes vêtements le lendemain matin. Si Michael m'avait vue fonctionner ainsi, il aurait appelé Judith au téléphone pour la prévenir que j'étais en pleine dégringolade et que j'avais besoin d'une aide plus soutenue que celle qu'elle m'apportait. Voilà ce qui donnait tout son prix à ma nouvelle vie loin de Michael. Je pouvais faire ce qui me passait par la tête sans m'inquiéter de ses réactions.

La Mélodie du bonheur était le film préféré de mon mari. Je le taquinais toujours sur son engouement pour cette comédie que je trouvais ringarde. Je n'étais même pas certaine de l'avoir vue un jour de bout en bout. Quand il la regardait, j'étais généralement occupée avec Carolyn ou plongée dans une lecture. Mais Michael, lui, en redemandait, de sa *Mélodie*. Cette nuit, bizarrement, je me suis surprise à accrocher. J'ai suivi d'abord une scène ou deux d'un œil distrait, puis j'ai fini par reposer ma tablette et me laisser prendre pour de bon. Pour la première fois, il me semblait comprendre la fascination que cette histoire exerçait sur Michael. Tout venait de la ribambelle d'enfants. Les sept von Trapp au grand complet. Il était lui-même issu d'une famille de sept. Et s'était trouvé pile en position centrale dans la fratrie. Lorsque nous avons commencé à sortir ensemble, il m'avait assuré qu'il voulait sept enfants aussi. J'avais cru à une plaisanterie, mais ce n'en était pas une. Finalement, il s'était déclaré prêt à se contenter de l'effectif que je serais disposée à lui donner. Je lui avais dit que trois me paraissait idéal. Et il avait répliqué aussitôt que quatre, ce serait mieux, pour qu'aucun de nos enfants n'ait à souffrir de se trouver seul, perdu en milieu de fratrie. C'était un aspect de lui que j'avais aimé par-dessus tout : son désir d'avoir un paquet d'enfants avec nous. Son côté père de famille nombreuse. Au moment de la disparition de Carolyn, nous nous efforcions déjà depuis un certain temps de mettre notre second en route. Même si j'avais souffert de nos échecs à répétition, j'étais reconnaissante a posteriori de ne pas avoir été enceinte au moment du décès de ma fille. Cela aurait été affreux, pour ce bébé, de venir au monde dans de pareilles conditions. C'était mon avis, du moins. Mais pas celui de Michael. Un soir, environ quinze jours après la mort de Carolyn, nous nous cramponnions l'un à l'autre dans notre lit, encore dévastés par notre chagrin commun. Nous en étions encore au stade où nos souffrances fonctionnaient en synchro.

— Si seulement tu étais enceinte, avait-il murmuré. Cela rendrait son départ un peu moins difficile.

Je m'étais assise en sursaut, incapable de croire ce que mes oreilles venaient d'entendre.

— Elle n'est *pas* remplaçable ! avais-je hurlé.

Michael m'avait attirée de nouveau dans ses bras.

— Evidemment, qu'elle n'est pas remplaçable. Ce n'est pas ce que je voulais dire...

Mais je m'étais dégagée pour le foudroyer du regard.

— C'est *exactement* ce que tu voulais dire, si !

C'est à ce moment-là, sans doute, que pour la première fois j'avais ressenti de la haine envers lui. Une chose était certaine, en tout cas, l'abîme entre nous avait commencé à se creuser suite à cette conversation.

Et maintenant, dans mon petit appartement neutre et solitaire, je regardais la télévision. Les yeux rivés sur les sept enfants alignés dans leurs tenues autrichiennes qui chantaient joyeusement « Do, c'est do » d'une même voix. Voilà ce que Michael aimait dans ce film. Il représentait ce à quoi il aspirait : une grande famille heureuse.

Attrapant la télécommande, j'ai affiché le programme à l'écran et vu que le film repasserait tous les soirs à la même heure, cette semaine. J'ai pris mon iPad et envoyé un mail à Michael pour l'en informer, au cas où il souhaiterait l'enregistrer. Puis j'ai posé les pieds sur le canapé et entouré mes genoux de mes bras.

J'avais perdu un enfant, me suis-je dit. Michael, lui, avait perdu un rêve.

11. Travis

Savannah a pris le reste de salade de pommes de terre et l'a rangé dans la glacière placée à côté d'elle sur la couverture. Nous avions pique-niqué sur la plage tous les trois — Bella, Savannah et moi — et, le dîner fini, nous regardions monter la marée.

— C'est qui, ces deux-là, qui arrivent sur *notre* plage ?

Savannah avait un sourire corrosif dans la voix en observant le couple déjà âgé qui avançait pieds nus dans le sable, au bord des vagues.

— Des intrus.

J'ai attrapé de la pointe de ma fourchette une fraise dans le bol placé entre nous.

— C'est quoi, papa, des zintrus ?

Bella était roulée en boule sur mes genoux et j'avais passé mon bras libre autour d'elle. Elle m'a soudain paru bien maigrichonne, ma fille. L'absence de la généreuse cuisine de ma mère commençait à se faire sentir.

— Je disais ça pour rire, Bella. Des intrus, ce sont des gens qui entrent chez les autres même si on ne les invite pas. Mais cette plage est publique, ce qui veut dire que tout le monde peut s'y promener. Donc ce monsieur et cette dame ont autant le droit d'être là que nous.

— Alors pourquoi tu as dit ce mot ? Zintrus ?

— *Intrus*, ma chérie. Parce qu'à cette époque de l'année, comme il n'y a pas beaucoup de monde sur la plage, on a parfois l'impression qu'elle est juste pour nous.

Savannah a eu un geste d'impatience.

— Tu lui expliques des trucs beaucoup trop compliqués, Travis. Comment veux-tu qu'elle comprenne ?
— Si, je comprends !
Ma fille en avait juste saisi assez pour se sentir vexée.

Pourquoi s'acharnaient-ils, tous, à vouloir que je parle « bébé » à ma fille ? Bon d'accord, une partie de ce que je lui racontais lui échappait, mais dans l'ensemble elle captait pas mal de choses. Comme je ne savais jamais d'avance ce qui allait percuter ou non, j'aimais autant tout lui dire. De temps en temps, Savannah émettait une remarque comme celle qu'elle venait de faire et critiquait la façon dont je m'y prenais avec Bella. Une attitude qu'elle adoptait un peu trop souvent à mon goût. J'allais bientôt être obligé de lui en toucher deux mots si elle persistait à vouloir interférer ainsi. D'un autre côté, elle me gardait Bella pour quinze malheureux dollars par jour... J'avais peut-être intérêt à prendre mon mal en patience et à supporter quelques piques d'une manière stoïque. J'avais réussi à me faire embaucher une semaine pour construire un escalier d'intérieur, parce que le gars qui aurait normalement dû s'en charger était en maladie. Mais il avait repris et je me retrouvais de nouveau le bec dans l'eau. Le salaire avait été minable mais il m'avait au moins permis de nous nourrir, Bella et moi. Pour le loyer et le téléphone, laisse tomber, par contre. Ma ligne avait été coupée avant-hier par mon opérateur téléphonique. J'avais décidé de garder quand même mes plaques sur mon fourgon, même si le numéro de téléphone ne menait plus nulle part. Quelqu'un pouvait m'aborder directement alors que j'étais garé en ville et me demander un devis. *Oui, bon, tu peux toujours rêver...* C'était une question de fierté, en fait. Sans mes plaques, je n'étais plus qu'un loser de plus tournant en rond dans son vieux fourgon blanc.

J'étais en retard pour régler le loyer de la caravane. Je ne pouvais verser que la moitié de la somme. Et le vieux proprio n'était pas du genre à faire de sentiment.

« C'est tout ou rien, avait-il bougonné. Tu as jusqu'à la fin de la semaine. Pas un jour de plus. »

Savannah avait de l'argent. Pas des mille et des cents, bien sûr, mais elle possédait quelques objets sympas dans son mobil-home. Sans parler de sa voiture neuve. Et elle achetait sans hésiter de la nourriture et de la bière. Cela m'embêtait de lui emprunter le montant du loyer, en revanche.

Sans compter qu'elle ne me l'avait pas proposé.

J'étais reconnaissant à Savannah et c'était une des raisons qui me faisaient endurer sans broncher ses réflexions au sujet de Bella. Entre ma fille et elle, les choses se passaient bien. Elles se plaisaient visiblement en la compagnie l'une de l'autre. Mais quand je rentrais le soir après le travail, c'était moi et rien que moi que voulait Bella. Depuis l'incendie et le décès de sa « Nana », elle n'aimait pas trop me perdre de vue. Chaque fois que je rentrais, je voyais son visage s'illuminer, tant elle était soulagée de me retrouver. Même si je lui assurais tous les matins que je reviendrais, elle semblait inquiète à l'idée que je puisse décider de m'éclipser direction « le ciel » à mon tour.

Je me suis allongé sur la couverture et j'ai tendu les bras pour soulever Bella dans les airs. Elle a ri aux éclats et a écarté les bras en faisant l'avion. C'était un jeu auquel je me livrais avec elle depuis qu'elle était toute petite et qui n'était plus vraiment de son âge. L'autre soir, après une journée entière passée à travailler sur cet escalier, j'avais eu horriblement mal aux bras en la soulevant dans les airs. Mais cette douleur, j'avais eu plaisir à la sentir. C'était bon d'avoir les muscles fatigués après une honnête journée de travail. Aujourd'hui, je ne sentais rien. Juste le poids plume de ma petite fille trop légère qui semblait prête à s'envoler comme un oiseau.

— Tu ne m'as pas dit comment ça s'était passé aujourd'hui, pour ta recherche de boulot ? m'a demandé Savannah.

Elle a décapsulé une bière et bu une gorgée. Elle avait raison. J'avais parlé d'à peu près tout *sauf* de l'évolution pathétique de ma recherche d'emploi. Je me suis redressé pour reposer Bella sur la couverture et je l'ai regardée se lever pour courir jusqu'à la ligne de coquillages qui marquait la frontière entre plage et océan.

J'ai baissé les yeux pour contempler mes pieds.

— Ça n'a rien donné. C'est le désert, pas une seule offre. J'ai acheté le journal de Wilmington. Si tu veux bien me prêter ton téléphone demain, je passerai quelques appels. Mais je n'y crois pas du tout.

— Peut-être qu'il faut que tu te formes pour passer à autre chose, comme moi. Si le bâtiment se casse la figure, c'est le moment de te reconvertir.

— C'est bien gentil de se reconvertir, mais comment je nourris Bella, pendant que je me forme ? Et je me forme à quoi, à ton avis ?

J'avais conscience que mon ton n'était pas des plus aimables. La frustration me mettait toujours dans une humeur de chien. Adolescent, j'avais cru dur comme fer que j'irais loin dans mes études supérieures. Mes résultats avaient toujours été bons, bien qu'insuffisants pour me valoir une bourse. Ma mère n'avait pas pu réunir la somme nécessaire pour payer mon inscription à l'université. Puis Bella était née et la question des études avait cessé de se poser.

— Ben, je ne sais pas, moi, m'a rétorqué Savannah. Qu'est-ce qui t'intéresse, par exemple ?

— Au départ, je pensais que je serais biologiste marin.

C'était un rêve dont je ne parlais pas souvent. Et là j'aurais mieux fait de me taire car Savannah m'a ri au nez.

— Il aurait fallu que tu sois vraiment très doué pour faire ce métier-là.

— Oh ! ça va. Lâche-moi, Savannah.

Je lui aurais bien communiqué mes résultats aux SAT — tests d'aptitude aux études supérieures — qui n'avaient pas été mauvais du tout. Mais elle ne devait même pas avoir une idée de ce que ces tests signifiaient.

Le sourire de Savannah s'est élargi.

— Hé ho. Serions-nous susceptible, par hasard ?

Elle a levé sa bouteille de bière pour prendre une longue gorgée.

— Ecoute, j'ai une idée, si tu veux. Je sais où tu peux trouver du boulot.

— Qu'est-ce que tu me racontes ?

— Je ne voulais pas t'en parler parce que je n'avais pas envie que tu te barres d'ici.

— Que je me barre ?

Je ne voyais pas où elle voulait en venir.

— Que tu quittes Carolina Beach. Mais je sais où on peut trouver du travail qui paie.

— Il n'est pas question que je quitte la plage.

— Et si le choix se pose entre rester à la plage et avoir les moyens de mettre un repas sur la table tous les jours ?

D'un signe de tête, elle a indiqué Bella qui était occupée à chercher des coquillages rares. J'ai embroché une nouvelle fraise, mais je ne l'ai pas portée à ma bouche.

— Tu sais où je peux trouver un emploi stable dans le bâtiment ? Où ça, exactement ?

— A Raleigh.

— Je ne connais personne à Raleigh.

J'ai enfourné la fraise dans ma bouche. Je n'avais aucune intention d'aller m'exiler dans une ville située à plus de *deux heures* d'ici, à l'intérieur des terres.

— Tu connaîtrais quelqu'un si tu prenais ce boulot. J'ai un bon pote là-bas. Roy... Tu n'as aucune raison d'être jaloux, se hâta-t-elle de préciser. Il n'y a rien entre lui et moi.

Je n'étais pas jaloux ; je m'en contrefichais qu'elle ait un petit ami ou non ! Cela m'aurait arrangé, même. Mon ardeur initiale pour elle était retombée très vite. D'accord, c'était une bombe, cette fille. Mais sa conversation restait limitée. Et je n'aimais pas son côté corrosif. Ce n'était pas possible de parler à Savannah de ce qui se passait réellement à l'intérieur de moi — j'avais le sentiment que c'était beaucoup trop risqué. Je croisais d'ailleurs les doigts pour que son cynisme ne déteigne pas sur Bella.

J'avais besoin de l'aide de Savannah, mais elle m'avait dit qu'elle était en train de tomber amoureuse de moi — c'étaient les mots exacts qu'elle avait employés —, alors j'avançais vraiment sur le fil du rasoir, dans l'histoire. Il fallait que je fasse en sorte qu'elle reste à peu près bien disposée à mon égard sans lui donner pour autant l'idée qu'un avenir commun se profilait pour nous.

— Et comment se fait-il qu'il ne trouve personne à Raleigh, ton pote ? Il y a des gens partout qui cherchent du boulot sans en trouver !

Elle a haussé les épaules.

— Je n'en sais rien. Tout ce que je peux te dire, c'est que je lui ai parlé de toi au téléphone, l'autre jour. Et il m'a répondu : « Tu n'as qu'à me l'envoyer. Je le ferai bosser. » C'est exactement ce qu'il m'a dit.

Ouah. Je devais admettre que c'était tentant.

— Il est quoi, ton ami ? Entrepreneur en bâtiment ? J'ai commencé à faire un peu d'ébénisterie avant l'incendie. Je ne dis pas que je suis un maître menuisier ou un truc comme ça, mais je peux faire plus que l'employé en menuiserie de base.

J'envisageais donc vraiment de prendre ce job à Raleigh ?

— Je lui dirai, m'a promis Savannah.

— Mais il faudrait qu'on trouve un hébergement. Et qu'est-ce que je ferais de Bella ? Je ne connais personne là-bas qui...

— J'imagine que tu pourrais me la laisser. Mais je ne pense pas que...

— Non, pas question.

Raleigh n'était qu'à quelques heures d'ici, mais cela pourrait aussi bien être la lune si je partais en laissant Bella. A la rigueur, j'aurais accepté de la confier une quinzaine de jours à ma mère pour aller gagner de quoi nous remettre à flot. Mais à Savannah, *non*. Impossible.

Si elle a été blessée par mon refus, elle n'en a rien laissé paraître en tout cas.

— Oui, eh bien, comme je te le disais, il m'arrive de me barrer d'ici de temps en temps. Donc ça n'aurait peut-être pas été une bonne solution, de toute façon. Même si je l'adore, ta gamine.

— C'est bon. On laisse tomber Raleigh.

— Roy cherche quelqu'un pour la semaine prochaine. Donc ça te laisse quelques jours pour réfléchir.

— Sérieusement, c'est non. J'apprécie que tu aies cherché pour moi, Savannah. Vraiment. Mais je ne peux pas partir d'ici. Bella a toujours vécu à Carolina Beach. Je ne peux pas la déraciner maintenant, alors qu'elle vient juste de…

Je me suis tu un instant en regardant ma fille jouer au chat et à la souris avec les petites vagues qui venaient s'allonger sur le sable.

— … après tout ce qu'elle a déjà enduré.

— Ouais, je comprends, m'a fait Savannah.

— Je finirai bien par trouver quelque chose ici. Ça risque de prendre un peu de temps, c'est tout.

— J'espère, oui, que tu vas trouver. Je ne voulais même pas t'en parler, du boulot de Roy. Parce que je vous aime vraiment très fort, tous les deux.

Je gardais les yeux rivés sur Bella. Parce que je savais que Savannah venait de lâcher quelque chose qu'elle n'avait pas eu l'intention de dire et que je ne me sentais pas capable de parler sentiments avec elle.

J'ai attrapé une nouvelle fraise.

— Oui, je vois ça. Elle t'aime aussi, tu sais.

12. Robin

Ce que mon père ignorait ne pouvait pas lui faire du mal. Telle était ma philosophie lorsque Travis et moi nous avons commencé à nous voir en cachette. Cela n'avait pas été facile. Mon père m'avait retirée du lycée et m'avait collé un enseignant sur le dos qui venait me donner des cours à domicile. La plupart du temps, je ne disposais que de deux pauvres heures entre le départ de mon prof particulier et le retour de mon père. Mais Travis avait pris l'habitude de débarquer dès que la voie était libre. Au début, nous écoutions juste de la musique ensemble. Ou nous regardions un film en échangeant quelques baisers. Enfin… Nous passions pas mal de temps à nous embrasser, en fait. Au point qu'un soir mon père m'avait demandé pourquoi j'avais cette drôle de rougeur sur le visage.

Ce soir-là, j'ai adressé un texto à Travis.

> Fo kon skalm sur les bizou ! Mon pèr a remarké
> ke g t rouge…

> Dsl. Pa envi darété, avait répondu Travis dans
> la seconde qui avait suivi.

> Bon ben… Fo kon fasse d truc qui se voient
> pa sur lvisage…

J'ai souri alors que mes doigts cherchaient les touches.

> Et ton cœur ?

Il s'inquiétait pour moi. C'était mignon.

Il tiendra le choc.

Je disais ça, mais je n'en étais pas si sûre... Il cognait déjà jusque dans ma gorge alors que je rédigeais ce texto.

2m1 ? ai-je proposé.

Dac

Capotes !

B1sûr. 10 sa ira ?

Je riais toute seule dans ma chambre.

Amen !

Finalement, ça s'est passé chez lui et pas dans l'appartement. J'étais trop anxieuse à l'idée que mon père pourrait rentrer à l'improviste. J'ai menti et lui ai raconté que Sherry et moi nous avions repris contact et qu'on se faisait un cinéma, toutes les deux. Le moment le plus douloureux pour moi dans ce mensonge fait à mon père, ça a été quand son visage s'est éclairé de joie. Il était tellement heureux qu'une de mes anciennes amies se soit souvenue de moi. Il m'aimait vraiment très fort et ne voulait qu'une seule chose : que je sois heureuse. Juste à condition que ce bonheur ne passe pas par Travis.

Travis est venu me chercher chez moi et m'a conduite dans sa petite maison, à Carolina Beach. Sa mère, qui travaillait comme serveuse, ne reviendrait que tard le soir. Quand on rentrait chez lui, ça sentait toujours un peu le poisson et la fumée, mais on ne voyait jamais le moindre grain de poussière. Travis disait toujours qu'il vivait dans un taudis. Et de l'extérieur, c'est vrai, sa maison avait l'air de tomber en ruine ; mais à l'intérieur, c'était plein d'objets sympas, de châles, de tissus et de petites touches féminines qui, par contraste, faisaient paraître mon appartement froid, austère et aseptisé. Comme un hôpital.

Travis a commencé à m'embrasser à la seconde même où nous avons franchi la porte.

— Tu es sûre, hein ? Vraiment sûre ?

— A cent pour cent, lui ai-je dit.

Mais j'aurais sans doute pu me dispenser de répondre. Même si j'avais eu des regrets, je doute qu'il ait encore été en état de s'arrêter. Je ne l'avais encore jamais connu ainsi. Si intense. Comme transporté. Il m'a attrapée par la main et m'a presque tirée à travers le séjour et le couloir jusque dans sa chambre. Mais lorsqu'il m'a déposée sur le lit, il l'a fait avec autant de douceur que si j'avais été une figurine de verre.

— Tu n'auras rien à faire, Robin. Rien du tout. Ne te fatigue pas, surtout. Je vais…

— Mais je *veux* participer !

Ma main était sur la boucle en métal de sa ceinture. La bosse sous son jean était juste devant moi, près de ma joue. Près de ma bouche. Je respirais vite et fort ; les muscles se serraient, autour de mon cœur, mais je m'en fichais. Tout ce que je voulais, c'était sentir Travis en moi, me mélanger à lui au plus intime de nos chairs.

Je savais que c'était censé faire mal mais je n'ai pas souffert. Même pas un tout petit peu. J'ai juste été déçue que cela se termine si vite. J'aurais aimé que cela continue à l'infini, et Travis m'a promis que la prochaine fois ce serait le cas. Puis il m'a touchée avec ses doigts. Il en a glissé un à l'intérieur et a pressé les autres contre moi d'une manière si magique que mon souffle s'est accéléré, accéléré, tellement que j'ai cru mourir pour de bon, mais cela m'était toujours parfaitement égal. J'ai laissé sortir un cri qu'il a cueilli sur mes lèvres, puis ça a été fini. Le tout avait duré entre sept et huit minutes. *Les meilleures sept ou huit minutes de ma vie.*

Au bout d'un moment, Travis s'est assis à côté de moi et m'a passé un bras autour des épaules.

— Bon. Maintenant, tu imagines que je suis l'auteur de tes jours.

— *Hein ?*

— Alors, Robin ? Il était bien, ce film ? m'a-t-il demandé d'une voix presque aussi grave et sévère que celle de mon père.

Je me suis mise à rire.

— Fabuleux.

— Le genre de film que tu serais prête à revoir une seconde fois ?

— Et même une troisième et une quatrième.

Travis a roulé contre moi et m'a serrée contre son corps nu, le visage enfoui dans mes cheveux. Il a chuchoté quelque chose qui ressemblait à « pour toujours » et j'ai murmuré les mêmes mots en réponse, puis j'ai pleuré, pleuré toutes les larmes de mon corps, tellement j'étais submergée par la joie.

— J'ai une grande nouvelle, m'a annoncé mon père au dîner le lendemain.

C'était à mon tour de cuisiner, donc le menu se composait de poulet sauté aux légumes — mon unique spécialité.

J'ai levé les yeux de mon assiette et noté qu'il arborait ce sourire particulier qu'il avait toujours lorsqu'il se demandait comment j'allais réagir à une de ses propositions.

— Quoi ? Quelle nouvelle ?

— J'ai accepté un poste à Chapel Hill.

J'ai reposé mes couverts. Mon cœur s'est mis à pulser douloureusement dans ma poitrine.

— Comment ça, Chapel Hill ?

— Je sais que ça tombe mal alors que tu viens juste de te réconcilier avec Sherry et je le regrette sincèrement. Mais tu te feras de nouveaux amis, à Chapel Hill. Et le gros avantage, là-bas, c'est que tu bénéficieras de soins médicaux de pointe.

— Mais je suis très bien soignée, ici ! Je ne veux *pas* déménager.

Déjà, j'avais fait le calcul dans ma tête. Chapel Hill était à *trois heures* en voiture de Wilmington. Où trouverais-je l'occasion de voir Travis ? Je commençais à paniquer sérieusement.

— Je me sentirai beaucoup plus tranquille lorsque nous vivrons enfin à proximité d'un grand hôpital universitaire. Je reconnais que je t'assène la nouvelle d'une manière un peu brutale, mais je ne voulais pas t'en parler avant d'être certain que j'aurais ma mutation. C'est aujourd'hui seulement que tout s'est mis en place. A la fois la confirmation du poste et l'accord des locataires qui vont s'installer dans notre appartement. J'ai également trouvé un logement là-bas que nous pourrons louer jusqu'à ce que je sois en mesure d'acheter. Tout cela s'est fait très vite, c'est presque un miracle.

Il a souri de nouveau.

— Il ne nous reste donc plus qu'à commencer à trier nos affaires. J'ai commandé des cartons vides qui nous seront livrés demain. Tu pourras commencer à mettre tes livres, tes vêtements et…

— Quand? l'ai-je interrompu. Nous partons *quand*?

— Il faut que j'appelle les entreprises de déménagement. J'espère en trouver une qui pourra s'en charger pour vendredi en huit. Je prends mon nouveau poste le lundi suivant.

Effarée, j'ai porté la main à ma bouche.

— Mais papa! Ce n'est pas possible! Tu aurais au moins pu me prévenir! Comment veux-tu que je…?

— Respire, ma chérie. Calme et sérénité.

J'avais envie de lui balancer ma cuillère à la tête mais naturellement je n'en ai rien fait.

— Oui, j'aurais dû t'informer de mes intentions. Mais je savais que ce projet te perturberait. Et je me disais que, s'il tombait à l'eau, je t'aurais affolée pour rien. Ce matin encore, je pensais que ce n'était pas gagné et que cela ne marcherait probablement pas.

— Je n'ai pas faim.

J'ai repoussé mon assiette et me suis levée. Il fallait coûte que coûte que j'appelle Travis, que je l'informe de ce qui se passait.

— Assieds-toi, m'a dit mon père.

Il avait cette voix calme qu'il prenait toujours lorsqu'il avait peur que je m'énerve et que je fatigue mon précieux cœur. Je n'ai pas osé sortir de la pièce. Mais je ne me suis pas assise pour autant.

— Je sais que tu revois Travis, Robin.

— Pas du tout ! C'est pas vrai !

J'avais les joues en feu. *Comment* le savait-il ? Et qu'avait-il appris exactement sur ce qui se passait entre lui et moi ?

— Ne me mens pas. L'un de nos voisins, dont je tairai le nom, m'a informé qu'il l'avait vu ici à plusieurs reprises pendant que j'étais à la fac.

— Il est juste passé me voir une fois ou deux. Pour… pour m'apporter des livres.

J'ai baissé les yeux sur mon assiette, incapable de soutenir son regard.

— Tu étais réellement avec Sherry, hier soir ?

— Oui.

Son soupir indiquait qu'il ne me croyait pas mais qu'il était prêt à me laisser le bénéfice du doute. Il n'avait pas besoin de mener l'enquête, après tout. Il avait trouvé le moyen de m'éloigner de Travis de façon radicale et définitive.

— Bon, tu peux aller dans ta chambre, maintenant. Fais le tri de ce que tu veux garder et de ce que tu donnes à l'aide humanitaire.

Il m'a retenue par la main lorsque je suis passée à côté de sa chaise.

— C'est juste une amourette d'adolescente, ma chérie. Bientôt, tu rencontreras le jeune homme que tu mérites, je te le promets.

Le déménagement m'était tombé dessus si vite que je n'avais même pas eu le temps d'échapper à mon père pour dire au revoir à Travis. Ces deux semaines ont été un cauchemar. J'étais persuadée que tout cela était prévu depuis longtemps et que mon père avait attendu le dernier moment pour m'en parler. Je savais que si nous partions pour Chapel Hill, c'était en partie pour des raisons professionnelles et parce qu'il souhaitait que je puisse obtenir la meilleure assistance médicale possible. Mais le souci de m'éloigner de Travis avait également joué un rôle. Il n'avait aucune idée de la force du lien qui nous unissait, en revanche. Il croyait que la distance suffirait à créer l'oubli, mais l'éloignement n'enlevait rien à ce que nous éprouvions l'un pour l'autre.

Notre nouvel appartement était plus petit que celui où nous vivions à Wilmington, mais il se trouvait dans un immeuble très chic, tout près de l'université. Par nos fenêtres, je voyais les étudiants aller et venir en petits groupes, des jeunes gens éclatants de santé qui riaient et parlaient ensemble. Les voir ne faisait qu'accroître mon immense sentiment de solitude. Nous restions en contact, Travis et moi, aussi bien par téléphone que par mail et par texto. Sans lui, je crois que je serais morte de désespoir et d'isolement. J'avais un nouvel enseignant qui venait me donner des cours à domicile, mais pour le reste je ne voyais personne. Comment aurais-je pu me faire des amis alors que j'étais bouclée chez moi du matin au soir ? En voyant les factures de téléphone, mon père a fini par comprendre ce qui se passait réellement entre Travis et moi. Sa réaction a été de s'inquiéter plus que de se mettre en colère, et il m'a suppliée de me faire des amis à Chapel Hill.

« Et tu voudrais que je les rencontre *comment* ? »

Je lui ai parlé de ma solitude et il m'a inscrite à un groupe de parole pour adolescents frappés de pathologies graves, ce qui a achevé de me plonger dans la dépression. Après cela, Travis et moi, nous nous sommes contentés du mail pour rester en contact. Et nous avons fini par trouver un moyen de nous revoir. Nous avions choisi un mardi début janvier, sachant que mon père serait toute la journée à l'université. Travis sécherait ses cours et viendrait me chercher pour m'emmener au lac Jordan où nous passerions la journée. Il ne ferait pas très chaud, c'est sûr. Mais c'était le dernier de nos soucis. Pour la première fois depuis le déménagement, j'avais retrouvé le sourire.

— Je savais que tu finirais par te plaire ici, a déclaré mon père alors que nous regardions la télévision ensemble.

— Oui, oui, lui ai-je répondu en restant évasive.

Ce qu'il ignorait ne pouvait lui nuire…

Je ne me doutais pas alors que ce qu'il ne savait pas pourrait me nuire *à moi*.

13. Travis

La vie, parfois, vous poussait dans certaines directions sans vous laisser trop de choix.

Mon proprio m'a donné trois jours pour débarrasser la caravane. Les gens ne se bousculaient pas pour prendre la place, pourtant. Maintenant qu'on était en automne, personne ne souhaitait s'installer. Il aurait pu attendre que je trouve du travail et je lui aurais réglé mes loyers en retard. Mais le vieil idiot n'a rien voulu entendre. Peut-être savait-il déjà ce que je pressentais au fond de moi sans vouloir m'y résigner : le retour à l'emploi ne figurerait pas dans mon avenir immédiat. J'ai donc annoncé à Savannah que j'étais prêt à prendre le boulot proposé par son pote de Raleigh.

« Roy te trouvera quelqu'un qui s'occupera de Bella pendant que tu travailleras, m'a-t-elle assuré. Il connaît beaucoup de monde, là-bas. Il est blindé de relations. »

J'en étais venu à voir en Roy une figure de sauveur. Des gars qui cherchaient à bosser dans le bâtiment, on en trouvait à la pelle. Et pourtant, ce type était prêt à me réserver un emploi alors qu'il ne me connaissait pas. Il prenait le risque parce que j'étais un ami de Savannah. Et non seulement il était disposé à m'offrir un bon job qui payait bien, mais il connaissait aussi des gardes d'enfants ? Il était clair que je n'avais pas grand-chose à perdre en partant pour Raleigh.

J'avais un vieux matelas à l'arrière de mon fourgon que j'avais placé là pour transporter des plaques de verre. C'était un coup de chance finalement que je ne l'aie jamais enlevé. Nous étions condamnés à vivre dans le fourgon,

Bella et moi, jusqu'au moment où je toucherais mon premier salaire. Je pourrais alors nous trouver un appartement, ou une chambre. Pour la première fois, je prenais conscience que j'étais en danger de *perdre Bella*. Si quelqu'un s'avisait des circonstances précaires dans lesquelles je faisais vivre ma fille et qu'il prévienne les services sociaux, pourrait-on me retirer la garde de mon enfant ? Je n'avais pas l'argent nécessaire pour m'occuper d'elle dans de bonnes conditions, d'accord. Mais la situation était temporaire. J'allais me ressaisir et reprendre ma vie en main. *Jamais* je n'accepterais qu'on m'enlève Bella.

— Tu ne crois pas que tu devrais plutôt la confier à sa mère pendant quelque temps ? m'a suggéré Savannah, le soir qui a précédé notre départ.

Nous buvions une bière sur les marches de son mobilhome pendant que Bella dormait à l'intérieur, sur le canapé. Savannah avait arrangé un rendez-vous pour moi avec Roy et j'avais un entretien prévu le surlendemain. Elle m'avait donné son numéro de téléphone pour que nous puissions définir un endroit où nous retrouver. Le plus simple serait que j'achète un portable qui fonctionnait avec un système de carte pour avoir un numéro à lui donner.

— Moi, me séparer de Bella ? Je ne comprends même pas que tu puisses me poser une telle question !

— C'est clair que tu l'adores et que tu es un très bon père et tout ça, mais…

Elle a lissé sur une épaule une mèche de sa somptueuse chevelure publicitaire.

— Mais il faut quand même être réaliste, Trav. Tu n'es pas trop en position de t'occuper d'elle en ce moment. Et peut-être que sa mère, Robin, elle pourrait…

Je l'ai coupée net.

— On change de sujet, O.K. ?

— Hé, tu ne vois pas que tu agis en égoïste, mon pote ? Il suffirait que Robin la prenne quelques mois, le temps que tu te récupères. Et si sa mère ne peut pas s'en charger, il y a toujours la possibilité de la placer temporairement dans une famille d'accueil. Ils pourraient lui offrir tellement plus que ce que tu as à lui donner.

Là, elle avait réussi à me mettre hors de moi.

— Frapper un homme à terre, c'est ta spécialité, on dirait ?

— *Arrête*. Je ne dis pas ça pour te démoraliser. Je me posais juste la question.

A dire vrai, depuis l'incendie, la question m'avait travaillé à quelques reprises : avais-je le droit d'imposer une pareille existence à ma fille ? A aucun moment, je n'avais eu l'impression de commettre une erreur depuis que j'avais fait capoter le projet de Robin de donner notre bébé à adopter. « Laisse donc cette enfant à un couple qui pourra lui offrir tout ce dont elle aura besoin. » Voilà ce que les gens m'objectaient lorsque je leur disais que j'allais me battre pour obtenir la garde de ma fille. D'autres — des étrangers — seraient peut-être en mesure de lui donner tout ce dont elle aurait besoin sur le plan *matériel*, mais ils ne pourraient pas lui donner ce que j'étais : l'homme qui l'avait conçue. Enfant, ce qui avait compté pour moi, c'était la présence attentive de mon père. Pas ce qu'il avait eu ou non les moyens de me payer. Ce qu'il me restait de mon père, c'était nos promenades sur la plage, c'était tout ce qu'il m'avait enseigné au fil de ces balades.

Ma mère avait tout de suite été d'accord pour que je prenne Bella et elle m'avait soutenu dans mes démarches. Mais, depuis l'incendie et la dégradation de nos conditions de vie, je restais souvent éveillé la nuit et me colletais avec les coups de boutoir de la culpabilité et de l'angoisse. Encore une fois, je m'apprêtais à imposer un changement de cadre brutal à Bella alors qu'elle commençait juste à s'habituer à la caravane et à Savannah. Et pour nous exiler à l'intérieur des terres, en plus. Sachant que dès que je me trouvais à une demi-heure de la côte je commençais déjà à manquer d'air, à trois heures de l'océan, c'était la suffocation garantie. Mais des tas de gens étaient obligés de réviser leurs choix de vie en raison de leurs contraintes professionnelles. Si je voulais gagner de quoi nous loger et nous nourrir, je devais m'arracher d'ici et basta.

Savannah m'a prêté cinquante dollars pour l'essence et j'avais encore l'équivalent en poche pour acheter la carte de rechargement du téléphone et de quoi manger quelques jours. Peut-être que Roy serait assez compréhensif pour me filer une avance. J'étais prêt à me décarcasser comme un malade pour ce type s'il acceptait de me dépanner.

Savannah a terminé sa bière et s'est levée.

— Tu restes avec moi, cette nuit ?

J'ai secoué la tête.

— Je ne peux pas, non. J'ai encore deux ou trois trucs à régler avant notre départ demain.

Pour l'essentiel, je voulais éviter des adieux émus sur l'oreiller avec Savannah. Depuis le jour où elle m'avait dit qu'elle nous aimait, j'étais inquiet à l'idée qu'elle me demande une réponse.

Et des promesses que je ne tiendrais pas.

Elle a haussé les épaules.

— Comme tu veux.

A mon grand étonnement, elle n'a même pas cherché à me faire changer d'avis. J'ai récupéré Bella sur son canapé et je l'ai portée, tout endormie, jusque sur son grand lit. Deux semaines plus tôt j'avais été effaré d'avoir à loger ma fille dans cette pathétique boîte de conserve. Et maintenant, nous emménagions tous les deux *dans mon fourgon*.

— Nous partons en balade aujourd'hui, Bella. Ce sera une nouvelle aventure.

J'ai versé les céréales du matin dans le bol de lait de ma fille. Elle a attrapé sa cuillère.

— Où on va, papa ?

Je me suis assis en face d'elle à table comme j'ai pu, malgré le manque de place.

— Une ville qui s'appelle Raleigh. Je pourrai trouver du travail là-bas. Pendant quelques nuits, nous allons habiter dans la voiture. Tu verras, ça va être cool. Comme si on campait, tous les deux.

— Dans la tente ?

Ma fille affichait une petite bouille dépitée et j'ai compris que j'avais eu tort de prononcer le mot « camper ». Durant l'été, j'avais pensé que ce serait sympa de faire l'expérience de dormir une nuit dehors et j'avais monté la vieille canadienne de mon père dans le jardin. Bella avait détesté l'expérience et m'avait supplié de rentrer jusqu'à ce que je finisse par céder.

— Non, non, ce n'est pas comme dans une tente. Pas du tout. En fait, Moby Dick sera notre maison sur roues pour quelques jours jusqu'à ce qu'on trouve un petit bungalow. Ou un appartement.

Ou n'importe quoi d'autre.

— On va là où habite Nana, maintenant ? C'est au ciel, Raleigh ?

J'ai laissé échapper un soupir.

— Non, mon bébé. Je t'ai déjà dit. Le ciel, on ne peut pas y entrer, toi et moi. On ne peut plus revoir Nana.

Elle a pris une cuillerée de flocons d'avoine.

— Sauf quand je serai une très vieille dame et que je pourrai y aller aussi ?

— Voilà, c'est ça.

Je me suis levé et j'ai commencé à emballer sa collection de coquillages.

J'avais espéré que nous aurions l'occasion de faire une dernière promenade sur la plage mais il s'est mis à tomber une pluie froide, au diapason de mon climat intérieur… Pluie ou pas pluie, je serais allé marcher au bord de l'eau quand même, mais la dernière chose dont j'avais besoin en ce moment, c'était que Bella tombe malade.

J'ai emballé le reste de nos affaires. Il n'y avait pas grand-chose. Deux sacs-poubelle suffisaient. J'ai aidé Bella à s'attacher dans son siège. Puis j'ai couru en zigzaguant entre les gouttes et frappé à la porte du mobil-home de Savannah pour lui dire au revoir. Elle est sortie en courant et a bondi à bord du fourgon, se penchant sur le siège arrière pour embrasser Bella.

— Tu me manqueras, ma pitchounette d'amour, a-t-elle chuchoté en passant la main dans les cheveux fins de ma fille.

Elle avait l'air si triste que j'ai cru qu'elle allait fondre en larmes. Son affection pour Bella était réelle. Je suis resté debout sous la pluie fine, à côté du fourgon, à les regarder. Puis j'ai serré Savannah dans mes bras et je l'ai remerciée pour tout ce qu'elle avait fait. Elle avait été un vrai don du ciel pour nous, cette fille. Savannah a grimacé un sourire.

— Peut-être que je te verrai un de ces jours à Raleigh.
— Peut-être, oui.

Je savais déjà qu'aux premiers signes de reprise économique je serais de retour à Carolina Beach. C'était une certitude pour moi. Mais je ne pouvais pas le dire à Savannah. Il fallait convaincre son ami Roy que j'étais stable, digne de confiance et prêt à finir mes jours à Raleigh, s'il le fallait.

En nous éloignant, nous avons fait de grands signes de la main à Savannah, Bella et moi. Puis, une fois sur l'autoroute, j'ai entonné une vieille chanson des années quarante que Bella a reprise en chœur. Et j'ai tenté de me convaincre que nous nous dirigions vers un avenir meilleur, ma fille et moi.

14. Robin

— Donc, je propose que nous placions les Delaney à la table sept et les Becker à la huit…

Le plan que Mollie avait étalé sur la table de la salle à manger couvrait un bon tiers de sa surface. Dale et moi étions assis en face d'elle et scrutions les douzaines de cercles qui représentaient les places pour chaque invité au mariage ainsi que le grand rectangle réservé aux mariés et à leurs proches. Alissa serait ma demoiselle d'honneur, et mon amie Joy qui était partie vivre depuis peu à Charlotte, mon témoin. Dale, lui, avait fait appel à son meilleur ami avec qui il avait fait toutes ses études ainsi qu'à un de ses collègues avocat. Je n'étais pas très riche en amis… Ma maladie m'avait isolée lorsque j'étais adolescente. J'avais aimé Joy comme une sœur. Mais, même avec elle, une certaine distance se creusait depuis qu'elle avait déménagé à Charlotte. Ou peut-être n'était-ce pas tant son départ que le fait de ma totale absorption dans la famille Hendricks.

Dale s'est renversé en bâillant contre son dossier.

— Nous avons terminé pour ce soir ?

Sa mère n'a pas paru l'entendre.

— Tu vois, Robin, quelle que soit la réception, il convient de placer ensemble les bavards impénitents et les timides peu loquaces. Les causeurs mettront de l'animation et les silencieux se sentiront moins mal à l'aise.

J'ai hoché la tête. Le problème, c'est que quatre-vingt-dix pour cent de la liste d'invités consistaient pour moi en de parfaits inconnus. Je dépendais entièrement de Mollie pour faire la différence entre les parleurs, les silencieux, et ceux qui ne tombaient ni tout à fait dans une catégorie ni tout à fait dans l'autre.

Ce qui m'attristait vraiment dans cette cérémonie, c'est que mon père n'y serait pas. Il aurait adoré me donner le bras pour me conduire jusqu'à l'autel et me voir échanger les alliances avec Dale. Je m'efforçais de ne pas trop y penser, mais tous les livres sur le mariage que Mollie me fourrait entre les mains traitaient du rôle des *parents* de la mariée. J'étais habituée à ne pas avoir de mère, donc je ne ressentais pas le même coup au cœur — si l'on peut dire — que lorsqu'il était question du père. Dans l'un de ces ouvrages, j'ai lu que la première danse père/fille en ouverture du bal restait souvent un des souvenirs les plus émus que gardait la jeune mariée. J'ai lu et relu cette phrase. J'aurais voulu que mon père revienne. Nous ne nous étions pas toujours si bien entendus que cela, lui et moi, mais c'était le seul être qui m'avait aimée plus qu'il ne s'aimait lui-même. Moins de dix mois s'étaient écoulés depuis qu'une pneumonie me l'avait arraché. Rien n'avait laissé présager ce décès brutal et j'étais restée anéantie. C'était Dale et sa famille qui m'avaient permis de passer ce cap difficile.

James avait proposé de prendre la place de mon père pour l'occasion mais cela m'avait paru trop bizarre. Je ne lui ai pas exprimé les choses de cette façon, bien sûr. De fait, je n'avais pas très bien su quoi lui répondre. Dale, heureusement, semblait avoir perçu mon malaise et il avait proposé de me conduire lui-même jusqu'à l'autel. Au début, cette idée avait beaucoup choqué Mollie, mais elle avait fini par se réconcilier avec cette perspective.

« Vous êtes adultes l'un et l'autre, après tout. J'imagine que vous pouvez introduire quelques variations sur le thème et improviser un mariage à votre façon. »

J'étais reconnaissante à Dale pour la sensibilité dont il avait fait preuve. De temps en temps, comme ça, il faisait une remarque qui me prouvait qu'il me comprenait mieux que je ne le pensais.

Mollie aurait pu continuer ainsi la nuit entière avec son plan de table étalé devant elle — mais un vagissement s'est fait entendre à l'autre bout du couloir et j'ai saisi l'occasion pour m'éclipser. J'ai repoussé ma chaise.

— Excusez-moi une petite seconde. Je vais voir si Alissa a besoin de quelque chose avant de retourner à côté.

Dale m'a adressé un sourire où perçait une pointe d'envie. Je crois qu'il commençait à en avoir sa dose, lui aussi. Il s'est levé à son tour et s'est penché pour embrasser sa mère sur la joue.

— Merci de tout ce que tu fais pour nous, maman.
— Il faut bien que quelqu'un s'en charge, mon chéri.

Mollie a souri. Je savais qu'elle savourait chaque seconde de ces préparatifs. Dale m'a effleuré les lèvres d'un baiser rapide.

— Appelle-moi dès que tu seras rentrée, O.K. ?

J'ai compris qu'il prévoyait de venir me rejoindre au bed and breakfast.

— Entendu. A tout à l'heure au téléphone.

Hannah pleurait à pleins poumons lorsque j'ai frappé à la porte de la chambre d'Alissa.

— Ali ? C'est moi. Tu as besoin d'aide ?
— Attends une seconde !

Elle avait l'air paniquée. Il m'a semblé entendre... une voix d'homme couvrant les hurlements du bébé. Avait-elle allumé la télévision ? J'ai entendu un objet léger chuter au sol.

— Merde ! merde, merde !

Etonnée par sa réaction exaspérée, j'ai entrouvert la porte.

— Tout va bien, Ali ? Je peux entrer ?

Elle était penchée sur son clavier avec le bébé hurlant en équilibre précaire sur un bras, sa souris crispée dans sa main libre. Un beau jeune homme blond regardait droit devant lui sur l'écran d'ordinateur. Je l'avais surprise en train de converser avec quelqu'un sur Skype.

— Qu'est-ce qui se passe ? a demandé le garçon. Tu veux que je...

Son image s'est évanouie à l'écran alors qu'Alissa cliquait

135

avec la souris qu'elle venait manifestement de ramasser sur le sol. Je me suis avancée pour lui prendre Hannah des mains et Alissa s'est tournée vers moi, les joues en feu. Elle s'est mordu la lèvre.

— S'il te plaît, ne dis rien.
— C'était Will ?

J'ai soulevé Hannah pour la bercer contre mon épaule et je lui ai susurré des paroles apaisantes à l'oreille.

— Là… là, mon bébé, tout va bien.
— Promets-le-moi, a supplié Alissa. S'il te plaît, Robin.

Le poids de la couche de Hannah à travers son body m'a fait tiquer. Je me suis dirigée vers la table à langer.

— Elle est mouillée. Je vais la changer.
— Oh… désolée.

Alissa s'est laissée tomber sur le bord du matelas.

— Robin, sois sympa… Si tu en parles à Dale, il va…
— De toute façon, ils le sauront, que je le dise ou non. Tu sais bien qu'ils ont accès au contenu de ton ordi.
— C'est la seule fois où j'ai communiqué avec lui depuis la naissance de Hannah. Il a quand même le droit de voir sa propre fille !
— Sa couche est trempée.

J'étais irritée contre Alissa. Pas tant à cause de sa conversation sur Skype avec Will que parce qu'elle avait négligé son bébé.

— J'allais justement la changer.
— Elle est mouillée depuis si longtemps qu'elle est glacée. Pauvre bébé.
— Je l'aime, Robin.

J'ai levé les yeux de la table à langer.

— Oh ! Alissa…, ai-je chuchoté, plus pour moi-même qu'à son intention.

Je doutais qu'elle puisse m'entendre, vu comme Hannah donnait de la voix. Je lui ai mis une couche propre et l'ai portée de nouveau à mon épaule. Le bébé s'est calmé presque instantanément.

— Elle déteste être mouillée, Alissa. Toi non plus, ça ne te plairait pas.

Je me suis installée dans le fauteuil à bascule et me suis bercée un peu, en tapotant le dos de Hannah. Les bébés dégageaient-ils tous cette odeur merveilleuse ? J'ai posé la joue sur ses doux cheveux blonds, fins comme ceux d'un ange.

Alissa se mordillait la lèvre inférieure.

— Je t'en supplie, ne me trahis pas, a-t-elle plaidé de nouveau.

— C'est bon, je ne dirai rien.

Ma colère retombait petit à petit. Je voulais qu'Alissa puisse me parler librement. Si je la dénonçais, elle perdrait toute confiance en moi. Et se retrouverait plus seule que jamais.

— Je hais ma famille. Enfin… je ne parle pas de toi, bien sûr. Mais ils sont tous tellement *vieux*. Même mon frère pourrait presque être mon père. Il ne comprend rien à ce que je suis. Et mes parents, je n'en parle même pas. Tu vois bien comment ils sont, Robin. Tout ce qui les intéresse, c'est le pouvoir et l'argent.

J'ai secoué la tête.

— Ce n'est pas vrai. Ils t'aiment et ils aiment Hannah. Mais ils se préoccupent aussi de ton avenir. Ils ne veulent pas que tu gâches ta vie avec quelqu'un qui ne te mérite pas.

M'entendre prononcer ces mots m'a laissée un instant sans voix. Non seulement j'avais repris à mon compte le discours des Hendricks, mais je m'alignais sur la position que mon père avait tenue vis-à-vis de Travis. Comment en étais-je arrivée là ? A parler comme mon propre père ? J'ai frissonné et serré Hannah contre moi.

— La seule raison pour laquelle ils pensent — et toi aussi — que Will ne me mérite pas, c'est parce qu'il n'a ni argent ni position sociale. Vrai ou faux ?

— Les raisons, tu les connais, Ali. Peut-être sont-elles injustes. Peut-être ont-elles beaucoup à voir avec la protection de l'image publique de ton père, c'est vrai. Mais Will n'a pas tenté grand-chose pour les faire changer d'avis. Il a manœuvré derrière leur dos pour te rencontrer. Et il t'a mise

137

enceinte. Avoue qu'il leur a donné quelques sérieux motifs d'être en colère contre lui.

— Robin, je t'en supplie, ne me trahis pas. C'était la première fois que je lui parlais sur Skype. Je voulais qu'il voie…

— Je t'ai dit que je garderais ton secret, mais cela n'empêche pas qu'on puisse discuter de la situation, toi et moi. Je t'aime beaucoup, Ali. Je sais à quel point ça a été dur pour toi d'être coupée de tes amis et j'admire ton courage. Sincèrement. Je pense que si Will te manque, c'est juste parce que tu te sens isolée. Cela ira beaucoup mieux dès que tu retourneras en classe.

— Tu parles.

Elle a secoué la tête et ses yeux se sont remplis de larmes.

— Je n'en ai plus, d'amis, de toute façon. On n'a plus les mêmes centres d'intérêt, eux et moi. Et ce n'est pas parce que je suis seule que Will me manque. Je l'aime, c'est tout. C'est le père de ma fille et il ne peut même pas la voir!

Je me suis levée pour reposer Hannah dans son couffin puis je me suis assise à côté d'Alissa sur son lit. Lorsque je lui ai passé les bras autour des épaules, elle s'est cramponnée à moi.

— S'il te plaît, ne sois pas fâchée contre moi, Robin. Je ne pourrai pas le supporter si, toi aussi, tu te retournes contre moi.

— Je ne suis pas en colère contre toi. Je comprends ce que tu ressens. J'aimerais juste que nous puissions parler ouvertement. Essayons de réfléchir ensemble à ta situation, de chercher des solutions, tu veux bien?

Je pensais à l'homme — à l'adolescent, en vérité — dont j'avais aperçu le visage à l'écran, mais c'était Travis que je voyais. Will et lui ne se ressemblaient ni de près ni de loin, mais mon imagination ne s'arrêtait pas à ces détails. Depuis que j'avais soudain reconnu Travis dans les yeux de Dale, il frappait régulièrement aux portes de ma mémoire pour que je lui en ouvre l'accès. Ces portes, je sentais que je ne pourrais pas les maintenir fermées beaucoup plus longtemps. Et je n'étais même pas certaine de le vouloir, d'ailleurs.

Je suis retournée au bed and breakfast en repensant à ce qui s'était passé entre Travis et moi. Même maintenant, avec le recul, il me paraissait inacceptable que mon père nous ait séparés de manière autoritaire. Aujourd'hui, peut-être, je pouvais réparer quelque chose de ce gâchis à travers Alissa. J'ai repensé à l'impression que j'avais eue de Will à l'écran. Son expression avait paru sincère, non ? Marquée par une certaine sollicitude ? J'en parlerais à Dale.

Je redresserais un tort.

Le lendemain, Dale m'a conduite chez ma cardiologue pour une visite de contrôle. Le cabinet n'était pas très éloigné de la maison et, en temps normal, j'allais à pied à mes rendez-vous. Mais en laissant Dale m'accompagner, je créais une opportunité pour lui parler de Will et d'Alissa. Alors qu'il manœuvrait pour sortir de l'allée en marche arrière, je me demandais encore si je trouverais le courage d'aborder le sujet. De quoi avais-je donc si peur ? De sa colère ? De sa désapprobation ?

J'avais été tellement mal à l'aise, au début, lorsque nous venions de nous fiancer et que les journalistes s'étaient soudain rués sur ma petite personne. Pas un quotidien, pas un magazine dans la région où n'avaient figuré au moins une photo et une interview de moi. J'avais même fait quelques apparitions à la télévision locale. Ma principale angoisse avait été de nuire à la carrière politique de Dale, n'étant pas issue comme lui du milieu privilégié de la grande bourgeoisie. James avait d'ailleurs été jusqu'à me prier gentiment de supprimer les mots « trop classe » et « super » de mon vocabulaire. Lorsque j'ai fait part à Dale de mes inquiétudes, juste avant ma première interview télévisée, il m'a adressé un petit discours d'encouragement.

« Tu es un *atout* pour moi, Robin. Ton histoire ne peut qu'émouvoir les gens : une jeune femme adorable et innocente qui a passé son adolescence coupée du monde du fait d'une terrible maladie. Une fille si douce qui a lutté pour survivre, privée d'une adolescence normale, privée de petits amis. Et alors qu'elle est sur le point de mourir, elle reçoit un cœur *in extremis* et survit grâce à la générosité d'inconnus. »

L'analyse de Dale s'était confirmée. Tout le monde à Beaufort semblait m'aimer et les gens adoraient mon « histoire ». J'avais été photographiée si souvent que les gens dans la rue me reconnaissaient avant même d'avoir identifié Dale.

Alors que nous sortions de l'allée, avec Dale au volant, les mots qu'il avait prononcés à l'occasion de ce petit discours de motivation pré-interview me revenaient à l'esprit. « Adorable. Innocente. Pas de petits amis. » Il y a quinze jours encore, sa description m'aurait paru pertinente. Mais c'était avant que je commence à être hantée par Travis et par ma grossesse.

Dale a tourné sur Craven Street.

— Tu es sûre que tu ne veux pas que j'assiste à la consultation avec toi ?

— Merci, mais c'est inutile, vraiment. Il s'agit juste d'une visite de contrôle. J'en ai pour quelques minutes, à peine.

C'était gentil de sa part de vouloir m'accompagner. Il m'était d'ailleurs arrivé de le laisser venir une fois ou deux avec moi. Mais sa présence me replongeait dans ma peau de petite fille et j'avais l'impression d'être encore une enfant avec son père rivé à son côté.

Un silence est tombé, durant lequel je me suis efforcée de rassembler tout mon courage pour parler d'Alissa. J'ai fini par prendre une longue inspiration et me suis jetée à l'eau.

— Je crois que ta sœur est encore amoureuse de Will.

Dale a réagi par un éclat de rire.

— Oh ! je ne pense pas, non. C'est fini pour elle, tout ça.

— Elle est tellement triste, Dale. Je suis persuadée que ce garçon lui manque.

Je n'osais pas mentionner que je l'avais surprise sur Skype avec son ex-petit ami…

— Le seul problème d'Alissa, c'est qu'elle nous fait un gros baby blues. D'ailleurs, je ne crois pas qu'elle ait jamais été amoureuse de ce type. C'était juste un acte de rébellion, sa pseudo-histoire d'amour avec Will.

Il a tourné les yeux vers moi.

— Je l'adore, ma petite sœur. Mais c'est une catastrophe ambulante, cette gamine, au cas où tu ne l'aurais pas encore remarqué.

Il a ri doucement.

— Avoue qu'elle n'aurait pas pu choisir mieux pour contrarier mes parents : un loser qui a un père en prison et une boniche en guise de mère. Difficile d'aller puiser plus bas.

— C'est dur ce que tu dis, Dale. Will n'est pas responsable de ce que sont ses parents.

Il m'a considérée avec un froncement de sourcils.

— Robin, nous parlons d'une affaire classée. *Terminée*. Pourquoi ressortir ce sujet maintenant ? Je me présente pour les élections, l'aurais-tu oublié ? Je ne tiens surtout pas à ce que le crapuleux ex-copain de ma sœur nous fasse le coup du come-back au sein de la famille.

— Il n'y a donc que la politique pour toi ? Rien d'autre ne compte ?

Je n'avais pu m'empêcher d'insister, même si j'avais conscience de m'aventurer sur un terrain glissant. Nous ne nous disputions jamais, Dale et moi. Je ne me disputais jamais avec *personne*, en fait. Mon vieux mantra « calme et sérénité » restait actif, quelque part dans mon subconscient. Sauf aujourd'hui où j'allais soudain droit au conflit.

Dale m'a jeté un regard impatient.

— Tu exagères, Robin ! Tu me connais assez, je pense, pour ne pas avoir à me poser la question.

— Tu parles toujours de mon « émouvante histoire ». Comme si le fait de m'épouser pouvait t'assurer des voix supplémentaires.

J'allais trop loin. Par pure envie d'être mauvaise. Qu'est-ce qui ne tournait pas rond chez moi ? Je ne croyais même pas à ce que j'insinuais. Le visage de Dale s'est assombri, ses mains se sont crispées sur le volant.

— Hé ! C'est de toi que je suis tombé amoureux. Sûrement

pas de ta soi-disant histoire ou de ce qu'elle pourrait m'apporter en termes de voix.

Je pensais à tous les pans de l'histoire en question que j'avais laissés dans l'ombre chaque fois que l'on m'avait interviewée. *Travis. Le bébé*. Toute cette phase de ma vie que j'avais gommée. Si j'avais rendu publics ces aspects de ma biographie, c'en aurait été fini de mon avenir avec Dale, de mes fonctions au bed and breakfast, de la vie idéale que j'étais en train de construire à Beaufort. J'étais certaine que, si Dale avait entendu parler de mon bébé dès le départ, il ne m'aurait *jamais* proposé de sortir avec lui et encore moins de m'épouser. Je n'aurais pas volé plus haut qu'Alissa dans son estime. Une « catastrophe ambulante ». J'étais même pire que sa sœur, puisque j'avais gardé le silence sur cet épisode de ma vie, de la même manière que Debra avait omis de lui parler de son premier mariage. Un mensonge dont Dale avait beaucoup souffert.

Garder cette part de mon passé enfouie ne m'avait pas paru répréhensible jusqu'ici. Comment me serais-je appropriée une phase de ma vie que j'avais si profondément ensevelie sous d'épaisses couches d'oubli ? Mais aujourd'hui des pensées concernant le bébé que je n'avais pas connu et son père qui ne m'avait pas toujours été étranger circulaient dans ma tête jour et nuit. J'étais un mensonge vivant. J'ai eu soudain la distincte impression que je vivais avec un nœud coulant autour du cou.

— Et si elle l'aimait *vraiment*, Dale ?

— Elle a dix-sept ans. Ça lui passera.

Il a tourné au coin de la rue.

— Ne crée pas de problèmes là où il n'y en a pas, Robbie. Il y a des choses que tu ne sais pas et que tu n'as pas besoin de savoir. Alors fais-moi confiance et oublie-moi bien vite cette pitoyable histoire.

Je m'y attendais si peu que je suis restée un instant muette. *Des choses que je ne savais pas et que je n'avais pas besoin de savoir ?* Que me cachait-il donc ainsi ? Et comment osait-il garder des secrets pour lui ? Bon. Il est vrai que je ne le tenais pas informé de tout ce qui se passait dans ma vie non plus…

— Ne me traite pas comme une enfant, Dale. Que signifie ce « tu n'as pas besoin de tout savoir » ?

— Cela ne concerne rien de très important, O.K. ? Je ne sais pas ce que tu as aujourd'hui. Alissa ne pense même plus à lui, alors ne va surtout pas lui mettre des idées de Will en tête ! Je crois que le mariage doit te donner des… je ne sais pas… une vision romantique du monde ou quelque chose comme ça. Alissa a mes parents et nous pour l'aider à élever Hannah. Dans quelques années, elle rencontrera un jeune homme sympa qui l'épousera et les aimera toutes les deux, elle et sa petite. Et la question sera réglée. On est d'accord ?

Je n'ai pas répondu. J'ai détourné la tête vers la vitre. Nous passions dans un quartier résidentiel où s'alignaient d'accueillants petits cottages au bord de l'eau, dont le charme était pour beaucoup dans l'attrait qu'exerçait Beaufort. Des maisons avec de grandes galeries de bois en façade. Et des rocking-chairs peints en blanc. Notre future demeure ressemblait en tout point à celles-ci.

— Tu crois sincèrement qu'elle l'aime toujours ? m'a demandé Dale d'une voix radoucie. C'est elle qui te l'a dit ?

— Non… C'est juste quelque chose qu'il m'a semblé deviner, compte tenu de son comportement.

— Si tu crois sérieusement qu'elle est toujours attachée à lui, promets-moi d'essayer de lui faire entendre raison. De nous tous, c'est toi qui es la plus proche d'elle. Tu as plus d'influence sur Alissa que mes parents et moi réunis. Alors aide-la à l'oublier, tu veux bien ?

— J'essaierai.

Alors même que j'acquiesçais, je pensais non dans ma tête. Will savait-il que son nom ne figurait même pas sur l'acte de naissance de Hannah ? Et, si oui, comment le vivait-il ?

— Tu n'as jamais songé que Will pourrait essayer d'obtenir la garde de l'enfant ?

J'avais du mal, décidément, à lâcher le sujet. Dale m'a regardée comme si j'avais perdu la tête.

— Tout cela a été réglé, bien sûr. Il n'a plus aucun droit sur Hannah et ça lui convient très bien comme ça. Alissa est tranquille. Elle pourra passer à autre chose.

J'ai regardé droit devant moi à travers le pare-brise. J'avais failli à ma tâche par rapport à Alissa et je me sentais soudain au bord des larmes. J'ai porté la main à ma gorge où le nœud coulant se resserrait. Jamais comme en cet instant, je n'avais eu la sensation qu'un piège se refermait sur moi. Même mon cœur défaillant ne m'avait jamais coupé le souffle à ce point.

La consultation s'est passée au mieux. Ma cardiologue m'a serrée dans ses bras après m'avoir raccompagnée jusqu'à sa porte. Je crois qu'elle avait perçu mon état de stress, même si je lui avais assuré que tout allait pour le mieux.

Elle m'a retenue par les épaules et m'a regardée droit dans les yeux.

— Profitez donc pleinement de cette période. On ne se marie qu'une fois.

Elle a accru un instant la pression amicale de ses doigts.

— Enfin, c'est toujours ce que l'on espère.

Je suis sortie de son cabinet et me suis dirigée vers le bord de mer. On voyait des touristes ici et là qui déambulaient dans les rues, à prendre des photos et manger des glaces en cornets. Dans Front Street, je suis tombée sur un couple de clients du gîte et je leur ai adressé un signe amical de la main. Puis, en l'espace de cent mètres à peine, j'ai vu deux hommes que j'ai pris l'un et l'autre pour Travis. Parce que je *m'imaginais* qu'ils lui ressemblaient. Je modifiais leurs traits dans ma tête et les réassemblais pour obtenir l'aspect physique du père de ma fille. Parce que je voulais à tout prix que l'un d'eux soit lui.

Je deviens folle à lier.

Et là j'ai compris que j'étais prisonnière de mes propres pensées plus encore que de tout le reste.

15. Erin

Je sirotais mon café dans mon fauteuil en cuir marron au Coup d'Envoi en postant sur le forum du « Papa de Harley » lorsque mon iPad a bipé pour m'indiquer que j'avais un mail. Il m'était adressé par Gene, mon patron à la pharmacie.

> Chère Erin, nous avons hâte de te revoir lundi en huit.

Apparemment, il avait trouvé cette façon peu subtile de me rappeler qu'on attendait de pied ferme que je revienne prendre mon poste. Je redoutais toujours autant la reprise, mais à présent c'était aussi une question d'argent en plus de ce que Judith appelait « un besoin de se réimpliquer dans la vie réelle ». Mes amis du forum *étaient* ma réalité, lui avais-je répliqué. Il n'y avait pas plus réel que les gens qui comprenaient ce que je ressentais.

J'avais encore très peur de faire une énorme boulette, comme le jour où j'étais retournée à la pharmacie, quelques semaines après le décès de ma fille. Ma tête était déjà un peu plus claire et je n'étais plus aussi déphasée qu'au début. Mais des vagues incontrôlées de tristesse continuaient de me submerger aux moments les plus inattendus, et la pensée de renouer avec la sacro-sainte « réalité » m'épuisait d'avance.

J'ai répondu à Gene que je le reverrais le lundi en question.

Juste au moment où je me plongeais dans la lecture d'un commentaire rédigé par le père de Harley lui-même, j'ai aperçu du coin de l'œil un homme et une petite fille sortir des toilettes et se diriger vers le comptoir. Je me suis redressée en sursaut. *Carolyn ?* Mais non, bien sûr. Elle ne lui ressemblait même pas. Mais je parvenais à reconnaître les traits de Carolyn dans à peu près n'importe quel visage de fillette de son âge. Carolyn avait été blonde alors que cette enfant était brune. Elle tenait la main de l'homme tandis qu'ils marchaient vers le bar. Lui devait avoir une vingtaine d'années. Il portait un vieux jean, un T-shirt gris et, sur l'épaule, un sac en toile qui avait dû être blanc à l'origine. Cela m'a paru étrange de voir un homme avec une enfant de cet âge, un matin de semaine. Et émergeant ensemble *des toilettes pour hommes*, en plus. Michael, cela dit, avait eu l'occasion à plusieurs reprises d'emmener Carolyn dans les W-C côté messieurs. La pensée m'a malgré tout traversé l'esprit que ce type avait peut-être enlevé cette fillette. La maltraitait-il ? Avait-elle besoin de moi pour la secourir ?

Arrête, Erin !

La petite fille semblait tout à fait à l'aise avec ce jeune homme. Elle lui donnait la main spontanément et s'est collée contre sa jambe pendant qu'il passait commande de quelque chose — quoi, je n'en savais rien, car je ne pouvais l'entendre de là où j'étais. Elle avait les cheveux décoiffés et sa frange lui tombait sur les yeux. J'ai détaillé le short bleu pâle, la paire de baskets rouges et le T-shirt rayé bleu et blanc de l'enfant. Même de là où j'étais assise, je discernais quelques taches sur ses vêtements. A son bras pendait un petit sac à main rose et elle tenait une peluche pressée contre son cœur. Elle était tellement adorable que je me suis interdit de regarder dans sa direction. Le tumulte émotionnel en moi m'effrayait. Voir une petite fille vivante et bien réelle me remplissait d'une nostalgie si forte qu'elle était à la limite du tolérable. Et cette enfant-ci avec ses cheveux mal peignés et son T-shirt pas très propre me paraissait avoir besoin d'un peu plus de soins, d'amour et d'attention qu'elle n'en recevait pour le moment. Cette enfant me paraissait en demande d'une *maman*.

Je me suis forcée à reporter mon attention sur mon iPad et j'ai lancé une nouvelle discussion sur le forum.

> Je suis dans un café et une petite fille vient d'entrer avec un homme (son père?). Même si elle ne ressemble pas à C., ça a été pour moi comme une évidence, l'espace d'un instant : cela ne pouvait être qu'elle. Je pense que je suis une fois de plus en mode mère-folle-de-chagrin.

J'ai envoyé le post. Je savais que dans quelques minutes des réponses tomberaient. Et je pouvais même prévoir plus ou moins ce qui se dirait. D'autres parents décriraient des expériences similaires. Des sentiments similaires. Et je me sentirais un peu moins folle. Un peu moins seule.

J'ai relevé les yeux. L'homme et la petite fille se dirigeaient vers mon recoin. Lui s'est assis sur le canapé et la petite a grimpé à côté de lui. Il m'a souri et elle a incliné la tête pour m'observer de sous sa frange trop longue. Ses yeux étaient immenses et gris. Du même gris que ceux de l'homme, qui étaient frangés de longs cils noirs. Il était beau, quoique marqué par la fatigue, et la petite fille était tout aussi jolie sous sa chevelure en désordre. Sans l'ombre d'un doute, ils étaient père et fille.

Il m'a saluée d'un signe de tête tout en faisant glisser son sac de son épaule pour le poser sur le canapé.

— Bonjour ! C'est toujours aussi calme ici ?

C'était à peine si je parvenais à respirer. Je me sentais comme lorsque, enfant, j'avais vu un cheval pour la première fois. J'avais été à la fois fascinée et terrifiée, mourant d'envie de me rapprocher mais paralysée par l'idée du danger. J'avais déjà passé trop de temps à observer cette petite fille et j'avais très peur de ce que je pouvais éprouver. Je me suis donc contentée de l'effleurer du regard avant de répondre :

— Tôt le matin, il y a toujours beaucoup plus de monde. Puis ça se remplit de nouveau à l'heure du déjeuner.

J'ai baissé les yeux sur l'écran de ma tablette. Aucune réponse n'était encore tombée à mon post sur le forum.

— Nous venons tout juste d'arriver à Raleigh. Je m'appelle Travis. Et voici Bella.

— Erin.

J'aurais dû lui dire que j'étais occupée. Faire abstraction de leur présence et leur opposer mon mutisme coutumier. Même Nando avait renoncé à me faire un brin de causette et se contentait d'un « bonjour » chaque matin. J'imagine qu'il devait me trouver glaciale. Mais la petite fille — Bella — agissait comme un aimant sur moi. Et j'avais beau essayer de ne pas lui prêter attention, mon regard ne cessait de dériver dans sa direction. Ses grands yeux gris m'hypnotisaient.

— C'est votre fille ?

— Bella ? Oui, bien sûr.

Il a partagé le muffin qu'il venait d'acheter en deux parts égales, a posé chaque moitié sur une serviette en papier et en a tendu une à Bella. Il y avait une délicatesse chez elle qui touchait presque à la grâce lorsqu'elle a porté le gâteau à sa bouche.

J'ai attendu qu'elle ait avalé une bouchée, puis je me suis penchée vers elle et j'ai tenté un sourire. Le résultat m'a paru faible et tremblant.

— Quel âge as-tu, Bella ?

Elle n'a pas répondu et s'est repliée timidement contre le bras de son père. La peau sous son nez était un peu rouge, comme celle de Carolyn pendant la saison des allergies.

— Réponds à Erin, lui a dit l'homme — Travis. Dis-lui quel âge tu as.

Bella a levé quatre doigts. Sur l'un des quatre, une grosse miette de muffin était restée accrochée.

— Quatre ans.

Elle a repéré la miette et l'a attrapée du bout des lèvres. Carolyn aurait eu quatre ans, elle aussi, si elle avait vécu. Bella n'était pas très grande pour son âge. Elle était un peu trop fluette, un peu trop fragile, comme les enfants qui vivent dans la rue.

— Elle vient tout juste d'avoir quatre ans il y a deux semaines, a précisé Travis.

A l'exception des cernes noirs sous ses yeux, c'était vraiment un très bel homme. Si j'avais été célibataire, si j'avais eu dix ans de moins, si je n'avais pas été aussi profondément désespérée, j'aurais été fascinée par lui. Mais telle que j'étais devenue aujourd'hui, je ne m'intéressais qu'à sa fille.

Travis a souri à l'enfant.

— Nous n'avons pas fait une vraie fête pour tes quatre ans, Bella. Mais nous inviterons plein d'amis pour tes quatre ans et demi, d'accord ?

La fillette a levé les yeux vers lui et a fait oui de la tête. J'aurais aimé la voir sourire. Elle ne me paraissait pas très heureuse, cette petite.

— Elle a sommeil, a expliqué Travis. Hier nous avons fait un long trajet en voiture et elle n'a pas très bien dormi cette nuit. Nous ne sommes pas d'ici.

— Vous venez d'où ?

— De Carolina Beach. Mais il n'y a plus de travail chez nous. Donc il a bien fallu qu'on s'exile.

A en juger par sa grimace, il n'était pas enchanté d'avoir eu à quitter son ancien lieu de vie.

— J'ai un emploi qui m'attend ici, heureusement. Demain, j'ai un entretien avec le gars qui doit m'embaucher.

— J'espère pour vous que ça marchera.

— Oh ! c'est déjà dans la poche. L'entretien est juste une formalité. C'est une amie commune qui nous a mis en relation.

Il a tendu à Bella le verre d'eau qu'il avait posé sur la table.

— Et vous ? Vous avez des enfants ?

J'ai fait non de la tête. Et perçu aussitôt la présence de Carolyn dans l'air, tout autour de moi. Présence trahie et douloureuse.

— Donc vous ne pourrez pas me renseigner sur les possibilités de garde d'enfants dans le secteur ?

De nouveau, j'ai secoué la tête. Cette fois, je ne mentais pas. Je ne connaissais rien ni personne à Brier Creek.

— Votre femme n'est pas venue avec vous ?

— Je n'ai pas de femme.

Il a tiré un mouchoir en papier de sa poche pour essuyer le nez de Bella. A son geste exercé, j'ai vu qu'il avait déjà une longue pratique derrière lui.

— On est juste nous deux, Bella et moi.

Avait-il été marié ? Etaient-ils passés par un divorce ? Ou la maman de Bella était-elle morte ?

Travis ne semblait pas désireux de s'étendre sur le sujet en tout cas.

— C'est sympa de vivre ici, alors ? Bella et moi, nous sommes des habitués de la plage et de l'océan, pas vrai, Bell ? Ici, il y a surtout beaucoup d'arbres. Et de grands immeubles.

— Oh ! c'est bien aussi d'habiter Raleigh.

Je pensais à tous les endroits où nous avions emmené Carolyn. Monkey Joe et ses jeux, le musée pour enfants et le parc de Pullen. Mais je ne pouvais pas en parler. Impossible de laisser une image de Carolyn dans le petit train du parc surgir dans mon esprit en ce moment.

— J'espère qu'il vous conviendra, cet emploi.

— Je l'espère aussi. Nous avons besoin de souffler un peu, Bella et moi.

Oui, cela se voyait sur son visage — se lisait dans son attitude. Et on le sentait chez sa fille aussi. Ils avaient l'air éprouvés par la vie, tous les deux. Comme s'ils avaient traversé l'enfer et n'en émergeaient qu'à peine, encore un peu hagards.

Travis a sorti un livre de son sac en toile.

— Désolé, Erin. Mais c'est l'heure de notre petite histoire.

J'ai reconnu *Le Chat chapeauté*. Michael et moi avions lu d'innombrables fois toutes les histoires du Dr Seuss à Carolyn. Bella aussi devait adorer ce livre car la couverture était usée et menaçait de se détacher. Je l'ai vue grimper sur les genoux de son père lorsqu'il a ouvert *Le Chat* à la première page. Je me souvenais de la sensation d'avoir une petite fille blottie contre moi ainsi. De la sensation d'un petit corps d'enfant qui s'abandonne, à l'heure de la lecture.

L'injustice de ma situation m'a frappée de nouveau de plein fouet. Je voulais retrouver ma petite fille à moi. Mon bébé.

J'ai baissé les yeux sur ma tablette, soulagée que l'attention de Travis soit fixée sur ses pages et non sur moi. Car ce qui transparaissait sur mon visage n'était pas destiné à être vu. L'écran de mon iPad s'est brouillé et j'ai dû cligner les yeux à plusieurs reprises avant de lire la première réponse à mon post.

> C. est toujours avec toi, écrivait le père de Harley. Elle est présente dans cette petite fille, dans le père de l'enfant et dans l'air que tu respires. Souviens-toi toujours de cela.

Oui, ai-je pensé. *Oui*. J'ai de nouveau dirigé mon regard sur Travis et Bella assis ensemble, absorbés dans leur lecture, et j'ai senti l'esprit de Carolyn glisser sur nous trois et nous envelopper comme un voile d'air, tiède et doux.

151

16. Travis

Raleigh

Il faisait froid lorsque j'ai ouvert les yeux, le lendemain matin, à l'arrière de mon fourgon. Bella dormait toujours, quant à elle, et paraissait bien au chaud dans le sac de couchage dont je l'avais enveloppée. Octobre approchait à grands pas et il ne fallait pas espérer continuer très longtemps à dormir dans la voiture. Je m'étais garé sur le parking de l'hypermarché Target où j'étais censé rencontrer Roy à 13 heures et j'étais vraiment pressé de signer mon contrat et de me remettre à la vie active. Le parking, cela dit, présentait pas mal d'avantages en tant que base de camping temporaire. Le supermarché était intégré dans un énorme centre commercial, et je me sentais noyé dans la masse et protégé par mon anonymat.

J'ai jeté un coup d'œil au téléphone à carte que j'avais acheté la veille. Je ne m'en étais servi qu'une seule fois jusqu'à présent — pour appeler Roy et lui fixer un rendez-vous. Roy était à la bourre, lorsque je l'avais eu au téléphone, et il ne m'avait fourni aucun détail sur le boulot. Il m'avait juste dit qu'il savait par Savannah que j'étais très polyvalent et que c'était cool, par rapport à ce qu'il avait à me proposer.

Je lui avais assuré que oui, en effet, je me débrouillais dans pas mal de domaines. Mais je commençais à baliser un peu. Pour l'électricité, je n'avais que quelques bases ; la plomberie, ça allait, je pouvais m'en sortir. Et pour le reste, tant pis. Je ferais semblant de savoir et j'apprendrais sur le tas. Tout ce que j'espérais, c'est que Savannah ne m'avait pas présenté comme un surhomme ou je ne sais quoi.

J'avais voulu demander à Roy s'il ne connaissait pas quelqu'un qui pourrait s'occuper de Bella, mais au ton pressé de sa voix j'avais compris que ce n'était pas le moment. Il n'avait clairement pas la tête à parler garde d'enfants.

— Hé ho, la marmotte.

J'ai effleuré la joue de Bella et elle a ouvert grand les yeux. Elle avait toujours été une assez bonne dormeuse même si, depuis l'incendie, elle avait tendance à faire des cauchemars. Chez Franny, il lui était arrivé de mouiller le lit à quelques reprises, ce qui n'avait pas été très apprécié par la maîtresse de maison. Mais dans l'ensemble elle avait un bon sommeil et se réveillait en grande forme. Pas comme moi. J'avais besoin de ma dose de caféine.

Un peu plus loin sur le parking se trouvait le *coffee shop* où nous avions traîné la veille. Il était trop cher pour mes moyens mais, avec ses coins aménagés et ses grands canapés, il offrait un confort que nous ne trouverions pas ailleurs. En plus, il était juste à côté, donc j'économisais de l'essence. Nous nous étions alors lavé les dents et nous avions pu faire un brin de toilette dans les W-C et remplir nos bouteilles d'eau potable. Rien ne nous empêchait de recommencer ce matin — à condition de consommer, bien sûr. Je pouvais toujours repartager un muffin avec Bella. La veille, nous avions dîné au fast-food, à l'autre bout du parking de la galerie marchande. J'étais prêt à parier que ce centre commercial à lui seul était aussi grand que la ville de Carolina Beach tout entière.

J'ai pelé une banane pour Bella et elle s'est extirpée du sac de couchage pour me la prendre des mains. Elle portait encore ses vêtements de la veille. J'ai vérifié l'état de son pantalon pour m'assurer qu'il n'y avait pas eu d'accident durant la nuit. Mais il était sec, par chance. Son nez coulait et je l'ai fait souffler dans un mouchoir en papier. Ses cheveux n'avaient pas l'air tout à fait propres. J'ai pris un peigne pour les démêler. Je ne voyais pas comment je pourrais lui faire prendre une douche et encore moins un bain avant que nous ayons trouvé un logement. Et je croisais les doigts pour que cela se fasse rapidement. Peut-être que Roy pourrait me caser chez un de ses autres employés pour quelques jours… Il suffirait qu'on nous attribue un petit coin pour dormir en attendant que j'aie les moyens de louer quelque chose. Et puis il y aurait la question de la garde d'enfants à régler. Bon sang, quel merdier. Jamais je n'avais imaginé que nous en arriverions là, Bella et moi. Le mot « sans-abri » se glissait insidieusement dans mes pensées et je me suis hâté de l'en chasser. Je *refusais* d'élever une enfant SDF.

J'ai fait de mon mieux pour nous redonner un air présentable, à Bella et à moi, puis nous nous sommes dirigés vers le café. Il y avait plus de monde ce matin et il nous a fallu attendre un petit moment devant les toilettes. Bella s'est mise à sautiller sur place dans le couloir, comme elle le faisait chaque fois qu'elle avait du mal à se retenir. J'ai prié pour que le gars dans les toilettes y passe moins de temps que nous nous apprêtions nous-mêmes à y rester… Au bout d'un moment, un homme en costume en est sorti, cravate au vent. J'ai cru remarquer… qu'il bloquait sa respiration lorsqu'il est passé devant nous ? Oh nom de… Parce que nous ne sentions pas très bon, c'est ça ? Ou est-ce que je me faisais juste des idées ? De mieux en mieux…

J'ai lavé le visage et les mains de Bella et je l'ai aidée à se brosser les dents avant de faire une toilette un peu plus bâclée de mon côté. Je lui chantais toujours la même chanson pendant qu'elle se lavait les dents. Celle des cinq petits singes qui sautaient sur le lit. Et même si ma fille l'avait déjà entendue mille fois, cela la faisait toujours rire autant. J'ai été attentif à la laver le mieux possible, vu les circonstances, et à la sécher tant bien que mal avec le papier essuie-main. Elle était si dépendante de moi, c'était horrible. Et on ne pouvait pas dire que j'étais à la hauteur de la tâche… Comment avais-je pu l'embarquer dans cette ville inconnue où nous ne connaissions personne ? Si, *Roy*. Nous connaissions Roy. Ou presque. *On va s'en sortir.* Bella rigolait parce que je la chatouillais derrière les oreilles. Elle n'avait pas fait pipi au lit et n'avait pas eu de cauchemars. Tout n'allait pas si mal, au fond.

Et puis nous connaissions cette femme — Erin. Pas beaucoup, mais nous avions échangé quelques mots quand même. Je l'ai repérée lorsque nous sommes retournés dans la salle principale du *coffee shop*. Elle était assise dans le même fauteuil que la veille, toujours penchée sur la tablette coincée sur ses genoux, son café posé sur la table d'appoint à côté d'elle.

— Tiens, tu as vu, Bella ? C'est Erin. On va aller s'acheter un petit truc à grignoter puis on ira lui dire bonjour, d'accord ?

Bella m'a pris la main et nous avons attendu dans la queue.

— Muffin banane-noix ou muffin myrtilles, Bella ?

Elle a réfléchi en se mordillant la lèvre.

— Euh... Myrtilles !

J'ai commandé le muffin ainsi qu'un grand café, même s'il coûtait cinquante cents de plus que le petit. Dans quelques heures, de toute façon, j'aurais du travail.

Nous sommes retournés nous installer sur le même canapé confortable que la veille.

— Bonjour, Erin.

Elle a paru étonnée de nous voir. Et pas franchement contente, d'ailleurs. Peut-être que nous la dérangions dans son travail ? Elle m'a jeté un rapide coup d'œil puis son regard s'est posé sur Bella et n'en a plus dévié.

— Bonjour, Bella.

Elle avait cette voix douce et haut perchée que prennent les femmes lorsqu'elles s'adressent à des enfants en bas âge. Comme ma fille ne répondait pas, j'ai souri à Erin.

— On vous dérange, peut-être ?

Elle a fait non de la tête.

— Non. Ça va.

Son attention s'est de nouveau portée sur Bella, qui attaquait sa moitié de muffin.

— Il est aux myrtilles, ton gâteau ?

Bella s'est collée contre mon bras.

155

— Tu réponds à Erin, Bella ?

Ma fille n'a pas ouvert la bouche mais a timidement fait oui de la tête.

— Moi aussi, j'en ai mangé un, ce matin. Il est délicieux, non ?

Elle s'est tournée vers moi.

— C'est aujourd'hui que vous avez votre entretien ?

Cela m'a fait plaisir qu'elle s'en souvienne.

— Oui. A 13 heures.

J'ai pensé alors au téléphone que j'avais dans ma poche et j'ai sorti le chargeur de mon sac.

— Je ferais mieux de brancher ce truc-là avant que j'oublie.

Je me suis levé pour utiliser la prise juste derrière le canapé.

— Vous habitez où alors, tous les deux ? m'a demandé Erin une fois que je me suis rassis.

— Ici et là pour quelques jours. Une fois que j'aurai ce travail, nous trouverons un logement permanent.

J'avais hésité à lui dire que nous étions à l'hôtel. Mais je ne pouvais pas mentir devant Bella. Ma fille était inhabituellement silencieuse et j'ai prié pour qu'elle n'ouvre pas la bouche pour annoncer que nous avions dormi dans le fourgon…

Erin a reposé sa tablette et a souri à Bella.

— J'adore ce sac rose, tu sais.

Bella l'a soulevé pour le faire admirer de plus près. Par chance, Erin ne le lui a pas pris des mains. Et n'a pas demandé non plus ce qu'il y avait à l'intérieur. Je n'avais aucune envie d'expliquer les deux photos qu'il contenait.

— C'est une bonne couleur pour toi, Bella. Le rose va vraiment très bien avec tes yeux.

— J'ai les yeux de mon papa.

C'était quelque chose que ma mère disait souvent. « Bella a les yeux de son papa. » Mais je n'avais encore jamais entendu ma fille prononcer ces mots. Cela m'a fait un drôle d'effet, comme si l'esprit de ma mère parlait soudain à travers elle.

Erin paraissait contente d'avoir enfin réussi à nouer une conversation avec ma fille.

— Ah oui, tout à fait. Je suis d'accord. Ils sont de quelle couleur ?

Elle s'est penchée plus près pour scruter les traits de Bella, faisant mine de ne pouvoir définir elle-même leur teinte. Bella a levé vers moi un regard interrogateur comme si elle n'était pas sûre de la réponse à donner, elle non plus. J'ai haussé les sourcils.

— Tu le sais, voyons, Bella.
— Violets ! a-t-elle lancé.

Puis elle a pouffé pour la seconde fois ce matin. J'avais envie de la serrer dans mes bras. Je lui faisais vivre les pires situations depuis quelque temps et elle restait tellement gaie et mignonne…

Erin a souri.

— Violets ? Et moi qui croyais qu'ils étaient orange !
— Verts ! s'est exclamée ma fille.

Et elles ont continué ainsi à décliner toutes les couleurs de l'arc-en-ciel pendant que je buvais mon café et essayais de me réveiller.

— Votre boulot démarre quand, alors ? m'a demandé Erin lorsqu'elles ont épuisé leur jeu.
— Bientôt, j'espère. S'il y a moyen, je voudrais commencer tout de suite.
— Et vous avez trouvé une solution pour Bella ?
— L'amie qui m'a mis en contact avec mon futur employeur pense qu'il pourra sans doute m'indiquer quelqu'un. Peut-être que l'un des gars qui travaillent pour lui a aussi des enfants et qu'il y aura moyen de s'arranger avec sa femme.
— Ce serait bien, en effet.
— Et vous, Erin ? Vous êtes du coin ?

J'aimais autant que l'on parle d'autre chose que de moi.

— J'habite tout près d'ici, oui. Dans un des immeubles juste derrière, en fait.

Elle a pointé le doigt en direction du nord.

Pour la première fois, j'ai remarqué l'alliance à son annulaire. Avec les filles de mon âge, mon premier réflexe était de vérifier si elles en portaient une ou non. Mais pour

Erin je n'avais pas fait attention. Je me suis interrogé sur l'histoire de cette femme. Pourquoi passait-elle des matinées entières dans ce café ?

Du menton, j'ai désigné son iPad.

— Vous l'utilisez pour travailler ? Ou plutôt pour jouer ou lire ou un truc comme ça ?

Elle a jeté un coup d'œil à la tablette.

— Je m'en sers essentiellement pour mes mails et pour rester en contact avec… avec un groupe de gens dont je fais partie. Je suis pharmacienne, en fait. Mais j'ai pris un congé. Je reprends le travail dans une grosse semaine.

— Une pharmacienne ? Ouah !

Erin avait fait de longues études ; elle était donc instruite avec de solides capacités intellectuelles. C'est marrant comme notre regard sur une personne peut changer lorsqu'on apprend quelque chose de nouveau à son sujet. Cela m'arrivait souvent avec les gens qui me connaissaient comme ouvrier du bâtiment lorsqu'ils découvraient que j'avais eu de très bons résultats au lycée et que j'aurais pu faire des études si les aléas de la vie n'en avaient pas décidé autrement.

— Tu vois, Bella : Erin, elle est comme la dame que nous avons vue dans la pharmacie lorsque tu es tombée malade et que le docteur nous a dit qu'il fallait aller acheter un médicament. Tu te souviens ?

Le visage de Bella s'est éclairé.

— A la fraise !

— Voilà. Eh bien, la dame qui t'a demandé quel parfum tu préférais pour ton antibiotique, elle fait le même travail qu'Erin.

Bella a tourné les yeux vers celle-ci et j'aurais aimé pouvoir déchiffrer ce qui se passait dans sa petite tête. Avait-elle suivi mes explications ?

— La fraise est le parfum que tu aimes le plus, Bella ?

Ma fille a secoué la tête.

— Manille.

— *Va*-nille, ai-je rectifié. C'est la glace que tu préfères, pas vrai ?

Je me suis tourné vers Erin.

— Elle a le nez qui coule depuis que nous avons quitté Carolina Beach. Et ça a commencé de la même façon lorsqu'elle est tombée malade. J'espère que ça ne va pas recommencer.

— Vous avez du sérum physiologique ?

J'ai secoué la tête.

— Essayez de lui en injecter tous les jours dans le nez. L'écoulement nasal est probablement juste dû au changement de temps.

Tout en m'interrogeant sur le coût de ce sérum physiologique, j'ai mouché Bella à l'aide d'une serviette en papier.

— Tu vois ? Nous avons des conseils gratuits d'une vraie pharmacienne... Votre mari est dans la même branche que vous ?

— Non. Il travaille avec des ordinateurs.

Elle a baissé les yeux sur ses bagues.

— Nous sommes séparés, là. Juste pour quelque temps. On a parfois besoin de respirer un peu chacun de son côté, dans un couple.

— Oui, je sais ce que c'est...

Pourquoi lui avais-je répondu cela ? Je me le demandais... Comme si j'avais eu la moindre expérience d'une vie maritale ! Et si je lui demandais de me garder Bella cinq minutes, juste le temps de mon rendez-vous avec Roy ? Voir s'il avait des tuyaux pour faire garder Bella était une chose. Mais de là à me présenter avec elle pour l'entretien d'embauche...

Mais Erin avait recommencé à travailler sur son iPad et je n'ai pas osé l'interrompre. Je me suis tourné vers Bella.

— Tu veux une histoire ?

J'ai sorti *Le Chat chapeauté* de mon sac et j'ai commencé à lire.

A midi, je suis retourné en voiture au McDo pour le déjeuner. Puis nous avons regagné notre parking, devant le Target, à l'autre bout du centre commercial. Quelqu'un

159

pourrait vivre dans cet ensemble et ne jamais plus en sortir. Il y avait tous les magasins du monde, là-dedans. Quel que soit le truc dont on avait besoin, on était sûr de le trouver ici. Et pourtant, je suffoquais dans ce monde en béton, parce qu'il n'y avait pas d'ouverture sur l'océan. Pas de ciel libre, pas d'immensité bleue, pas d'étendues de sable blanc. Je me sentais pris au piège, à Raleigh. Depuis le début. Mais cela me passerait. Ou du moins, je l'espérais. Une fois que j'aurais un boulot et un appartement, je prendrais petit à petit mes marques.

Au téléphone, j'avais indiqué à Roy où j'étais garé et je lui avais décrit mon fourgon avec « Brown Construction » marqué sur le côté. A 13 h 10 je n'avais encore vu personne et j'ai commencé à tourner en rond. Je suis sorti du fourgon et j'ai attendu planté devant. J'avais ouvert toutes les portières pour aérer à fond et empilé plein d'affaires sur le matelas pour que ça ne fasse pas trop chambre à coucher. Bella était assise à l'intérieur de la voiture sur son sac de couchage roulé et se servait d'une caisse en bois comme d'une table sur laquelle elle avait ouvert son livre de coloriage. J'avais de la chance qu'elle soit une fille. Un garçon aurait été plus remuant. Bella était généralement plutôt calme et capable de s'amuser en autonomie pendant de longs moments.

J'ai repéré une Mustang rouge étincelante qui roulait à basse allure sur le parking. Elle a dévié d'un coup pour venir dans notre direction et s'est garée à quelques places du fourgon. Je *savais* que c'était Roy. Personne d'autre n'aurait de raison de venir s'isoler dans ce coin, alors qu'une mer d'asphalte restait disponible. Il est descendu de voiture et s'est dirigé vers moi. Son allure m'a surpris. Il avait l'air plutôt classe avec sa veste en tweed et sa chemise bleue déboutonnée au col. Sa coupe de cheveux était soignée et une montre en or brillait à son poignet. Apparemment, il gagnait bien sa vie dans le bâtiment. J'ai connu un moment de réel espoir. La main tendue, je me suis avancé vers lui en souriant.

— Roy ?

Il m'a serré la main.

— Salut, mec. Ça roule ?

— Bien, bien. Mais je serais content de me mettre au travail sans trop tarder.

— Parfait. Parfait.

Son regard s'est posé sur la route, derrière moi, et il a glissé les mains dans les poches avant de son jean. La voix de ma fille s'est élevée par la portière ouverte.

— Papa ? C'est qui ?

J'ai tourné la tête vers elle comme si j'étais surpris de la voir là.

— Ah tiens !

J'ai fait signe à Roy de s'avancer jusqu'à la voiture.

— Bella, voici Roy. Roy, je te présente ma fille. Je crois que Savannah t'a parlé d'elle ?

Roy a haussé les sourcils.

— Tu as une solution de garde pour elle ?

— Savannah a dit que tu aurais peut-être un plan.

Il a émis un rire bref. Le genre de rire qui n'était pas vraiment un rire. J'ai commencé à ne plus me sentir très à l'aise.

— *La salope*, a-t-il marmonné, pas tout à fait à mi-voix.

J'ai compris que, sous son air propre sur lui, se cachait un tempérament brutal. *Merde*. Notre rencontre se passait moins bien que je ne l'avais espéré.

— Savannah pensait que l'un de tes autres employés avait peut-être des enfants. Et qu'il pourrait m'aiguiller pour Bella.

— Le baby-sitting, c'est pas vraiment ma spécialité, mec.

La lèvre supérieure de Roy se soulevait légèrement d'un côté lorsqu'il parlait.

— Bon, ça ne fait rien. Je m'arrangerai.

Si j'avais eu Savannah sous la main en ce moment, elle m'aurait entendu. Elle m'avait laissé miroiter du tout cuit.

— Décris-moi un peu le poste, alors. Savannah ne savait pas si c'était du boulot résidentiel ou non.

Roy a croisé les bras sur sa poitrine.

— Ecoute, mec... Savannah t'a dit que je pouvais t'offrir un emploi dans le bâtiment, c'est ça ?

161

— Euh… ouiiii.

J'ai laissé la dernière syllabe se prolonger en essayant de me préparer à la suite. J'avais la distincte impression qu'elle ne serait pas à mon goût.

— La bonne nouvelle, c'est que tu vas te ramasser une jolie somme avec un minimum d'huile de coude.

— Qu'est-ce que tu me dis, là ?

— On a juste besoin d'un conducteur avec un véhicule comme le tien.

Il a indiqué mon fourgon d'un geste du menton.

— J'ai perdu mon chauffeur précédent mais ta caisse ira très bien. Ta gamine pourra même faire le trajet avec nous si tu ne trouves personne à qui la fourguer.

— Mon fourgon ira très bien pour quoi ?

Il a plissé les yeux en me regardant — il me jaugeait, je l'ai bien senti.

— Savannah m'a juré que tu n'étais pas trop con.

— C'est chouette de sa part.

Mes nerfs commençaient à chauffer, là.

— Bon, tu me dis en quoi il consiste, le boulot, d'accord ? On ne va pas continuer à tourner autour du pot pendant deux heures.

— Ce sera au milieu de la nuit. Tu nous conduiras, mon pote et moi, jusqu'à un relais routier au nord d'ici. On prendra des caisses de lait maternisé pour bébé dans l'un des camions et on les transférera dans ton fourgon. Puis on aura juste à les déposer à l'endroit convenu et ça nous rapportera un bon paquet de thune.

J'ai grimacé un sourire.

— C'est une plaisanterie ?

— Tu toucheras cinq cents dollars pour quelques heures de boulot. Deux cents au relais routier et le reste au moment de la livraison. Tu n'auras jamais gagné autant de pognon aussi facilement. Et si tout se passe bien, on remet ça la semaine d'après. Ce qui veut dire, cinq cents dollars par semaine, libre d'impôt. Classe, non ?

Il était *sérieux*, là ? J'étais tellement sonné que je l'ai regardé d'un air fixe sans parvenir à articuler un mot.

J'ai fini par secouer la tête.

— Des boîtes de lait maternisé ? Tu parles de *voler* du lait en poudre ?

Il a tourné les yeux vers Bella.

— Tu as une gamine. Elle a déjà pris du lait infantile ?

Je n'ai pas répondu. Rien que l'idée de parler de Bella avec ce genre d'individu me hérissait.

— Dans certains magasins, ils le stockent dans des vitrines fermées. Dans d'autres, on ne peut en acheter que par petites quantités. C'est parce que ces boîtes sont très chères et que les gens les piquent en rayon. Alors nous, ce qu'on fait, c'est qu'on en prélève quelques caisses et le type avec qui je bosse les revend sur internet beaucoup moins cher que dans le commerce. C'est un peu comme un service public, en fait. On est des Robin des Bois des temps modernes. Comme on ne prend pas de grosses quantités, personne ne s'en aperçoit. Puis on vend les boîtes à des gens qui n'auraient pas les moyens de les acheter en magasin.

Je me souvenais d'avoir vu des boîtes de lait maternisé gardées sous clé lorsque Bella était petite. Je n'avais jamais compris pourquoi. Le prix du produit était effectivement élevé. De ce point de vue, je devais donner raison à Roy. Mais la prison ne faisait *pas* partie de mes projets. Une sensation de vide se creusait dans ma poitrine. J'étais remonté à fond contre Savannah. Et tellement, tellement dans la merde, surtout. Je ne m'étais jamais senti aussi perdu, aussi loin de chez moi.

— Ecoute, mec, c'est pas pour moi, ce genre de combine. Il est hors de question que je le fasse. Ce n'est pas du tout le boulot dont Savannah m'avait parlé au départ. Dans le bâtiment, tu n'as rien du tout, c'est ça ?

Des fois que son histoire de lait maternisé ne serait qu'une activité annexe. Peut-être qu'il essayait juste de m'entuber ?

— Je n'ai plus rien dans le bâtiment, non. Avant, oui, je bossais là-dedans, mais avec la crise, ça s'est cassé la figure.

Il a ricané.

— Franchement, je ne regrette rien, hein. Sauf de ne pas avoir commencé ce business avant. C'est facile et sans risque. Et nettement plus lucratif.

Il m'a désigné sa Mustang pour me convaincre.

— Laisse tomber, Roy. Je ne suis pas le gars qu'il te faut.

Je lui ai tourné le dos et je suis reparti vers ma voiture. Roy m'a hélé alors que je m'éloignais.

— Hé ! Tu as mon numéro si tu changes d'avis.

Je suis monté dans mon fourgon et j'ai bouclé toutes les portières avant d'attirer Bella dans mes bras. Elle a gigoté pour m'échapper et retourner à son coloriage, mais je la tenais fort. J'ai enfoui mon visage dans ses cheveux. *O.K. Reste calme*. Rien n'était perdu. Il fallait juste prendre le temps de réfléchir à de nouvelles solutions. A Carolina Beach, il n'y avait pas de boulot pour moi. Et nous avions déjà fait tout le chemin jusqu'à Raleigh. Une grande ville. Avec plus de possibilités d'emploi. Je trouverais quelque chose. *Forcément*.

— Papa !

Bella a réussi à se tortiller hors de mon étreinte qui l'emprisonnait. Je me suis adossé contre la paroi du fourgon. Et me suis demandé comment j'allais nous nourrir, ma fille et moi, en attendant que ce « quelque chose » se présente.

17. Robin

2007

Travis et moi, nous avions été séparés pendant trois longs mois. Lorsqu'il est passé me prendre dans ma prison de Chapel Hill pour notre journée évasion au lac Jordan, je me suis jetée à son cou sans un mot et je l'ai embrassé à corps perdu. J'avais fantasmé nos retrouvailles des millions de fois et, dans mon imagination, nous tombions dans les bras l'un de l'autre et restions enlacés un long moment, submergés par une émotion impossible à décrire. Mais lorsque je l'ai vu sur le pas de la porte avec ses longs cils noirs et son sourire rayonnant d'amour, une frénésie sexuelle inattendue a pris possession de moi. Dans une mer d'oubli, seul le désir surnageait. *Tu vas peut-être mourir demain*, a résonné la voix familière dans ma tête. *Alors profite du jour présent.*

Je crois que, ce jour-là, nous avons dû établir un record de vitesse en matière de déshabillage mutuel. Là, sur le sol de l'appartement où mon père m'avait cloîtrée — justement pour éviter que ce genre de chose ne m'arrive —, nous avons fait l'amour avec ardeur, avec sauvagerie. De manière tout à fait improvisée, en fait. Car en programmant cette journée nous avions prévu une balade en voiture à la campagne, un pique-nique que j'avais préparé et qui nous attendait dans la cuisine, puis un retour assez tôt pour que nous ayons le temps de faire l'amour avant que mon père ne rentre du travail. Nous n'avions pas inclus au menu du jour cette séance éperdue, haletante, de *baise* effrénée. Oh-mon-Dieu. Comme c'était bon de retrouver Travis. J'ai noué les jambes à sa taille pour le sentir encore plus profondément en moi. Le tapis me brûlait les épaules, alors que nous nous balancions en rythme, et je me disais : *Je m'en fiche, je m'en fiche, je m'en fiche*. Tout ce qui m'importait, c'était de sentir de nouveau Travis en moi.

Alors que nous étions allongés, encore pantelants dans les bras l'un de l'autre, Travis s'est soudain mis à rire.

— Et si on laissait tomber le lac Jordan ? On pourrait passer la journée ici ?

C'étaient les premiers mots cohérents qu'il prononçait depuis qu'il était entré dans l'appartement, ai-je songé. Encore à bout de souffle, j'ai hoché la tête.

— Si tu veux.
— On pique-niquera ici. Par terre. Tout nus.
— Oh oui !

J'ai acquiescé avec joie mais je n'avais pas très faim. Pour tout dire, la seule pensée des sandwichs à la dinde et au fromage que j'avais confectionnés quelques heures plus tôt me soulevait le cœur. Et j'avais beau essayer de retrouver ma respiration, mon essoufflement perdurait. Je suis restée allongée sans bouger en attendant que la vague de nausée passe. Je ne voulais surtout pas gâcher le moment que nous venions de vivre.

— Oh ! merde.

Il s'est frappé le front avec le plat de la main.

— Quoi ?
— Les capotes. Je les ai laissées dans la voiture. Je ne pensais pas que tu me sauterais dessus comme ça.

Il a ri de nouveau.

— Tu crois que ça va aller ? Il n'y a pas trop de risques ?

J'aurais voulu lui répondre que ça irait. Mais le souffle me manquait pour pousser les syllabes hors de ma gorge. Une douleur sourde irradiait au creux de ma poitrine, envoyant de longues vagues de souffrance jusque dans mon dos. Et la nausée montait, irrépressible. J'allais vomir.

— Toilettes...

C'est tout ce que je suis parvenue à murmurer en essayant de m'asseoir. J'ai senti les bras de Travis autour de moi alors que je me levais. Et c'est la dernière chose dont je me suis souvenue avant le black-out généralisé.

Lorsque j'ai ouvert les yeux, à l'arrière d'une ambulance, je ne me suis pas sentie en territoire étranger. Ce n'était pas la première fois que je partais à l'hôpital au son d'une sirène hurlante. Un masque à oxygène était plaqué sur mon visage. Il m'a semblé voir Travis assis près de moi, les traits pâles et flous. J'ai voulu tendre la main vers lui mais il y avait cette pression terrible sur ma poitrine, comme si quelqu'un appuyait de toutes ses forces pour chasser le dernier souffle de vie hors de mes poumons. Le monde a disparu de nouveau avant que j'aie le temps de le toucher.

Quelques jours plus tard, c'était mon père qui occupait la place au chevet de mon lit d'hôpital. Même les yeux fermés, je *savais* qu'il était là. Il a écarté les cheveux qui me tombaient sur le visage et j'ai senti l'amour couler de ses doigts. Lorsque j'ai soulevé les paupières, il a pris mon visage entre ses deux grandes mains pour m'embrasser sur le front.

— Bonjour, ma chérie. Comment te sens-tu ?

J'ai haussé les épaules. Difficile pour moi de répondre à cette question. J'étais reliée à un entrelacs compliqué de tubes et de tuyaux, et je crois que les produits qu'ils m'injectaient gommaient plus ou moins toute sensation.

— J'espère que tu comprends maintenant pourquoi je t'interdisais de voir Travis. Ce n'était pas par cruauté, Robin. Il ne se rend pas compte à quel point tu es fragile. Il a abusé de ta faiblesse, tu en as conscience, cette fois, je pense ?

J'ai hoché la tête car c'était ce qu'il y avait de plus simple à faire. Les forces me manquaient pour me battre. Et la voix de mon père était si calme, si douce. S'il était en colère contre moi, il n'en laissait rien paraître. Peut-être avait-il déjà passé l'intégralité de sa rage sur Travis. L'une des infirmières m'avait tout raconté — comment il avait menacé de le *tuer* dans le couloir des urgences. Il avait été jusqu'à le traiter de violeur et l'avait prévenu qu'il porterait plainte s'il s'approchait encore de moi. J'étais mortifiée que mon père sache que nous avions fait l'amour, Travis et moi. Je savais que ses menaces étaient sans fondement — juste le cri du cœur d'un homme sans méchanceté qui tremblait pour la vie de sa fille. Mais même si je ne les prenais pas au sérieux, je me suis demandé, alors que je gisais là sans force, comment nous allions faire pour nous retrouver, Travis et moi. Mon père, à n'en pas douter, s'arrangerait désormais pour me garder à l'œil jour et nuit.

Dès ma sortie de l'hôpital, j'ai envoyé un long mail à Travis pour lui dire que j'allais mieux et qu'il ne devait surtout pas se sentir coupable. Je lui assurais que je l'aimais plus que jamais. J'ai cliqué sur la touche « Envoi » et attendu. Des heures. Qui sont devenues des jours. Puis une semaine. Lorsqu'un mois s'est écoulé sans m'apporter de réponse, j'ai compris que c'en était fait de notre relation. J'ai tenté de l'appeler mais il avait changé de numéro de téléphone et le nouveau était sur liste rouge. Avait-il décidé que je lui apportais plus d'ennuis que je ne lui offrais de satisfactions ? Etait-il terrifié par les menaces de mon père ? Dans les deux cas de figure, je ne pouvais pas lui en vouloir. Je savais seulement que je ne le reverrais plus et qu'il y avait désormais un trou immense dans ma vie que personne d'autre ne pourrait remplir.

18. Erin

Impossible de me concentrer sur les posts de mes amis du forum du « Papa de Harley » pendant que je buvais mon café du matin au Coup d'Envoi. Mon regard dérivait sans cesse vers la porte. Bella et Travis étaient venus tous les jours cette semaine et j'étais parvenue à un stade où ils occupaient mes pensées tout au long de la journée ainsi qu'une bonne partie de la soirée. A l'exception de Carolyn, il n'existait pas au monde d'enfant plus adorable que Bella. Ses yeux m'émerveillaient. Depuis deux jours, elle se montrait un peu plus causante avec moi, même si elle ne me donnait pas l'impression d'être une grande bavarde à la base. Je savais désormais la faire sourire ; et il arrivait même que je lui arrache ici et là un petit rire. Chaque jour, Travis lui faisait la lecture et ressortait le même livre usé jusqu'à la corde qu'elle connaissait clairement par cœur. Jusqu'à présent, je l'avais toujours vue habillée avec les deux mêmes tenues — le short bleu avec le T-shirt rayé taché et un pantalon cargo kaki avec un petit haut rose. Possédait-elle d'autres vêtements que ceux-là ? J'avais des doutes… Travis, lui, était toujours en jean et en T-shirt, avec une veste de survêtement noire dans son sac en toile. Chaque fois qu'ils entraient au Coup d'Envoi, ils se dirigeaient d'abord tout droit vers les toilettes où ils passaient toujours un long moment. Travis ressortait rasé de frais et Bella avec les joues rosies, comme s'il lui avait briqué le visage. En arrivant près du canapé, même rituel, Travis commençait par brancher son téléphone pour le recharger. Ajoutés les uns aux autres, ces petits signes pointaient tous vers une même conclusion : Travis et Bella étaient *sans domicile*. Je m'inquiétais à leur sujet et tout spécialement pour Bella. Je savais que l'emploi pour lequel Travis était venu jusqu'à Raleigh était tombé à l'eau. Chaque jour, il prenait un journal abandonné sur une table par des clients précédents et épluchait les petites annonces. Mais je savais que les offres n'étaient pas nombreuses dans le bâtiment.

J'ai regardé l'heure sur ma tablette. Presque 9 h 30 déjà et j'avais terminé mon café. Où étaient-ils ? J'ai scruté le parking à travers la fenêtre. J'aurais dû espérer ne *pas* les voir arriver. Cela signifierait que Travis avait du travail et qu'il faisait garder Bella. Mais la pensée de ne pas revoir la petite fille aujourd'hui était presque douloureuse.

De là où j'étais assise, je ne voyais aucun quotidien local sur les tables. Je me suis levée pour en acheter un afin que Travis puisse y jeter un coup d'œil. Pendant que je faisais la queue à la caisse pour payer, j'ai commandé un déca à la nouvelle serveuse. C'était une toute jeune fille encore, clairement dépassée par sa tâche. Nando la supervisait d'un œil paternel. J'avais déjà ma dose de caféine pour la journée, mais j'avais besoin de tenir quelque chose dans les mains pour tromper mon attente. Et il n'était pas question que je rentre chez moi avant d'avoir vu Bella.

Travis et sa fille sont entrés au Coup d'Envoi au moment où la jeune serveuse en pleine panique préparait ma boisson en même temps qu'une demi-douzaine d'autres. Travis m'a saluée d'un signe de la main alors qu'ils s'acheminaient vers les toilettes. J'ai ajouté à ma commande un jus d'orange pour Bella et souri en moi-même en m'avançant vers le bout du comptoir pour récupérer mon café.

Nando nous a adressé à tous un sourire conciliant alors qu'il alignait les breuvages concoctés par sa nouvelle collègue.

— Désolé pour l'attente. Dans une semaine, elle travaillera comme une fusée, vous verrez. Je parie même que dans un mois c'est elle qui dirigera l'établissement.

Je lui ai répondu par mon habituel sourire anémique et

je suis repartie avec ma commande. Posant mon gobelet sur la petite table d'appoint à côté de mon fauteuil, j'ai feuilleté le quotidien pour voir ce que donnaient les annonces. La moisson était plus que maigre. Ce n'était pas le bon jour de la semaine pour les offres d'emploi… J'ai songé soudain à la « Craigslist » — un forum de petites annonces en ligne. Peut-être que Travis trouverait plus facilement quelque chose par ce biais-là ? Avait-il un ordinateur qu'il pourrait utiliser ? Probablement pas, non. Je me suis souvenue du regard d'envie qu'il avait jeté sur mon iPad. Je pourrais le lui confier, le temps qu'il consulte les annonces.

Je me sentais presque joyeuse alors que j'attendais que Bella et Travis sortent des W-C pour hommes. Mais lorsque j'ai pris une gorgée de mon café, j'ai failli la recracher sur la table. Il avait un goût de… je ne saurais dire quoi. De l'eau de vaisselle ? Du sel ? J'ai réprimé un haut-le-cœur alors que je me forçais à avaler la substance que j'avais en bouche. J'ai soulevé le couvercle de mon gobelet, et j'ai vu… une mixture d'aspect laiteux. Sûrement pas le déca que j'avais commandé. Je me suis levée et je suis retournée au bar. Une autre cliente, une femme d'un certain âge vêtue d'un ensemble rose, se plaignait à la jeune serveuse qu'une erreur avait été commise sur sa boisson.

J'ai montré mon gobelet.

— Je crois qu'il y a eu inversion, en fait.

La jeune fille s'est décomposée.

— J'ai pu me tromper, en effet…

Nando lui a tapoté l'épaule dans un geste paternel.

— Pas de souci. Nous allons rectifier cela tout de suite. Ces deux charmantes dames vont attendre ici un instant.

Pendant que Nando réparait l'erreur commise, je me suis tournée vers la dame en rose.

— C'était quoi, alors, ce que vous aviez commandé ?

— Mon préféré. Le café bavarois au chocolat et aux cacahuètes grillées.

— C'est… euh… particulier, je dois dire.

La dame s'est mise à rire. Nous avons récupéré nos boissons

respectives et j'ai regagné mon fauteuil juste au moment où Travis et Bella ressortaient des toilettes.

Ils se sont aussitôt approchés pour me saluer.

— Bonjour, Erin.

— Salut, Travis. Hello, Bella. Je pensais que vous ne viendriez pas ce matin.

— Eh bien si, tu vois.

Travis est resté debout pour échanger quelques mots avec moi, mais Bella s'est perchée sans attendre sur leur canapé habituel avec son petit sac rose pendant à son bras. Elle a serré son petit mouton contre sa poitrine et Travis lui a posé la main sur la tête.

— Tu restes là pendant que je vais chercher notre petit déjeuner, Bella, O.K. ?

J'ai souri à la fillette avant de lever les yeux vers son père.

— J'ai pris un jus d'orange pour Bella.

Travis a haussé les sourcils.

— Qu'est-ce que tu dis, Bell ?

— Merci, Erin.

— De rien… Et toi, Travis, sois prudent. Ils ont pris une nouvelle serveuse et elle s'est mélangée dans les commandes. J'ai bu sans vérifier et j'ai cru que j'allais m'empoisonner.

Il a croisé les bras sur sa poitrine en riant.

— Je fais toujours très attention lorsque le café est servi dans des gobelets avec couvercle. Un jour, j'avais organisé une partie de pêche avec des copains et j'avais pris un café au McDo au passage. Je l'ai posé sur le plan de travail du bungalow que nous avions loué. Un de mes copains avait le même gobelet… mais avec des vers dedans.

J'ai frémi.

— Oh non !

— Eh si.

Un frisson a parcouru les épaules de Travis.

— J'ai pris une bonne petite gorgée de jus de vers.

J'ai ri. Pour la première fois depuis des mois.

— Ma mère m'a dit que c'était bien fait pour moi et que je n'avais qu'à pas manger dans les fast-foods.

— Nana ? est intervenue Bella.

Il a hésité.

— Oui, Nana, ma puce.

Travis a frotté les épaules de sa fille avec une tendresse qui m'a noué la gorge.

Bella semblait clairement attachée à sa grand-mère. Où vivait-elle donc, cette « Nana » ? A Carolina Beach ? Ne pourrait-elle s'occuper de sa petite-fille pendant que Travis cherchait du travail ? Ce dernier s'est excusé et il est parti passer sa commande. J'ai concentré mon attention sur Bella. C'était la première fois que son père me laissait seule avec elle. Une solitude toute relative, bien sûr. Quatre femmes étaient assises à une table proche, la dame dans son ensemble rose papotait au téléphone, et quelques hommes d'affaires étaient disséminés dans le café, tous absorbés par leur ordinateur ou plongés dans le *Wall Street Journal*. Mais je n'avais d'yeux que pour la petite fille assise en face de moi sur le canapé.

— Tu l'adores ce sac, hein, Bella ?

Elle a hoché la tête.

— Le rose va bien avec mes yeux, a-t-elle affirmé, l'air grave, répétant ce que je lui avais dit quelques jours plus tôt.

J'ai confirmé avec tout autant de sérieux.

— C'est vrai. Tu as quoi, dans ton sac, dis-moi ? Tu veux bien me montrer ?

Elle a fait oui de la tête et s'est attaquée au fermoir.

— Tu veux que je t'aide ?

Carolyn avait toujours détesté que je lui propose de faire les choses à sa place. Je n'ai donc pas été surprise lorsque Bella a secoué résolument la tête.

— Non. Je sais faire toute seule.

Ses sourcils se sont froncés alors qu'elle se débattait avec le mécanisme, les lèvres serrées en une moue de concentration. *Oh mon Dieu*. Elle était plus que mignonne. Totalement désarmante. Bella a fini par lever vers moi son petit visage chiffonné par la défaite.

— J'y arrive pas trop, Erin.

— Presque. Tu l'as presque ouvert toute seule.

Elle est descendue du canapé, a fait un pas vers moi, et m'a tendu le sac en posant une main sur mon genou. J'ai senti la chaleur de sa paume enfantine à travers le tissu de mon pantalon. Ou du moins, *j'imaginais* la sentir et j'avais envie qu'elle laisse sa main là pour toujours. Mes doigts tremblaient un peu tandis que je desserrais le fermoir.

— Ouah ! Il est dur à ouvrir ce sac, dis donc. Même pour moi, c'est difficile. Ce n'est pas étonnant que tu aies eu du mal.

— Comme ça, je ne perds pas ce qu'il y a dedans.

Je sentais les odeurs qui émanaient d'elle. Un mélange de savon et de dentifrice. De renfermé dans les cheveux. J'ai pris une longue, très longue inspiration.

— Tu as envie de me montrer ce que tu as dans ton sac, Bella ?

Elle a hoché la tête et a glissé la main le long de la doublure en satin rose. D'un grand geste, elle a sorti une mini-Barbie avec de très longs cheveux blonds et un maillot de bain rayé rouge et blanc peint sur le corps.

J'ai ouvert des yeux admiratifs.

— Qu'est-ce qu'ils sont beaux, ses cheveux !

Bella s'est penchée sur mon accoudoir et a examiné la poupée.

— Quand les cheveux sont jaunes, on dit « blonds », m'a-t-elle expliqué.

— Comme les miens ?

Elle m'a examiné la tête puis a secoué la sienne.

— Non, les tiens, ils sont pas jaunes, a-t-elle tranché avec une candeur dont aucun adulte n'aurait su faire preuve.

J'ai souri. Entre mes racines sombres et les mèches qui s'atténuaient avec le temps, mes cheveux, en effet, ne devaient plus être très « jaunes ».

— Elle a un nom, cette poupée, Bella ?

Elle a d'abord fait non de la tête. Puis s'est soudain mise à sautiller sur place.

— Si, si, ça y est ! J'avais oublié mais maintenant je me rappelle. C'est Princesse !

J'ai ri de son accès inattendu d'enthousiasme.

— Elle est très belle, en tout cas, Princesse.

Travis est revenu s'asseoir sur le canapé et a posé son café sur la table basse.

— Tiens, Bella. Ta moitié de muffin.

Depuis le premier jour, père et fille avaient toujours partagé un seul muffin. Au début, je pensais qu'ils avaient déjà pris leur petit déjeuner chez eux et qu'il s'agissait juste d'une petite collation de milieu de matinée. Maintenant que j'avais compris qu'ils étaient sans doute SDF, je devais me rendre à l'évidence : ce bout de muffin était probablement tout ce qu'ils mangeaient dans la matinée. Autrement dit, trois fois rien...

Bella a désigné la poupée à son père.

— Je lui montre ce que...

— Je montre à *Erin*, a rectifié Travis.

— Je montre à Erin ce que j'ai dans mon sac.

— Bon. Pour le moment, laisse-le de côté et viens manger. Puis je te lirai ton histoire.

— Il y a juste encore deux choses, a plaidé Bella.

Elle a sorti une photo rectangulaire et me l'a tendue. A demi couchée sur mes genoux, elle m'a présenté les trois personnes sur le cliché.

— Ça, c'est moi et papa et Nana.

Ils étaient assis tous les trois sur la plage avec des maillots de bain et de grands sourires et l'océan derrière eux.

— Comme il est beau, ce château de sable !

C'était une véritable forteresse qu'ils avaient construite, avec des tours et des décorations en coquillages. Je voyais que Travis voulait que sa fille revienne à côté de lui, sur le canapé, et que je sapais son autorité parentale en continuant d'accaparer sa fille. Mais c'était plus fort que moi. Je ne voulais pas qu'elle s'éloigne.

— On l'a fait avec papa, le château.

— Elle habite au bord de la mer, ta Nana ?

— Elle était avec moi et papa, mais maintenant elle a déménagé au ciel.

Oh non... J'ai cherché le regard de Travis.

— Désolée, ai-je articulé.

Il a hoché la tête d'un air triste.

— Elle te manque, ta Nana, Bella ?

— Oui, mais elle ne peut pas revenir nous voir.

Déjà, Bella avait replongé la main dans son sac. Cette fois, elle en a sorti un petit portrait. Celui d'une jolie adolescente. Ce n'était pas une très bonne photo ; juste un de ces clichés impersonnels sans doute pris dans un Photomaton.

— Qui est-ce ? ai-je demandé, en pensant qu'il s'agissait sans doute de la sœur de Travis.

— Ma maman.

Je ne me suis pas risquée à demander où elle vivait, cette fois. Travis a paru deviner mon embarras.

— Elle habite Beaufort.

Il tenait son gobelet pressé contre ses lèvres mais il ne buvait pas.

— Ah, c'est une jolie ville.

Il m'a paru indélicat de le questionner plus avant.

— On va tout remettre dans ton sac, Bella, et tu pourras aller manger ton muffin.

Je l'ai observée alors qu'elle réorganisait avec soin le contenu de son sac. Lorsqu'elle a glissé la photo de sa mère à l'intérieur, j'ai vu le prénom « Robin » inscrit au dos.

— Tu vois ? Il a plusieurs poches, m'a-t-elle expliqué en me montrant l'intérieur. Les photos vont là et la poupée de l'autre côté. Comme ça, les photos, elles se cornent pas.

Elle a réussi à actionner elle-même le fermoir.

— Bravo, Bella.

Je l'ai regardée grimper sur le canapé pour se blottir contre Travis. Puis j'ai désigné le quotidien local que j'avais posé sur la table.

— Tiens, c'est mon journal. Tu peux regarder les annonces, si tu veux. J'ai fini de le lire.

— Merci.

Il avait les traits marqués par la fatigue, aujourd'hui. Plus encore que d'habitude. J'étais restée si centrée sur Bella jusqu'à maintenant que je ne m'en étais pas rendu compte,

176

mais il avait l'air vraiment très abattu. Ses cernes étaient plus accusés encore qu'à l'ordinaire et son visage était pâle, tendu. Voir les photos dans le sac de Bella lui avait peut-être donné un coup au moral. A moins qu'il ne soit miné par sa recherche d'emploi ?

— Au fait, tu connais la « Craigslist », Travis ? C'est par ce site que j'ai trouvé quelqu'un pour nous aider dans des travaux de jardinage. Leurs annonces sont gratuites.

Il a hoché la tête.

— Oui, je connais. Avant-hier, je suis allé à la bibliothèque et je me suis servi d'un des ordinateurs mis à la disposition du public. J'ai même trouvé l'emploi parfait qui me correspondait. Mais quand j'ai appelé, ils avaient déjà trouvé quelqu'un. Ils avaient eu entre vingt et trente candidatures, m'a expliqué le gars que j'ai eu au téléphone. Un truc comme ça.

Il a essuyé une miette de muffin sur son jean.

— Je retournerai à la bibliothèque aujourd'hui pour voir.

— Tu peux te servir de ma tablette, si tu veux.

J'ai pris mon iPad sur la table.

— Je vais chercher leur site, comme ça, tu pourras regarder tout de suite. Il y aura sûrement aussi des offres pour des gardes d'enfants. Mais il faudra bien penser à demander des références.

Il m'a jeté un regard faussement meurtri. Ou pas si faussement que cela, peut-être ? J'espérais ne pas l'avoir vexé pour de bon.

— Je suis père depuis quatre ans. Je sais ce que j'ai à faire.

— Oui, je… évidemment.

Vite, j'ai trouvé la « Craigslist » sur internet et je lui ai tendu ma tablette, résistant à la tentation de lui donner des instructions pour s'en servir. Je ne voulais pas l'humilier de nouveau. Travis n'a paru avoir aucun problème, d'ailleurs, pour surfer sur les annonces. Il a sorti un carnet et un stylo de son sac en toile et a pris des notes.

Puis il a débranché son téléphone de la prise.

— Je vais appeler pour cette offre.

177

Bella lui a tendu son livre du *Chat chapeauté* avec une expression qui disait clairement : « Et mon histoire, tu l'oublies ? »

— Je te ferai la lecture dès que j'aurai fini de téléphoner, Bell, lui a-t-il promis en se levant.

Je suis intervenue devant l'air dépité de la petite.

— Tu veux que je commence à lire pendant que ton papa téléphone, Bella ?

Elle a sauté du canapé, m'a tendu le livre et s'est perchée sur mes genoux. Et c'est ainsi que, pour la première fois depuis six mois, je me suis retrouvée avec un enfant dans les bras. Bella s'est abandonnée contre moi comme si elle n'avait jamais connu que moi toute sa vie. Comme si elle était ma propre fille. De nouveau, j'ai humé l'odeur de ses cheveux. Je m'en emplissais les poumons et j'aurais voulu la garder en moi. Sous mes mains, je sentais ses côtes et le relief de ses vertèbres. Elle était menue pour ses quatre ans. Et bien trop fine. A trois ans, Carolyn avait été plus grande que Bella à quatre. J'ai posé le menton sur le sommet de sa tête et ouvert le seul livre qu'elle semblait posséder. Pendant que je lui faisais la lecture, je pensais aux albums et aux jouets dont la chambre de Carolyn était pleine. Je pourrais retourner à la maison et prendre quelques affaires pour Bella. *A condition de trouver la force d'entrer dans la chambre de ma fille.* Le simple fait d'y penser m'a secouée et j'ai perdu le fil de mon histoire.

Bella a secoué la tête.

— Non, non ! C'est le *poisson* qui dit ça !

— Ah oui, tu as raison. Où ai-je la tête ? Je me suis trompée.

J'ai poursuivi le récit mais sans cesser de penser à la maison. A la maison de *Michael*, du moins — en tout cas pour le moment. Y aurait-il du travail pour Travis là-bas ? Depuis le décès de Carolyn, Michael avait bricolé comme un possédé. Je ne voyais pas très bien ce que Travis aurait encore pu faire. Sans compter qu'avec mon salaire en moins et la location en plus nous n'aurions pas eu les moyens de l'embaucher.

J'ai jeté un coup d'œil à Travis qui s'était retiré dans un coin du café pour discuter au téléphone. Je voyais à son expression que la conversation ne se déroulait pas comme il l'aurait espéré. Glissant la main dans mon sac, j'en ai retiré un billet de vingt dollars sans m'interrompre dans ma lecture. Avec précaution pour qu'elle ne se rende compte de rien, j'ai glissé le billet dans la poche de pantalon de Bella. Je savais que Travis refuserait de l'accepter si je le lui offrais directement. Tout ce que j'espérais, c'était qu'il ne se sentirait pas insulté en le trouvant.

19. Travis

Une fois de plus nous avons pris le chemin du fast-food à midi, Bella et moi. Si elle avait encore été en vie, ma mère aurait fait une crise en apprenant comment nous nous alimentions. Ma mère avait été une vraie cuisinière du vieux Sud — elle n'avait jamais pleuré le beurre, les graisses et le porc — mais elle avait le plus vif mépris pour la restauration rapide. Avant ce voyage pourri à Raleigh, je n'avais quasiment jamais emmené Bella dans un de ces « lieux de perdition ». Mais depuis quelques jours le fast-food était devenu ma maison. Les repas spécial enfant étaient bon marché et apportaient malgré tout des protéines. Plus quelques tranches de pomme pour la bonne cause. Sans parler du petit jouet que Bella adorait. Elle aimait tout, dans ces fast-foods — aussi bien les gentils adolescents débordés qui prenaient et préparaient les commandes que l'aire de jeux. Surtout l'aire de jeux, en fait. Et je dois dire que je l'appréciais autant qu'elle. Je pouvais m'asseoir à une table et passer mes coups de fil pendant que Bella grimpait dans les tubes, se jetait dans la mer de balles en plastique, riait avec d'autres petits gamins et se comportait comme une enfant ordinaire qui n'avait d'autre souci au monde que de jouer. C'était cela que je voulais pour elle. Cette liberté. Et si le prix à payer, c'était une nourriture qui vous bouchait les artères, eh bien, j'étais prêt à le verser.

Nous avions traîné au café aussi longtemps que nous l'avions pu, ce matin. Jusqu'au départ d'Erin, en fait. Dans quelques jours, celle-ci reprendrait son travail à la pharmacie et je savais déjà qu'elle me manquerait. Elle était la seule personne que nous connaissions à Raleigh. Bon, d'accord, « connaître » était un bien grand mot. Mais Erin, c'était un sourire le matin, au réveil. Elle était toujours prête à nous consacrer un peu de son temps, ce que j'appréciais. Et ce que j'appréciais plus encore, c'était la façon dont elle se comportait avec Bella. Ma fille avait besoin de présences féminines autour d'elle.

J'avais noté quelques numéros de téléphone trouvés ce matin dans les annonces du site, sur l'iPad d'Erin. Construire une barrière, charrier du bois, faire du petit bricolage… J'avais retenu tous les petits jobs pour lesquels je me sentais les capacités requises. Pendant que Bella jouait, j'ai commencé à passer mes appels. J'allais avoir à racheter du crédit pour mon téléphone. Et puis il me fallait des fruits et des légumes. Un sac de carottes. Quelque chose de pas trop cher qui éviterait à Bella d'attraper le scorbut. Les enfants d'aujourd'hui couraient-ils encore le danger de se trouver en carence aiguë de vitamine C ? J'avais acheté une bouteille du sérum machin chose conseillé par Erin et le remède avait l'air de fonctionner.

Les annonces de la « Craigslist » m'ont confronté à de nouvelles complications. Toutes les personnes que j'ai contactées voulaient que j'intervienne *tout de suite*. Mais je ne pouvais pas me mettre au travail sans avoir trouvé d'abord quelqu'un pour Bella… Et pour faire garder ma fille, il me fallait de l'argent. J'ai songé à Erin. J'aurais dû lui demander son numéro de téléphone. Peut-être aurait-elle accepté de me prendre Bella pour quelques heures. Juste histoire de me permettre de démarrer un job. Avec l'argent gagné le premier jour, j'aurais pu payer une baby-sitter dès le lendemain. A supposer du moins que je trouve du travail pour deux jours d'affilée. J'en avais mal à la tête à force d'essayer de combiner des solutions.

Car l'autre problème avec la « Craigslist », c'était qu'ils ne proposaient que des petits boulots qui, pour la plupart, ne dépassaient pas la journée. Déménager un couple âgé d'une maison vers un appartement. Réparer des toilettes. Repeindre une pièce. J'ai fini par appeler une dame qui proposait ses services pour le baby-sitting. Mais la « dame » en question s'est trouvée être une gamine de seize ans dont la voix absente au téléphone semblait indiquer qu'elle avait bu plus que de raison ou fumé. Pendant que je lui parlais, je regardais Bella glisser dans ses balles en plastique, les bras brandis vers le ciel. Elle avait l'air heureuse. Je lui ai souri et j'ai raccroché au nez de l'adolescente défoncée. Il était hors de question que je confie Bella à une inconnue.

J'en voulais à mort à Savannah. Au point même d'utiliser quelques-unes de mes précieuses unités de téléphone pour l'appeler. J'étais d'humeur à l'incendier copieusement mais je suis tombé sur son répondeur, comme chaque fois que je composais son numéro depuis mon entrevue avec Roy. En voyant mon nom apparaître sur l'écran, elle devait se payer un fou rire en songeant à la bonne blague qu'elle m'avait faite. Mais le jour où je l'aurais sous la main, elle entendrait parler de moi. S'amuser à me faire un coup vache était une chose. Mais on ne jouait pas impunément avec le bien-être de ma fille.

J'avais fait le tour des numéros à appeler. Par acquit de conscience, j'ai joint mon ancien patron, à Carolina Beach, pour voir si, par hasard, une place se serait libérée. Mais lorsqu'il m'a répondu, c'était de Washington, où il était temporairement installé chez son frère... dans l'espoir de trouver du travail dans une grande ville. La nouvelle a achevé de me terrifier. Ce gars-là, c'était un dieu, dans le métier. Si lui qui savait tout faire ne trouvait plus de clients, je n'avais strictement aucune chance. Rester à Raleigh était ce que j'avais de mieux à faire. C'était en tout cas la moins pourrie de toutes les solutions qui se présentaient à moi.

— Papa !

Bella avait quitté l'aire de jeux et arrivait vers moi au pas de course.

— J'ai trouvé un gros argent !

Elle tenait une coupure fripée dans sa petite main et

j'ai tendu la mienne pour qu'elle la dépose sur ma paume. *Vingt dollars.*

J'ai jeté un coup d'œil vers l'aire de jeux. Un billet de banque égaré appartenait à celui qui l'avait trouvé, non ? Il y avait juste un hic : quels parents enverraient un enfant de cet âge jouer avec vingt dollars sur lui ?

— Il était où, ce billet, Bella ?

J'ai regardé de nouveau en direction de la mer de balles. Tant de choses pouvaient être enfouies là-dessous…

— Dans ma posse !

— Ta poche ? Quelle poche ?

Elle a désigné la gauche de son pantalon.

— Tu es sûre, Bella ? Il n'était pas au milieu des balles, plutôt ?

Mais alors même que je posais la question, j'ai *su* d'où venaient ces vingt dollars. *Erin*. Je l'ai revue faire la lecture, avec Bella qui écoutait, blottie entre ses bras. Le feu m'est monté aux joues. J'étais mortifié. *Merde*. Pourquoi avait-elle fait ça ? J'avais besoin de ma dignité plus encore que de son argent — ou, pire même, que de sa pitié. Elle ne pouvait donc pas respecter ma fierté ? Plus moyen de retourner dans ce café, maintenant. Elle avait tout gâché.

En même temps, je regardais ce billet de vingt dollars et je voyais un kilo de carottes, deux pommes, et peut-être un peu de raisin que Bella adorait… Plus quelques litres d'essence pour la voiture. J'ai laissé échapper un soupir.

— Tu veux bien que je le garde dans mon portefeuille, Bella ?

— On va le mette dans mon sac rose !

Son sac et son doudou étaient posés à côté de moi sur la table.

— Tu sais quoi ? On va faire un petit tour à Target dans un moment et je me servirai du billet pour nous acheter à manger. Puis tu garderas la monnaie dans ton sac, d'accord ?

— Acheter à manger quoi ?

— Du raisin, par exemple ?

Elle a écarquillé les yeux.

183

— Oh oui, papa !

Son visage traduisait une joie si simple et si spontanée que je me suis mis à rire. Je lui ai pris la tête entre les mains et me suis penché pour l'embrasser sur le front. Au passage, j'ai capté une bouffée de transpiration de petite fille. Je me demandais bien quel genre d'odeur je dégageais de mon côté... Il nous fallait une chambre de motel. Une vraie douche. Une laverie automatique.

— Je peux jouer encore un peu, papa ?

Bella avait les yeux brillants de joie. J'ai rangé le billet dans mon portefeuille.

— Vas-y, ma puce. Tu as tout le temps qu'il te faut.

Je me suis renversé contre mon dossier et je l'ai regardée s'amuser avec une autre petite fille de son âge. J'étais prisonnier de ce fast-food. Prisonnier de ce centre commercial gigantesque bourré de magasins où je ne pouvais rien acheter, à l'exception de quelques prudentes incursions au supermarché. La plage était à des millions de kilomètres d'ici. Je me suis vu marchant sur le sable, les pieds caressés par les vagues où se mêlaient désormais les cendres de ma mère, à ramasser les plus beaux coquillages du monde que la nature offrait sans contrepartie et j'ai senti les larmes me monter aux yeux. J'ai dû cligner un peu des paupières pour chasser ces images douloureuses.

Cinq cents dollars. Cinq cents dollars en échange de quelques heures de travail. Roy le faisait tout le temps. Cinq cents dollars, en cet instant, me faisaient l'effet d'un million. Je pourrais nous prendre une chambre pour quelques nuits. Avec un bain, une télévision, un téléphone. Acheter des repas sains à ma fille. Prendre un nouveau départ.

Je n'aurais rien d'autre à faire qu'à *conduire*. Et Roy avait dit que ce n'était pas bien méchant. Le vol proprement dit, je ne le commettrais pas moi-même. Serait-ce d'ailleurs si amoral de donner un coup de pouce à de jeunes parents dans le besoin ? Des parents dans la même situation que moi. Si Bella avait encore été en âge de prendre du lait infantile, qu'aurais-je fait pour la nourrir, dans ma situation actuelle ? Je pouvais aider une famille monoparentale en difficulté.

Le raisonnement était bancal, bien sûr. Mais j'ai évité de me pencher sur les failles du discours que je me tenais à moi-même. Ma seule alternative serait d'aller voir une assistante sociale. Mais à tous les coups ils m'enlèveraient Bella.

Et si Roy avait déjà trouvé quelqu'un d'autre ? J'ai été pris d'une soudaine sensation de panique. C'était la seule chance que j'avais de ne pas couler corps et biens en entraînant ma fille dans le naufrage. *Cinq cents dollars.* Pourquoi me raccrocher toujours à de vieux principes moraux rigides ? Dans ma situation, il faudrait être un idiot fini pour laisser passer une telle opportunité.

Ma décision était prise. Mais que ferais-je de Bella ? Je me suis visualisé avec ma fille sur la banquette arrière, pendant que je conduirais de nuit avec Roy et son copain — deux sinistres abrutis, à n'en pas douter. L'idée d'imposer leur compagnie à Bella m'a donné envie de vomir.

C'est alors que je me suis souvenu d'Erin.

185

20. Robin

2007

Après avoir fait l'amour pour la dernière fois avec Travis, j'ai eu des règles courtes et peu abondantes — plutôt des saignements, en vérité. Mes cycles avaient toujours été irréguliers à cause de mon traitement pour le cœur. Et puis entre l'infarctus, l'hospitalisation et la tristesse d'avoir perdu Travis, les caprices de mon cycle constituaient le cadet de mes soucis. Je suis donc tombée des nues lorsque mon médecin m'a annoncé que j'étais *enceinte de quatre bons mois*. Mon père et lui ont été formels : vu mon état de santé, l'avortement thérapeutique s'imposait comme une évidence. Les médicaments que je prenais pouvaient provoquer des anomalies congénitales, et la fragilité de mon cœur ne me permettrait pas de mener une grossesse à terme. *Demain, tu seras peut-être morte.* Ce leitmotiv a de nouveau joué dans ma tête. Ce bébé arrivait comme un trait d'union inespéré qui me reliait de nouveau à Travis. Je m'étais bien remise de ma crise cardiaque et je ne me sentais pas plus malade qu'avant. Je me suis donc cabrée et j'ai refusé l'avortement. Terrassé, mon père est allé jusqu'à *me traîner en justice*. Il réclamait un droit de tutelle en arguant que je représentais un danger pour moi-même. Mais le juge était *pro-life* à fond et a pris mon parti dès le début.

J'ai décidé de reprendre contact avec Travis, même si je ne savais plus rien, désormais, de ses dispositions envers moi. M'avait-il oubliée ? Etait-il avec une autre fille ? J'ai déclaré à mon père qu'il *fallait* appeler Travis, qu'il avait le droit de savoir. Peut-être que lui ne voulait plus rien avoir à faire avec moi, mais il devait être informé de sa paternité. Même si je m'en défendais, j'étais consciente de nourrir l'espoir secret que le bébé nous réunirait de nouveau. Mon père m'a rétorqué qu'il était hors de question qu'il tolère un retour de Travis dans ma vie. Mais la première victoire que j'avais obtenue contre lui en le combattant en justice m'avait mis du cœur au ventre. J'ai donc rédigé un second mail à l'intention de Travis où je lui demandais de reprendre contact avec moi pour une question très importante. Des mois s'étaient écoulés depuis que mon père l'avait menacé dans le couloir des urgences. Je pensais que notre histoire avait été suffisamment forte pour qu'il accepte au moins de m'entendre. Mais il ne s'est pas manifesté. Pour moi, le choc a été brutal. Qu'il fasse la sourde oreille à un moment de ma vie où j'avais vraiment, vraiment besoin de lui m'a plongée dans des abîmes de désarroi. Je me suis souvenue de ce que mon père avait dit sur le feu de paille des amours adolescentes. La vie lui donnerait-elle raison, finalement ? Peut-être que pour Travis je n'avais été qu'une amourette.

Pour pouvoir poursuivre ma grossesse, j'ai dû renoncer à une partie de mon traitement. Ça a été l'occasion pour moi de découvrir à quel point j'étais *réellement* malade. Les médicaments avaient maintenu mon état stable. Sans eux, j'ai progressivement perdu mes forces. Très vite, je suis tombée dans une faiblesse telle que mon père a congédié mon prof particulier pour le remplacer par une infirmière à domicile. Je restais presque tout le temps clouée au lit, dans un état semi-somnolent. Les échographies que je passais à intervalles réguliers montraient chaque fois un fœtus parfaitement normal et bien formé. Tout le monde semblait sidéré que ma petite fille soit en bonne santé. J'ai encore eu la force de me réjouir de lui avoir offert une chance de vivre. A demi gisante dans mon lit, je la sentais bouger, se tourner, frapper mon ventre des poings et des pieds, et je priais pour qu'elle continue sur cette belle lancée. Je l'espérais pleine de combativité car j'étais en train de perdre la mienne. Mon plus gros effort de la journée consistait à me traîner jusqu'à la salle de bains sans m'écrouler.

Treize semaines avant mon terme, j'ai été hospitalisée pour le restant de ma grossesse. Et ma cardiopathie poursuivait sa progression inexorable. Des douzaines de médecins ont investi ma chambre tour à tour, chacun y allant de son mélange de médicaments en perfusions, luttant avec toutes les armes en leur possession pour maintenir en vie la ridicule adolescente butée. C'est alors que j'ai compris ce que je m'étais refusé à admettre jusque-là : mon père avait eu *raison*. J'avais présumé de mes forces et je ne mènerais pas cette grossesse jusqu'à son terme.

Deux semaines encore se sont écoulées ainsi. Je n'avais plus besoin ni de mon père, ni de mon médecin, ni de l'assistante sociale pour me convaincre que, même si je survivais à l'aventure — ce qui n'était pas gagné —, je ne serais de toute façon pas assez vaillante pour être mère. D'ailleurs, je n'en voulais même plus, de cet enfant. J'avais été si stupide ! Mon père a fait appel à un avocat pour m'aider dans les démarches qui conduiraient à l'abandon de mes droits maternels. L'homme de loi s'est déplacé jusqu'à ma chambre d'hôpital, il a redressé mon lit pour me hisser en position assise et a ouvert un site Web qui recensait des centaines de couples, tous désireux de fonder une famille. J'étais trop faible et fatiguée pour me soucier de quoi que ce soit, à ce stade, et leurs photos et leurs profils se sont très vite mélangés dans ma tête. J'ai fini par pousser un soupir.

— Cela m'est égal, vraiment. Choisissez, vous.

Il a paru hésiter.

— Ecoute... Je vais restreindre le choix à trois couples. Et je te parlerai de chacun d'eux, d'accord ? Comme ça, tu pourras prendre toi-même ta décision. Si... je veux dire, *quand* tu guériras, je ne veux pas que tu aies le sentiment qu'on t'a forcé la main.

Il m'a décrit trois couples, mais j'étais trop hébétée par

la maladie pour les distinguer clairement les uns des autres. C'était lequel des trois, déjà, où le gars travaillait chez IBM ? Qui était la femme qui avait perdu trois bébés ? Et celui où le mari, pilote de l'air, avait décidé de tout arrêter pour devenir un père à domicile ?

J'ai fini par trancher, un peu au hasard.

— Celui du milieu.

Il me semblait avoir entendu que le deuxième couple était riche. Puisque ma fille ne pouvait pas m'avoir moi, je voulais qu'elle puisse au moins disposer de tout le reste.

— Les Richardson, alors.

L'avocat a fermé son ordinateur avec une expression réjouie.

— Tu vas faire des heureux, Robin. Et plus tard, quand tu iras mieux, tu pourras t'impliquer autant que tu le souhaiteras dans la vie de ta fille.

J'ai secoué faiblement la tête.

— Tout ce que je veux, c'est qu'elle sorte de moi. Elle me tue.

Il a reculé d'un pas. Je l'avais choqué, en ai-je conclu. J'étais trop fatiguée pour lui expliquer que je n'avais pas vraiment voulu dire une chose pareille. Ou peut-être que si, au fond. Peut-être que je regrettais vraiment de m'être battue comme une lionne pour garder mon bébé. Cette vie en moi me tuait bel et bien. Je ferais tout ce qui était en mon pouvoir pour lui assurer les meilleures conditions de vie possibles. Mais j'étais en colère qu'elle menace de me faucher vive sur son passage.

Tous les jours, un nouveau médecin, homme ou femme, venait m'expliquer quel nouveau protocole thérapeutique il/elle comptait m'appliquer pour tenter de nous sauver, mon enfant et moi. Mais je perdais peu à peu la capacité de saisir ce qu'ils me disaient. Je savais qu'ils m'annonçaient une naissance anticipée. Je savais qu'ils me feraient une césarienne. Je savais que je ne quitterais pas l'hôpital avant qu'ils aient trouvé un nouveau cœur pour moi. Je savais que ce qui m'arrivait, je l'avais voulu, puisque j'avais choisi de donner la vie aux dépens de la mienne. A chaque jour qui passait, les paroles des soignants devenaient plus floues, plus lointaines. Jusqu'au moment où j'ai glissé dans une absence où il ne m'a plus été possible de les entendre *du tout*.

Un jour, alors que je végétais dans l'entre-deux opaque qui n'était ni tout à fait la mort ni tout à fait la vie, j'ai distingué un visage de femme penché sur le mien. Elle tenait quelque chose dans ses mains. Un carnet ou un dossier médical, je ne savais pas trop. Elle a soulevé légèrement le masque à oxygène qui me couvrait le visage.

— Vous êtes réveillée, Robin ? Il me faut le nom du papa du bébé pour le registre d'état civil.

— Je ne dois pas…, ai-je marmonné en tentant de me souvenir de ce que m'avait dit mon père au sujet de l'acte de naissance.

— Hou hou ? Vous êtes réveillée, mon petit ? Qui est le papa de votre bébé ?

— *Travis Brown*, ai-je chuchoté.

Et ça a été un plaisir presque voluptueux de sentir les syllabes de son nom couler sur mes lèvres.

La femme avait déjà quitté la chambre lorsque je me suis souvenue que c'étaient justement les deux mots que mon père m'avait fait jurer de ne plus *jamais* prononcer.

21. Erin

En me garant devant la maison que j'avais partagée avec Michael pendant les dix années écoulées, j'ai été déçue d'apercevoir sa voiture par la partie vitrée de la porte du garage. A 5 heures de l'après-midi, j'avais espéré le devancer et faire ce que j'avais à faire sans avoir à parler à mon mari. Il devait être occupé à son jeu, devant son ordinateur de bureau, au premier étage. Y aurait-il moyen de me glisser dans la chambre sur la pointe des pieds, sans qu'il s'avise de mon passage ?

Ce matin, nous avions eu une longue conversation au Coup d'Envoi, Travis et moi. A la façon dont il s'était servi de mon iPad, j'avais vu qu'il semblait à l'aise avec tout ce qui était informatique. Lorsque je lui en avais fait la remarque, il m'avait expliqué qu'il avait eu l'occasion d'utiliser le Mac d'un ami pour dessiner des meubles d'ébénisterie. Au fil de la conversation, j'en suis arrivée, je ne sais trop comment, à lui dire que Michael était concepteur de jeux informatiques. Travis avait paru fasciné.

— Alors là. Je ne savais pas qu'on pouvait gagner sa vie à plein temps en inventant des jeux. C'est cool !

— Ce ne sont pas des jeux tout à fait comme les autres. Ils sont collaboratifs. Des milliers de personnes peuvent jouer en même temps. Le but n'est pas de gagner mais d'essayer de résoudre un vrai problème de société. Comme la crise de l'énergie ou la prévention des feux de forêt, par exemple. Il a gagné un prix pour un jeu qui visait à la guérison d'un type particulier de cancer.

Tout en parlant, je sentais mon ancienne fierté pour Michael refaire momentanément surface.

— C'est vraiment génial, comme principe !

Travis s'était montré enthousiaste. Je me demandais comment quelqu'un qui ne trouvait pas de travail, qui avait un enfant à nourrir et probablement pas même un toit au-dessus de sa tête pouvait envisager d'une façon positive que l'on consacre sa vie à inventer des *jeux*.

Très vite, je suis retombée en mode « dénigrement de Michael », une attitude où je me sentais plus à l'aise, ces temps-ci.

— Il croit qu'avec des jeux on peut rendre le monde meilleur. C'est un doux rêveur.

— Je suis sûr que c'est quelqu'un de valable, ton Michael.

J'ai hoché la tête. Car il aurait fallu être de très mauvaise foi pour soutenir le contraire. Il me manquait tout à coup… J'avais la nostalgie de notre vie d'avant, du couple que nous formions avant que tout s'effondre.

— C'est vrai. C'est quelqu'un de bien.

Notre maison de style Craftsman datait des années trente. Exiguë mais pleine de charme, elle était située à Five Points, mon quartier préféré à Raleigh. J'étais amoureuse de cette maison, même si l'espace y était restreint. Nous nous étions préparés à déménager dès que notre second enfant serait en route et nous avions mis de l'argent de côté dans ce but. Mais nous n'avions plus désormais aucune raison d'aller où que ce soit, bien sûr. Et nos économies servaient à financer mon loyer.

J'ai coupé le contact et emprunté la courte allée pavée qui menait à la porte de derrière. Combien de centaines de fois déjà mes pas m'avaient-ils portée sur ce trajet familier entre tous ? Combien de fois avais-je joué avec mon trousseau pour trouver la clé de la porte avant de gravir les marches de bois qui menaient au perron ? Des marches que Michael avait peintes, ai-je noté au passage. Avant mon départ, déjà, il avait changé plusieurs lattes usées. Cet escalier avait fait partie des nombreuses corvées d'entretien auxquelles il s'était adonné pour éviter de penser à l'impensable. Tout ce que je l'avais supplié de faire pendant des années avait soudain été accompli comme par miracle.

J'allais introduire ma clé dans la serrure lorsque la porte s'est ouverte. Michael m'a accueillie avec un sourire tellement réjoui que j'ai soudain redouté qu'il n'interprète mon passage en coup de vent comme un retour définitif au bercail.

— Erin ! Cela me fait plaisir de te voir !

— A moi aussi, lui ai-je répondu poliment.

Même si je n'avais pas souhaité trouver Michael à la maison, sa présence, brusquement, m'a bouleversée. Je ne m'étais pas attendue *du tout* à une telle réaction. Nous nous sommes pris maladroitement dans les bras l'un de l'autre. Je l'ai embrassé sur la joue sans réfléchir et mon corps, ce traître, a réagi de façon viscérale lorsque l'odeur familière de sa lotion après-rasage m'a frappée à l'improviste. Je me suis détachée de Michael et j'ai reculé d'un pas.

— Je suis désolée de débarquer ici sans prévenir, mais il faut que je récupère quelques affaires.

J'ai fait deux ou trois pas dans la cuisine et posé mon sac sur le bar. Michael a désigné du menton le paquet de spaghettis sur le plan de travail.

— Tu veux partager mon royal dîner quand tu auras fini ?

— Merci, non. Je ne peux pas.

Les pâtes figuraient-elles tous les soirs à son menu ? Cette pensée m'a culpabilisée. De nous deux, c'était moi la cuisinière. Lui avait plutôt été préposé au ménage.

— Je reprends le travail la semaine prochaine et j'ai besoin de quelques vêtements.

C'était un mensonge. J'avais emporté toutes les tenues dont je pouvais avoir besoin en partant de la maison. Lorsqu'on travaillait en blouse blanche, les besoins en garde-robe restaient d'ailleurs limités. Ce que j'étais venue chercher à la maison se trouvait dans la chambre de Carolyn : des livres que je pourrais donner à Bella. Peut-être aussi un jouet ou deux. Quelque chose de menu qu'elle glisserait dans son sac rose avec ses trois autres trésors.

— C'est génial, Erin. Cela te fera du bien de reprendre le travail.

— Oui, sans doute.

— Tu as besoin d'aide ? m'a-t-il demandé alors que je me dirigeais déjà vers l'escalier.

— Non merci.

— Appelle-moi si tu changes d'avis.

J'ai monté les marches en espérant qu'il resterait dans la cuisine. Je n'avais pas envie de lui expliquer ce que je faisais dans la chambre de Carolyn — une pièce où je ne m'étais plus aventurée que par le regard depuis qu'elle était morte. Et encore. Le simple coup d'œil que j'avais jeté à l'intérieur m'avait anéantie. Je m'étais préparée psychologiquement pendant le trajet, visualisant ma traversée de la chambre pour me diriger tout droit vers la bibliothèque. J'avais déjà déterminé par avance quels livres je prendrais. Ceux de Winnie l'Ourson, pour lesquels Carolyn avait été à la fois un peu trop jeune et un peu trop remuante, mais je pensais qu'ils pourraient convenir à Bella. Il y avait également un album avec un agneau aux yeux bleus quelque part sur ces étagères. Celui-là aussi devrait plaire à Bella, qui ne se séparait jamais de son petit mouton en peluche. Je l'imaginais blottie sur mes genoux pendant que je lui ferais la lecture — pendant que j'élargirais ses horizons en lui faisant connaître de nouveaux univers. C'était inimaginable pour un enfant de n'avoir que *Le Chat chapeauté* pour seule lecture. Carolyn avait eu tant de chance... Nous avions tous eu de la chance, fut un temps.

Arrivée sur le palier, je me suis vue accroupie devant la bibliothèque de ma fille, à choisir quelques albums, puis levant les yeux vers l'étagère à peluches pour en sélectionner une. La girafe, peut-être. Carolyn ne s'y était jamais beaucoup intéressée, donc elle serait encore comme neuve. La girafe n'aurait pas conservé sur elle l'odeur de ma fille. Les peluches préférées de Carolyn avaient toujours été alignées sur son oreiller, et j'imaginais qu'elles s'y trouvaient encore

— à l'exception du chien marron tout doux qu'elle avait eu avec elle à l'occasion de notre excursion à Atlantic Beach.

Le couloir était long et les lattes de bois du vieux parquet craquaient là où elles avaient toujours craqué. Ce son familier éveillait en moi une surprenante nostalgie. A l'autre bout du palier, la porte de notre chambre à coucher était entrouverte. Celle que Michael et moi partagions. Il y avait également la chambre d'amis qui, dans le temps, me servait aussi de bureau. La salle de bains. La porte donnant accès à l'escalier du grenier. La dernière était celle de la chambre de Carolyn. Fermée, contrairement aux quatre autres. Accroché à la poignée pendait le petit panonceau qu'elle avait fabriqué à l'école maternelle une semaine avant de mourir. Sous une fleur en feutrine, son prénom était écrit en perles de bois, avec le Y et le N tout rabougris dans un coin parce que CAROL avait déjà pris toute la place. Je me suis immobilisée dans le couloir pour regarder la pancarte, me souvenant à quel point elle l'avait adorée. A quel point elle avait été fière, parce que sa maîtresse lui avait dit qu'elle avait choisi des couleurs qui s'harmonisaient si joliment. « Harmoniser » était devenu le nouveau mot de la semaine.

« Est-ce qu'elles *zarmonisent* ces couleurs, maman ? », demandait-elle, sourcils froncés, en feuilletant ses livres d'images. Puis la même question revenait pour le choix d'un T-shirt à assortir avec son short préféré. Debout dans la cuisine, Michael et moi avions entonné une version un peu bancale d'une vieille chanson de blues pour tenter de lui faire percevoir un second sens du mot « harmonie ». Carolyn avait porté les mains à sa tête en grimaçant. « Arrêtez ! Vous me faites mal aux oreilles ! »

Michael et moi avions ri. Même maintenant, en y repensant, un sourire me venait aux lèvres. Lorsque j'en ai pris conscience, il a été trop tard pour le réprimer.

« Un jour, les souvenirs de Carolyn vous feront sourire en même temps qu'ils vous feront pleurer », avait prédit Judith.

Je ne l'avais pas crue. Pour moi, sourire, c'était trahir. Là, debout devant la chambre de ma fille, ma première pensée a été : *Je n'en dirai rien à Judith*. Mais pourquoi ce refus ? Parce que ce sourire constituait un « progrès » ? Et que l'idée de progrès m'apparaissait comme synonyme d'abandon ?

— Je ne te laisserai jamais tomber, ma chérie, ai-je chuchoté à ma fille en tournant la poignée de sa porte.

J'ai ouvert et je suis demeurée sur le seuil un moment, à reprendre connaissance des lieux. La pièce sentait le renfermé et il n'y avait plus trace de l'odeur de Carolyn. Son odeur, sa chère odeur, était perdue pour toujours, à présent. Michael avait-il ouvert la fenêtre pour la chasser de la chambre ou bien les infimes mouvements de l'air au cours des mois passés avaient-ils simplement fini par l'emporter ? Son lit de grande fille était fait depuis le vendredi matin où nous étions partis tous les trois pour la plage en laissant sa chambre nette et les draps bien tirés. Cinq peluches étaient disposées sur le couvre-lit bleu et vert que Carolyn avait choisi elle-même. « Elles zarmonisent, ces couleurs, maman ? » Dans un coin de la chambre était disposée sa « vraie cuisine » de petite fille, et du côté opposé se trouvaient une table basse avec deux petites chaises. Les albums d'autocollants, les livres de coloriage, les crayons de couleur et les petits pots de pâte à modeler étaient disposés avec soin sur une moitié de la table.

— Je t'aime, ai-je chuchoté en m'adressant à l'air immobile où flottait une odeur un peu passée. Je t'aimerai toujours, toujours.

De l'autre côté de la pièce, juste en face de moi, se trouvait la bibliothèque. Large et basse, elle rentrait juste sous la fenêtre. Le dos des livres était visible et, de là où je me tenais, j'avais déjà repéré les titres de certains de ceux que je comptais prendre. Pour les autres, il me faudrait fouiller un peu. En cinq pas tout au plus, j'aurais traversé la chambre. Il me faudrait au plus une minute pour m'accroupir et sélectionner les albums requis. Mais je restais paralysée sur le pas de la porte. Le sol de la chambre de Carolyn aurait pu tout aussi bien être le gouffre du Grand Canyon.

— Erin ?

Au son de la voix de Michael derrière moi, je me suis retournée lentement. Je ne l'avais pas entendu monter l'escalier.

— Je n'ai pas touché à sa chambre, tu vois.

— Je sais. Merci.

Il est venu se tenir à côté de moi.

— Voudrais-tu que… Je ne sais pas… Cela t'aiderait que nous commencions un peu à regarder ses affaires ? A faire un premier tri ?

— Je ne suis vraiment pas prête, non. Pour le moment, je ne me sens même pas encore capable de *toucher* quoi que ce soit.

Peut-être était-ce la raison pour laquelle je ne pouvais pas traverser la pièce pour prendre les livres. C'était comme retirer Carolyn elle-même de la chambre. Fragment par fragment. Un livre par-ci, un jouet par-là. Jusqu'à ce qu'il ne reste plus rien de ma fille.

— O.K., comme tu voudras. Je pensais juste…

Sa voix s'est perdue dans un murmure.

— Sérieusement, j'ai fait trois fois trop de pâtes. Comment te débrouillais-tu toujours pour préparer la quantité exacte ?

— Tu te souviens qu'elle nous demandait tout le temps si les couleurs s'harmonisaient ensemble ? Et quand nous lui avons chanté cet air, tous les deux, dans la cuisine, et qu'elle s'est bouché les oreilles ?

— Oui, je me souviens.

Michael me parlait sur le ton calme, mesuré, qu'il prenait avec moi depuis que les choses avaient commencé à dégénérer entre nous. Comme s'il craignait en permanence que je ne relève un mot, une inflexion pour partir dans une de mes folles tirades d'hystérique. Je ne pouvais décemment lui reprocher la prudence de son attitude.

— Cela t'arrive d'entrer dans sa chambre, Michael ?

— Non, jamais. Je n'aime pas. C'est trop dur.

Il a posé avec précaution sa main dans mon dos.

— Je crois que nous devrions donner ses jouets et ses vêtements, Erin. Ce serait…

— *Stop.* Je sais ce que tu veux. Virer toutes ses affaires et mettre des appareils de muscu à la place. Mais je refuse que…

— Ce n'est pas du tout ce que j'allais te proposer.

Il a soupiré et laissé retomber sa main.

— Ecoute, je vais redescendre. Tout ce que je voulais te dire, c'est que cette maison reste la tienne. Tu es chez toi, ici, et tu peux venir quand tu veux. Tu n'as pas à t'excuser si tu viens sans prévenir. Tu me manques, Erin.

— C'est la femme que j'étais qui te manque.

Moi aussi, je gardais la nostalgie de notre ancien « nous ».

— Mais celle que je suis devenue, tu ne peux pas la regretter, honnêtement.

Les mains fourrées dans les poches, il a fixé le sol à ses pieds.

— Ça se passe comment, alors, avec Judith ?

Michael avait focalisé tous ses espoirs sur la cure magique.

— Ça va.

J'ai fait un pas en arrière dans le couloir et refermé la porte de la chambre de Carolyn.

— O.K. Je vais prendre les affaires dont j'ai besoin, puis je rentrerai chez moi.

Je savais que je ne prélèverais aucun livre de ma fille pour l'apporter au *coffee shop* le lendemain et le lire à Bella. Je me contenterais de tirer de mon placard quelques vêtements dont je n'avais pas besoin. Puis je reprendrais le volant de ma voiture et retournerais me réfugier dans mon no man's land désincarné, avec vue sur le centre commercial.

22. Robin

Assise dans la boutique de mariage avec Hannah sur les genoux, les yeux rivés sur son visage expressif, je lui parlais tout bas et l'écoutais gazouiller en réponse. Elle était âgée d'un mois à présent, et je ne repérais chez elle aucune ressemblance avec Alissa en particulier, ou avec les Hendricks dans leur ensemble. Ses cheveux étaient blonds et rebelles, et elle avait gardé les yeux gris-bleu assez sombres qu'elle avait à la naissance. Des yeux qui, je l'aurais juré, suivaient chacun de mes mouvements, même si Mollie me soutenait que ce n'était pas encore possible, à son âge.

Ma future belle-mère tournait autour du petit podium où une Alissa plus renfrognée que jamais regardait la couturière marquer l'ourlet de son élégante robe noire de demoiselle d'honneur.

— Je vous l'avais dit que je ne rentrerais jamais dans ce machin !

La robe était effectivement un peu trop ajustée par endroits. Commander sa future tenue alors qu'elle était enceinte avait été une gageure. Impossible de prédire à l'avance le poids qu'elle aurait perdu à la date du mariage.

J'ai souri avec affection à l'adolescente.

— Tu es très belle dans cette robe, Ali. Et tu perdras probablement encore un kilo d'ici le mariage. Là, elle t'ira comme un gant.

— Et si je ne le perds pas ? Et vous avez vu mes seins ? Ils sont encore énormes !

199

— Autant en profiter tant que cela dure, lui a répliqué Mollie.

J'aimais bien ce côté, chez ma future belle-mère. Les apparences comptaient à ses yeux et elle était sans doute consternée de voir sa fille boudinée dans sa robe. Mais elle n'en faisait pas un drame, bien au contraire. Et j'appréciais son authentique gentillesse. Quant à Alissa, je voyais à quel point elle se sentait complexée sur cette estrade. Ce mal-être physique ajouté à son état dépressif achevait de l'accabler. Je savais mieux que personne à quel point elle était malheureuse. Elle se confiait de plus en plus à moi maintenant et je savais qu'elle traversait un authentique chagrin d'amour. Sa relation avec Will avait été plus intense, plus profonde que nous ne l'avions cru, ses parents, Dale et moi. Et elle durait depuis déjà quelque temps. Non seulement son ami Jess l'avait couverte pour ses rendez-vous secrets avec Will, mais Alissa s'était échappée régulièrement de la maison parentale en pleine nuit pour retrouver son petit ami dans l'ancien cimetière. Elle me rapportait les mots tendres que Will avait prononcés, me parlait des preuves de sollicitude qu'il lui avait données, et des projets qu'ils avaient eus pour l'avenir. Chaque fois que je me représentais leurs rencontres clandestines, le visage de Will changeait de contours dans ma tête et finissait par adopter les traits de Travis.

Mon tour sur le podium était déjà passé. Il y avait déjà quelque temps que la couturière avait repris la robe de mariage de Mollie pour l'adapter à ma silhouette. Et elle n'avait plus eu, aujourd'hui, qu'à rectifier l'ourlet. Pendant qu'elle s'activait, j'avais gardé les yeux rivés sur le miroir. La robe de mariée était une authentique œuvre d'art. La seule modification apportée avait été un gracieux ajout de dentelle au niveau du décolleté pour dissimuler ma cicatrice. Mais j'avais eu beau scruter mon reflet, à aucun moment il ne m'avait séduite. Peut-être parce que j'avais les cheveux défaits, un peu mous, et que je n'étais pas maquillée ? Malgré la magnifique robe, je ne me trouvais pas une allure de mariée. Je ressemblais à une fille qui s'amuse à se travestir avec les vêtements d'une autre. La couturière et Mollie ne cessaient de s'extasier en poussant des « oh ! » et des « ah ! », mais je me demandais si elles voyaient, elles aussi, à quel point j'avais l'air factice. J'avais éprouvé le même sentiment d'imposture, hier, chez le joaillier où Mollie m'avait conduite pour faire mettre à ma taille l'alliance qui avait appartenu à la grand-mère de Dale. J'avais déjà eu droit à sa bague de fiançailles, avec un diamant de taille si imposante que je me sentais presque ridicule lorsque je la portais. Avec l'alliance, ce serait une nouvelle série de petits diamants qui se retrouverait à mon doigt. De fait, le bijoutier avait effleuré le bout de mon annulaire.

« Je peux vous donner l'adresse d'une excellente manucure, mademoiselle. »

Mollie s'était contentée de rire alors que je repliais nerveusement au creux de ma paume mes doigts aux ongles approximatifs. Mais je m'étais demandé si, au fond, elle ne partageait pas l'avis du joaillier.

Pour le moment, mes mains non manucurées glissaient dans les cheveux de Hannah et mes yeux étaient rivés sur son visage. Je tenais les cuisses serrées l'une contre l'autre et elle reposait dans le creux de mes jambes, avec la tête près de mes genoux. J'adorais la tenir de cette façon qui me permettait de la regarder sourire et gigoter. Quelqu'un avait-il tenu mon propre enfant ainsi, pour plonger les yeux dans les siens et lui sourire, le cœur débordant d'amour ? Le sentiment que j'éprouvais pour Hannah était si profond et si pur... De ma vie, je n'avais encore jamais rien connu de tel.

Tôt ce matin-là, je m'étais promenée dans le cimetière historique de Beaufort avec un couple âgé venu du Tennessee. Pendant que je leur servais leur petit déjeuner au gîte, ils m'avaient questionnée sur le lieu et j'avais proposé spontanément de les y conduire. Depuis quelques jours, mon moral chancelait. Je venais tout juste d'avoir mes règles, sinon j'aurais cru à un syndrome prémenstruel. Je m'étais dit que le rôle de guide touristique me changerait les idées, d'autant plus que j'adorais le vieux cimetière. L'ombre était profonde et apaisante dans ce berceau de paisible verdure. Et pourtant, la visite guidée ne m'avait pas remonté le moral. Au contraire, même. Cela dit, c'était un cimetière, après tout. Pas l'endroit idéal, a priori, pour aller faire le plein de considérations optimistes.

J'avais montré à mes clients la tombe du chirurgien de l'armée mort le jour même de ses noces, en 1848. Et cette pensée m'avait fait frissonner. Peut-être parce que je me mariais moi-même sous peu. J'ai poursuivi la visite par les vieilles pierres tombales tordues et torturées par les ans des marins, des soldats et des femmes mortes en couches. Le vieux couple me posait mille questions et j'étais fière de pouvoir leur répondre. Dans des occasions telles que celle-ci, je me sentais presque comme une native de Beaufort. J'avais envie d'en être une, en fait.

« Tu le seras par ton mariage, m'avait assuré Mollie. Les gens t'accepteront un peu mieux comme une des leurs. »

J'étais déjà parfaitement bien acceptée ici. Et il m'a fallu un moment pour comprendre qu'elle me parlait d'une forme plus profonde d'acceptation. Une « adoption » qui avait à voir avec le nom, les ancêtres, les origines. Cela m'a rappelé mon père, qui avait décrété que Travis « n'était pas vraiment quelqu'un comme nous ». Mais il fallait bien dire que depuis quelque temps *tout* me rappelait Travis.

Nous avons atteint la tombe de la petite fille enterrée dans un tonneau de rhum.

« Oh ! regardez-moi cela ! » La dame s'était immobilisée devant le seul élément de vulgarité dans le gracieux cimetière. Sur la petite tombe surélevée, les visiteurs avaient déposé une mer de peluches, de jouets et de babioles de toutes sortes. Un drapeau noir avec un portrait du pirate Barbe-Noire, une autre célébrité de Beaufort — peu glorieuse, celle-ci —, surmontait l'ensemble, avec une casquette de base-ball violette accrochée à la pierre tombale devenue illisible.

Je leur ai raconté l'histoire de la petite fille partie en mer avec son père et morte durant la traversée, puis ramenée à terre dans un baril. Même si j'avais déjà fait ce récit des douzaines — que dis-je, des *centaines* — de fois, ma voix s'est étranglée au moment où j'imaginais ce père perdant sa petite fille si loin de chez lui. Nous déambulions dans le cimetière pendant que le couple commentait cette histoire étonnante de corps d'enfant enseveli dans un tonneau lorsque, pour la première fois, j'ai pris conscience de tous les bébés enterrés là. Bon, d'accord, il n'y en avait pas des quantités non plus. Mais leurs petites pierres tombales me sautaient aux yeux, tout à coup. Et j'imaginais chacun d'entre eux vivant dans les bras d'un père aimant. D'une mère aimante. Un parent qui ne se remettrait jamais entièrement de la perte d'un enfant.

Je découvrais que l'être humain avait la faculté d'évacuer un événement de son esprit pendant des semaines, des mois, des années. Cette forme particulière d'amnésie était une protection providentielle, un passeport pour la survie. Car certaines réalités, trop brutales, ne pouvaient trouver leur place au sein du psychisme qu'au prix de la mort ou de la folie. Voilà ce qui s'était passé pour moi avec Travis et le bébé. Je les avais murés hors de mes pensées et l'opération avait parfaitement bien réussi. Jusqu'au moment où j'avais tenu Hannah dans mes bras et que *l'autre* bébé avait commencé à se dessiner en filigrane. Celui que j'avais voulu expulser hors de moi. L'enfant que j'avais décidé de tenir à jamais à l'écart de ma vie.

— Robin ? Tu as entendu ce que je viens de te dire ?

Au son de la voix de Mollie, j'ai relevé la tête. J'avais été tellement absorbée par Hannah et par mes souvenirs de la matinée que j'avais cessé de prêter attention à ce qui se passait autour de moi.

La couturière a ri de bon cœur.

— Comment voulez-vous qu'elle vous entende ? Elle n'a d'yeux que pour ce bébé !

— Il est grand temps que nous la mariions, a déclaré Mollie avec un sourire indulgent. C'est la première fois que je vois un désir de maternité prendre de pareilles proportions.

Mollie m'a posé affectueusement la main sur l'épaule.

— Promets-moi d'attendre que Dale soit élu et aux commandes avant de démarrer une grossesse, d'accord ?

Je lui ai rendu son sourire mais je sentais que le mien manquait de sincérité. Comment aurais-je pu lui répondre que ce n'était pas du bébé de Dale que je rêvais mais *du mien* ? Le bébé que j'avais mis au monde dans un coma profond et que j'associais à un fantôme. A un rêve.

Alissa avait retiré sa robe noire pour renfiler jean et T-shirt. Nous étions prêtes à partir. Je me suis levée, j'ai noué l'écharpe porte-bébé autour de moi et y ai glissé l'enfant. Alors que je quittais la boutique de mariage, mes pensées restaient à des années-lumière de ma réalité présente. Travis vivait-il toujours à Carolina Beach avec ma petite fille ? Et lui avaient-ils parlé de moi, lui et la femme qu'il avait épousée ? J'aurais voulu avoir la certitude qu'elle était une bonne mère. Lui arrivait-il, à cette femme, de se poser des questions sur moi ? Et commençait-elle à sentir un tiraillement du côté de sa fille, alors que je ramenais à moi, millimètre par millimètre, le cordon qui la reliait encore à mon cœur ?

De retour au bed and breakfast, j'ai regardé d'un œil absent par la baie vitrée de ma chambre, presque paralysée par cette même tristesse qui m'avait submergée dans l'ancien cimetière. J'avais peine à définir ce qui n'allait pas chez moi, depuis la naissance de Hannah. Et pourquoi je ne parvenais pas à m'extraire de ma déprime. C'était différent de la dépression que j'avais traversée après ma transplantation — plus comme une chape qui pesait sur moi. Où étaient passées ma gratitude, ma joie de vivre ? Depuis quand considérais-je ma bonne santé comme quelque chose qui allait de soi ? Mon cœur-cadeau devrait déborder de reconnaissance pour tout ce qui allait spectaculairement bien dans ma vie. J'avais, après tout, mille raisons de me réjouir.

Je me suis levée et je suis passée dans la petite pièce qui me servait de bureau pour m'asseoir devant mon ordinateur.

Une fois connectée sur la page Facebook du gîte, j'ai fait une mise à jour.

> Aujourd'hui, j'ai conduit des visiteurs au vieux cimetière. Ils ont été fascinés par la petite fille enterrée dans le baril de rhum.

Puis j'ai cherché dans « Mes images » et trouvé une photo de la tombe que j'ai insérée dans mon post.

Alors seulement, j'ai fait ce que j'avais envie de faire depuis le début de la journée. J'ai entré « Travis Brown » dans le champ de recherche. J'ai retenu mon souffle pendant la seconde qu'il a fallu à Facebook pour faire apparaître la liste de noms. Deux Travis Brown ont surgi, ainsi qu'une série d'occurrences approchantes, du style Travis Browning ou Byron, et autres équivalents. Le premier Travis Brown était noir, ce qui éliminait déjà cette possibilité. Le second n'apparaissait pas en photo mais avait choisi un bateau comme image de profil. Mon cœur s'est mis à battre plus vite. Il ne serait pas surprenant que Travis soit propriétaire d'un bateau, lui qui aimait tant la mer. Surtout s'il vivait toujours à Carolina Beach. Pensait-il à équiper ma fille d'un gilet de sauvetage lorsqu'il l'emmenait naviguer avec lui ? Aucune autre photo n'apparaissait sur le profil public du second Travis Brown, mais j'ai vu qu'il vivait en Floride avec ses deux enfants. Et qu'il était né en *1966*. Pas mon Travis, donc. *Mon* Travis ? C'était bien ainsi que je l'avais formulé dans mes pensées. Pas bon signe.

Mon imagination n'en faisait plus qu'à sa tête et je perdais toute prise sur elle. J'ai cherché « Travis Brown » sur Google et parcouru les résultats, sans succès. Si quelqu'un faisait le même genre de recherches pour moi — Robin Saville —, les occurrences pleuvraient. Il trouverait les chambres d'hôtes, bien sûr. Ainsi qu'une bonne dizaine d'articles sur mes fiançailles avec Dale. Il verrait la photographie réalisée par un professionnel où j'apparaissais avec une parure en perles et vêtue de la petite robe noire offerte par Mollie, les cheveux relevés en chignon, posant comme le rejeton pur cru d'une grande famille du Sud. Pas vraiment moi, donc. Du cru, je l'étais — mais pas issue du beau monde. Peu importe. J'étais prête à passer par ce genre de petite imposture pour favoriser la campagne de Dale.

Donc ce que faisait Travis de sa vie — en admettant qu'il ne soit pas mort, ce que j'excluais d'emblée car je n'aurais pas la force de l'envisager — n'était pas de nature à le rendre repérable pour le radar d'un moteur de recherche. Je me le représentais vivant une existence tranquille avec sa femme et sa fille, à travailler comme un malade pour nourrir sa petite famille.

Cela me rendait à moitié folle d'imaginer les différentes directions qu'avaient pu prendre les vies de Travis et de mon bébé. Je pensais beaucoup, beaucoup trop souvent à lui.

Hier soir, Dale était venu s'asseoir avec moi dans ce même bureau. Pendant que nous comparions nos emplois du temps pour les trois semaines à venir, il avait laissé s'installer l'ombre d'un silence.

— Je sens que tu t'éloignes de moi depuis quelque temps, Robin.

Je m'étais sentie prise la main dans le sac.

— Qu'est-ce qui te fait dire cela ?

— Tu es devenue plus renfermée, plus silencieuse. La perspective du mariage n'a pas l'air de t'exalter beaucoup. Et tu ne me demandes plus de passer la nuit ici avec toi… Avant tu me suppliais de rester, a-t-il précisé avec un sourire où flottait la marque de notre complicité physique.

J'ai détourné les yeux.

— Je suis désolée, Dale. Le mariage me fait un peu peur, je crois. Pas le fait de t'épouser, mais l'idée d'être au centre de l'attention générale. Tu comprends ?

Je me sentais coupable, malhonnête. Comme si je vivais dans le mensonge. Comment pouvais-je me trouver dans la même pièce que Dale — le magnifique Dale — et penser à Travis ? On voyait parfois certaines femmes frappées d'une soudaine folie qui gâchaient leur vie, détruisaient leur famille dans une quête obsessive de quelque ancien petit ami. Je n'avais *aucune* envie de leur ressembler. Dès que nous serions mariés, toutes ces angoisses disparaîtraient comme par magie. Je tablais là-dessus.

— La plupart des femmes adorent être au centre de l'attention le jour de leur mariage.

— Je sais. Et je pense que ce sera aussi mon cas le jour J. C'est juste que… l'attente m'épuise nerveusement, je crois.

Une question m'a traversé l'esprit, comme cela m'était déjà arrivé quelques fois : les médias, d'une façon ou d'une autre, sauraient-ils retracer mon histoire et découvrir que j'avais eu un bébé, de la même manière qu'ils avaient sondé le passé de Debra et appris qu'elle avait déjà été mariée une première fois ? J'aurais dû en parler à Dale tout de suite et m'accommoder des conséquences de mon aveu. Mais pourquoi lui aurais-je parlé d'un événement de mon existence que j'avais occulté si radicalement qu'il aurait aussi bien pu survenir dans la vie de quelqu'un d'autre ?

J'étais en train de déconnecter mon ordinateur lorsque mon téléphone a sonné. Le prénom d'Alissa s'affichait à l'écran. J'ai répondu — et j'ai eu droit aux hurlements de Hannah à l'arrière-plan.

— Robin ? Ça t'ennuierait de venir faire un saut ici ? Gretchen n'arrive pas avant 4 heures et Hannah me rend folle. J'ai tout essayé mais je n'arrive pas à la calmer.

— O.K. J'arrive.

Je me suis dirigée vers la porte sans attendre, soulagée. Me rendre utile, échapper à l'ordinateur et à mes pensées au sujet de Travis, voilà ce dont j'avais besoin. Mes récentes obsessions m'apparaissaient comme une maladie et je refusais d'échanger une pathologie contre une autre. Etre malade du cœur m'avait suffi pour une vie entière. Je n'avais pas envie de remettre cela sous une forme mentale.

J'ai trouvé Alissa dans le petit salon à faire les cent pas avec Hannah dans les bras. Elle lui imprimait de petits mouvements de haut en bas pour tenter de l'apaiser. Sans grand succès, à en juger par les hurlements.

— Tu veux que je te la prenne un moment ?

— Oh putain, oui.

Au choix de son vocabulaire, j'ai compris que ni ses parents ni Dale n'étaient à la maison. J'ai pris le bébé des bras d'Alissa et tenté de le bercer de droite à gauche pour voir si une nouvelle position lui conviendrait. Hannah a continué de hurler d'une façon déchirante qui m'a fendu le cœur.

— Et si on la promenait pour voir ? Cela fait un mois que tu restes enfermée avec elle à la maison alors qu'il fait un temps magnifique. On pourrait inaugurer la nouvelle poussette.

Alissa a rejeté ses longs cheveux auburn dans son dos et les a attachés en queue-de-cheval.

— Et si elle continue de hurler à pleins poumons ? Les gens vont croire qu'on la maltraite ou un truc comme ça.

— Le mouvement la calmera, Alissa.

Cette dernière a poussé un long soupir résigné.

— Bon. Ben, si tu veux…

Nous avons sorti la poussette de la buanderie, à l'arrière de la maison, et nous avons installé Hannah qui continuait de donner de la voix. Il a fallu nous y prendre à deux pour porter la poussette dans l'escalier extérieur. Mais dès que nous nous sommes engagées sur le trottoir, le silence s'est fait.

— Ouah. C'est un miracle, a chuchoté Alissa.

Elle semblait à peine oser y croire.

— En tout cas, nous saurons ce qu'il faut faire, maintenant.

— Si seulement je pouvais la promener comme ça quand elle se met à hurler en pleine nuit !

J'ai souri.

— Tu veux qu'on aille marcher au bord de l'eau ?

— Non, par là, plutôt.

Alissa a orienté la poussette sur Orange Street en tournant le dos à Taylor's Creek.

— Tu es sûre ? C'est tellement agréable de marcher le long du détroit par ce temps.

208

— Trop de monde. Je n'ai pas envie de passer devant les magasins. Tout le monde voudra nous parler, voir Hannah, et tout ça.

Je pouvais comprendre son mouvement de recul. Elle n'avait pas tort de penser que nous attirerions l'attention de la population locale. Partout, désormais, les gens me reconnaissaient à Beaufort. Alissa, elle, était moins repérable, car les Hendricks avaient fait pression pour que son visage n'apparaisse pas dans les journaux. La seule photo d'elle qui circulait dans les médias datait déjà de plusieurs années et elle avait beaucoup changé depuis. Mais en la voyant avec moi, les gens feraient le lien, forcément. Tous sauraient que Robin et Alissa promenaient « l'enfant illégitime que la famille Hendricks avait accueilli avec tant de tolérance et d'ouverture d'esprit ».

— Bon, d'accord. Passons par là si tu préfères.

Nous nous sommes enfoncées dans les rues de Beaufort en marchant d'un bon pas. Alissa menait la danse, progressant à une allure déterminée sur le trottoir. Hannah dormait comme un ange. Ma future belle-sœur ne semblait pas être d'humeur loquace, ce dont je me réjouissais. Chaque fois qu'elle me parlait, ces temps-ci, c'était pour se confier au sujet de Will. Et j'avais le sentiment d'être coupable de porter ses secrets en plus des miens.

Après avoir marché sur un bon kilomètre, j'ai proposé de retourner sur nos pas. Nous nous trouvions dans un quartier défavorisé de Beaufort. Les maisons étaient petites et, pour certaines, passablement délabrées.

— Je pense qu'elle continuera de dormir en rentrant. Et tu pourras faire une sieste pour te reposer aussi, Alissa.

— On continue juste un tout petit peu encore ?

J'ai acquiescé, même si j'étais surprise de la trouver soudain si désireuse de faire de l'exercice. Nous progressions dans une rue plutôt triste d'aspect lorsqu'elle a soudain ralenti le pas.

— Tu vois cette maison, sur la droite ? Pas cette porte-là mais la suivante ?

J'ai regardé la construction en question. Elle était petite

et basse mais se distinguait des autres par sa façade repeinte à neuf, avec les murs d'un beau blanc crème et des volets turquoise. Les plantes dans le jardin avaient l'air un peu assoiffées mais elles apportaient une touche de couleur bienvenue.

— Oui, je vois. Elle est en meilleur état que les autres.

— C'est ici qu'habite Will.

O.K. C'était donc *ça* la raison qui l'avait motivée à tourner le dos au front de mer. J'ai posé la main sur son bras.

— Nous ferions mieux de rentrer. Tu te tortures inutilement.

— Je voulais juste te montrer où il vivait, que tu voies qu'il a une jolie maison... Ce n'est pas comme s'il croupissait dans un taudis. Ils sont trop nuls, mes parents et Dale.

— Allons-nous-en d'ici, Ali.

Je me sentais mal à l'aise. Will pouvait surgir à tout instant sur le pas de sa porte. J'éprouvais déjà assez de culpabilité vis-à-vis de Dale parce que je parlais de Will avec Alissa. Une rencontre fortuite avec lui me mettrait dans une position encore plus inconfortable par rapport à ma future belle-famille.

— On rentre, Ali.

Elle a obéi mais ses yeux étaient tout rouges de larmes.

— Merci de ne pas avoir dit à Dale que tu m'avais vue parler avec Will sur Skype.

— Tu n'as pas recommencé, au moins ?

Elle a gardé le silence un instant, en regardant par-dessus l'épaule en direction de la maison de son ex-petit ami.

— J'ai essayé une fois, si. Mais il m'a dit que c'était trop risqué et que ça pouvait me retomber dessus.

— Il a raison.

Je me disais que la réaction de Will plaidait en sa faveur : il avait placé les intérêts d'Alissa au-dessus des siens.

— Pour le moment, tu as besoin de l'aide et du soutien de ta famille, Ali. Il vaut mieux te plier à leurs décisions.

— Dale serait furieux s'il savait que tu acceptes de parler de Will avec moi.

Là, elle n'avait pas tort.

— C'est entre toi et moi, que cela se situe. Pas entre moi et *lui*.

Je me suis mordu la langue. Ma formulation n'était pas très heureuse. Je révélais ainsi une de mes plus grosses failles à Alissa : j'avais des secrets pour l'homme que j'allais épouser.

J'ai aussitôt rebondi :

— Je veux dire que ce sont des histoires de filles. J'aime Dale et je ne ferais jamais rien qui puisse lui nuire. Mais tant que tu ne mets ni Hannah ni toi en danger, en te rapprochant sans réfléchir de Will, j'estime que tu dois pouvoir parler de lui en toute liberté. Tu comprends ma position ?

— Je l'aime tellement, Robin.

Alissa s'est immobilisée pour taper du pied sur le trottoir comme une enfant en colère.

— Je les hais de m'avoir séparée de lui ! C'est pas juste !
— Je sais.

Je ne me mettais que trop facilement à sa place. Will n'était *pas* Travis. Travis n'était *pas* Will. La famille Hendricks ne fonctionnait *pas* comme mon père. Et à la différence d'Alissa, j'avais souffert d'une grave maladie. Les deux situations divergeaient sur à peu près tous les plans. Et pourtant, la souffrance d'Alissa me touchait de si près qu'elle me remuait des pieds à la tête. Je lui ai pris le bras.

— Après l'élection et le mariage, lorsque les choses seront moins tendues, je parlerai de nouveau avec Dale, d'accord ? Je lui expliquerai que tu es toujours amoureuse de Will et…

Alissa m'a interrompue avec force.

— Non ! Ça ne servirait à rien. Ils ne voudront rien savoir. Ils sont bien trop méprisants et butés. Dès que j'aurai passé mon bac, je pourrai faire ce que je voudrai. Nous irons vivre avec sa mère et lui, Hannah et moi. Il a dit qu'il m'attendrait.

Attendrait-il, *vraiment* ? Will était jeune. Et beau garçon. Réussirait-il à mettre le reste de sa vie de côté pendant plus d'un an alors qu'Alissa et lui seraient interdits de contact ? J'avais tellement peur qu'elle ne soit déçue.

— Je ne veux pas que tu rejettes ta famille ainsi. Il y a

sûrement un moyen de les convaincre. Ils se sont réconciliés avec ta grossesse, après tout. Ils t'ont soutenue et…

Elle a émis un rire amer.

— Tu rêves, Robin. Ils ont juste trouvé un moyen de m'utiliser pour obtenir des votes. Tu n'as pas encore compris qu'il n'y a que ça qui les intéresse ? Si quelqu'un dans la famille a un bouton sur le nez, ils réfléchissent aussitôt à la manière d'en tirer un avantage électoral. En faisant appel à la ligue des acnéiques, par exemple. Et c'est la même chose pour toi et pour le mariage.

J'ai cessé net de marcher. Ces mots m'avaient blessée à vif.

— Tu exagères, Alissa ! Ils ne se servent pas de moi !

C'était pourtant la même accusation que j'avais portée contre Dale quelques jours plus tôt. Entendre Alissa l'affirmer renforçait mon sentiment d'insécurité.

Elle s'est remise à rire.

— Ah non ? Tu n'as pas encore capté le scénario ? Tu as souffert d'une maladie très grave qui aurait pu t'être fatale, mais Dale t'aime quand même. Cela le grandit aux yeux de l'opinion, non ? Les électeurs sont impressionnés et pensent que c'est vraiment un type formidable, généreux, tout ce qu'on veut.

— Arrête, c'est ridicule ! Tu déformes tout.

Je savais pourtant, tout au fond de moi, que ses sarcasmes recouvraient une part de vérité.

— Tu es trop naïve, Robin. Mon frère n'est pas du tout le saint que tu vois en lui.

— Comment ça ? Qu'est-ce que tu cherches à me dire ?

— Je le connais mieux que toi, c'est tout. Il n'est pas si parfait qu'il en a l'air.

— Je n'ai jamais demandé à Dale d'être parfait ! Personne ne l'est.

— Bon, O.K. Laisse tomber.

Ce serait la meilleure chose à faire, en effet. Je ne voulais même plus y penser. Alissa avait porté ces accusations contre Dale sous le coup de la colère. Parce qu'elle en voulait à sa famille à cause de Will.

Nous avons poursuivi notre balade, mais les paroles d'Alissa au sujet de Dale, de ma maladie et du mariage roulaient dans ma tête comme du sable brassé par les vagues. J'entendais de nouveau Dale m'affirmer qu'il y avait des choses que je ne savais pas et que je n'avais pas besoin de savoir. Tout en marchant, je me suis demandé si j'étais vraiment aussi bien intégrée dans la famille Hendricks que j'avais cru l'être. Pour la première fois, l'idée de leur être étrangère m'a procuré une émotion qui ressemblait à du soulagement. Je n'étais plus certaine à cent pour cent d'avoir envie d'en être.

213

23. Erin

En séance avec Judith, dans mon fauteuil face au sien, j'ai jeté un coup d'œil anxieux à ma montre. J'avais failli annuler mon rendez-vous avec elle, ce matin, parce que je craignais d'arriver en retard au Coup d'Envoi et de manquer Travis et Bella. Si j'avais douté encore de la nature excessive de mon attachement pour cette petite fille, j'en aurais eu la preuve à cet instant. J'avais fait halte dans une librairie hier soir et j'avais acheté deux albums de Winnie l'Ourson pour Bella, puisque je n'avais pas été capable de traverser la chambre de ma fille pour les prendre dans sa bibliothèque.

— Je vous vois regarder votre montre ? a observé Judith.

Elle portait un de ses ensembles habituels, un haut souple et flottant sur une jupe longue. Le tout dans des couleurs éclatantes. Elle avait toujours l'air d'un arc-en-ciel.

J'ai feint l'étonnement. Comme si je n'étais pas consciente d'avoir l'œil rivé sur les aiguilles.

— Ah oui ? C'est possible. J'ai un rendez-vous chez le dentiste tout de suite après la séance.

J'aimais bien Judith. Plus que cela même : je l'aimais tout court. Ou je croyais l'aimer, en tout cas, même si je savais qu'il s'agissait d'un phénomène que les psys nommaient « transfert ». Elle était devenue pour moi une sorte de combiné tout en un : mixte de mère, de sœur et de meilleure amie. Judith me laissait parler tout mon soûl. Alors que Michael et mes amis ne supportaient plus que je décrive les événements de la jetée, devenaient fous à force de m'entendre gémir mes « Pourquoi, pourquoi, pourquoi », Judith, elle, écoutait. Et si le besoin devait s'en faire sentir, elle continuerait de m'écouter toujours, ce pour quoi je l'aimais de toute mon âme. Elle adorait les adages et m'en sortait un différent à la fin de chacune de nos séances. « Parfois, la meilleure façon de garder quelqu'un ou quelque chose, c'est de le laisser filer », disait-elle. Celui-là, je le détestais car je refusais d'y souscrire. Jamais, jamais, je ne laisserais partir Carolyn. « Pour connaître le chemin que tu as à parcourir, questionne ceux qui en reviennent », affirmait-elle aussi. Celui-ci me plaisait bien. Il me faisait penser au forum du « Papa de Harley » et aux parents dont le deuil était plus ancien que le mien et qui m'aidaient à tenir la tête hors de l'eau pendant ma traversée.

Judith m'avait proposé de lui apporter des photos de Carolyn, ce que je ne me sentais pas encore prête à faire. Pour elle, ce n'était pas un problème que je ne souhaite pas toucher à la chambre de Carolyn pour le moment. Parler à Judith, c'était me sentir comprise alors que Michael et les autres m'accusaient en permanence de ne pas faire mon deuil comme il faut.

« Tu mâches et remâches ton chagrin à la manière d'un ruminant », me soupirait Michael.

Il y avait un sujet que je ne me sentais pas prête à aborder — et encore moins à développer — avec Judith, en revanche, et c'étaient mes sentiments par rapport à Bella et Travis. Je n'étais pas certaine de comprendre la raison de ma réticence. Il y avait dix jours à présent que je connaissais le père et la fille, et je craignais que Judith ne juge malsain mon attachement à une enfant qui n'était, somme toute, qu'une inconnue. En fait, je n'avais pas envie de réfléchir avec Judith sur la signification de la grande tendresse que m'inspirait cette petite. Pas encore. C'est pourquoi j'avais menti sur la raison de ma nervosité et de mon impatience. Judith croyait à mon histoire de rendez-vous chez le dentiste. Je le voyais. Mais je n'avais jamais été une menteuse très sereine. Et la culpabilité a eu raison de moi.

— Je viens de vous mentir, en fait.

— A quel sujet ?

— Je ne vais pas chez le dentiste. J'ai juste… juste peur de vous dire pourquoi je suis pressée aujourd'hui.

— Et qu'est-ce qui vous effraie ?

— C'est à propos de… Vous savez que je passe plusieurs heures chaque matin, toujours dans le même café ?

Judith a hoché la tête.

— Je vous ai parlé de cet homme et de sa fille qui sont arrivés il y a un peu plus d'une semaine…

— Oui, je me souviens.

J'avais mentionné ma rencontre avec Travis et Bella, mais c'était avant que mes sentiments à leur égard aient pris des proportions aussi incontrôlables.

— Tous les matins, ils viennent au *coffee shop*, maintenant. La petite fille — Bella — a quatre ans.

— L'âge qu'aurait Carolyn maintenant.

— Voilà. Et je…

J'ai redressé mon alliance qui avait tendance à glisser tellement j'avais perdu du poids.

— J'aime bien la voir. Lui parler.

La tenir contre moi.

— Je vais arriver au café plus tard que d'habitude ce matin et j'ai peur de les manquer. J'ai envie de la voir…

— Vous avez évité les enfants de vos amis, a observé Judith. Vous dites que leur présence vous fait mal. En quoi est-ce différent avec cette petite Bella ?

J'ai réfléchi à sa question.

— Mmh… Je ne suis pas sûre… Avec mes amis, nous avions l'habitude de faire un tas de choses à plusieurs familles. Eux et leurs enfants et puis Michael, Carolyn et moi. Quand je suis avec eux, maintenant, je ne me sens pas à ma place. Eux sont mal à l'aise en ma présence et je le perçois. Ce que nous avions en commun, c'étaient nos enfants. J'ai toujours l'impression qu'ils ne savent pas quoi faire de mon chagrin. Alors qu'avec Travis… Il n'est pas au courant, pour Carolyn. Il ne sait pas que j'ai… que j'ai *eu* un enfant. Alors c'est plus facile. Et puis la petite fille est très différente de Carolyn. Et pas seulement physiquement. Bella n'est pas aussi ouverte, bavarde et insouciante que ma puce. Mais elle est tellement adorable, cette gamine.

J'ai souri.

— Elle porte toujours sur elle un agneau en peluche et un petit sac à main rose. Je ne suis pas complètement sûre, mais j'ai l'impression qu'ils vivent privés de domicile, tous les deux. Et je me fais du souci pour…

Je me suis interrompue. J'ai pris une profonde inspiration.

— Je parle trop, non ?

— Ici, vous pouvez dire les choses telles qu'elles vous viennent, Erin. Il n'y a pas d'autre règle.

— Depuis quelques jours, quand je me réveille le matin, l'idée que je vais les voir m'aide à m'extirper de mon lit. Mais c'est un peu maladif, non ? Ils ne sont rien pour moi.

— Instaurer un lien avec autrui n'est sûrement pas maladif, non. Et si vous leur parlez tous les jours, ce ne sont plus des inconnus non plus. Etes-vous attirée par cet homme ? Travis ?

Sa question m'a prise au dépourvu et je n'ai pu m'empêcher de rire.

— Ah, non, pas du tout. Je suis deux fois plus vieille que lui. Enfin, pas vraiment, n'exagérons rien. Il doit avoir dans les vingt-deux, vingt-trois ans. C'est un beau mec, cela dit. Très attirant, même. Si j'avais été plus jeune et célibataire, il m'aurait fait rêver. Sur le plan physique, en tout cas. Mais comme je vous le disais, il a l'air de traverser une mauvaise passe. Il cherche du travail et ne se heurte qu'à des portes closes. Cela me fait de la peine pour Travis et je suis très soucieuse pour Bella.

J'ai jeté un nouveau coup d'œil à ma montre.

— Avez-vous peur que cette petite fille ne tourne à l'obsession pour vous, Erin ?

J'ai secoué la tête tout en pensant : « *Oui*, Bella devient une obsession, mais *non*, cela ne me fait pas peur. » J'accueillais mes sentiments pour Bella et Travis comme quelque chose de positif, au contraire.

Judith s'est penchée vers moi avec un petit sourire aux lèvres.

— Vous souvenez-vous de ce que je vous ai dit ? Que vous seriez sur le chemin de la guérison le jour où vous commenceriez à penser à quelque chose avec un sentiment d'anticipation heureuse ?

— Euh… Je n'en suis quand même pas encore là… C'est plutôt…

J'ai haussé les épaules et ma voix s'est perdue dans un murmure. C'était le mot « heureuse » qui m'arrêtait. Je ne pouvais pas *m'autoriser* à l'être. L'idée même me paraissait répréhensible. Contre nature.

— Souhaitez-vous que je vous libère avant la fin de la séance ?

J'ai fait oui de la tête.

Elle m'a souri de nouveau.

— D'accord. Mais voici votre adage pour la semaine…

J'ai attrapé mon sac et me suis levée.

— C'est quoi, alors ?

— « Honore le passé mais vis dans le présent. »

— Ah oui, ai-je dit.

Mais c'est à peine si j'ai enregistré le sens de ses paroles alors que je me hâtais en direction de la porte.

Quelques minutes plus tard, j'étais calée dans mon fauteuil au Coup d'Envoi à essayer de lire les messages du matin postés sur le forum du « Papa de Harley ». Mais pas moyen de me concentrer. Toutes les deux secondes, je levais les yeux vers la fenêtre pour scruter le parking dans l'espoir de voir leurs deux silhouettes se dessiner de l'autre côté de la vitre. Il était 10 heures passées. Où étaient-ils ? Normalement, à cette heure-ci, ils auraient dû être arrivés au café depuis longtemps. A chaque minute qui passait, mon cœur se serrait un peu plus dans ma poitrine. J'ai reporté mon attention sur ma tablette. Maman-au-cœur-brisé écrivait qu'elle attendait ses beaux-parents le lendemain et qu'elle redoutait leur visite.

Cinq-fois-mère se demandait si elle était enceinte et ne savait pas si elle devait espérer un résultat positif ou négatif au test.

Et c'est là que je les ai repérés sur le parking, qui approchaient tous deux à grands pas. Travis, du moins, se hâtait vers l'entrée du *coffee shop* en tenant la main de Bella qui trottinait à côté de lui, ses petites jambes maigres tricotant pour s'ajuster à la vigoureuse foulée paternelle. Un sourire a fleuri bien malgré moi sur mon visage lorsqu'il a poussé la porte. Leur premier regard, à Bella et à lui, a été pour moi. Je leur ai fait signe, le cœur dilaté par le soulagement et la joie. *Anticipation heureuse ?* Oui. Il n'y avait pas d'autres mots pour décrire ce que j'éprouvais.

Au lieu de filer tout droit vers les toilettes, Travis s'est avancé vers le petit cercle de mobilier en cuir usé où je me tenais tous les matins.

— Salut, vous deux.

Il tenait un bouquet de fleurs, tête en bas, contre sa cuisse. J'ai noté du coin de l'œil que les deux jeunes filles assises à une table près de la fenêtre l'ont détaillé de la tête aux pieds avant de se chuchoter quelque chose.

— La forme, Erin ? m'a demandé Travis.

— Ça va, oui.

J'ai souri à Bella et lui ai effleuré la joue.

— Bonjour, ma puce. Qu'est-ce que tu me racontes, ce matin ?

Bella s'est collée contre la jambe de son père, son petit mouton tout effiloché pressé contre sa poitrine et son sac rose pendant à son poignet.

— Pour le petit déjeuner, on a eu des Tic Tac !

— Juste en attendant de prendre quelque chose de plus consistant ici, a précisé Travis.

Il a lissé de la main les cheveux emmêlés de sa fille et je me suis demandé, comme chaque matin, s'il arrivait à Bella d'avoir les cheveux peignés. J'avais tout le temps envie de relever la frange trop longue qui lui tombait sur les yeux.

— Des Tic Tac ? Ouah ! Ils étaient bons ?

Bella a fait oui de la tête. Son nez coulait un peu, comme

chaque matin, et la peau de ses narines était légèrement irritée. J'ai dû faire un effort pour ne pas prendre une serviette et la moucher.

— Il faut que nous fassions un petit tour côté toilettes, pas vrai, jeune fille ?

Il a tourné les yeux vers moi.

— A tout de suite, alors ? Tu restes par là ?

— A tout de suite, oui. Je ne bouge pas pour le moment.

Travis m'a tendu la poignée de fleurs des champs qu'il avait à la main.

— Voici pour toi, au fait. Bella les a cueillies pour toi ce matin.

— Comme elles sont jolies !

J'ai plongé mon regard dans les yeux gris clair de Travis en acceptant le bouquet qu'il avait confectionné. Je savais pourquoi il m'offrait ces fleurs — c'était la seule façon pour lui de me remercier pour le billet de vingt dollars que j'avais glissé dans la poche de Bella. J'ai posé le bouquet sur la table basse.

— Merci, Bella. Cela me fait très, très plaisir.

Travis a avisé le livre de Winnie l'Ourson que j'avais préparé sur la table d'appoint, à côté de mon fauteuil.

— On dirait qu'Erin a apporté un nouvel album pour te faire la lecture.

— Pipi, papa !

Travis lui a pris la main.

— Allez, on y va. A tout de suite, Erin.

Je les ai suivis des yeux alors qu'ils se dirigeaient vers les toilettes pour hommes, où je savais qu'ils disparaîtraient pendant un bon moment, comme chaque matin. C'était leur rituel à eux, tout comme le mien consistait à m'asseoir avec mon café dans ce vieux fauteuil en cuir pour me consacrer à mon forum d'habitués. Dans deux jours je reprenais le travail, et l'idée de ne plus revoir Travis et Bella me désolait au-delà de tout ce que l'on pouvait concevoir. Je ne me sentais même pas la force d'y penser, en fait.

220

Lorsque je les ai vus sortir des toilettes, j'ai posé le livre sur l'accoudoir de mon fauteuil.

— Je crois qu'il te plaira celui-ci, Bella.

Je lui ai ouvert les bras. Elle s'y glissait si spontanément, désormais ! Je l'ai soulevée et l'ai déposée sur mes genoux. Depuis trois jours, c'était moi qui lui faisais la lecture ; à trois reprises déjà, j'avais pu la tenir contre moi, sentir sa frêle cage thoracique sous mes doigts et humer l'odeur de petite fille dans ses cheveux. Trois fois déjà j'avais lutté contre les larmes qui me brûlaient les yeux.

— Je vais aller chercher mon café et notre muffin. Je peux te rapporter quelque chose, Erin ?

— Il me reste encore du café, merci.

Il me posait la même question tous les jours même si je refusais chaque fois.

— J'ai pris un jus d'orange pour Bella, ai-je ajouté en désignant la brique posée sur la table d'appoint.

Lui acheter un jus d'orange était devenu une habitude. Le regard de Travis s'est posé sur la brique et j'ai cru un moment qu'il allait protester mais il s'est contenté de hocher la tête.

— C'est sympa, Erin. Merci.

J'ai commencé à lire pour Bella. Elle a abandonné la tête contre ma poitrine avec un naturel qui m'a coupé le souffle.

— Oh ! regarde, Erin ! C'est des gros bourdons !

Elle m'a montré un détail du dessin.

— Des abeilles, Bella. Et tu sais ce qu'elles font ?

— Bzzzz…

J'ai souri.

— Ça, c'est le *son* qu'elles font. Mais elles fabriquent aussi quelque chose qui se mange.

— Du miel !

— Voilà. Et Winnie l'Ourson adore le miel, lui ai-je expliqué avant de reprendre mon récit.

Travis est revenu avec un petit gobelet de café pour lui, un verre d'eau pour Bella et un muffin aux myrtilles dont je savais que, comme tous les matins, il le partagerait avec sa petite. De nouveau, les deux filles assises près de la fenêtre ont regardé dans sa direction. La blonde s'est éventé le visage comme si la vue de Travis lui donnait des vapeurs, et son amie s'est mise à rire.

— Viens manger ton muffin ici, comme ça, tu n'en mettras pas partout sur Erin, a ordonné Travis à Bella au moment où je décrétais une petite pause.

— Elle est bien, là où elle est. Tu n'as qu'à poser l'eau ici, sur la table.

J'ai été surprise de voir Travis tendre à Bella le muffin entier sur une serviette en papier. Depuis que je les connaissais, c'était la première fois qu'il ne le partageait pas. Elle allait probablement couvrir mon pantalon de yoga de miettes mais cela m'était égal. *Mon heureuse anticipation*. Je lui ai frotté le dos d'une main légère et je l'ai sentie s'abandonner au contact de mes doigts.

— Il ne te reste plus que deux jours avant de reprendre le travail, alors ?

Travis sirotait son café en me regardant par-dessus le bord de son gobelet.

— Ne me le rappelle pas, s'il te plaît.

— Ça t'arrive, des fois, d'être, tu sais, *tentée*, par tous ces narcotiques autour de toi ?

Je lui ai jeté un regard acéré. Pour la première fois depuis que je connaissais Travis, je me suis questionnée sur une éventuelle toxicomanie. L'addiction expliquerait sa maigreur. Et ses problèmes d'argent, surtout. Mais je n'avais pas le sentiment d'avoir affaire à un drogué. Cela ne correspondrait pas avec ce que j'avais appris de lui au cours de ces dix derniers jours. Et puis j'avais trop d'affection pour lui pour le croire.

Cela dit, que savais-je réellement de Travis ?

— Pas tentée du tout, non.

Ce n'était pas tout à fait la vérité. Le seul jour où j'étais retournée travailler, certains médicaments sur le haut des étagères avaient exercé sur moi une fascination qu'ils n'avaient jamais eue jusque-là. Il m'aurait suffi d'en avaler une poignée pour éteindre la souffrance ravageuse qui ne me quittait pas.

— Et rassure-moi, s'il te plaît : dis-moi que tu ne le serais pas non plus ?

D'instinct, j'ai serré Bella un peu plus fort contre moi.

— Aucun souci de ce côté-là. Ce n'est pas mon truc.

Le sourire de Travis restait le même que celui que je lui avais toujours connu. Mais j'ai noté malgré tout qu'il n'était pas tout à fait dans son état habituel, aujourd'hui. Il paraissait plus tendu, tapotait l'accoudoir en cuir du canapé du bout des doigts. Et il remuait nerveusement le genou. Je voulais lui demander s'il avait des pistes de boulot, mais il devait être fatigué de m'entendre toujours poser la même question. Comme s'il lisait dans mes pensées, il a avalé une nouvelle gorgée de café puis s'est éclairci la voix.

— J'ai un nouvel entretien, aujourd'hui.

— Ah, super ! Tu as trouvé quelque chose sur les petites annonces en ligne ?

— Non, finalement c'est mon ami de l'autre fois qui s'est décidé. J'espère que ça va marcher, cette fois-ci.

Le tapotement de ses doigts s'est accéléré.

— Oh ! je l'espère aussi, Travis. C'est un emploi dans le bâtiment, je suppose ? Pour une entreprise d'ici ? Ou seras-tu quelque part en résidence ? Ou…

Il s'est levé comme sur une impulsion.

— J'ai le profil du poste dans mon fourgon. Ça ne t'ennuie pas de me garder Bella une seconde pendant que je vais le chercher ? Je te donnerai l'adresse et tu pourras peut-être m'expliquer comment y aller.

— O.K. Bien sûr. Avec plaisir.

Il a hésité un instant puis s'est penché vers la tête de Bella pour presser un baiser sur le sommet de sa tête. Son visage était proche du mien mais il l'a détourné très vite, puis s'est redressé pour partir. Les deux jeunes filles près de la fenêtre l'ont suivi des yeux lorsqu'il est passé sur le trottoir et a tourné à l'angle du bâtiment pour se diriger vers le parking.

— Tu me lis encore un peu, dans le nouveau livre ? m'a demandé Bella en pressant la paume sur la couverture. S'il te plaît, Erin ?

223

J'ai rouvert *Winnie l'Ourson* et repris mon histoire. Dix minutes se sont écoulées. Mais pourquoi Travis était-il si long à revenir ? J'ai lu un nouveau chapitre mais mon attention déviait de plus en plus de l'histoire. A intervalles réguliers, mon regard inquiet allait se poser sur la fenêtre. Tout cela était un peu étrange et j'ai commencé à me sentir franchement mal à l'aise.

— Où il est, mon papa ? a fini par demander Bella, les yeux fixés sur la porte.

J'ai regardé ma montre. *Vingt-cinq minutes* avaient passé, au moins. Les deux jeunes filles se sont levées et ont quitté le café.

— Peut-être qu'il est occupé au téléphone ? Ou qu'il a rencontré quelqu'un ? Viens, on va aller voir dehors si on le trouve.

Bella m'a pris la main — oh, cette sensation ! — et nous sommes sorties dans la direction où j'avais vu disparaître Travis. Des rangées et des rangées de voitures se succédaient sur l'immense parking. Je me suis aperçue que je n'avais aucune idée du genre de véhicule que conduisait Travis. *Ah si.* Un fourgon, avait-il dit. J'ai longé une première rangée de voitures avec Bella, puis une seconde.

— Il est de quelle couleur, le fourgon de ton papa, ma puce ?

— Blanc, m'a dit Bella. Et il s'appelle Moby Dick.

— Comme la baleine blanche ?

Bella a eu un petit sourire et a fait oui de la tête.

Il n'y avait pas de fourgon blanc à proximité. Un pick-up blanc, oui. Mais pas d'un modèle qui me paraissait susceptible d'appartenir à quelqu'un comme Travis.

— Je suppose qu'il est allé faire une course, ai-je murmuré.

— C'est quoi, « une course » ?

— Acheter quelque chose dans un magasin.

Le regard de Bella a glissé sur la mer sans fin de commerces qui longeaient le parking. Travis pouvait être n'importe où. Je n'avais aucune idée de ce que je devais faire. De nouveau, j'ai regardé ma montre. Il y avait plus d'une heure à présent que Travis avait quitté le café. *Ce n'est pas réel, ce qui m'arrive.* J'avais l'impression de vivre un rêve qui avait tout le potentiel requis pour virer rapidement au cauchemar. Le monde entier semblait tanguer sur son axe. Le ciel était d'un bleu artificiel et le soleil rebondissait sur les trottoirs pour jaillir en trouées de lumière agressives. Les milliers de voitures semblaient se fondre en une mer de métal multicolore.

La seule chose qui me paraissait encore *réelle* dans cet effrayant kaléidoscope était la petite main confiante qui reposait dans la mienne.

24. Robin

2007

Lorsque je me suis réveillée — réveillée complètement, je veux dire — quelques jours après ma greffe cardiaque, j'avais deux souvenirs en tête. Le premier consistait en une vision de la salle d'opération vue du plafond, avec une équipe médicale frénétique penchée sur ma poitrine sanglante et ouverte. De la hauteur où je me trouvais, je les observais avec calme et curiosité. J'aurais voulu pouvoir les rassurer, leur dire que je me sentais très paisible alors qu'eux semblaient si effrayés, loin en bas. Mon second souvenir était beaucoup plus flou. La voix de mon père me parvenait à travers un brouillard sonore où se conjuguaient les bips-bips des moniteurs et le sifflement du ventilateur. Contre mon oreille, je sentais le tissu rêche du masque qu'il devait porter chaque fois qu'il entrait dans ma chambre. Dans cette vague réminiscence, il me parlait lentement, doucement, à la manière des hypnotiseurs.

« Le bébé n'a jamais existé. Laisse cette part de ton passé derrière toi, Robin… Rien de tout cela n'a eu lieu… »

Lorsque les infirmières m'ont aidée à me redresser en position assise, les deux souvenirs se sont évanouis de concert, me laissant avec une douleur qui me déchirait le sternum, un cerveau embrumé et la prise de conscience que ma vie venait de prendre un tournant définitif.

Pendant les deux semaines qui ont suivi, j'ai appris qu'au moment où un cœur compatible était enfin arrivé pour moi il ne me restait plus que quelques jours à vivre. De fait, j'étais bel et bien *morte* en salle d'opération, mais ils avaient réussi à me ramener de justesse. Mon chirurgien avait pâli lorsque je lui avais confié que j'avais tout vu depuis le plafond. Mais, à ce stade, je ne pouvais plus affirmer avec une totale certitude si j'avais réellement vécu la scène ou si je l'avais imaginée a posteriori.

J'ai commencé ma rééducation, qui a été atroce et douloureuse et néanmoins extraordinaire, parce que mon rythme cardiaque restait stable et que mes capacités respiratoires s'amélioraient de jour en jour. Mon père venait me voir quotidiennement pour me soutenir. Toute la colère que j'avais pu éprouver à son encontre semblait avoir disparu en même temps que mon ancien cœur. Le nouveau semblait pur et ouvert, prêt à se laisser remplir de nouvelles expériences. D'émotions neuves.

Deux mois environ après le début de ma rééducation, mon père m'a raccompagnée jusqu'à ma chambre. Ce n'était pas inhabituel en soi. Mais son silence l'était, en revanche. A la façon dont il me tenait le coude, j'ai senti qu'il avait quelque chose sur le cœur. L'impression s'est précisée lorsqu'il a posé une main sur mon épaule juste avant d'atteindre ma chambre.

— J'ai quelque chose à te dire, Robin.

Il m'a massé le bras dans un geste paternel.

— Je n'avais pas l'intention de te perturber avec ces histoires, mais l'assistante sociale considère qu'il est de ton droit de savoir. Elle m'a dit qu'elle se chargerait de t'informer elle-même si je ne le faisais pas. Donc nous allons aborder le sujet maintenant, une fois pour toutes, puis nous le considérerons comme définitivement clos. D'accord ?

Soudain préoccupée, j'ai ralenti le pas. Y aurait-il un problème avec mon nouveau cœur ?

— De quoi s'agit-il, papa ?

Pour toute réponse, il m'a poussée doucement vers la porte. Je suis entrée d'un pas mécanique avant de me tourner pour lui faire face. Les yeux de mon père restaient rivés sur la fenêtre et il semblait incapable de soutenir mon regard. Par chance, la fille qui partageait ma chambre était absente, car ce qu'il avait à me dire présentait à l'évidence un caractère d'extrême gravité.

— Alors ?

— C'est au sujet du bébé.

De ma vingt-huitième semaine de grossesse jusqu'au moment où je m'étais réveillée, après la greffe, j'étais restée absente au monde. Je n'avais aucun souvenir du moment où le bébé avait été retiré de mon corps. Cette enfant s'était évanouie de ma vie comme une sorte d'entité fantôme. Et je n'avais jamais éprouvé le besoin ni de la voir ni de me renseigner à son sujet.

— Le bébé a un problème ? Il n'est pas en bonne santé ?

Mon père a fermé la porte et s'est placé devant le battant clos.

— Pour autant que je sache, sa santé est bonne, si. Mais tu leur as donné le nom de Travis pour l'acte de naissance, ma chérie.

Il m'a posé la main sur le bras, comme pour m'indiquer qu'il me pardonnait de lui avoir désobéi.

— La loi exigeait donc que Travis donne son accord pour l'adoption. Tout était quasiment réglé, mais il a attaqué en justice.

Mon père a secoué la tête comme s'il avait du mal à croire que l'on puisse se comporter de façon aussi idiote.

— J'ai essayé d'empêcher cet âne de réclamer la garde de l'enfant. Sa décision était aussi stupide qu'immature. Mais il a gagné.

Il a haussé les épaules.

— Le couple que tu avais choisi pour l'adoption s'est vu opposer un refus.

— Oh non, ai-je murmuré en me laissant tomber sur le bord de mon lit.

Si j'avais pu écarter si facilement le bébé de mon esprit, c'était, entre autres raisons, parce que j'avais la certitude d'avoir fait le bon choix pour cette petite fille. Avec des parents aisés, elle bénéficierait de tous les avantages matériels possibles. Mais en même temps… Elle était et restait la fille de Travis.

— J'ai tenté de m'opposer à Travis, mais en tant que géniteur cet imbécile avait la loi pour lui.

Tout compte fait, je m'étais trompée : mon nouveau cœur n'était pas entièrement libéré des émotions de ma vie d'avant. Au moment où mon père a mentionné Travis — à la simple écoute des deux syllabes de son nom — la nostalgie a envahi mon organe tout neuf. Je me suis dit que cette petite fille serait entourée d'amour. Peut-être ne bénéficierait-elle pas d'une TV dans sa chambre ni d'un ordinateur sophistiqué ni des meilleures écoles privées, non — mais pour ce qui était de l'amour, elle ne pouvait trouver mieux que Travis.

Je n'avais pas prononcé un mot et mon père m'observait d'un œil scrutateur.

— Ça va ? Tu ne te sens pas bien ? L'assistante sociale pensait que…

— Il faut que je parle à Travis.

— Non.

Il a secoué la tête avec violence.

— Ce n'est même pas la peine d'y penser, Robin.

— Je ne veux pas intervenir dans l'éducation de l'enfant ou un truc comme ça, ai-je lancé pour le rassurer.

Et c'était la vérité. Je n'éprouvais aucun attachement pour ce bébé.

— Je veux juste lui dire que je sais qu'il a la garde de notre enfant et que je suis d'accord.

J'étais même contente, en fait. Plus j'y pensais, plus cela me paraissait être la bonne solution pour ce bébé.

— Tu n'as pas besoin de lui dire quoi que ce soit. Tu ne lui dois rien, Robin.

— Bon, d'accord. Comme tu voudras.

Rien ne servait de se rebeller ouvertement. J'écrirais un mail à Travis pour lui dire ce que j'avais à lui dire. Mon père n'avait aucun besoin de le savoir.

— Sérieusement, Robin. Je te demande de ne plus y penser.

— Je t'ai dit que j'étais *d'accord*.

Il a gardé le silence un instant. Il me connaissait assez pour savoir que ma capitulation n'en était pas une.

— Tu n'as jamais voulu reconnaître le mal que ce garçon t'a fait. Sa façon d'agir envers toi a été ni plus ni moins que criminelle. Je suis effaré par la naïveté avec laquelle tu lui écrivais dans ton mail que tu ne lui reprochais rien. *Moi* je le tiens pour responsable de ce qui t'est arrivé. Je…

Choquée, j'ai froncé les sourcils.

— Je ne comprends pas ? Comment peux-tu savoir ce que je lui écrivais ?

Il s'est passé la main dans les cheveux.

— Peu importe, comment je le sais. Là n'est pas la question. Ce que je veux dire, c'est que…

— *Papa !* Comment as-tu eu accès à ce mail ?

— Tu étais tellement malade, ma chér…

— Tu es *entré* dans mon ordinateur ?

Il a poussé un soupir et s'est adossé contre la porte avec un air de profonde lassitude.

— Uniquement pour ton propre bien, Robin.

Je n'en croyais pas mes oreilles.

— Tu m'espionnais ?

— Quand tu auras des enfants à ton tour, tu comprendras. Tu étais dans une phase vulnérable de ta vie. Tes jours étaient *en danger*.

Il s'est mis à arpenter la chambre.

— Tu n'avais que moi au monde et mon devoir de père était de te protéger. Y compris contre toi-même alors que tu ne cessais de mettre ta vie en danger. Je me démenais pour préserver ta santé et tu sabotais mes efforts à chaque pas. Ce garçon… ce pitoyable, cet *asinesque*[1] idiot… tu croyais qu'il t'aimait, peut-être ? Il ne sait pas ce que c'est d'aimer ! Il ne pensait qu'à lui et au moment de plaisir qu'il voulait obtenir. Sans se soucier des ravages qu'il commettait. Cela ne m'étonne pas de lui qu'il ait placé une fois de plus ses propres intérêts avant ceux de son enfant. Mais je suis ton

1. *Asinesque* désigne un âne en langage châtié.

père, Robin, et j'étais déterminé à ne pas laisser ce crétin te détruire. Alors, oui, je l'ai bloqué sur ton ordinateur et j'ai fait ce qu'il fallait pour qu'il ne reçoive pas tes mails.

Je me suis levée, outrée.

— Tu n'avais pas le droit de t'en mêler ! C'est cruel et abusif !

— Doucement, doucement... Calme et sérénité.

— Comment as-tu osé me manipuler ainsi ?

— N'y pense plus, Robin. S'il te plaît. Grâce à Dieu, tu n'es plus amoureuse de lui. Tu as un nouveau cœur maintenant et tu...

J'ai levé la main pour le frapper, mais il a retenu mon bras et m'a emprisonnée dans une étreinte à laquelle je n'ai pu me soustraire. Je n'avais encore jamais ressenti pareille colère et je ne savais comment la libérer.

— C'est pour ça que je ne voulais pas te parler de cette histoire. Je savais que cela ne servirait qu'à retarder ta guérison. Tu allais si bien jusqu'ici ! Mais cette idiote d'assistante sociale n'a pas voulu en démordre et...

Je me suis débattue et j'ai réussi à me libérer de ses bras.

— Tu sais quoi, papa ? Je peux me servir de l'ordinateur ici *comme* je veux et *quand* je veux. Et personne ne pourra m'empêcher de...

— Il est marié, Robin.

— *Quoi ?*

Toute ma combativité m'a abandonnée d'un coup. Mes bras sont retombés sans force le long de mes flancs.

— Travis s'est marié. Il a rencontré quelqu'un très vite après votre séparation. Et si tu tiens à assurer un avenir heureux à ce bébé, il faut que tu les laisses tranquilles, tous les trois, afin qu'ils puissent construire leur vie de famille. Tout ce que j'espère, c'est que la fille qu'il a épousée a un peu plus la tête sur les épaules que lui.

Ainsi Travis en aimait une autre. Alors que je luttais entre la vie et la mort et que mon cœur usé s'essoufflait, il avait ouvert le sien à une autre fille. Je me suis détournée pour cacher mon visage à mon père. Je ne voulais pas lui

231

montrer à quel point j'étais blessée. Travis avait été si prompt à m'oublier… Mais comment aurais-je pu le lui reprocher alors qu'il n'avait pas reçu mes mails ? Cette autre fille avait peut-être un père qui voyait plus loin que ces stupides questions de statut social ? Un père qui avait cautionné leur relation au lieu de s'acharner à la détruire ?

— Il est temps pour toi de reprendre ta vie en main et de laisser Travis fonder sa propre famille, a déclaré mon père.

Il ne me restait plus qu'à réagir en adulte face à ce nouveau coup du sort. Il était préférable pour le bébé de grandir avec deux parents plutôt qu'avec un seul. Le fait qu'il soit avec son père biologique me paraissait également une bonne chose. Et Travis avait dû trouver quelqu'un de bien, une fille qui traiterait mon enfant comme le sien. J'ai laissé ces pensées se dérouler lentement dans mon esprit.

Avec un peu de chance, à la longue, je finirais par souscrire à mon propre raisonnement.

J'ai ouvert mon lit.

— Je suis fatiguée maintenant. J'aimerais faire une sieste.

Mon père m'a posé la main sur la joue.

— C'est une bonne idée, ma chérie. Je suis conscient que tout cela n'a pas été facile à entendre pour toi, mais tu es une fille forte. Je sais que tu vas t'en sortir magnifiquement bien.

— Oui, oui.

J'ai grimpé dans mon lit et lui ai tourné le dos.

— A demain, alors ?

Va-t'en. Va-t'en, s'il te plaît… Je veux juste que tu t'en ailles, maintenant. J'avais besoin de rester seule avec ma peine. Avec ma solitude. Avec la partie de ma vie qui n'avait jamais eu lieu.

25. Erin

Raleigh

Bella et moi avons passé encore une heure à chercher le fourgon blanc de Travis sur le parking avant de regagner le *coffee shop*.

— Nous allons attendre ton papa ici. Je suis sûre qu'il va arriver bientôt.

— Il est peut-être allé remplir Moby Dick, a suggéré Bella, les yeux rivés sur la porte.

— Remplir Moby Dick ? Faire le plein, tu veux dire ?

Bella a hoché la tête.

— Il lui faut beaucoup, beaucoup d'essence, à Moby Dick.

— Ah oui, ça doit être ça.

J'étais à la fois déçue par Travis et en colère. Et inquiète aussi. Se pouvait-il qu'il ait été renversé par une voiture en se dirigeant vers la sienne sur le parking ? Mais dans ce cas nous aurions trouvé le fourgon à sa place. Non, cette explication ne tenait pas la route.

— Tu n'as pas encore bu ton jus d'orange, Bella.

Je me suis rassise dans mon fauteuil et j'ai détaché la paille accrochée sur le côté de la brique pour la planter dans l'opercule. Bella m'a posé la main sur le genou.

— Tu veux bien me lire encore un peu du nouveau livre, s'il te plaît ?

— Tu es très bien élevée, Bella.

— C'est quoi, « bien élevée » ?

233

— C'est quand tu dis « s'il te plaît » et « merci ». Tu es une petite fille très polie.

Perchée sur mes genoux, elle s'est penchée pour prendre le livre sur la table basse. Je l'ai ouvert et je me suis remise à lire mais le cœur n'y était vraiment plus, cette fois. Je guettais la porte avec une angoisse qui ne cessait de croître.

La lecture du chapitre suivant a occupé dix bonnes minutes de notre temps. Bella avait terminé son jus d'orange et commençait à donner des signes de nervosité. Elle s'est laissée glisser de mes genoux et a couru jusqu'à la porte pour coller ses petites mains et son front contre la vitre.

— Bella ! Reste avec moi, ma chérie.

Elle est revenue jusqu'au canapé et s'est assise.

— Il est allé loin, papa, pour remplir Moby Dick ?

— Je ne sais pas, Bella.

Je n'ai pas eu le cœur de lui dire qu'il n'allait pas tarder à revenir. Mes mots sonnaient creux, désormais, et je croyais de moins en moins à un retour spontané de Travis.

— Je pense que ton papa a dû avoir un contretemps.

— C'est quoi, un « contretemps » ?

J'ai laissé échapper un soupir.

— Il est peut-être entré dans un magasin ou quelque chose comme ça.

J'ai regardé l'heure à ma montre. Plus aucun doute ne subsistait sur la gravité de la situation. Bella est descendue du canapé et m'a jeté un regard timide.

— Je voudrais bien aller faire pipi, s'il te plaît, Erin.

— Bien sûr, ma biche. Viens.

La main de Bella dans la mienne, je l'ai conduite jusqu'aux toilettes. Côté dames, cette fois.

— Tu veux que je te laisse ton intimité ?

Je m'attendais à ce qu'elle me demande ce que voulait dire « intimité », mais elle a secoué la tête.

— Je n'aime pas bien être toute seule.

— D'accord. Alors je reste là, juste à côté de toi.

Elle a baissé son pantalon et c'est là que je l'ai vu, dépassant de sa poche : *un morceau de papier.*

— C'est quoi, que tu as là, Bella ?

Avec sa culotte à mi-cuisses, elle a extirpé le bout de papier et me l'a tendu.

— C'est toi qui l'as mis là ? m'a-t-elle demandé.

Je le lui ai pris des mains sans répondre et elle a grimpé sur la cuvette. Il s'agissait juste d'un ticket de caisse de station essence. Daté de la veille, ce qui éliminait l'hypothèse de « papa est parti remplir Moby Dick ». J'allais le jeter dans la poubelle lorsque j'ai vu ce qui était écrit sur l'envers.

« Juste pour cette nuit. S'il te plaît, garde-la-moi en sécurité. Merci. »

J'ai fixé le bout de papier en secouant la tête.

— Oh ! bon sang. Mais pourquoi ne pas me l'avoir demandé, tout simplement ?

— Demandé quoi ? a voulu savoir Bella, toujours perchée sur le siège.

— Un service. Ton papa veut que je lui rende un service.

Il avait probablement pensé qu'il aurait moins de chances de réussir son entretien d'embauche s'il se présentait avec une petite fille à la main. Avait-il eu peur que je refuse ? Je lui aurais probablement dit non, en effet, car il me manquait l'équipement matériel — et émotionnel — nécessaires pour m'occuper d'une petite fille pendant plusieurs heures d'affilée. C'était donc ça, la véritable raison d'être du bouquet de fleurs. Travis m'avait remerciée par avance pour un service qu'il *m'obligeait* à lui rendre.

Bella a attrapé le papier hygiénique, s'est essuyée toute seule, puis elle est descendue du siège des toilettes et s'est penchée en avant pour se rajuster. Je savais comment toutes mes amies sans exception auraient agi à ma place : elles auraient appelé la police séance tenante. Pour ma part, je ne savais que très peu de chose des problèmes de Travis. Il était clair pour moi en revanche qu'il aimait sa fille. Je n'étais pas d'accord avec ses façons de faire. Mais même s'il avait agi d'une manière stupide, je n'étais pas prête à le dénoncer et à condamner Bella à un placement immédiat en famille d'accueil. Travis me confiait sa fille. Soit. Mais lorsqu'il la récupérerait demain matin, il aurait tout intérêt à répondre à mes questions. Je lui demanderais de but en blanc où il en était de sa vie et s'ils disposaient d'un toit oui ou non. J'exigerais qu'il joue cartes sur table et qu'il parle ouvertement de sa situation. Ce qui me donnerait une idée du type d'aide dont il avait besoin. Si c'était une nounou qu'il lui fallait, j'étais prête à chercher des solutions avec lui. Mais Travis en prendrait aussi pour son grade. Il me confiait sa fille, mais que savait-il réellement de moi ? Qu'est-ce qui lui garantissait qu'il pouvait me la laisser sans danger ? J'avais le cerveau qui tournait en accéléré, et les questions succédaient aux questions.

J'ai soulevé Bella au-dessus du lavabo pour qu'elle puisse se laver les mains.

— Devine un peu ce qui se passe, Bella.

— Quoi ?

— Ce petit mot, il est de ton papa qui me demande d'être ta baby-sitter cette nuit.

J'ai surpris nos deux reflets dans le miroir et ressenti un infime tiraillement de remords en me voyant avec une autre enfant que Carolyn dans les bras.

Bella m'a jeté un regard perplexe.

— Tu vas me garder où ? Dans la maison qui a brûlé ?

— Quelle maison qui a brûlé ?

— Celle où Nana me gardait.

Maison qui a brûlé ? Nana partie au ciel ? Oh ! mon Dieu. J'ai prié pour qu'il n'y ait pas de lien de cause à effet entre les deux.

— Non, pas dans cette maison-là. Chez moi.

S'il y avait un endroit peu adapté pour accueillir un enfant en bas âge, c'était bien mon appartement. Et naturellement, je n'avais plus de siège-auto dans ma voiture. Comment étais-je censée transporter Bella chez moi et la raccompagner demain matin au Coup d'Envoi alors que je n'étais pas équipée ? Dans quelle aventure improbable Travis m'avait-il entraînée ? J'envisageais un instant l'achat d'un rehausseur à Target. Mais soudain, j'ai *su* où je pouvais trouver tout le matériel nécessaire. A l'endroit même où il y aurait aussi les livres, les jouets, et tout ce dont j'aurais besoin pour occuper un enfant tout un après-midi et une soirée.

Et là, tout à coup, j'ai été submergée par l'émotion la plus inattendue, la plus étonnante, la plus méconnaissable : le bonheur. J'étais *heureuse* que Travis m'ait investie de cette tâche. Il m'avait donné quelque chose à faire. Quelque chose d'utile. Et je disposerais de presque *vingt-quatre heures* complètes, seule avec Bella.

— On y va, jeune fille ?

Je lui ai pris la main et nous sommes sorties côte à côte du *coffee shop*. Pour nous diriger vers ma voiture, cette fois.

— Je n'ai pas de siège enfant, Bella. Donc nous allons t'attacher sur la banquette arrière, comme une grande fille, et je conduirai très, très prudemment. Puis nous récupérerons un siège dans mon ancienne…

Je me suis tue, consciente que mes explications me mèneraient trop loin.

— Nous allons faire deux arrêts, Bella. Avant, j'habitais dans une maison où il y a des jouets, des livres et plein de choses qu'on pourra prendre pour les emporter dans l'appartement où je vis maintenant. Après, on pourra jouer et lire et faire un gros dodo. Puis demain matin, on reviendra ici, au Coup d'Envoi, et ton papa sera là. D'accord ?

Sa lèvre inférieure s'est mise à trembler et j'ai serré sa main plus fort. Debout à côté de ma voiture, elle paraissait si menue. Et tellement perdue, surtout, avec ses grands yeux gris où brillaient les larmes qu'elle contenait avec stoïcisme. Je me suis penchée pour la soulever dans mes bras et je l'ai tenue dans une étreinte que j'espérais rassurante, ma joue pressée contre la sienne.

— Ça va aller, ma pitchounette. On va bien s'amuser toutes les deux.

J'ai bouclé sa ceinture. Je ne disposais même pas d'un coussin pour la surélever un peu… Tant pis. Bella pleurait mais en silence, comme si elle n'avait aucun espoir que je puisse arranger les choses pour elle. Comme si elle était habituée à ce que sa vie ne prenne plus jamais les bons tournants.

— Ne t'inquiète pas, Bella.

J'ai passé la main dans ses cheveux sales. Ce soir, elle prendrait un bain moussant. Et je lui ferais un bon shampoing.

Je lui ai souri.

— Tu verras. Tout va vraiment, vraiment, bien se passer, ma chérie. Je te le promets.

Par chance, Michael était à son travail, donc nous avions la maison pour nous, Bella et moi. Je l'ai persuadée de laisser son sac rose à côté du mien, sur la table de la cuisine, mais elle a refusé d'abandonner son petit mouton et l'a emmené au premier étage. Ses larmes avaient fini par se tarir mais elle s'était repliée dans un silence désolé et elle n'a pas prononcé un mot lorsque nous nous sommes engagées sur le palier. De mon côté, je parlais sans relâche, au contraire, pour tenter d'endiguer ma nervosité.

— Une autre petite fille habitait ici avant et elle serait très contente si nous prenions quelques-uns de ses jouets pour nous amuser et aussi des livres pour les lire.

J'ai humecté mes lèvres sèches et j'ai ouvert la chambre de Carolyn. Dans l'encadrement de la porte, je me suis immobilisée net, mais Bella n'a pas vu la cloison invisible qui me maintenait murée à l'extérieur. Elle est entrée tout droit et a couru vers la dînette avec la cuisine miniature. Se plantant devant, elle a examiné les boutons sur la cuisinière en plastique, les poêles et les casseroles, les saladiers avec des fruits et des légumes en bois. Puis elle a souri et s'est mise à jouer.

— Tu me prépares quelque chose à manger, Bella ?

Elle a levé les yeux vers moi et a désigné une des petites chaises, près de la table.

— Toi, tu t'assois là, d'accord ?

— Elle est un peu trop petite pour moi, cette chaise. Si je me mettais sur le lit, ce serait bien ?

— Bon, si tu veux.

Elle était occupée à placer des tomates en bois dans une poêle en plastique et ne m'a pas vue franchir le mur imaginaire. J'ai parcouru en cinq pas la distance qui me séparait du lit et me suis effondrée plus que je ne me suis assise sur le matelas de Carolyn. Mon cœur battait ridiculement vite. J'ai posé ma paume à plat sur le couvre-lit avec ses verts et ses bleus qui « zarmonisaient ».

— Qu'est-ce que tu me prépares, alors ?

Ma voix s'est brisée d'une manière presque imperceptible.

— Une omelette.

Bella a ouvert les coquilles en plastique pour laisser les œufs à l'aspect caoutchouteux glisser dans la poêle avec les tomates.

— Ça a l'air délicieux, ce que tu fais. Tu aimes les omelettes, Bella ? On peut en manger une, si tu veux.

Elle m'a regardée comme si j'étais réellement l'individu bizarroïde que j'avais le sentiment d'être. Puis elle s'est mise à rire.

— Mais c'est juste une omelette pour faire semblant !

— Je sais. Mais je pensais que nous pourrions en faire une vraie ce soir. Tu les aimes à quoi, les omelettes ?

Elle ne m'a pas répondu. Toute son attention était concentrée sur le mélange qu'elle remuait à grand bruit dans la poêle.

— Il faut que je monte au grenier pour récupérer le siège-auto. Ça va aller si tu restes toute seule un petit moment ? J'en ai juste pour deux minutes.

— D'accord, a dit Bella.

Je suis sortie de la chambre et j'ai commencé à grimper l'escalier qui menait sous les combles, lorsque j'ai entendu des petits pas pressés derrière moi. Je me suis retournée.

— Tu as décidé de venir avec moi, finalement ?

Bella m'a tendu sa petite main.

— J'aime pas trop quand je suis toute seule.

— Alors on va rester toutes les deux.

Je n'avais pas la moindre idée de l'endroit où Michael avait pu stocker le siège-auto. Le grenier n'était pas terminé et il n'était que faiblement éclairé, même une fois que j'eus allumé l'ampoule nue qui pendait en haut de l'escalier.

— C'est quoi, ici ? s'est inquiétée Bella.

— Un grenier. Tu n'es encore jamais allée dans un grenier avant ?

Bella s'est collée contre ma jambe.

— Il y a des fantômes ?

— Zéro fantôme, lui ai-je assuré en riant.

Mais je mentais. Des fantômes, il y en avait bel et bien. Au moins un, en tout cas. Je l'ai senti qui me guidait jusque dans un coin sous les combles, un peu comme s'il m'avait prise par la main. Le siège enfant était bien là, soigneusement emballé dans un sac en plastique transparent.

— C'est bon. J'ai trouvé le siège. Nous allons pouvoir t'attacher correctement dans la voiture.

— On repart déjà ? Je voudrais bien jouer encore un peu dans la chambre de la petite fille.

— Tu as encore un peu de temps. En fait, je vais prendre un grand sac et on pourra emporter quelques affaires dans ma nouvelle maison où j'habite maintenant.

— D'accord.

Elle se tenait à la rampe et descendait les marches une à une, exactement comme Carolyn, de son vivant. J'ai connu un bref instant d'intense confusion où je ne savais plus quel enfant se trouvait là devant moi. Oh ! j'étais consciente au fond qu'il s'agissait de Bella. J'avais une perception nette de ce qui se passait, mais quelque chose en moi *aspirait* à cette confusion. Je voulais croire que Bella se retournerait et que mon regard plongerait dans les yeux bruns de Carolyn. Je voulais que l'impossible devienne possible.

De retour dans la chambre de ma fille, je me suis accroupie avec détermination devant l'étagère des livres. C'était la phase de l'opération que je redoutais le plus. Les livres avaient été un tel objet d'adoration pour Carolyn. Elle les connaissait presque tous par cœur et nous corrigeait, Michael et moi, chaque fois que nous oubliions ou que nous déformions une phrase. Peu lui importait qu'une histoire lui ait déjà été racontée une centaine de fois. Elle réclamait encore et toujours ses mêmes récits fétiches. Bella était un peu comme ça, elle aussi, avec son *Chat chapeauté*. Lorsque Carolyn était plus petite, elle montrait chaque image et m'expliquait de quoi il s'agissait, me questionnait sur ce qu'elle ne savait pas ou ce qu'elle avait oublié. Puis, plus grande, elle s'était impatientée lorsque je lisais trop lentement à son goût, tournant elle-même les pages avant même que j'en aie achevé la lecture. Carolyn avait toujours eu du mal à rester assise sans bouger, malgré sa réelle passion pour les livres.

J'en ai pris un sur l'étagère.

— Tu veux m'aider à choisir des livres, Bella ?

Elle avait abandonné la cuisine au profit d'une des maisons de poupée de Carolyn. Ma fille en avait eu deux. Celle de style victorien que le père de Michael avait fabriquée lui-même, avec chaque pièce minutieusement tapissée de papier peint et une façade de bois sculpté. Elle était très belle mais Carolyn ne s'y était jamais beaucoup intéressée, préférant de loin la seconde — une petite maison pour princesse en plastique qu'elle adorait. Bella aussi s'est dirigée tout droit vers la version plastique.

— Bon, allez, je prends juste quelques livres comme ça, alors.

J'en ai attrapé une pile sans les regarder. C'était plus facile ainsi. Mes souvenirs étaient liés à des livres individuels. Pas à une pile anonyme.

Je me trompais en pensant que la phase livres serait le passage le plus difficile. Car Bella avait aussi besoin de vêtements. J'ai ouvert deux tiroirs de la commode de Carolyn et en ai sorti des pantalons, des T-shirts, un pyjama et des sous-vêtements avec des gestes précis, mécaniques, en m'interdisant de réfléchir à ce que je faisais. J'ai posé la pile de linge sur le lit à côté de celle des livres, puis je suis passée dans la chambre parentale pour récupérer un petit sac de voyage. Voir le lit fait m'a causé un choc. Jamais, aussi longtemps que nous avions vécu ensemble, Michael n'avait jugé utile de tirer les draps. J'ai pris un sac de voyage vide pour le ramener dans la chambre de Carolyn.

Tout en rangeant les vêtements dans le fourre-tout, j'ai proposé à Bella :

— Si tu veux, tu peux choisir quatre jouets que nous allons emporter.

Elle a désigné sans hésiter la maison de poupée.

— Ça !

— Elle est un peu grande pour mettre dans le sac mais elle se plie. Nous pouvons la prendre à la main. Quoi d'autre ?

Bella s'est tournée vers la cuisine miniature. Je m'apprêtais à mettre mon veto lorsque son regard s'est posé un peu plus loin sur une boîte contenant une version premier âge du jeu de l'échelle, un jeu de société auquel Carolyn ne s'était jamais intéressée. Aucun souvenir n'était attaché au jeu de l'échelle et ce second choix de Bella m'allait bien. J'ai donc pris la boîte pour la mettre dans le sac avec les livres. Bella a attrapé alors l'ours en peluche sur le lit. Mon premier réflexe a été de lui ordonner de le reposer mais je me suis retenue. *Carolyn n'est plus là. Son nounours ne lui manquera pas. Et elle aurait accepté de le prêter, de toute façon.* En vérité, non, elle aurait refusé mordicus, avec caprice à l'appui. Carolyn n'avait pas été très portée sur le partage. Je m'étais demandé si cela venait du fait que nous avions attendu trop longtemps pour lui donner un frère ou une sœur. Et je m'étais inquiétée à l'idée qu'elle aurait du mal à s'habituer à l'arrivée d'un nouveau bébé. C'était effarant, tout ce pour quoi je m'étais angoissée inutilement, du vivant de Carolyn.

J'ai pris le nounours des mains de Bella et je l'ai placé dans le sac.

— Voilà qui fait trois. Encore un jouet. Un DVD, ça te dirait ?

— Non, merci.

Elle a fait le tour de la chambre, un doigt pensif posé sur les lèvres. Et a fini par pointer ce même doigt sur une boîte contenant une dînette de Carolyn.

— C'est quoi, ça ?

— Un service à thé. Si tu veux, on pourra y jouer tout à l'heure.

Elle m'a tendu la boîte et je l'ai casée dans le fourre-tout.

— Parfait. Nous y sommes, Bella. Je crois que nous avons tout ce qu'il nous faut.

Nous sommes retournées à la voiture et j'ai fixé le siège-auto à l'aide de la ceinture de sécurité, avec des gestes que ma mémoire musculaire avait conservés intacts. Une petite tache rebelle s'était incrustée sur le bord du coussin depuis que Carolyn avait renversé son jus de cranberry. J'ai dû détourner un instant le regard.

Que trouverait à dire Judith de cette nouvelle situation ? J'étais entrée dans la chambre de Carolyn. J'avais touché à ses affaires et je ne m'étais pas effondrée. Me trouverait-elle un peu folle de prendre chez moi une enfant que je ne connaissais pas vraiment ? Une enfant que son père m'avait collée dans les bras de force sans même me laisser son numéro de téléphone. Sans même que je connaisse son nom de famille, me suis-je soudain aperçue. J'étais bel et bien cinglée. Mais je le faisais quand même. Et soudain, je me suis surprise à vivre dans l'ici et le maintenant. *Honore le passé, mais vis dans le présent*. Un frisson m'a parcourue, mais je souriais en même temps. Judith avait toujours une longueur d'avance sur moi.

Bella a grimpé dans le siège et a repoussé ma main lorsque j'ai voulu l'attacher.

— Je sais faire toute seule.

Et elle a bouclé sa ceinture.

En repartant sur Brier Creek, j'ai réfléchi à ce que je pourrais lui proposer à midi. J'ai fait le bilan de ce que j'avais en stock — en espérant que je n'aurais pas à m'arrêter dans une épicerie pour faire des courses.

— Tu aimes les sandwichs, Bella ?

Elle a réfléchi un instant.

— Tu n'as pas des macaronis au fromage, plutôt ?

— Si, si. Figure-toi que je peux t'en faire.

Sous la forme d'un repas Weight Watchers surgelé. Vu

mon faible appétit ces derniers temps et mon désintérêt pour la cuisine, je ne vivais plus que de plats préparés en tout genre.

— Nous allons nous faire un bon petit repas, toutes les deux, Bella.

Nous avons déjeuné dans ma cuisine puis j'ai laissé Bella explorer l'appartement à sa guise, tout en l'accompagnant pas à pas et en répondant à ses questions. Je voulais qu'elle fasse connaissance avec son environnement et qu'elle se sente en sécurité chez moi. Jamais auparavant, je n'avais remarqué à quel point les lieux étaient clairs et ensoleillés. De joyeux rayons dansaient sur la surface de verre de la table basse et éclairaient la moquette beige. Assises par terre, nous avons joué avec la maison de princesse et avec sa poupée blonde, jusqu'au moment où elle a commencé à devenir grognon et à réclamer Travis.

— Tu aimerais peut-être faire une petite sieste, Bella ?

Elle a d'abord fait non de la tête, puis a fini par acquiescer avec une petite moue inquiète.

— Mais mon sac de couchage, il est resté dans Moby Dick.

Je ne m'étais donc pas trompée. Ils n'avaient pas de toit et vivaient dans le fourgon de Travis.

— C'est là que tu dors, ma puce ? Dans la voiture ?

Bella a fait oui de la tête.

— Avant, j'avais mon lit dans la maison quand elle était encore pas brûlée. Après, j'ai dormi dans la caravane. Et maintenant, c'est Moby Dick. Mais il fait froid.

Exact. Les nuits commençaient à être vraiment fraîches. J'imaginais le réveil glacé à l'arrière du fourgon. Je pouvais lui offrir une vie tellement meilleure que celle-là ! ai-je songé.

Erin ! Arrête ! Tu n'as pas le droit de penser une chose pareille.

— Ecoute, j'ai un grand lit que nous pouvons partager.

La seule extravagance que mon propriétaire avait ajoutée à un mobilier par ailleurs très spartiate était un lit d'une taille impressionnante.

— Cette nuit, tu auras bien chaud. Allez viens. On va l'essayer, d'accord ?

Nous sommes entrées ensemble dans la chambre.

— Oh là là ! C'est le plus grand lit du monde !

Il était aussi très haut et j'ai dû l'aider à grimper dessus. J'ai apporté une des chaises de la salle à manger et je l'ai calée, le dos contre le lit, au cas où Bella aurait tendance à rouler. J'ai souri lorsqu'elle s'est installée sous les couvertures, son agneau serré dans les bras. Elle était si mignonne. Et paraissait un peu perdue, tant dans l'immensité du lit que dans le cours de cette longue journée si particulière. Je me suis penchée pour l'embrasser sur le front.

— Dors bien, ma puce, ai-je murmuré, pour la première fois de ma vie, à un enfant qui n'était pas le mien.

Bella a entrouvert les yeux.

— Tu restes ici ?

— Bien sûr. Je vais faire une sieste, moi aussi.

Je suis passée de mon côté du lit, j'ai retiré mon pantalon et mes chaussures et me suis couchée à mon tour.

— Dors bien, toi aussi, et fais de beaux rêves, a murmuré Bella d'une voix lourde de sommeil.

En moins d'une minute, elle dormait. Allongée sur le côté, j'ai observé son visage. Ses cils papillonnaient au fil de ses rêves. Je savais que je resterais éveillée. J'avais juste envie de la regarder. Et de savourer chaque instant de cette journée aux accents doux-amers.

26. Robin

Je dormais profondément lorsque mon téléphone a sonné. Il faisait nuit noire et ma première pensée a été que l'état de santé de mon père s'était soudain aggravé. J'étais à ce point dans le cirage. *Ça ne peut pas être papa. Il est déjà parti.* J'ai pris le téléphone sur la table de chevet. Ma voix s'est à peine élevée au-dessus du murmure.

— Allô ?
— Elle est morte ! a crié Alissa. Vite, vite, dépêche-toi !

Je me suis redressée en sursaut.

— *Qui* est morte ?
— Hannah ! a-t-elle gémi. Vite, s'il te plaît !
— Appelle le 911 !

J'ai jeté le téléphone sur mon lit et me suis précipitée hors de ma chambre, me munissant in extremis de la clé de la Villa Hendricks accrochée à côté de la porte. Pieds nus, j'ai traversé en courant la pelouse entre les deux maisons.

James et Dale étaient partis assister à une conférence à Raleigh mais il m'est venu à l'esprit que Mollie était restée à la maison. Alissa n'était donc pas seule. C'était stupéfiant, à quelle vitesse une suite de scénarios pouvait s'élaborer dans un cerveau : Alissa avait tué sa fille à coups de couteau sous l'effet de sa dépression post-partum, furieuse contre son bébé de lui avoir gâché la vie. Non, Alissa n'aurait jamais fait cela. *La mort subite du nouveau-né.* Hannah avait roulé sur le ventre et avait suffoqué. Ou une chute. Alissa s'était peut-être endormie en lui donnant le biberon et avait laissé tomber son enfant. Au moment où j'ai introduit d'une main

246

tremblante ma clé dans la serrure des Hendricks, toutes ces hypothèses — et d'autres encore — avaient déjà défilé dans mes pensées.

Dès l'instant où je suis entrée dans le vestibule, j'ai entendu les sanglots d'Alissa. Ils venaient de sa chambre. La porte de celle de Mollie s'est ouverte et elle a fait irruption dans le couloir, le regard effaré, un peignoir jeté sur les épaules.

— Tu sais ce qui se passe ? m'a-t-elle demandé alors que nous courions ensemble vers la chambre de sa fille.

— Elle vient de m'appeler pour me dire que le bébé...

Je n'ai pas pu prononcer le mot. Impossible. D'ailleurs Mollie poussait déjà la porte de la chambre.

Alissa était assise sur le lit avec Hannah serrée contre sa poitrine. Elle pleurait en berçant le bébé, avec un petit mouvement du corps d'avant en arrière. On lui aurait donné douze ans plutôt que dix-sept. Nous nous sommes précipitées vers elle.

— Elle est vivante, a-t-elle sangloté. Mais elle était *bleue* quand je l'ai trouvée. Je ne sais pas ce qui a fait que je me suis réveillée juste à temps. C'est... c'est comme si j'avais senti dans mon sommeil qu'elle était trop silencieuse, ou quelque chose comme ça. C'était l'heure à laquelle elle se réveille normalement pour son biberon. J'ai su tout de suite qu'il y avait un truc anormal et j'ai allumé la lumière. Et la couleur de son visage... oh, mon Dieu, c'était affreux.

Mollie s'est penchée pour prendre sa petite-fille.

— Laisse-moi la regarder, tu veux ?

Alissa a déplié tout doucement ses bras qui enveloppaient le bébé comme dans un cocon. Le visage de Hannah s'est plissé et elle a commencé à pleurer tout bas. J'ai poussé un soupir de soulagement. Molly a pris l'enfant des mains de sa fille avec précaution et l'a posé dans son berceau pour l'examiner.

Alissa a tourné son attention vers moi.

— Tu sais, le livre que tu m'as offert ? Ils expliquent comment faire le bouche-à-bouche, en cas de détresse respiratoire… Et comment lui souffler aussi dans les narines. C'est ce que j'ai fait.

Sa lèvre inférieure s'est mise à trembler.

— J'ai soufflé, soufflé, puis elle a émis un petit son, sa respiration est repartie de nouveau et elle a repris ses couleurs habituelles.

Alissa a de nouveau fondu en larmes.

— J'ai vraiment cru qu'elle était morte.

Je me suis assise à côté d'elle et je l'ai entourée de mes bras.

— Tu as eu tous les bons réflexes, Ali.

J'étais sidérée. Déjà, dans un premier temps, qu'elle ait lu le livre, et deuxièmement, qu'elle ait eu la présence d'esprit de mettre en œuvre les conseils qui s'y trouvaient. Je n'étais pas sûre du tout que j'aurais été capable de le faire à sa place.

— Tu l'aimes vraiment, lui ai-je murmuré à l'oreille.

Elle a hoché lentement la tête.

— Je l'aime, oui.

Molly s'est redressée.

— Elle semble aller tout à fait bien. Mais je pense qu'il faudrait quand même que nous la fassions examiner à l'hôpital. Elle était sur le dos lorsque tu l'as trouvée ?

— Sur le dos, oui.

Alissa s'est penchée pour récupérer son enfant dans son berceau et l'a tenue au creux de ses bras, comme pour la défendre contre le monde entier.

Nous avons passé le reste de la nuit à l'hôpital. Et avons souffert mille morts, toutes les trois, en voyant Hannah piquée d'aiguilles et reliée à des moniteurs. Elle paraissait si petite et fragile dans son couffin en plastique. Mais de nous trois, c'est Alissa qui a enduré les pires tourments, ayant découvert qu'elle aimait sa fille de tout son cœur. Il m'avait fallu quatre ans pour prendre conscience de ce qu'elle venait d'apprendre en l'espace de quelques heures.

Le pédiatre de service nous a assuré que Hannah se portait tout à fait bien et qu'il n'y aurait aucune séquelle. Il nous a cependant conseillé de nous procurer un moniteur d'apnée néonatale pour qu'Alissa soit alertée si jamais Hannah refaisait un épisode semblable. Puis il a félicité Alissa pour son adresse et son sang-froid et la jeune maman a fondu en larmes de plus belle.

De retour à la maison, nous titubions toutes trois de fatigue. Mollie a proposé de veiller Hannah pour qu'Alissa puisse s'accorder quelques heures de repos, mais je voyais qu'elle tombait de sommeil, elle aussi. Et puis, j'avais *envie* de rester auprès de Hannah. Tout en sachant que la journée du lendemain serait dure, je me suis engagée auprès de Mollie à rester jusqu'à 6 heures. Il serait temps alors pour moi de retourner au bed and breakfast pour préparer le petit déjeuner de mes hôtes. Je réveillerais Mollie au moment de partir et elle prendrait la relève jusqu'à l'arrivée de Gretchen.

Alissa, malgré son épuisement, ne semblait pas disposée à dormir. Elle a nourri Hannah avec une tendresse que je ne lui avais encore jamais vue jusque-là. Il m'a fallu user de toute ma force de persuasion pour la convaincre de replacer le bébé dans son berceau. Alissa est restée assise sur le lit, une main sur le couffin, comme si elle avait besoin de rester en lien physique avec Hannah. Elle a fini par reporter son attention sur l'endroit où je me tenais, près de la fenêtre.

— Je voudrais parler avec Will de ce qui s'est passé cette nuit. Tu ne crois pas qu'il a le droit de savoir ? Tu ne crois pas que c'est *mon* droit d'avoir le soutien du père de mon bébé, en un pareil moment ? Je ne parle pas d'argent, bien sûr, mais d'un soutien *émotionnel*. Tu ne trouves pas que ce serait juste pour moi et pour Hannah ?

Oui, en vérité, je pensais que ce serait juste.

Je suis venue m'asseoir à côté d'elle.

— Pourquoi Will ne s'est-il pas battu pour avoir sa place dans la vie de Hannah, Ali ?

— Ils ont refusé que je donne son nom au moment de déclarer la naissance.

— Il aurait pu aller au tribunal. Demander un test de paternité. Faire valoir ses droits.

Elle a secoué la tête.

— Je ne suis pas sûre qu'il soit au courant. C'est pour ça que je voudrais le voir. Pour lui parler de ce qu'il pourrait faire.

— Peut-être qu'après les élections Dale accepterait de…

— Rien à foutre de leurs élections à la con !

Alissa a explosé — mais tout bas, pour ne pas réveiller Hannah.

— Est-ce que tu t'entends parler au moins, Robin ? Tu es en train de devenir comme eux. Et c'est moche !

Alissa avait raison. Elle était assez grande pour prendre soin de son bébé ; assez grande pour lui sauver la vie. Assez grande pour prendre d'autres décisions importantes la concernant. Je n'avais pas su lutter contre mon père et j'avais perdu Travis. Mais je n'assisterais pas, impuissante, à la défaite d'Alissa face aux Hendricks. Je me suis représenté en pensée ses retrouvailles avec Will, leurs embrassades émues après tous ces longs mois de séparation infligée.

— Bon, je vais t'aider.

— *Quoi ?*

Alissa paraissait incrédule.

— Je ne sais pas encore comment, Ali, mais je ferai tout ce qui est en mon pouvoir pour que vous puissiez vous retrouver, Will et toi.

250

27. Travis

J'attendais Roy dans un autre centre commercial : celui du Walmart, cette fois. C'était là que j'étais venu me garer, de l'autre côté de la Route 70, à Brier Creek, juste au cas où Erin aurait eu le réflexe d'appeler la police. J'avais passé toute la journée à psychoter dans mon fourgon en regrettant ma décision. Si j'avais eu l'adresse d'Erin, je serais allé tout droit chez elle pour récupérer Bella. Je me torturais à me demander si elle avait ou non trouvé mon petit mot. Mon plan était complètement idiot, mais je me consolais comme je le pouvais en me répétant qu'Erin saurait rassurer Bella. Elle était séparée de son mari mais continuait de mener une vie saine et régulière : elle ferait face à la situation. Bella serait en sécurité avec elle et, lorsque je la récupérerais demain matin, nous serions de nouveau ensemble, ma fille et moi. J'avais réussi à tenir pendant toute cette journée pourrie. Maintenant, il ne me restait plus qu'à endurer cette nuit de malade avec Roy, faire son trafic de nuls avec du lait maternisé et empocher mon argent. *Beaucoup d'argent.*

J'avais téléphoné à Roy pour le prévenir que j'avais changé mon fourgon de place et il m'avait dit qu'il serait au Walmart vers 11 heures du soir. Il était déjà minuit moins le quart et toujours personne. Je commençais à me dire que nous nous étions mal compris et je me préparais à le rappeler lorsqu'une voiture s'est engagée sur le parking. Lorsqu'elle est passée sous un lampadaire, j'ai reconnu le véhicule de Roy et j'en ai conclu que c'était parti pour notre grand rodéo de la nuit. Tant mieux. J'avais hâte d'en finir.

Il s'est garé à côté de mon fourgon et il est descendu de sa Mustang. *Seul.* Alors qu'il était censé arriver avec un complice. Il m'avait juré que j'aurais juste à conduire et que je ne participerais pas au vol proprement dit. Roy a ouvert la portière passager de ma voiture et il est monté à bord avec deux puissantes torches électriques à la main.

— Il est où ton pote ?

— T'inquiète. On est venus chacun de notre côté.

Il a regardé sa montre.

— On ne devrait pas l'attendre trop longtemps.

De la poche de sa veste, il a tiré un téléphone portable.

— Tiens, prends ça. C'est juste au cas où on aurait un imprévu. Chacun de nous aura le sien. Et tu le balances dès qu'on aura terminé le boulot, compris ?

— Comment ça, un imprévu ? Je croyais que c'était du tout cuit ?

— Arrête de pleurnicher, tu veux.

Son attention était rivée sur l'entrée du parking. Suivant son regard, j'ai vu des phares approcher. C'est seulement lorsque la voiture s'est rangée à côté de la Mustang que j'ai reconnu la New Beetle verte.

— Oh ! bon sang. C'est *Savannah* ?

— T'as tout compris, mon pote.

Je suis descendu d'un bond du fourgon et je l'ai cueillie alors qu'elle ouvrait sa portière.

— C'est quoi cette arnaque, merde ?

— Arrête de crier comme ça.

Elle a posé la main sur ma poitrine, comme si cela pouvait me réduire au silence.

— Tu as une drôle de façon de saluer les vieux amis, Travis.

Roy nous a rejoints et s'est adressé à Savannah :

— Il va tout faire foirer, ce mec.

— Zen, Roy. Ça va aller.

J'étais fou de rage contre Savannah.

— Tu n'avais pas le droit de me mentir !

— Tu vas la fermer, oui ?

252

Roy m'a donné une bourrade mais je bouillais tellement que je l'ai à peine sentie. Savannah a soutenu mon regard.

— Je t'ai trouvé du boulot, non ? Et mieux payé que tout ce que tu aurais pu décrocher à Carolina Beach. Alors calmos, mon pote.

— Bon, les enfants, c'est fini, terminé, la grande scène de retrouvailles, est intervenu Roy. On n'a pas que ça à faire. En route.

— Ne comptez pas sur moi pour vous conduire. Même pas en rêve. Je ne le ferai pas.

C'était une question de principe, à présent. Je n'aimais pas être pris pour un idiot, même s'il y avait cinq cents dollars à la clé.

Savannah a soupiré avec impatience.

— Mais si, tu vas le faire. Secoue-toi un peu, Travis ! J'y suis déjà allée je ne sais combien de fois. Ça paye un maximum et tu as besoin du fric. Où est Bella, d'ailleurs ?

— Ça ne te regarde pas.

— Et tu la nourris comment, si tu ne bosses pas ? Vous dormez où ? Dans le fourgon ? L'hiver arrive au cas où tu ne l'aurais pas remarqué.

Je l'aurais étranglée.

— Arrête de me faire la morale, O.K. ? Tu es... tu es...

Je n'en revenais pas qu'elle ait pu me truander ainsi. Elle m'avait manœuvré comme un bleu et je n'y avais vu que du feu.

— ... tu es une manipulatrice de première !

Elle s'est mise à rire.

— C'est déjà plus glorieux que d'être ton plan cul du moment. C'est tout ce que je représentais pour toi, non ?

Roy commençait à s'énerver.

— Bon, vous réglerez votre querelle d'amoureux plus tard. Pour le moment, on a un transport à faire. On y va, oui ou merde ?

Ils se sont dirigés tous les deux vers mon fourgon et je suis resté planté là, à peser ma décision. J'étais furieux, à la fois contre Savannah et contre moi-même, de m'être laissé avoir d'une manière aussi stupide. Mais Savannah avait raison sur un point : *j'étais à bout de ressources*. Le visage en feu, je me suis installé au volant.

Roy avait laissé le siège passager à Savannah pour prendre place à l'arrière. Aucun de nous trois n'a prononcé un mot pendant que je manœuvrais pour sortir du parking.

— Je vais où, alors ?

— A droite, m'a dit Roy. Tu continueras dans cette direction pour le moment.

Du coin de l'œil, j'observais Savannah. J'étais toujours aussi remonté contre elle.

— Il y a longtemps que tu fais ces transports ?

— Quelques années. Tu voulais savoir comment je pouvais me payer des trucs sympas, dans le mobil-home, et m'offrir une voiture neuve ? Tu as la réponse, maintenant. Je vais déménager bientôt, d'ailleurs. Probablement pour venir m'installer ici, à Raleigh. J'ai l'intention de…

— Ferme-la, Savannah, l'a coupée Roy.

Elle a tourné la tête par-dessus l'épaule pour le regarder.

— Quoi ?

— Tu parles trop. Personne n'a besoin de savoir ce que tu fais de ta vie.

J'ai grincé des dents.

— Je ne suis pas « personne », je suis le pigeon de madame. Pourquoi moi, Savannah ? Il y a des centaines d'autres mecs que tu aurais pu embringuer là-dedans.

— Tu n'es *pas* un pigeon, m'a-t-elle assuré en me posant la main sur le bras.

J'avais les mâchoires tellement crispées que j'ai cru qu'elles allaient se briser.

— Tu fais partie de l'équipe, maintenant, Travis. Alors arrête de faire ta victime. Avant, on travaillait avec un autre gars mais il s'est planté sur un job et il a fini…

— *Ta gueule*, Savannah, a aboyé Roy.

— Oh ! ça va.

Je me suis souvenu alors que Savannah m'avait prévenu qu'elle ne pourrait pas toujours s'occuper de Bella car il lui arrivait d'aller voir des amis à Raleigh. C'était donc ça, ses

« visites ». Chaque fois qu'elle avait besoin d'argent, elle allait faire un « transport » pour récupérer du lait infantile volé.

— Il lui est arrivé quoi, au mec qui bossait avec vous ?

— Il a déconné, m'a répondu Roy. Mais toi, tu ne vas pas nous faire ce coup-là, on est bien d'accord ? Donc, tu n'as pas à t'inquiéter.

— Il s'est fait choper ou quoi ?

— Il a eu droit au « ou quoi », a pouffé Savannah.

— Putain, Savannah, tu vas te la fermer, oui ?

Qu'est-ce que je fichais là ? Aucune somme d'argent au monde ne valait le prix de ma liberté. Je n'avais pas envie de finir en taule. Ou pire même, de perdre la vie pour leur business.

J'ai cherché des yeux un panneau indiquant une sortie.

— Bon, ben pour moi, c'est réglé : j'arrête. Je vous ramène au parking et débrouillez-vous comme vous voudrez. Dès que je pourrai faire demi-tour…

— Tu délires ou quoi, là ?

Roy avait l'air dégoûté.

— C'est quoi ce pleurnichard que tu nous as dégoté, Savannah ?

— Il a l'air d'oublier à quel point il est dans la merde.

Ils parlaient de moi, comme si je n'étais pas là.

— O.K. Je fais demi-tour à cette…

— Sûrement pas, non.

J'ai senti soudain quelque chose de froid contre ma joue, juste à l'avant de l'oreille. Dans mon rétroviseur, j'ai vu la tête de Roy, juste derrière la mienne. Il m'a fallu un instant pour saisir qu'il appuyait *le canon d'une arme* contre ma mâchoire.

— Enlève-moi ce truc de là, Roy.

Il a abaissé son revolver.

— Bon. Tu es calme, maintenant ? Alors tu continues tout droit.

La règle du jeu avait changé avec l'apparition de l'arme. J'ai fait ce qu'il me disait. Point. Les pensées se bousculaient dans ma tête. Comment un type dans un film aurait-il réagi

255

à ma place ? Il aurait trouvé un plan de génie, à coup sûr. Mais je me sentais tout sauf brillant. J'étais un idiot intégral, même, et tout ce que je voulais, c'était en finir avec ce cauchemar et retrouver ma fille. Des larmes m'ont brûlé les yeux. Heureusement que dans le noir les deux autres ne voyaient rien.

Pendant le restant du trajet qui a duré environ une heure, nous ne nous sommes pas dit grand-chose. Savannah m'a posé quelques questions au sujet de Bella. M'a demandé comment elle allait. M'a assuré qu'elle lui manquait.

— Je n'ai pas envie de parler de Bella, d'accord ?

J'avais l'impression de la salir, ma fille, en l'évoquant devant ces gens-là. Comme si elle était présente dans le fourgon. J'espérais qu'elle dormait dans un lit vraiment très confortable, au chaud dans une maison, avec Erin qui veillait sur elle. Pendant tout le temps où je conduisais, elle était là, dans ma tête. *Plus jamais je ne te ferai cela, Bella.* Je trouverais un autre moyen de nous sortir de nos difficultés. Mais jamais plus je ne perdrais ma fille de vue. Un panneau au bord de la route nous a souhaité la bienvenue en Virginie. Ainsi, nous avions changé d'Etat. J'avais vaguement en tête que cela pouvait modifier la nature d'un délit commis. Peut-être entraîner l'intervention du FBI ou un truc comme ça ? Je n'en avais aucune idée et j'ai gardé mes questions pour moi.

Roy m'a indiqué un panneau.

— Le relais routier est juste à la sortie suivante.

— Prends la voie de droite, m'a dit Savannah.

J'ai emprunté la rampe de sortie puis, très vite, me suis engagé sur un immense parking où étaient garés une vingtaine de semi-remorques.

— Eteins tes phares et conduis lentement, m'a ordonné Roy.

J'ai fait ce qu'il me disait et j'ai roulé à vitesse réduite entre les rangées de poids lourds qui dominaient mon fourgon de leur masse imposante. De grands lampadaires offraient des îlots de lumière ici et là, mais pour l'essentiel, nous nous trouvions dans l'obscurité. A l'extrémité du parking, la station essence se profilait, flanquée d'un bâtiment bas qui devait être un restaurant pour routiers, car un néon rose clignotant indiquait simplement « CASSE-CROUTE ». Savannah s'est penchée en avant, scrutant dans le noir chacun des énormes véhicules. A mes yeux, ils étaient tous identiques. A cette heure, j'imaginais que quasiment tous les chauffeurs de ces gros engins devaient dormir dans leur couchette. Etions-nous observés ? Les plaques d'immatriculation de mon fourgon étaient-elles visibles ? Avec mes phares éteints, cela paraissait peu probable. Même chose pour les plaques aimantées avec « Brown Construction », sur les côtés de mon véhicule. Il restait que, s'il y avait le moindre pépin, ce serait *mon* fourgon qu'on rechercherait et non pas Roy ou Savannah. Ce qui, vraisemblablement, faisait partie intégrante de leur plan.

Le plus grand calme régnait sur le parking. On entendait le passage occasionnel d'une voiture sur l'autoroute toute proche, mais à cette heure avancée de la nuit il n'y avait quasiment plus de circulation. Tout semblait figé dans une immobilité presque inquiétante, à l'exception de la sinistre enseigne au néon clignotante.

— C'est celui-là, s'est exclamé Roy à mi-voix. Près de la barrière.

J'avais à peine remarqué le poids lourd qu'il me montrait. Il était stationné un peu à distance des autres. Et à l'écart des lampadaires.

— Arrête-toi à l'arrière du semi, m'a fait Savannah.

J'ai positionné le fourgon suivant ses instructions.

— Vous allez entrer comment, dans ce truc ?
— Il sera ouvert, a chuchoté Savannah.

Le chauffeur devait être aussi dans le coup, je l'ai compris à ce moment-là. Savannah s'est tournée sur son siège et a interrogé Roy du regard.

— Les caisses sont marquées comment, cette fois-ci ?
— Juste la croix habituelle.
— Combien ?
— Quinze.
— Ouah.

Elle avait l'air contente. J'ai froncé les sourcils.

— C'est quoi encore, cette histoire ? Si ce sont des caisses de lait, pourquoi seraient-elles marquées ?

— Evite de poser des questions, a dit Roy. Moins tu en sauras, mieux ça vaudra pour toi.

Il n'avait pas tort. Si leur affaire tournait mal, j'avais intérêt à être le moins informé possible. Mais j'étais tellement furieux de m'être fait avoir — et de passer pour le dernier des guignols, accessoirement — que j'avais besoin de comprendre. L'explication s'imposait d'elle-même.

— Ce n'est pas vraiment du lait que vous volez, c'est ça ?

Savannah a pouffé de rire.

— Mais si, tu verras. Des caisses pleines.

— Du lait infantile qu'aucun bébé ne boira, a précisé Roy en ouvrant sa portière pour se glisser hors de la voiture.

Je me suis tourné vers Savannah.

— Qu'est-ce que ça veut dire ?

— Tu es trop nul, mon pauvre.

Elle s'apprêtait à ouvrir sa portière mais je lui ai attrapé le poignet.

— Arrête de jouer au plus fin avec moi. C'est de la drogue, c'est ça ?

Savannah s'est débattue pour se libérer.

— A ton avis ? De la coke. Coupée avec du lait. Nous prenons quelques caisses, nous les livrons à notre intermédiaire et c'est tout. Et avec ça, on gagne royalement bien notre vie. C'est pas beau, ça ?

— Non mais tu délires, là !

Je lui ai lâché le bras et j'ai tapé du poing sur le volant.

— Dégage de ma voiture, Savannah. Je me tire.

Ça a été à son tour de me saisir le poignet. Si fort que ses ongles se sont enfoncés dans ma chair.

— Tu fais ça et les services sociaux recevront une jolie dénonciation anonyme au sujet d'une petite fille sans domicile fixe qui dort dans un fourgon avec son pathétique crétin de père.

Roy a cogné contre ma vitre avec le canon de son arme

et j'ai sursauté. Savannah s'est penchée jusqu'à ce que son visage ne soit plus qu'à quelques centimètres du mien.

— Nous nous sommes *compris*, Travis ?

J'ai dégluti avec peine. Le piège s'était refermé sur moi — il fallait que j'aille jusqu'au bout ou je perdais Bella. Le choix était vite fait. J'ai repoussé Savannah avec colère.

— Alors magne-toi et qu'on en finisse.

Roy a tapé de nouveau sur ma vitre et je l'ai ouverte.

— C'est toi qui montes la garde. Si tu vois bouger quoi que ce soit, tu nous le fais savoir, compris ?

Je n'ai rien répondu. N'ai réagi en aucune manière. C'était comme si je me dissociais de ce qui se passait. Tout ce que je voulais, c'était qu'ils en finissent, et rapidement.

L'un des deux a ouvert les portes arrière de mon fourgon. Je ne discernais rien dans mon rétro à part le noir de la nuit. Vu comme j'étais positionné, je ne pouvais pas voir l'arrière du poids lourd. En regardant dans le rétroviseur latéral, en revanche, je distinguais les jambes de Roy et de Savannah dans l'obscurité. J'ai entendu les portes du semi s'ouvrir avec un grincement sonore qui s'est propagé en écho, se répercutant d'un camion à l'autre sur le parking. Les jambes de Roy ont disparu de mon champ de vision et j'en ai conclu qu'il avait grimpé à l'intérieur du camion. Une minute plus tard, Savannah est apparue dans mon rétro alors qu'elle chargeait une caisse de lait à l'arrière de mon fourgon. Je ne me suis pas retourné.

— Pense à l'argent, c'est tout, m'a-t-elle soufflé.

Je n'ai pas répondu. Je m'interrogeais simplement sur la valeur totale de toute cette drogue, pour que tout le monde puisse vivre grassement de ce trafic. J'étais sûr que la part que je toucherais serait dérisoire par rapport à ce que tous les autres tireraient de ce « transport ».

De là où j'étais garé, je n'avais strictement aucune visibilité, donc je ne me sentais pas très utile en tant que guetteur. Une grosse rangée de poids lourds bloquait ma vue et je ne discernais ni la station-service ni le restaurant. Quelques flaques de lumière à peine trouaient les vastes étendues d'ombre dans la zone du parking qui restait visible. Ma tension montait à chaque seconde qui passait et j'ai tourné la tête des deux côtés, cherchant à distinguer entre les gros bahuts si quelqu'un venait dans notre direction. Mais tout semblait parfaitement calme. Les seuls sons que je percevais à part le bruit occasionnel d'une voiture sur l'autoroute étaient les directives échangées à mi-voix entre Roy et Savannah, et leurs grognements étouffés lorsqu'ils chargeaient une nouvelle caisse dans le fourgon.

Je commençais presque à me détendre lorsqu'un mouvement a attiré mon attention. Je me suis penché en plissant les yeux. J'étais sûr d'avoir vu bouger quelqu'un ou quelque chose, loin au bout d'une rangée de camions. J'ai maintenu mon regard fixé dans cette direction jusqu'à ce que mes yeux en pleurent. Juste au moment où je parvenais à me persuader que j'avais eu des visions, j'ai perçu un son. *Des pas* — et qui se rapprochaient rapidement. A en juger par le bruit, ils étaient au moins deux. Je ne voyais toujours rien, en revanche, et le son me parvenait sous forme d'échos. Impossible de déterminer d'où il venait.

Et soudain, j'ai distingué deux hommes dans une des flaques de lumière du parking, à moins de trente mètres de mon fourgon.

— Hé ! a lancé l'un d'eux en agitant les bras.

Ils ont crié encore autre chose mais je n'avais aucune idée de ce qu'ils disaient. C'était comme si mon cerveau avait des ratés. Au milieu de la pagaille générale, une seule et unique pensée surnageait : *Tire-toi de là et sauve ta peau.*

J'ai tourné la clé de contact et démarré en trombe. Roy m'a hurlé quelque chose et j'ai distinctement entendu un coup de feu lorsqu'il a tiré en direction des deux hommes. J'ai senti le poids de mes portières ouvertes à l'arrière au moment où j'ai fait un écart pour éviter les deux types. Le pied au plancher, j'ai prié pour qu'ils ne voient ni mes plaques, ni l'inscription « Brown Construction ». Derrière moi, de nouvelles balles ont sifflé, si près que j'ai eu le réflexe de baisser la tête. Je n'ai même pas pris le temps de regarder dans mon rétro si l'un des deux gars avait été touché. Les yeux rivés sur la sortie, j'ai roulé comme un dingue sur le parking. Quelques minutes plus tard, j'atteignais sans encombre la rampe d'entrée de l'autoroute. J'ai poursuivi ainsi sur environ un kilomètre avant de me risquer à me garer sur le bas-côté, le cœur cognant à grands coups contre mes côtes. Je suis descendu de voiture pour refermer mes portières arrière, sans perdre de temps à examiner les caisses de lait trafiqué renversées un peu partout sur le matelas de ce qui était devenu notre maison sur roues, à Bella et à moi.

J'ai couru me remettre au volant, mon pied comme du plomb sur la pédale d'accélérateur. Jusqu'au moment où j'ai suffisamment repris mes esprits pour me rappeler que j'avais tout intérêt à respecter la limitation de vitesse, vu la nature de mon chargement. J'ai ralenti et un silence relatif s'est fait, suffisant en tout cas pour que je perçoive le son paniqué de ma respiration.

Et maintenant ? Qu'est-ce que je fais ? J'avais laissé Roy et Savannah en plan, sans moyen de transport, avec une moitié de chargement et ces deux gars aux trousses. Penser à ce qui avait pu se passer sur ce parking me donnait froid dans le dos. *Roy et son putain de pistolet.* Fallait-il revenir en arrière pour les récupérer ? *Pas question.* Je ne voulais plus rien avoir à faire avec leurs histoires glauques. Rien de chez rien. J'ai pris la sortie suivante et me suis réengagé sur l'autoroute dans la direction opposée pour regagner la Caroline du Nord. Je ne m'étais pas mis dans cette situation de mon plein gré, après tout. Ils m'avaient feinté de bout en bout et je ne leur devais rien.

Il restait que, de nous trois, c'était *moi* qui roulais avec la valeur de quelques milliers de dollars de cocaïne dans ma camionnette et zéro dollar en poche. Moi qui avais dû me séparer de ma petite fille, qui devait probablement se demander en ce moment si son papa était parti au ciel, lui aussi, avec le projet de ne plus en revenir.

261

28. Erin

A 1 heure du matin, j'avais toujours les yeux grands ouverts et je commençais à me demander si je n'étais pas partie pour une nuit blanche. Il fallait dire que Bella m'avait demandé de laisser un peu de lumière et qu'il m'était impossible de dormir autrement que dans le noir complet. Je n'avais pas de petite veilleuse dans mon appartement, donc j'avais allumé le dressing et laissé la porte entrouverte. Bella avait paru satisfaite de cette solution et ne semblait pas le moins du monde gênée par le rai de lumière qui tombait sur son visage endormi. A tout instant, j'étais obligée de tourner la tête pour la regarder car, chaque fois que je fermais les yeux, j'oubliais qu'elle n'était *pas* Carolyn. Il fallait que je me répète en permanence que c'était une autre petite fille qui se trouvait là, dans mon lit et dans mon cœur. Mille fois, depuis le décès de Carolyn, j'avais eu le sentiment d'être folle parce que je m'imaginais la voir dans la rue ou croyais entendre sa voix à l'autre extrémité d'une pièce. Mais cette nuit je me sentais parfaitement saine d'esprit. Presque comblée. Dieu sait pourtant que la situation était tordue. Mais pour quelques heures, au moins, je me préoccupais de quelqu'un d'autre que de moi-même. Comme j'avais été centrée sur ma petite personne depuis la mort de ma fille ! Etrangement, je ne m'en étais pas rendu compte jusqu'à ce soir. Toute mon énergie vitale avait été investie dans *mon* chagrin, dans *mon* appréhension à recommencer à travailler, dans la triste monotonie de *ma* petite existence au jour le jour. Ce soir, j'avais à peine eu une pensée pour mes petits et mes grands tracas ; ma seule préoccupation avait été d'assurer le confort et la sécurité de Bella. Travis m'avait fait un cadeau en me confiant sa fille. Et je me demandais si, quelque part, tout au fond de lui, il ne l'avait pas senti.

Nous avions passé une bonne soirée, Bella et moi. Pour lui faire prendre l'air, je l'avais emmenée faire à pied le tour du petit lac près de ma résidence. A un endroit, un petit pont enjambait une rivière et il avait fallu que je le traverse en courant. Pour éviter que Bella ne perçoive mon angoisse, j'avais déguisé l'épisode en jeu. Mais depuis la nuit sur la jetée je détestais me trouver au-dessus de l'eau, dans quelque circonstance que ce soit. J'avais adoré faire de la plongée autrefois mais, aujourd'hui, même le petit plongeoir de notre piscine municipale me donnait des sueurs froides. Au point que cela en devenait ridicule.

De l'autre côté du pont, une petite aire de jeux avait été aménagée pour les enfants du quartier. Bella s'était amusée un moment sur la balançoire et sur le toboggan mais, pour l'essentiel, elle était restée près de moi au lieu de courir à l'aventure comme l'aurait fait Carolyn. *Oh, Carolyn.* Si seulement ma fille avait été un peu plus prudente. Un peu plus accrochée aux jupes de sa mère. Et si seulement je n'avais pas écouté Michael ce soir-là.

« Tu la surprotèges, par moments, Erin. Tu vas en faire une petite chose craintive qui aura peur de son ombre ! »

Peut-être que si Bella avait été avec Travis elle se serait lancée seule avec un peu plus de courage. Mais à aucun moment elle ne s'est fait prier pour me tenir la main. Et son attitude réservée m'allait bien.

De retour de notre promenade, elle avait participé à la préparation du dîner en découpant les feuilles de laitue. Notre repas s'était borné à une soupe, une salade et du pain. C'était tout ce que j'avais en réserve chez moi — à l'exception de mes éternels surgelés. Bella n'avait pas touché à sa salade et elle m'avait demandé de couper la croûte de son pain, en dédaignant la mie, à ma grande surprise, pour ne manger que le reste. Mais elle a réussi quand même à avaler une demi-assiette de soupe au poulet et au riz. Nous avions organisé ensuite un petit « thé gourmand » avec la dînette, et des biscuits en dessert. Alors seulement, j'avais mis en œuvre ce que je rêvais de faire depuis que j'avais trouvé le petit mot dans sa poche : je lui avais fait prendre un bon bain moussant et lui avais lavé les cheveux.

— C'est quoi un bain avec des bulles ? avait-elle demandé lorsque je lui avais fait part de mes intentions.

J'étais restée incrédule.

— Tu n'as jamais pris un bain avec de la mousse ?

Elle avait secoué la tête.

— J'allais dans la baignoire, le soir, dans notre maison brûlée.

J'avais envie de la questionner sur ce lieu où elle avait vécu, de lui demander comment la maison avait pris feu. Mais je me suis bien gardée de réveiller chez elle des souvenirs susceptibles de la rendre triste. Elle devait déjà se sentir bien assez vulnérable comme cela.

Je lui ai fait couler l'eau en ajoutant plein de produit moussant. Et à en juger par son émerveillement à la vue des dix centimètres de mousse qui avaient enflé dans la baignoire, j'ai compris qu'elle m'avait dit la vérité sur le fait qu'elle n'avait encore jamais pris de « bain avec des bulles de savon » — ou, en tout cas, jamais un aussi extravagant que celui-ci. Elle s'est déshabillée toute seule, petite chose menue qui pesait trois fois rien lorsque je l'ai soulevée par-dessus le rebord de la baignoire pour l'installer dans l'eau. Je me suis servie du pommeau de douche pour lui laver les cheveux en prenant soin de ne pas mettre de mon shampoing d'adulte dans ses yeux. La brosse à dents neuve que j'ai sortie de son emballage était bien trop grande pour elle et elle a couiné un peu pendant que je lui lavais les dents, mais elle a enduré le traitement avec courage. Au coucher, Bella était propre comme un sou neuf, avec les joues toutes roses. Je l'ai mise au lit et elle s'est blottie contre moi — exactement de la même manière que Carolyn — pour que je lui lise *Winnie l'Ourson*. Je l'ai sentie qui se faisait lourde, petit à petit, et s'abandonnait à mesure que le sommeil la gagnait. Pour éviter qu'elle ne se réveille en sursaut, seule dans un lit inconnu, je me suis couchée en même temps qu'elle. Mais impossible de m'endormir.

J'ai fini par prendre mon iPad sur la table de chevet et je me suis connectée sur le forum du « Papa de Harley ». Quelques amis inquiets se souciaient de ce que je devenais. Je me suis aperçue que, pour la première fois depuis des mois, je ne m'étais pas manifestée sur le forum de toute la journée.

J'ai lu les posts du jour et j'ai retrouvé l'atmosphère habituelle du forum. Deux nouveaux membres du groupe communiquaient leur douleur récente et encore à vif. Quelques autres se trouvaient au même stade que moi. Certains attribuaient la responsabilité de leur drame à un autre membre de leur famille, à un médecin incompétent ou à un dieu indifférent. D'autres chargeaient sur leurs propres épaules le poids de remords effroyables à cause de ce qu'ils avaient fait, pas fait, ou auraient dû faire. Pendant que je lisais, un instant, je me suis sentie étrangère à ces gens, comme si, au cours de cette journée si particulière, j'avais laissé derrière moi mes amis en ligne.

> Bonsoir à vous tous, ai-je posté. Désolée d'avoir été aux abonnés absents depuis ce matin mais j'ai eu une journée assez folle. Vous aurez du mal à le croire, mais je garde une petite fille de l'âge de C. pour la journée et pour la nuit.

Je faisais partie des parents qui ne précisaient pas le prénom de leur enfant disparu. Cela ne m'aurait pas ennuyé de le faire, mais j'avais promis à Michael de ne pas communiquer de détails permettant d'identifier Carolyn ou notre famille.

> J'ai donc passé une étrange journée, ai-je ajouté pour conclure mon message.

En l'espace de quelques minutes, j'ai reçu une flopée de réponses.

> Ouah ! Je ne sais pas si j'en aurais été capable !

Et puis :

> Je parie que cela t'a fait du bien. Tu as le cœur tellement généreux, Erin !

Très vite, je me suis de nouveau sentie chez moi avec mes amis du « Papa de Haley ». Nous avons échangé ainsi pendant un moment, puis j'ai tenté de me plonger dans un roman, mais mon regard ne cessait de dériver sur Bella. Elle avait le pouce dans la bouche et son petit mouton serré contre sa joue. L'ours polaire de Carolyn était tombé en défaveur et avait été abandonné sur mon canapé.

A 2 heures du matin, j'ai refermé ma tablette mais je n'ai toujours pas trouvé le sommeil pour autant. J'avais des somnifères que j'aurais pu prendre, mais je voulais être vigilante au cas où Bella aurait besoin de moi. Vers 2 h 30, toujours aussi insomniaque, j'ai fini par sortir du lit et passer dans la cuisine pour me préparer une infusion. Je venais juste de m'installer sur le canapé pour la boire lorsque j'ai entendu pleurer Bella. Elle est entrée en courant dans la pièce faiblement éclairée, l'air perdu et effrayé.

— Je suis là, Bella. Tout va bien.

Elle s'est précipitée vers moi et je l'ai prise sur mes genoux. Son désarroi me déchirait le cœur.

— Tu t'es réveillée et tu avais oublié où tu étais ?

Elle a fait oui de la tête, en hoquetant à travers ses larmes. Bella pleurait fort, à la manière des enfants beaucoup plus jeunes qu'elle. Ses sanglots étaient si violents qu'elle avait de la peine à respirer.

— Je veux mon *papa*.

— Je sais, je sais, Bella.

Je l'ai bercée dans mes bras et j'ai senti ses cheveux, propres et doux contre mes lèvres.

— Demain matin, nous allons le retrouver au *coffee shop*. Et il sera très, très content de te revoir.

Ce serait un crève-cœur d'avoir à me séparer d'elle dans quelques heures. La laisser partir pour qu'elle retourne dormir dans un fourgon ? Comment pourrais-je m'y résoudre ?

Je me suis mise à chanter. Même si je n'avais aucun talent pour la musique, Carolyn avait toujours adoré que je lui chante des chansons. J'ai donc passé en revue l'intégralité de mon maigre répertoire et, petit à petit, les sanglots de Bella se sont apaisés, se muant en frissons ponctuels. Le fait d'avoir réussi à la calmer m'a procuré un sentiment intense de fierté et de joie. J'étais si heureuse qu'elle se sente en sécurité dans mes bras.

— Tu peux arrêter de chanter, maintenant, m'a-t-elle soudain ordonné.

Je n'ai pu m'empêcher de rire. Son ton disait clairement que l'effet de ma voix était devenu plus irritant que relaxant. Bella est descendue sans prévenir de mes genoux et a couru attraper l'ours en peluche ainsi que son sac rose avant de revenir se blottir contre moi, entourée cette fois de l'ours, du sac et du mouton. Elle a tenté d'ouvrir le sac et je l'ai aidée à actionner le fermoir.

— Tu veux ta petite poupée blonde, Bella ?

Après avoir joué avec la maison de princesse, la veille, nous l'avions soigneusement replacée dans son sac. Je ne voulais pas qu'elle l'oublie en repartant.

— Oui, je veux la poupée, maintenant.

Elle a plongé la main dans son sac et en a extirpé la petite figurine avec les longs cheveux blonds. Puis elle a fouillé de nouveau et en a ressorti sa brosse à dents. Je n'avais pas imaginé un instant que Travis avait pu prévoir quoi que ce soit, en matière d'affaires de toilette pour Bella.

— Oh ! ma puce. C'est ta brosse à dents ! Nous prendrons celle-ci demain matin au lieu de la grande, d'accord ?

— J'ai de l'argent, aussi.

Elle a retourné le sac. Des pièces de monnaie en sont

tombées ainsi qu'un billet de cinq dollars et les deux photos qu'elle m'avait déjà montrées précédemment.

— Ah oui, dis donc. Tu as plein de pièces.

Les photos titillaient ma curiosité. J'ai allumé la lumière à côté du canapé et examiné celle de l'adolescente.

— C'est ma maman, m'a indiqué de nouveau Bella.

Je n'avais pas bien vu son portrait, la fois précédente, au *coffee shop*. Mais j'ai pris le temps, cette fois, de scruter le visage de la jeune fille qui ne devait guère, à l'époque, dépasser les quinze ou seize ans. Elle m'a paru émaciée et fragile. Elle avait un joli sourire mais sa peau était si pâle et transparente qu'on avait l'impression de voir à travers. La photo était déjà ancienne, apparemment, à en juger par ses bords écornés. Ou avait-elle juste souffert de son séjour prolongé dans le sac rose ?

— Ma maman m'aime beaucoup, beaucoup, m'a expliqué Bella. Mais elle habite très loin et elle ne peut pas venir me voir.

C'était comme si, à travers elle, j'entendais Travis lui seriner ce discours fabriqué sur mesure. *La maman de Bella serait-elle morte ?* Non, puisque Travis avait dit qu'elle vivait à Beaufort. Autrement dit, à une distance raisonnable qui n'empêchait nullement que Bella lui rende visite. Pourquoi donc Travis était-il seul en charge de sa fille ? J'aurais aimé en savoir plus sur les circonstances qui avaient présidé à l'attribution du droit de garde. De nouveau, j'ai scruté les traits de la jeune fille pâle. Son enfant lui manquait-elle ? Et si Travis avait bel et bien kidnappé Bella, comme je l'avais cru la première fois que je les avais vus ? Hier encore, cette pensée ne m'aurait même pas traversé l'esprit. Mais j'avais la preuve aujourd'hui qu'il ne prenait pas toujours les décisions les plus judicieuses concernant sa fille... Mon cœur s'est serré un instant alors que je pensais à la jeune fille sur la photo — à Robin — et que je l'imaginais déchirée par l'absence de sa fille. De sa fille *disparue*. Je me représentais son angoisse, sa nostalgie, sa douleur.

« Vous ne voyez pas que vous projetez vos propres ressentis, là, Erin ? »

La voix de Judith résonnait si distinctement dans ma tête que j'ai cru un instant qu'elle venait de m'adresser elle-même la parole. Bien sûr qu'il s'agissait de projections de ma part. Je ne concevais même pas que l'on puisse avoir une fille vivante quelque part sans être obsédé par le besoin de l'avoir auprès de soi.

Alors je me suis promis que, au matin, j'aurais une discussion serrée avec Travis. En tête à tête. Il m'avait embringuée de force dans cette situation et j'estimais qu'il était désormais de mon droit d'obtenir des explications claires sur leur situation familiale exacte.

29. Travis

Pouvait-on mourir d'une crise cardiaque à vingt-deux ans ? Il y avait déjà plusieurs heures que j'étais allongé dans le noir à l'arrière du fourgon, les yeux rivés au plafond, encerclé de caisses de lait maternisé goût cocaïne, et je n'avais toujours pas réussi à me calmer. Mon cœur cognait comme un fou contre le matelas et la seule chose que je parvenais à penser, c'est que je n'avais pas le droit de mourir maintenant. Il n'était pas possible que je laisse Bella toute seule sans son papa. Même si, dans le bourbier où j'étais tombé, je n'avais pas l'impression de valoir encore grand-chose en tant que père.

J'étais de retour à ma place habituelle, sur le parking de Target, à me demander jusqu'à quel point je m'étais mis en mauvaise posture après mes exploits de la nuit. Une chose était certaine en tout cas : ma situation n'était pas brillante. Tout ce que j'espérais, c'est qu'il n'y avait pas eu de morts. Ni les deux types sur lesquels Roy avait tiré ; ni Roy et Savannah eux-mêmes. Même si je me sentais d'humeur à les tuer de mes mains, je ne souhaitais pas que leur stupide « plan fric » tourne à ce point au désastre. Mais je ne voulais pas atterrir en prison non plus. Et c'était pourtant ce qui me pendait au nez, vu la cargaison que je transportais.

Il fallait que je me débarrasse de cette cochonnerie. Mais où ? Comment ? Moi, tout ce que je voulais encore, à ce stade, c'était Bella. *Ma Bella*. Mais je ne pouvais pas me permettre de prendre cette direction dans ma tête. Si je me laissais aller à penser à Bella, je ne pourrais pas réfléchir à des solutions claires. Et j'avais besoin de prendre les bonnes décisions, pour une fois. Vers 4 heures du matin, le portable que Roy m'avait donné a sonné. Je l'ai attrapé sur-le-champ.

— Roy, c'est toi ? Qu'est-ce qui s'est passé ?

— Tu n'as vraiment rien dans le cerveau ou quoi ? Tu es vraiment le dernier des nuls, mon pauvre.

— Comment ça ?

Il m'a imité en prenant une voix haut perchée :

— *Comment ça ?* Je vais te donner l'adresse pour la livraison. Tu apporteras la marchandise. Ce soir, 22 heures.

— Ah non. Je ne suis plus dans le coup. Savannah et toi, vous n'avez qu'à vous bouger pour…

Roy s'est mis à hurler.

— Tu la fermes, ta grande gueule, putain ? Tu n'as pas le choix, *compris* ?

— Je t'ai dit que je ne voulais pas le faire. J'arrête.

— Ce soir, à 22 heures pétantes. Pas une minute avant, pas une minute après. Et tu auras ton fric. Avec cent dollars en moins à cause de tes conneries.

— Puisque je te dis que j'*arrête* ! ai-je hurlé en retour. C'est si compliqué à comprendre ?

— Tout ce que je comprends, c'est que tu as la marchandise, mec. Tu ne crois pas qu'on va s'amuser à t'en faire cadeau ?

— Mais je n'en veux pas, de ta came !

— Justement. Je suis en train de t'expliquer ce que tu dois en faire. Et si tu ne suis pas les instructions, tu es mort, mon pote. C'est pas plus compliqué que ça.

J'ai fermé les yeux. La meilleure chose à faire, c'était de prendre l'adresse qu'il me donnerait. Il serait toujours temps de décider plus tard ce que j'en ferais. Je l'ai notée ainsi que les indications que Roy m'a données. Le lieu de livraison était situé à environ une demi-heure de l'endroit où je me trouvais.

— Laisse-moi leur apporter la marchandise tout de suite, alors. Je ne veux pas de vos saletés dans mon fourgon.

Il était hors de question que je fasse monter Bella dans une voiture bourrée de cocaïne. Je ne pouvais pas mêler ma fille à ce trafic sordide.

— Tu ne peux pas livrer maintenant. C'est une organisation structurée, mec. Ils sont en train de réceptionner d'autres arrivages, là. Ce soir, 22 heures. C'est le seul créneau.

— Alors viens chercher ta saloperie de coke ici et tu leur porteras toi-même !

J'ai regretté ces mots avant même d'avoir fini de les prononcer. Si Roy me retrouvait maintenant, il me tuerait. Qu'est-ce qui l'en empêcherait ? Dès le moment où il aurait récupéré sa marchandise, il lui suffirait de coller son arme contre ma tempe pour se débarrasser d'un témoin gênant.

— Hé, connard, ça t'arrive de réfléchir, des fois ? Si j'avais eu envie de me trimballer avec vingt-cinq kilos de coke dans ma bagnole, tu crois que j'aurais fait appel à toi ?

— Je ne veux pas être impliqué dans ton trafic, tu m'entends ?

— Trop tard. Tu fais ce que je dis, mec. Sinon, je te retrouve et je te descends. Et pareil, pour ta petite fille. Comment elle s'appelle, déjà ? Bella. C'est bien son nom ? Je lui ferai sauter la cervelle d'abord, pour que tu puisses assister au spec…

Les mains tremblantes, j'ai refermé le téléphone. Je suis sorti du fourgon en titubant et j'ai tout juste réussi à atteindre l'herbe du terre-plein avant de vomir. J'ai dû me plier en deux pour reprendre mon souffle, les mains en appui sur les genoux, le corps déchiré entre la furie et la terreur. Le simple fait d'entendre le nom de Bella prononcé par ce type suffisait à me broyer de l'intérieur.

Il ne faisait pas froid mais je grelottais en regagnant le fourgon. Je suis monté à l'avant et j'ai posé le front sur le volant. Au moment précis où je fermais les yeux, j'ai vu le visage du père de Robin, hideux et déformé par la haine.

« Tu n'es même pas capable de faire quelque chose de bon de toi-même et tu voudrais élever un enfant ? Ce n'est pas à tes intérêts qu'il faut penser, mais à ceux du *bébé* ! »

Avec un grognement de révolte, j'ai relevé la tête pour me frotter les tempes. Je n'avais vraiment pas besoin de ça en ce moment : le fantôme du père de Robin m'annonçant que je serais le dernier des derniers, en tant que père. Jamais, jusqu'ici, je n'avais pensé qu'il pouvait avoir raison.

J'ai songé au jour où nous avions fait l'amour comme des fous, Robin et moi, et qu'elle avait échoué à l'hôpital. Pour nous deux, cela avait été le début de la fin. Car j'avais failli la tuer, comme un imbécile que j'étais. J'y avais été beaucoup trop fort avec elle, au lieu de ménager son cœur. Nous avions été séparés si longtemps et elle me manquait affreusement. J'en avais oublié à quel point son cœur malade la rendait fragile.

Dès que son père était arrivé aux urgences, ils m'avaient jeté dehors comme un chien. Mais ça ne lui avait pas suffi, au père Saville. J'étais resté assis à l'extérieur, sur un muret, à prier pour que Robin ne meure pas. Et au bout d'un moment, je l'ai vu sortir de l'hôpital à grands pas, tête baissée, comme un taureau prêt à charger. Je crois qu'il m'aurait tué si le type chargé de la sécurité à l'entrée ne l'avait pas retenu.

— Tu l'as violée ! hurlait-il.

— C'est pas vrai ! Je vous jure !

J'ai reculé de quelques pas, en espérant que le gardien le tienne solidement, car il était prêt à me massacrer, je le voyais.

— Ce n'était qu'une enfant malade. Une petite fille encore ! Tu finiras tes jours en prison, espèce d'obsédé !

— Est-ce qu'elle est hors de danger ? Est-ce que…

— Allons, allons, monsieur. Retournons à l'intérieur, a dit le gardien.

Car le père de Robin s'était effondré contre sa poitrine et pleurait comme un enfant. Là, je ne savais vraiment plus quoi faire.

— Dites-moi juste qu'elle va mieux ! lui ai-je crié alors qu'ils retournaient vers l'entrée des urgences.

Il s'est retourné vers moi.

— Tu as intérêt à prier pour qu'elle s'en sorte. Et à prier fort.

Après cela, je n'avais pas arrêté de téléphoner à l'hôpital, mais ils avaient refusé de me passer la chambre de Robin et je n'avais pas réussi à obtenir la moindre précision sur son état de santé. Je voulais à tout prix lui parler, lui expliquer.

Mais toutes les portes m'étaient fermées. Quelques jours plus tard, son père m'avait appelé pour me dire, que si je tentais quoi que ce soit pour reprendre contact avec Robin, il me ferait arrêter pour viol. Il ne faisait aucun doute que sa plainte serait recevable, disait-il, compte tenu de l'état physique de Robin. Je n'avais que dix-sept ans, alors, mais dans l'Etat de Caroline du Nord, j'étais considéré comme un adulte. Me retrouver dans un centre rééducatif protégé, passe encore. Mais je ne me sentais pas prêt pour la prison. J'avais tout raconté à ma mère qui avait tenté de raisonner le père de Robin au téléphone. Mais il n'avait rien voulu entendre. Je n'ai jamais su quelles ficelles il avait tirées, mais il avait réussi à nous imposer un nouveau numéro de téléphone sur liste rouge, si bien que Robin n'avait plus eu la possibilité de m'appeler. Il avait également changé le sien puisque je ne parvenais plus à la joindre. Sans nouvelles d'elle, j'avais commencé à me poser toutes sortes de questions. Et si c'était Robin elle-même qui avait raconté que je l'avais violée ? Avait-elle inventé cette histoire pour éviter d'encourir les foudres de son père ? La connaissant, j'avais peine à y croire, mais comment ne pas m'interroger alors que Robin ne donnait plus signe de vie ?

Pendant des mois et des mois, j'ai pensé à elle, me suis inquiété pour elle, et je me demandais encore et encore : *M'a-t-elle mis tous les torts sur le dos ?* Puis, au milieu de ce désert de silence, l'appel de l'agence d'adoption était tombé, m'annonçant brutalement que Robin avait eu un enfant de moi et désirait le faire adopter. *Un bébé ?* J'étais scié. Si sa santé lui avait permis de mener une grossesse à son terme, c'est qu'elle avait été plutôt vaillante, non ? Alors qu'est-ce qui l'avait empêchée de m'informer que j'allais devenir *père* ? Je me suis senti trahi, comme si la fille que j'avais aimée s'était évanouie en fumée. Sans même me consulter, Robin avait décidé de donner *notre bébé* à des inconnus. Elle avait même été jusqu'à choisir elle-même les futurs parents. J'ai rétorqué à l'employée de l'agence que je souhaitais obtenir la garde de l'enfant. Quelques heures plus tard à peine, le père de Robin m'appelait pour me dire d'arrêter mes idioties. Et me demander de renoncer à mes « visées égocentriques ».

— C'est d'abord au bébé qu'il faut penser ! Pas à toi !

J'avais hurlé au téléphone.

— Et comment se fait-il qu'elle ne m'en ait pas parlé ? Elle aurait au moins pu m'envoyer un petit mot !

— Tu sais pourquoi elle ne t'a rien dit ? Parce qu'elle te hait, tout simplement. Robin est dans un état de santé plus que critique et a dû subir une transplantation cardiaque. Elle a besoin de mener une existence calme et sans heurts. Et toi, tu ne penses qu'à créer des remous, une fois de plus. Elle t'en veut de ne tenir aucun compte de ses souhaits concernant l'adoption. A cause de toi, elle a failli perdre la vie. Il me semble qu'elle a tous les droits de décider elle-même de l'avenir de cet enfant.

— Ce bébé est *mon* enfant et je veux l'élever ! C'est mon droit !

Il m'avait ri au nez.

— Essaie donc de l'obtenir. Je te traînerai en justice et je dispose de ressources que tu n'as pas. Tu ne pourras jamais l'emporter, Travis. *Jamais*. Tu n'es même pas capable de faire quelque chose de toi-même et tu voudrais élever un enfant ?

Il avait des relations, c'est vrai. Et il avait mis toute son énergie dans la bataille. Mais j'avais le droit du sang pour moi. Il a joué la carte du viol mais le juge n'en a pas tenu compte puisqu'il n'avait pas porté plainte contre moi au moment des faits. Robin n'était pas en état de témoigner dans un sens ou dans un autre : son père ne m'avait pas menti au sujet de son état de santé. Elle était plus que faible — peut-être même mourante. Mes sentiments pour elle étaient des plus confus, à ce stade. Je bouillonnais de colère contre elle, c'était certain. Mais je ne souhaitais pas pour autant qu'elle meure.

Le seul point sur lequel son père avait gagné — si on pouvait employer ce terme —, c'est qu'il avait obtenu ma signature sur un contrat où je m'engageais à ne pas reprendre contact avec Robin. Pendant le restant de mes jours, je devais la laisser en paix. J'avais signé. Obtenir la garde de ma fille était tout ce que je demandais.

Et maintenant encore — maintenant plus que jamais — je ne souhaitais rien d'autre que d'avoir Bella auprès de moi.

Je n'ai pas fermé l'œil de la nuit et je suis resté en état d'alerte maximale, à guetter la Mustang de Roy dans mon rétroviseur. Ou la Volkswagen verte de Savannah. Ou un véhicule de police. Je n'avais pas une idée très précise du genre de danger auquel je devais m'attendre. Tout ce que je savais, c'est qu'il me fallait rester sur mes gardes. Vers 5 heures du matin, il m'est revenu à l'esprit que j'avais toujours mes plaques aimantées sur le côté de mon fourgon. Je me suis précipité hors de la voiture pour les retirer. Les deux types, au relais routier, qu'avaient-ils vu, exactement ? Et étaient-ils encore en vie pour en parler ?

Un silence de mort régnait sur le parking du centre commercial. Quelques autres véhicules étaient garés ici et là. D'autres que moi passaient-ils la nuit à dormir devant un hypermarché ? Je me le demandais. La police tournait-elle de temps en temps sur le parking pour contrôler les identités ? Brusquement, j'ai été pris d'un gros accès de parano. Alors que je me glissais de nouveau au volant après avoir retiré les plaques, des phares se sont dessinés à l'entrée du parking. La police ? J'ai jeté les plaques à l'arrière et me suis aplati sur le volant pour ne pas être repéré. La voiture était encore à distance mais, lorsqu'elle est passée sous un des lampadaires, j'ai cru entrevoir une carrosserie rouge. La Mustang de Roy ? *Génial...* D'un geste fébrile, j'ai sorti les clés de ma poche et les ai fourrées dans le contact. Je m'imaginais déjà comment on retrouverait mon corps au petit matin, gisant sur le matelas trempé de mon sang. Et Bella serait privée de père. J'ai démarré aussi sec. J'ai enfoncé la pédale d'accélérateur et je suis sorti en trombe du parking, plus vite encore que je n'avais quitté l'aire de stationnement de poids lourds quelques heures plus tôt, c'est dire.

Je n'avais aucun but, aucun endroit où me réfugier. Sur la route principale, j'ai pris la direction de Raleigh centre et j'ai conduit un moment au hasard, les yeux rivés sur le rétroviseur. Personne derrière moi. Pas âme qui vive. Ce n'était pas Roy, donc. Il n'y avait aucune raison de s'affoler. Il avait dit en plus qu'il ne voulait pas de la came dans sa voiture, non ? Alors pourquoi aurait-il pris le risque de venir me traquer jusqu'ici ? Cela dit, il pouvait aussi me tuer, s'emparer de mon fourgon pour le conduire lui-même au lieu de livraison et… Mon imagination survoltée partait dans toutes les directions. Tout ce que je voulais, bon sang, c'était un emploi tout bête dans le bâtiment. Des planches, des marteaux, des scies et des clous. *Merde !*

J'ai emprunté une voie secondaire, et une fois que j'ai eu la certitude que personne ne me suivait, j'ai grimpé de nouveau à l'arrière de mon fourgon pour m'affaler sur le matelas et essayer de définir une conduite à tenir. Me rendre spontanément à la police ? C'était la seule bonne solution. Je leur raconterais les faits tels qu'ils s'étaient déroulés puis j'assumerais ma part de responsabilité. Le problème, c'est que j'étais déjà mouillé jusqu'au cou, dans l'histoire. Et la police aurait quelques charges sérieuses à retenir contre moi. Le transport lui-même, pour commencer. Et si Roy avait tué un, voire deux des hommes sur le parking ? Un meurtre associé à un vol ? Je risquais d'écoper du maximum, non ? Je pourrais plaider l'ignorance tant que je voudrais, je n'étais pas sûr du tout de convaincre les flics de mon innocence… Mais si je restais pétrifié sur mon matelas, incapable de prendre mon téléphone pour appeler la police, c'était pour une raison et une seule : je ne voulais pas qu'ils m'enlèvent Bella.

Si seulement je disposais d'un moyen pour faire passer un message à Erin. Je lui aurais demandé de me garder Bella une nuit de plus — en admettant, du moins, qu'elle ne m'ait pas déjà dénoncé à la police. J'ai envisagé les différentes possibilités. Aller au Coup d'Envoi ce matin et supplier Erin de m'accorder un jour de plus ? Mais Bella me verrait forcément. Et comment réagirait-elle si elle me retrouvait pour me voir repartir de nouveau ? Je tournais la question dans tous les sens lorsque le téléphone que Roy m'avait passé a sonné. J'ai vérifié le numéro à l'écran : ce n'était pas le sien. Après une brève hésitation, j'ai pris la communication sans prononcer un mot.

— Travis ?

C'était Savannah. Je me suis relevé sur un coude.

— Merci beaucoup, Savannah. Merci d'avoir fichu ma vie en l'air.

— Oui, je sais. Je suis tellement désolée. Tu ne peux pas savoir comme je m'en veux de t'avoir entraîné dans ce cauchemar.

Ce n'était pas la réaction à laquelle je m'attendais. Pleurait-elle vraiment ou faisait-elle semblant ?

— Tes excuses arrivent un peu tard. Je me retrouve avec une camionnette pleine de drogue alors que je devais récupérer Bella ce matin. Si tu ne m'avais pas raconté des salades sur Roy, je ne me serais jamais...

— Je sais. C'est juste que... que tout a complètement foiré. Je suis désolée, vraiment. Je ne suis plus avec Roy, là. Je me suis barrée. Ce mec est ravagé. Tu ne peux pas savoir à quel point.

J'ai hésité.

— Il les a tués, les deux gars, sur le parking ?

Je n'étais pas certain d'avoir envie d'entendre la réponse.

— Non. Mais il a mis une balle dans la jambe d'un des mecs. Nous avons dû escalader une clôture et nous planquer dans la forêt. Lorsque les choses se sont calmées, Roy a piqué une voiture et on est revenus ici... Mais je ne t'en veux pas d'être parti sans nous, a-t-elle précisé — mais un peu trop vite pour être sincère. Sur le coup, si, j'étais furieuse. Mais maintenant, je suis juste K.-O. Si je pouvais effacer ce qui s'est passé, cette nuit, je le ferais. Je n'aurais jamais dû t'entraîner là-dedans.

— C'est rien de le dire, oui.

Je l'imaginais escaladant la clôture. Puis acculée dans l'obscurité des bois, à plus d'une heure de route de Raleigh. Je me suis souvenu aussi qu'elle m'avait traité comme un

278

chien. « Tu es trop nul, mon pauvre. » Je ne croyais pas *du tout* à ce revirement soudain en ma faveur.

— Tu dois la récupérer où, Bella ?

— Nulle part, maintenant. Je ne peux pas aller la chercher avec une voiture pleine de coke.

J'ai cru que Savannah allait insister, mais non, elle a changé de sujet.

— Il faut que tu la fasses, la livraison de ce soir. Roy ne te lâchera pas, sinon. Et en plus, ça te permettra d'être payé.

— Et toi, tu l'auras comment, ton fric, si tu n'es plus avec Roy ?

J'étais curieux d'entendre ce qu'elle allait inventer.

— Je m'arrangerai, ne t'inquiète pas. J'ai mes combines.

— Et si je ne livre pas ?

— Arrête. Tu n'imagines même pas ce qu'il pourrait te faire.

Elle a baissé la voix pour poursuivre dans un murmure :

— Roy est malade, Travis. Il est capable de tout. Notre conducteur précédent… ça s'est mal terminé, en gros. Il faut que tu leur apportes la marchandise. Avant que je le sème, je l'ai entendu dire qu'il s'en prendrait à Bella, sinon.

— Laisse Bella en dehors de cette histoire !

— Il pense que tu as trouvé quelqu'un pour la garder dans le *coffee shop* où tu vas tous les matins.

Ma main s'est crispée sur le téléphone. Comment Roy savait-il que je traînais au Coup d'Envoi ? Nous avions été espionnés, Bella et moi. Plus parano que jamais, je suis repassé sur le siège conducteur pour surveiller la rue, tout en gardant le téléphone pressé contre mon oreille.

— Oui, c'est ça, bien sûr. Je suis allé voir quelqu'un à la table d'à côté et j'ai demandé : « Tiens, bonjour. Cela vous dérangerait de me garder ma fille pendant vingt-quatre heures ? »

— J'ai pensé que tu l'avais emmenée chez sa mère, à Beaufort. Enfin, c'est ce que j'espérais. Car là, au moins, on est sûrs qu'elle est… tu vois ce que je veux dire… en sécurité.

— Tu as deviné juste. Bella est à Beaufort.

— Ouf. Je suis vraiment soulagée. Car Roy et les petites filles... Tu n'imagines pas ce qu'il est capable de leur faire.

Mon sang s'est glacé dans mes veines.

— Je ne comprends pas, Savannah. Comment as-tu pu t'associer avec ce type?

— L'argent rend fou, parfois.

— Et le manque d'argent aussi, ai-je marmonné en retour.

— Tu feras la livraison, alors?

— Je ne sais pas. Je pensais apporter la came à la police.

Un grand silence est tombé sur la ligne.

— Tu es malade ou quoi, Travis?

Oui, ai-je pensé. *Oui, je le suis.*

— Tu crois vraiment que c'est aussi simple que ça? Ce n'est pas parce que tu as enlevé tes plaques aimantées que tu es devenu invisible.

J'ai plongé la main dans ma poche pour attraper mes clés.

— Je te laisse, Savannah.

Sans attendre sa réponse, j'ai coupé la communication et mis le contact. Comment savaient-ils que j'avais retiré mes plaques? Je me suis souvenu de la voiture qui était entrée sur le parking à l'aube. Se pouvait-il qu'ils m'aient suivi? Je n'avais vu personne derrière moi, pourtant. J'aurais été prêt à jurer que je les avais semés.

Il y avait au moins une chose que je savais avec certitude : je ne pouvais pas rejoindre Erin et Bella au Coup d'Envoi ce matin. La seule façon pour moi d'assurer la sécurité de Bella était de garder mes distances, de l'éviter à tout prix.

Et de faire la livraison de drogue ce soir.

Je ne voyais plus d'autre solution.

30. Robin

Après avoir passé une bonne partie de la nuit auprès de Hannah et Alissa, j'étais tellement épuisée que je voyais flou en portant le petit déjeuner à mes clients du bed and breakfast. Deux couples étaient attablés, ce matin, et les femmes ont fait mine de s'évanouir de délice en me voyant approcher avec mon plat fumant tout juste sorti du four. Je dormais debout mais, avec un peu de chance, mon sourire donnerait le change. J'ai répondu avec entrain à leurs questions au sujet des poneys, des musées et des horaires des ferries. Mais une fois mes devoirs d'hôtesse accomplis, j'ai laissé Bridget débarrasser et j'ai filé dans mon appartement pour récupérer mon sac à main. Je tenais à faire tout de suite un saut en voiture jusqu'à Morehead City pour aller chercher le moniteur d'apnée. Le « Elle est morte ! » crié par Alissa au beau milieu de la nuit continuait de résonner dans ma tête et je restais passablement secouée. J'ai découvert sans difficulté le modèle recommandé par le médecin et je l'ai apporté directement à la Villa Hendricks où j'ai trouvé Alissa profondément endormie pendant que Gretchen changeait Hannah. Mollie assistait à un déjeuner où elle était chargée de faire du lobbying pour le compte de son fils. En silence, pour ne pas réveiller Alissa, Gretchen et moi avons installé le moniteur d'apnée, tout en commentant à voix basse les événements de la nuit.

— Elle n'a pas fermé l'œil une seconde jusqu'à ce que j'arrive ce matin, a chuchoté Gretchen. C'est terrifiant, ce qui s'est passé, mais j'ai l'impression qu'il a fallu ce choc pour éveiller son instinct maternel.

Je partageais l'opinion de Gretchen. J'ai observé celle-ci pendant qu'elle remettait le body de Hannah et la soulevait tendrement de la table à langer. J'aurais aimé prendre le bébé dans mes bras, mais ma présence ici n'avait rien d'indispensable. Et j'étais tellement, tellement fatiguée. J'ai jeté un coup d'œil à Alissa qui dormait d'un sommeil paisible dans son grand lit et j'en ai conclu qu'une sieste me ferait le plus grand bien, à moi aussi.

Je venais de me glisser entre les draps lorsque Dale a appelé sur mon portable.

— Salut, toi ! C'est un grand jour : le *News-Times* soutient ma candidature.

La joie éclatait dans sa voix. Il est vrai que nous avions attendu et espéré cette nouvelle. Mais il m'a paru tout de même étrange qu'il ne mentionne même pas le fait que sa nièce avait été à deux doigts de *mourir* la veille.

— Oh Dale, c'est fantastique !

— On fête ça au restaurant ce week-end. Le Blue Moon, ça te dit ?

— Top !

Je me suis reprise aussitôt :

— Oups, qu'ai-je dit ? Merveilleux.

Il a ri.

— Comment va le bébé, aujourd'hui ? J'ai entendu qu'il y avait eu une alerte sérieuse cette nuit ?

Une chose m'a interpellée, soudain : il appelait toujours Hannah « le bébé ». Il ne me semblait pas qu'il se soit jamais servi de son prénom pour la désigner. Mais au moins avait-il pris la peine d'évoquer le drame…

— Nous avons eu très peur, oui. Mais elle semble tout à fait remise, heureusement. Et nous avons un moniteur, donc nous sommes plus tranquilles, désormais.

Nous avons parlé encore quelques minutes au téléphone puis je me suis pelotonnée sous la couette et j'ai fermé les yeux. Mais je savais que je ne dormirais pas. Je réfléchissais à la façon dont j'aborderais avec Dale le sujet « Will et Alissa ». La dernière fois que j'avais essayé, la conversation avait vite tourné au vinaigre. Et je n'étais pas très à l'aise à l'idée de faire une seconde tentative. Dale m'intimidait parfois, même si je n'en avais jamais eu vraiment conscience jusqu'à présent. Il avait onze années d'avance sur moi, dans la vie. Il était plus brillant, plus érudit. Plus expérimenté, aussi. Aller au conflit ne lui faisait pas peur. Et il avait une façon de me dire « non » qui me laissait sans voix. Passerais-je le reste de ma vie à subir ce rapport de force ? A appréhender d'aborder certains sujets qui pourraient déclencher sa mauvaise humeur ? J'allais devoir apprendre à m'affirmer un peu plus énergiquement.

Mais pas aujourd'hui. Cela gâcherait sa journée ainsi que la bonne nouvelle qu'il venait de recevoir. Je n'avais pas envie de ternir sa joie. Et puis je savais d'avance ce qu'il me répondrait. Que je compromettrais sa campagne savamment orchestrée si j'invitais Will à entrer dans nos vies.

Mais qui disait que j'avais besoin de la permission de Dale pour agir ? Je me suis redressée en position assise, les yeux tournés vers la fenêtre, les bras croisés sur la poitrine. Je faisais partie de la famille Hendricks, désormais. Et j'étais investie d'une partie de leur pouvoir. De nous tous, j'étais incontestablement la plus proche d'Alissa. Pourquoi attendrais-je le feu vert de Dale pour aller voir son ex-petit ami ? Je parlerais moi-même à Will pour me faire une idée de ce qu'il ressentait. Une fois fixée sur ses intentions, je verrais ce qu'il y avait moyen de faire.

Une telle démarche de ma part ne pouvait nuire à personne, après tout ?

31. Erin

Bella a levé les yeux de son livre de coloriage et a regardé en direction de la porte.

— Il vient quand, mon papa, Erin ?

Une heure s'était écoulée depuis notre arrivée au Coup d'Envoi et je commençais à m'inquiéter. A 10 heures, en temps normal, Travis et Bella étaient déjà au café depuis longtemps. Qu'attendait Travis pour se manifester ?

— Je ne connais pas l'heure exacte, ma puce. Bientôt, je pense. Tu veux qu'on joue encore un peu au bingo ?

Elle a poussé un très long soupir.

— Bon, d'accord, si tu veux.

Mais son regard restait rivé sur la porte. Le mien aussi, d'ailleurs. *Allez, Travis.* J'avais préparé un sermon musclé à son intention dont le texte évoluait de minute en minute. *C'est une chose de me laisser Bella pendant vingt-quatre heures sans me prévenir et sans préparer ta fille à la séparation, mais de là à arriver* en plus *avec un gros retard pour la récupérer le lendemain...*

Cela dit, il ne m'avait pas vraiment donné d'heure, n'est-ce pas ?

— Erin ?

J'ai tourné la tête en direction de la femme qui venait de prononcer mon nom. Sa silhouette se dessinait à contre-jour, devant la fenêtre, et je ne voyais pas son visage.

— Mais oui, c'est bien toi ! s'est-elle exclamée.

J'ai porté ma main en visière au-dessus de mes yeux et

identifié une mère de famille dont la fille avait été en petite section de maternelle avec Carolyn. Son nom m'échappait. Elle est venue s'asseoir sur l'accoudoir du canapé.

— Alors ? Qu'est-ce que tu deviens, Erin ?
— Rien de spécial. Et toi ?

Je cherchais désespérément à me souvenir de son prénom.

— Impeccable. La petite famille se porte bien.

Un sourire lui est venu aux lèvres et elle a secoué la tête.

— Je dois dire que je suis contente de te voir avec ta fille. Une rumeur courait que…

Elle a rougi.

— J'avais entendu qu'il y aurait eu un… un accident, mais il devait s'agir de quelqu'un d'autre. Je suis tellement soulagée.

Je n'avais aucune idée de ce que je pouvais lui répondre. L'idée même de me lancer dans des explications me soulevait le cœur. C'était précisément pour éviter ce genre de situation que j'avais déménagé à Brier Creek. Que j'avais refusé de reprendre mon travail. Pour ne pas avoir à entendre les questions, les commentaires et témoignages de sympathie de mes clients et de mes relations. Et voilà que ce malentendu me laissait sans voix.

— Je ne me souviens plus de son prénom, a admis la femme. Comme t'appelles-tu, ma jolie ?

La question était adressée à Bella, qui lui a jeté un regard rapide, avant de tourner les yeux vers moi et de reporter son attention sur ses crayons de couleur sans répondre. A priori, ni elle ni moi n'avions envie de parler avec cette personne.

— Elle s'appelle Bella, ai-je dit.

Avec le sentiment de trahir Carolyn avec mon mensonge.

— *Bella*. Ah, je ne me souvenais vraiment plus. C'est un petit format, ta fille. Ma Jade est grande, c'est une horreur. Bella est toujours à la maternelle ?

Je voulais échapper à cette conversation. La seule idée qui m'est venue à l'esprit a été de regarder ma montre.

— Oh ! zut, j'ai un coup de fil à passer et j'aurais dû le faire il y a déjà un quart d'heure.

J'ai plongé la main dans mon sac pour en sortir mon téléphone.

— Je suis vraiment désolée. Cela m'a fait plaisir de te revoir.

La femme s'est levée.

— A moi aussi, Erin. Bye, bye, Bella.

— Bye, a répondu Bella sans lever les yeux de son dessin.

J'ai feint de téléphoner jusqu'au moment où la femme a quitté le *coffee shop*. Elle venait à peine de franchir la porte lorsque Nando, cette fois, s'est présenté devant mon fauteuil. Avec un plateau couvert d'échantillons de pâtisseries.

— C'est notre nouveauté du jour : petits gâteaux individuels avec un glaçage dit « velours rouge ». Désirez-vous les goûter ?

— Je ne crois pas, non, merci…

Bella s'est levée d'un bond, une main sur mon genou et son regard rivé sur le plateau.

— Je peux en avoir, moi ? a-t-elle chuchoté.

J'ai souri en entourant sa taille menue.

— Bien sûr.

J'ai pris une portion de gâteau et la lui ai tendue.

— Son papa n'est pas là, aujourd'hui ? a demandé Nando.

— Je la garde temporairement pendant qu'il travaille.

— Mon papa arrive tout de suite, a précisé Bella, la bouche pleine.

— Ah, c'est génial qu'il ait trouvé du boulot.

J'ai hoché la tête.

— C'est sûr. Merci pour le gâteau.

Bella a repris en chœur après avoir avalé sa bouchée :

— Merci, Nando.

Le barman lui a souri.

— Elle est vraiment mignonne.

Il a poursuivi son chemin vers les tables près de la fenêtre, avec son plateau de dégustation à la main.

Une deuxième heure s'est écoulée. Nous avons tué le temps avec des jeux et des puzzles. Puis j'ai emmené Bella faire un petit tour dans la galerie marchande pour regarder les vitrines. De retour au Coup d'Envoi, j'ai partagé un muffin avec elle ainsi qu'un petit sachet de fruits secs. Il était clair que Travis ne viendrait pas. Comment pouvait-il infliger cette absence à sa fille ? La coller sur les bras de la première venue et disparaître ?

Bella a fini par se laisser retomber sur le canapé.

— Papa… Je veux mon *papa*, a-t-elle pleurniché.

Elle avait été si joyeuse toute la matinée. Mais je la voyais perdre pied à la vitesse grand V. Bientôt, ce serait l'heure de sa sieste, et là, que faudrait-il faire ? Nous serions bien avancés si Travis arrivait au Coup d'Envoi pendant que Bella dormirait chez moi à l'appartement. Cela dit, en toute franchise, j'avais perdu espoir de le voir venir. Cette situation ne pouvait plus durer. Je savais désormais ce qu'il me restait à faire — ce qu'il me *répugnait* d'avoir à faire : appeler les services de protection de l'enfance. Alors que je vouais une haine féroce à ces gens. J'étais consciente qu'ils faisaient tout simplement leur travail et je reconnaissais volontiers qu'ils avaient sauvé des vies d'enfants. Mais après la mort de Carolyn ils nous avaient harcelés sans merci, Michael et moi, nous soumettant à un tir nourri de questions, comme s'il leur fallait à tout prix trouver un coupable. Il n'y avait pas eu de mise en examen, bien sûr. La mort de Carolyn avait été purement accidentelle. Mais ils m'avaient à l'œil quand même. Si je me présentais maintenant chez eux avec une petite fille à la main dont je ne savais pour ainsi dire rien, je voyais d'ici leur réaction. Il y aurait tellement de questions que je n'en verrais jamais la fin.

Bon, je lui accorde encore une heure. Si, à 13 heures, il n'a pas donné signe de vie, je passe mon coup de fil.

1 heure a sonné et toujours pas de Travis. Bella était au bout du rouleau et moi aussi. Restait à déterminer comment j'allais devoir m'y prendre. Les questions, je n'en voulais surtout pas ; j'avais juste envie que Bella soit entre de bonnes mains. Il fallait donc trouver un moyen de la remettre aux services de protection de l'enfance sans pour autant qu'ils

me voient. J'ai rédigé mon message sur un coin de nappe en papier.

« Elle s'appelle Bella. Le prénom de son père est Travis. Ils sont de Carolina Beach… ou, en tout cas, c'est ce qu'il m'a raconté. Il l'a abandonnée. »

J'ai ouvert son sac rose et glissé le mot à l'intérieur pendant qu'elle avait le regard ailleurs.

Si j'appelais à partir de mon portable, ils auraient mon numéro et les questions tomberaient, forcément. J'ai balayé d'un rapide regard circulaire les quelques autres consommateurs présents. Si je leur empruntais leur portable une minute en prétextant que le mien était HS ? Mais j'étais désormais une figure trop connue au Coup d'Envoi. Et il leur serait facile de remonter jusqu'à moi.

J'avais conscience de raisonner d'une manière un peu tordue, comme une criminelle aux abois. Tout ce que je savais, c'est qu'il me fallait de l'aide pour Bella et que je refusais de tomber entre les mains de ces inquisiteurs. Sagement assise sur le canapé, elle feuilletait un livre, les joues toutes rouges à force de pleurer. Je me suis levée et j'ai entrepris de rassembler nos affaires.

— Allez viens, Bella. On va aller déjeuner.
— Au McDo ?
— Pourquoi pas ?

De fait, le McDo se prêterait bien à la mise en œuvre de mon projet. Nous avons regagné ma voiture. Puis, une fois Bella attachée, j'ai roulé le long de la rangée de magasins qui bordaient le parking en essayant de mettre à exécution la première étape de mon plan. S'il y avait des cabines téléphoniques dans ce centre commercial, elles étaient bien cachées. Peut-être à l'intérieur de Target ? Je me suis garée de nouveau.

— Il faut que nous fassions juste un petit saut dans ce magasin, d'accord ? Après on ira au McDo.

Je pensais qu'elle recommencerait à pleurer, mais elle avait l'air trop épuisée pour émettre un seul son. Elle s'est cramponnée à ma main pendant que je l'entraînais sur le parking. J'ai repéré un adolescent occupé à regrouper les chariots à l'entrée.

— Bonjour, excusez-moi. Savez-vous s'il y a une cabine téléphonique, par ici ?

Il m'a regardée comme si je lui avais parlé en hébreu. Vu son âge, il ne savait peut-être même plus à quoi ressemblaient ces installations d'un autre temps…

— Non, madame, a-t-il fini par répondre. Je ne crois pas qu'on en trouve encore dans le coin.

— Tant pis, merci.

La main de Bella toujours serrée dans la mienne, j'ai poursuivi mon chemin jusqu'au point information du magasin. Il y avait une queue devant nous et j'ai baissé les yeux sur Bella, consciente qu'elle avait pour seul horizon une forêt de jambes autour d'elle. Elle s'est appuyée contre la mienne, comme je l'avais vue faire avec Travis. Ses attentions pleines d'amour pour sa fille me sont revenues à l'esprit. L'évidente affection de Travis pour Bella m'avait souvent frappée. Je me suis rappelée sa nervosité, hier matin, juste avant qu'il ne s'éclipse sous prétexte d'aller chercher une adresse dans sa voiture. Si seulement je savais ce qui se passait exactement. J'aurais tellement voulu pouvoir le retrouver, lui parler, voir s'il n'y avait pas moyen de résoudre son problème avant de mettre en route la machine implacable.

Nous étions arrivées au début de la queue et la personne au comptoir m'a interrogée du regard.

— Je me demandais si je pouvais utiliser brièvement un de vos téléphones. Mon portable ne marche plus et j'ai un appel urgent à passer.

Elle a levé les yeux au ciel d'un air contrarié, mais m'a fait signe d'aller au bout du comptoir où elle a posé un gros téléphone noir devant moi.

— Merci.

D'une main tremblante, j'ai composé le 911, puis je me suis détournée de manière à ne pas être entendue.

— Quelle est la nature de l'urgence ? m'a-t-on demandé au standard.

— Une petite fille est assise toute seule dans le McDonald's du centre commercial de Brier Creek. Cela fait un moment que cela dure. Elle a environ quatre ans.

— Votre nom, madame ?

J'ai reposé le combiné.

— Tu viens, Bella ? Nous allons manger.

La police ne risquait-elle pas d'arriver avant moi ? Dans le doute, j'ai bousculé un peu Bella pour remonter en voiture. J'ai conduit aussi vite que possible pour me rendre à l'autre bout du centre commercial. Une place était libre, juste devant le fast-food. Il était déjà tard et nous n'avons presque pas eu à faire la queue. Seul un homme d'un certain âge attendait devant nous pour passer commande. Bella savait ce qu'elle voulait : un Happy Meal. Je n'ai rien pris pour moi. Nous nous sommes assises près de la fenêtre. Mon plan était le suivant : dès que je verrais apparaître la voiture de police, je dirais à Bella qu'il fallait que j'aille en vitesse aux toilettes et j'en profiterais pour m'esquiver. Pour quitter le fast-food. *Pour quitter Bella*. Peut-être m'arrêterais-je à distance pour m'assurer qu'ils l'avaient trouvée et qu'ils ressortaient en l'emmenant avec eux ?

Une petite fille abandonnée deux fois en deux jours par deux adultes en qui elle avait confiance.

Non, je ne pouvais pas lui faire ça. Je n'avais pas le droit de procéder d'une façon aussi lâche. Il faudrait que je reste avec elle, que je leur explique, pour Travis. Que j'explique la situation à Bella.

Elle a grignoté deux bouchées de hamburger et m'a tendu son jouet pour que je le déballe. Une petite fée. Clochette, peut-être ? Je la lui ai tendue sans l'examiner de trop près.

Tout en regardant Bella faire sautiller la fée sur la table, je pensais aux questions qui m'attendaient. Ils introduiraient mon nom dans leur banque de données et le verdict tomberait : « Ah, c'est la mère de la petite fille qui est tombée de la jetée, à Atlantic Beach, ce printemps. Et maintenant, elle nous arrive avec une gamine du même âge et une histoire tirée par les cheveux ? »

Mais je n'avais pas le droit de faire faux bond à Bella. Je collaborerais avec les autorités. Me comporterais en adulte. Et ferais le nécessaire pour que Bella traverse cette épreuve de la façon la moins traumatisante possible. Peut-être accepteraient-ils de me la laisser pendant qu'ils rechercheraient Travis ou Robin ? *Non.* Pas une fois qu'ils auraient découvert qui j'étais. Ils jugeraient forcément malsain que j'aie accepté de prendre chez moi une enfant inconnue. Une femme qui, à l'évidence, n'avait pas encore surmonté la perte de sa propre fille. Et peut-être n'auraient-ils pas tort ? Peut-être que mon comportement était réellement pathologique ?

Vingt autres minutes se sont écoulées avant qu'une voiture de police s'immobilise sur le parking à côté d'un véhicule des services de protection de l'enfance. Un policier est descendu de la première voiture ; une femme de la seconde. L'un et l'autre arboraient un air sévère. Ils ont échangé quelques mots avant de se diriger vers l'entrée du fast-food. La femme, quinquagénaire, était haute comme une tour. Elle devait bien mesurer son mètre quatre-vingts. Sans être obèse à proprement parler, elle était pour le moins massive. J'ai tourné les yeux vers le minuscule bout de fillette assis à côté de moi.

— Et hop ! Tu voles jusqu'à la lune !

La fée juchée sur la boîte en carton a sauté sur la table, puis s'est élevée sur mon bras. Bella m'a souri. J'ai vu l'éclat perlé de ses dents de lait. La confiance tranquille dans ses yeux gris.

Il était *hors de question* de la remettre à ces gens. *Jamais.*

L'officier de police et la travailleuse sociale sont entrés dans le restaurant, et les quelques clients présents ont levé les yeux avec curiosité. Je me suis efforcée d'agir comme si j'étais juste une maman innocente avec sa fille de quatre ans. L'officier de police et l'assistante sociale ont balayé d'un regard rapide les quelques personnes en présence puis se sont dirigés vers le comptoir pour parler au jeune qui prenait les commandes. De là où j'étais je ne pouvais entendre leur conversation, même si je tendais désespérément l'oreille.

J'ai concentré mon attention sur Bella, qui était bien trop fascinée par son jouet pour penser à s'alimenter.

— Tu n'as pas faim, ma chérie ? Prends encore un peu de ton hamburger.

Elle a planté les dents dans le pain tout en m'observant d'un œil espiègle. La petite fée lui avait redonné le sourire et elle a mâché sa nourriture d'un air malicieux, les lèvres entrouvertes, comme pour me mettre au défi de lui ordonner de manger la bouche fermée. Peu m'importait la façon dont elle se tenait à table. J'étais bien trop soulagée de la voir de nouveau croquer la vie à pleines dents. Et il aurait fallu la remettre à ces deux individus qui, même à mes yeux d'adulte, avaient quelque chose de terrifiant ?

Le policier allait de table en table en questionnant chaque client pendant que la femme massive inspectait l'aire de jeux où deux enfants dévalaient les toboggans. Lorsque l'officier s'est immobilisé à côté de ma chaise, j'ai tenté d'imaginer ce qu'une femme innocente dirait dans une telle situation.

— Il se passe quelque chose ? ai-je demandé.
— Avez-vous remarqué une petite fille seule ici ?

J'ai fait non de la tête et regardé autour de moi, comme si je cherchais des yeux un enfant abandonné.

— Non. Nous sommes là depuis vingt minutes — une demi-heure, tout au plus. Et je n'ai rien remarqué de particulier. Cela dit, je n'ai pas vraiment fait attention non plus.

Je me sentais comme une criminelle — percevait-il le léger tremblement dans ma voix ? Son attention était fixée sur Bella, qui semblait fascinée par la plaque métallique qui étincelait sur son uniforme.

— O.K. Merci, a-t-il enfin dit.

Et il est parti rejoindre l'assistante sociale qui a secoué la tête. Ils sont retournés au comptoir et je les ai vus échanger quelques mots avec un homme apparu sur ces entrefaites — le gérant de l'établissement, peut-être ? L'officier de police lui a tendu une carte, puis le duo a tourné les talons. Ils ont discuté un moment sur le parking. Puis la travailleuse sociale a haussé les épaules et ils sont montés dans leurs voitures respectives. Le souffle que j'avais retenu sans m'en apercevoir s'est relâché sous la forme d'un discret soupir de soulagement.

Quelques minutes plus tard, nous roulions de nouveau sur l'immense parking, Bella et moi. Je me suis garée pile devant le Coup d'Envoi, histoire de faire juste un saut à l'intérieur pour vérifier d'un coup d'œil que Travis n'y était pas.

— Et maintenant, à la sieste ! ai-je annoncé d'une voix chantante en retournant à la voiture.

— Et papa ? m'a demandé Bella. Il est où ?

— Je ne sais pas, mon cœur. Mais je pense qu'il sera là demain matin.

Que pouvais-je bien lui dire d'autre ? Demain matin, je la ramènerai au Coup d'Envoi au cas où. Mais cette soirée, en tout cas, s'annonçait sous la forme d'un nouveau tête-à-tête, pour Bella et pour moi.

Arrivée chez moi, je l'ai bordée dans mon lit. A mon grand soulagement, elle s'est endormie sitôt la tête posée sur l'oreiller. J'ai appelé alors la pharmacie.

— Gene ? J'ai un souci. Je ne pourrai pas reprendre demain. Dans deux jours, peut-être mais…

— *Erin !* Je te rappelle que nous comptons sur toi.

— Je sais. Et je suis désolée. Mais c'est indépendant de ma volonté. Des complications d'ordre familial.

Ce dernier argument le réduirait au silence. Ma longue absence avait été motivée par une « complication d'ordre familial » — la mort de Carolyn — et je savais que Gene ne se permettrait pas de poser des questions. Ce qui ne l'a pas empêché de se mettre dans une colère noire, en revanche.

— Te rends-tu compte au moins à quel point je me suis démené pour qu'ils acceptent de te garder ton emploi ?

— Oui, je sais, je sais. Désolée, sincèrement. Je t'appellerai mercredi. Mais ne compte pas sur moi avant jeudi, d'accord ?

J'ai quelque chose de vraiment important à régler. Mais je serai là jeudi, sans faute. C'est promis. Sérieusement.

Je suis retournée dans ma chambre pour regarder la petite fille endormie dans mon lit. Et j'ai songé que je venais une fois de plus de faire une promesse que je ne tiendrais peut-être pas.

32. Travis

A 7 heures du soir, je roulais sur le périphérique de Raleigh. J'ai emprunté la sortie qui desservait le quartier où j'étais censé livrer la « marchandise ». J'avais trois heures d'avance sur l'horaire indiqué mais je voulais repérer les lieux avant la tombée de la nuit. Partout dans le monde, des tas de gens se livraient régulièrement à des activités de ce type, comme je me le répétais, les mains crispées sur le volant. Enfin… peut-être pas des « tas de gens », mais toutes sortes de délinquants, en tout cas. J'aiderais les personnes qui m'accueilleraient sur place à décharger la camionnette, je prendrais mon argent et, avec un peu de chance, je serais tiré d'affaire. Je visualisais le déroulement tranquille de l'opération, propre et nette — l'affaire de quelques minutes, tout au plus.

Le voisinage m'a surpris. Il n'avait pas l'aspect glauque et miséreux auquel je m'attendais. Je me trouvais même dans un quartier plutôt sympa, résidentiel, avec des petites rues et des jardins qui donnaient l'impression d'être entretenus avec soin. Je suis passé devant l'adresse donnée par Roy, sans ralentir pour ne pas attirer l'attention. La maison était blanche, à plusieurs niveaux, avec une allée un peu envahie par les mauvaises herbes et un vieux camion bordeaux garé dans l'entrée. J'ai repéré un tricycle d'enfant abandonné sur la pelouse. Rien à voir avec l'idée que je me faisais d'un repaire de criminels endurcis. La vue des lieux m'a réconforté, comme si le fait que ces gens aient des enfants rendait l'affaire moins sordide. Brusquement, Roy, son pistolet et la scène terrifiante sur le parking des poids lourds m'ont paru très loin. Je me suis imaginé un couple venant m'aider à décharger les caisses à l'arrière de mon véhicule. Je pourrais leur demander des nouvelles de leurs enfants.

Je me suis garé un peu plus loin, à l'angle d'une rue. J'attendrais là jusqu'à 22 heures, comme prévu, pour la livraison. J'avais acheté un *burrito* dans un restaurant mexicain et je l'ai déballé pour le manger. Dans quelques heures, je serais sorti de ce pétrin.

Cinq minutes avant l'heure fixée, mes mains moites collaient sur le volant. J'avais essayé de dormir mais sans succès. Je n'arrêtais pas de penser à Erin et à Bella. Quelle avait été la réaction d'Erin en ne me voyant pas surgir ce matin ? Tout à coup, une pensée terrible s'était présentée à mon esprit : *C'est bien demain qu'Erin reprend le travail, non ? Merde.* Si c'était le cas, elle avait dû appeler les flics aujourd'hui, à tous les coups. Dégoûté, j'ai posé le front sur le volant. Demain matin, dès l'ouverture, je serais au Coup d'Envoi. Peut-être qu'elle aurait encore Bella et qu'elle ferait une dernière tentative au *coffee shop* avant d'aller à sa pharmacie, dans l'espoir que je me montrerais. Et pour me montrer, je me montrerais ! *Je serai là, Bella. Compte sur moi.*

Plus qu'une minute. J'ai tourné la clé dans le contact et j'ai commencé à rouler doucement pour tourner à gauche et m'engager dans une des petites rues. La maison n'était qu'à une centaine de mètres, mais je ne la voyais pas à cause des méandres de la route. En débouchant du virage, j'ai tendu la tête. Une voiture était garée derrière le camion bordeaux et deux autres stationnées le long du trottoir. J'ai freiné pour essayer de voir si l'un des véhicules appartenait à Roy ou à Savannah. Alors seulement j'ai compris que c'étaient des bagnoles *de flics* que j'avais sous les yeux. *Les trois.* J'ai entendu des cris en provenance du jardin à l'arrière. Des voix d'hommes, apparemment. Peut-être aussi une voix de femme. Un des flics poussait un type dans l'allée devant la maison et la seule pensée qui m'est venue à l'esprit a été :

Ça aurait pu être moi. Quelques voisins sont sortis sur le pas de leur porte pour observer ce qui ne pouvait être qu'une descente antidrogue. Un jeune enfant a hurlé avant de sortir en courant de la maison pour s'élancer derrière l'homme que l'on emmenait. Il faisait trop sombre pour que je puisse voir si c'était un petit garçon ou une petite fille. Et à ce stade, d'ailleurs, je m'en fichais. J'ai continué de rouler, rouler, rouler et j'ai poussé un soupir de soulagement lorsque je me suis engagé de nouveau sur le périphérique.

Mon téléphone a sonné. Je l'ai attrapé d'une main, l'ai ouvert sans même vérifier qui appelait et j'ai hurlé dans le combiné :

— Il y avait une descente de flics là-bas, putain !

— Exact, m'a répondu Roy. Donc on passe au plan B. 2 heures du mat. Il faut que tu prennes la Route 64 et…

— Je ne veux plus de cette saloperie dans mon fourgon !

— Calme-toi. On s'occupe de tout.

— On ? Vous avez recommencé à fonctionner ensemble, Savannah et toi ?

— Savannah et moi, on fonctionnera encore ensemble, comme tu dis, lorsqu'on aura des cheveux blancs.

Elle s'était donc bel et bien jouée de moi. Encore. Je n'étais même pas surpris. Juste énervé.

— Elle est en train de récupérer un camion, a ajouté Roy.

Puis il a commencé à me donner des indications à toute vitesse, que j'ai dû retenir de tête puisque j'étais au volant. Il m'envoyait à perpète, apparemment. J'ai croisé les doigts pour que l'essence qu'il me restait dans le réservoir m'emmène jusque là-bas.

— … et là, tu arrives dans une clairière et tu verras deux grosses souches d'arbre devant toi. N'avance pas au-delà des deux troncs coupés, sinon tu t'enfonceras dans le marécage jusqu'en haut des enjoliveurs. A l'heure dite, tu verras le camion.

— A 2 heures, donc.

— On sait exactement où tu es, mec. Alors n'essaie pas de jouer au plus malin avec nous, cette fois.

297

*
* *

L'endroit où je devais retrouver Roy et Savannah se situait à l'extrémité opposée de Raleigh, à des kilomètres et des kilomètres de la Route 64. Longtemps, j'ai roulé dans le noir sur des routes paumées, suivant un trajet qui m'a paru interminable, inquiet à l'idée que j'avais pu mémoriser les indications de travers. Les panneaux brillaient par leur absence sur certaines routes de campagne, et j'aurais donné ma vie pour un GPS.

A 1 h 45, j'ai atteint la clairière. Aucun camion n'était en vue mais j'étais sûr d'être au bon endroit. La piste en terre prenait fin et le rayon de mes phares éclairait les deux fameuses souches d'arbre ainsi que la zone marécageuse au-delà de ce point de repère. Lorsque j'ai coupé mes feux de voiture, ça a été le noir complet, à l'exception des étoiles et de la demi-lune dans le ciel. Le lieu m'a inspiré un mal-être immédiat. J'avais roulé un bon bout de temps dans des étendues inhabitées avant d'arriver ici. *Personne* n'entendrait le bruit d'une arme à feu. J'ai remis mes phares et avancé mon fourgon de quelques mètres. Au-delà de la terre détrempée du marais, les eaux baveuses d'un étang luisaient. Des branches d'arbre, un vague truc en plastique et un pneu abandonné émergeaient à sa surface. Brusquement, j'ai eu une vision de moi-même jeté parmi ces rebuts — mon corps sans vie flottant dans l'eau noire, lorsque Roy se serait débarrassé de moi. Qu'est-ce qui l'empêcherait de me supprimer ? Ma disparition ne présenterait que des avantages, pour lui. Il aurait à la fois la drogue, mon véhicule, et les quelques centaines de dollars qu'ils me devaient. Mais il aurait surtout réglé bien proprement un futur problème potentiel : *moi*. Autrement dit, un criminel doté d'une conscience. Je savais que j'étais devenu un poids plus qu'un atout pour Roy et Savannah.

Plus que dix minutes avant l'heure du rendez-vous. Pas question d'attendre là qu'ils viennent me tirer comme un lapin. J'ai fait demi-tour à toute vitesse et je suis reparti par où j'étais venu en priant pour ne pas tomber nez à nez avec le camion de Roy et Savannah. J'ai bifurqué au premier croisement et quitté la piste en terre pour dissimuler le fourgon dans les bois. Coupant mon moteur, j'ai attendu dans le noir jusqu'au moment où j'ai vu passer ce qui devait être leur pick-up. Dès qu'ils se sont éloignés, j'ai redémarré. Et roulé comme si tous les démons de l'enfer étaient lancés à mes trousses.

J'ai recommencé à respirer lorsque j'ai atteint la Route 64. Au lieu de prendre vers Raleigh, j'ai emprunté la direction opposée. Je ne pouvais pas retourner sur mon parking, près du *coffee shop*. Ce serait le premier endroit où ils penseraient à venir me chercher. Ma première halte a été devant un grand container à ordures, derrière un restaurant. Je me suis garé à côté, j'ai soulevé le couvercle et jeté une à une toutes les boîtes de « lait maternisé » en ma possession. Chaque fois qu'un des contenants atterrissait au fond de la poubelle, il émettait un petit son métallique réjouissant. *Bang.*

Une fois ma tâche accomplie, je me suis senti nettement plus propre. Je m'étais réapproprié mon fourgon. Réapproprié ma vie. Il ne me restait plus maintenant qu'à retrouver ma fille.

33. Robin

Je me suis rendue à pied jusqu'à la maison où, d'après les indications d'Alissa, Will vivait avec sa mère. Une vieille Chevrolet était garée dans l'allée. Elle était cabossée d'un côté, avec la peinture qui s'écaillait et quelques traces de rouille. Mais la maison en elle-même paraissait bien entretenue, comme Alissa me l'avait fait remarquer. Quelqu'un avait planté des pensées dans un massif, juste au pied de la façade.

J'ai croisé les doigts pour que ce soit Will qui m'ouvre et non sa mère. Je m'étais préparée à la conversation que j'aurais avec lui, mais je n'avais pas vraiment prévu l'éventualité où sa mère se présenterait à sa porte. Cette femme était-elle au courant, pour Hannah ? Savait-elle même qu'il y avait eu quelque chose entre son fils et Alissa ? Je n'en avais pas la moindre idée.

J'ai grimpé les marches du perron. Le sol de la petite galerie de bois qui courait autour de la maison était irrégulier et j'ai failli perdre l'équilibre avant d'atteindre la porte. Mon coup de sonnette m'a valu des aboiements déchaînés, entrecoupés de grondements sourds et menaçants. Je n'étais pas fâchée qu'une moustiquaire me sépare du molosse…

Après deux minutes d'attente suivies d'un nouveau coup de sonnette, la porte a fini par s'ouvrir et Will est apparu devant moi. Blond, les yeux bleus, mince. Il était tel que je l'avais aperçu sur l'écran d'ordinateur dans la chambre d'Alissa. Quant au chien hargneux qu'il retenait par le collier, il avait au moins cinquante pour cent de sang pitbull dans les veines. Peut-être avais-je commis une erreur en venant ici. Jamais je ne laisserais ce genre de bestiau s'approcher de Hannah.

J'ai ouvert la bouche pour me présenter mais ça n'a pas été nécessaire.

— Robin ?

Il a haussé les sourcils d'un air surpris.

— Mais qu'est-ce que tu fais ici ?

— Je voulais te parler au sujet d'Alissa et du bébé, ai-je expliqué à voix basse, au cas où sa mère serait à la maison.

— Maintenant là ? Tout de suite ? C'est pas trop le moment, en fait.

Sa réaction ne m'a pas franchement plu.

— Il n'y a pas de moment plus favorable qu'un autre, Will.

— Bon, ben, O.K.

Il a poussé la moustiquaire et il est sorti sur la galerie. Et le chien avec. Mon taux d'adrénaline a grimpé en flèche lorsque l'animal s'est avancé vers moi. Mais une fois sorti de la maison, il s'est montré tout à fait débonnaire et a agité la queue en me reniflant les mains et les jambes.

Will a tapoté le dos du chien.

— Il est assez cool, en fait. Il aboie beaucoup mais il n'est pas méchant.

Il s'est assis dans un des fauteuils et je me suis installée en face de lui. Le chien a posé sa tête carrée sur mes genoux et je l'ai gratté derrière l'oreille gauche.

— Elle va comment, alors ? m'a demandé Will. Alissa, je veux dire.

Il portait un jean. Un T-shirt bleu. Pas de tatouages apparents. Pas de piercings en vue non plus.

— Elle ne s'en sort pas trop mal avec Hannah, mais tu lui manques. Elle aimerait te revoir. Alissa ne sait pas que je suis ici. Je suis venue voir comment tu vis votre séparation. Si tu as envie de la voir, ainsi que ta fille. C'est un très beau bébé, tu sais.

Penser à Hannah m'a fait sourire. J'aurais dû apporter une photo.

— Alissa est révoltée. Elle pense que c'est ton droit de

passer du temps avec Hannah et avec elle. Et pour ma part, je trouve injuste que tu sois tenu en dehors de...

Will m'a interrompue.

— Tu n'as aucune idée de ce qui se passe, apparemment ?

Il s'était penché vers moi, les bras en appui sur les genoux. Ses sourcils froncés le faisaient paraître plus vieux que ses dix-neuf ans et il y avait une pointe de sarcasme dans son sourire.

Sa réaction m'a désarçonnée.

— Que veux-tu dire ?

Il ne m'a pas répondu tout de suite. Détournant le regard, il a scruté un instant la rue en silence avant de demander :

— Qu'est-ce que tu sais de la situation, au juste ?

— Je sais que tu es le père du bébé d'Alissa. Je sais que vous vous êtes longtemps vus en cachette. Je sais qu'Alissa est amoureuse de toi et que tu lui manques. Que veux-tu dire par « Tu n'as aucune idée de ce qui se passe » ?

— Il ne te tient pas au courant de tout, ton fiancé.

Le mot « fiancé » dans sa bouche avait quelque chose de méprisant. J'ai ressenti ce même afflux d'adrénaline, cette même peur irraisonnée que lorsque le chien avait montré les crocs.

— Au courant de quoi ?

Will s'est renversé contre son dossier et a fait rouler sa tête de gauche à droite, comme pour détendre les muscles de sa nuque.

— Tu sais que ma mère travaillait pour les Hendricks, avant ?

Ah. J'ai cru comprendre où il voulait en venir.

— Oui, elle a été employée chez eux il y a quelques années, n'est-ce pas ? Et je sais que la famille Hendricks peut avoir un petit côté... élitiste. Que le fait qu'elle ait été employée de maison et que ton père soit en prison a pu...

— Oh ! ça, c'est juste pour brouiller les pistes. Ils t'ont peut-être raconté que c'était le « gros problème », a-t-il fait en traçant dans l'air des guillemets imaginaires. Mais je n'ai pas revu mon père depuis mes trois ans. Il n'a aucune place dans ma vie ni dans celle de ma mère. Je ne crois pas une seconde que son incarcération ait joué un rôle dans leur décision.

Il a haussé les épaules.

— Tout ça, c'est juste un écran de fumée. S'ils ne veulent pas que je voie Alissa, ce n'est ni à cause du passé de mon père ni du statut social de ma mère ni parce que j'ai décroché de mes études.

— Je crains pourtant que si, Will, ai-je protesté avec douceur. J'aime beaucoup la famille Hendricks, mais il faut reconnaître qu'ils peuvent avoir des côtés un peu snobs. Et…

Il a secoué la tête.

— Tu veux vraiment la vérité ? Hendricks — je parle de James, le père — *Monsieur le Maire*. Il y avait un truc entre lui et ma mère.

— Un truc ? Un différend, tu veux dire ?

— Plutôt le contraire. Ils s'envoyaient en l'air, tous les deux. Et ça a duré un moment.

J'ai dû m'appuyer contre le dossier de ma chaise.

— Non, ce n'est pas vrai…, ai-je murmuré.

— Eh si. Du temps où ma mère bossait chez eux. De mes dix ou onze ans jusqu'à mes treize ans. J'étais sans doute la seule personne à le savoir. Et encore… J'ai mis du temps à comprendre ce qui se passait, car j'étais jeune et naïf. Mais lorsque Mollie a fini par les surprendre, ça a fait du grabuge. Ils ont viré ma mère, bien sûr, et James lui a donné cette maison.

D'un mouvement du menton, il a désigné la porte d'entrée.

— Elle faisait déjà partie du patrimoine locatif des Hendricks. James l'a offerte à ma mère pour éviter que l'affaire s'ébruite. Maintenant encore, c'est lui qui paie l'entretien. Tu as vu notre nouvelle façade ? Elle est pas mal, non ?

J'ai secoué la tête, incrédule. Avait-il inventé toute cette histoire ? Je n'en avais pas l'impression. Une pensée horrible m'est soudain venue à l'esprit.

— Ce qui s'est passé entre toi et Alissa… Ce n'était pas un acte de vengeance, au moins ? Tu tiens vraiment à elle ?

303

Il a poussé un soupir et a croisé les mains derrière la nuque.

— Au début, lorsque j'ai rencontré Alissa, je ne savais pas qui elle était. Je l'aimais bien, cette fille. Elle m'attirait carrément, même. Je savais qu'elle était trop jeune pour moi mais elle avait une maturité assez étonnante, pour quelqu'un de son âge. On se voyait déjà depuis un moment quand j'ai appris son nom de famille. Là, je me suis dit : *Oh merde. Cata.* Je lui ai parlé du fait que ma mère travaillait chez eux et elle s'en souvenait, bien sûr, mais pas très bien. Pour l'histoire entre son père et ma mère, je n'ai rien dit, par contre. Je n'avais pas envie de lui faire de la peine.

Il s'est tapoté la cuisse et le chien m'a abandonnée pour aller poser le museau sur sa jambe.

— On peut dire que j'étais en train de tomber amoureux d'elle à ce moment-là.

— Tu l'aimes encore ?

Il s'est penché pour caresser les flancs du chien.

— Je ne sais pas si j'aime quelqu'un.

Hannah, ai-je pensé aussitôt. Impossible pour Will de voir sa fille sans se mettre à l'aimer sur-le-champ !

— Je me demandais comment réagiraient ses parents en apprenant qu'on était ensemble. La réponse est vite tombée : interdiction totale et absolue de se voir. Le problème, c'est qu'on était amoureux et qu'on n'avait pas envie de se quitter. Alors Alissa a dégoté son pote gay — Jess — pour jouer le rôle de petit ami de couverture. Et ça allait impeccable. Jusqu'au moment où elle est tombée enceinte. Là, c'est Dale qui m'a appelé. En me disant qu'il fallait que je me fasse oublier. Que Mollie avait craqué en apprenant qu'on était ensemble, Alissa et moi — à cause de ma mère, en fait. Mollie ne veut pas que ma mère resurgisse dans leurs vies. Et James non plus d'ailleurs, je pense. Parce que ma mère est très belle, tu comprends ? Bon d'accord, elle a déjà quarante-deux ans et tout ça. Mais si tu la mets à côté de Mollie Hendricks, on ne regarde qu'elle et on oublie Mollie. Tu vois le truc ?

Je pouvais comprendre que la position de Mollie n'était pas des plus confortables. Mais quand même. Will n'était pas responsable du passé de sa mère ! Et le bonheur d'Alissa et de Hannah me paraissait devoir passer avant ces considérations mesquines.

— Et si je trouvais une solution de conciliation, d'une manière ou d'une autre ?

Comment je m'y prendrais, je n'en avais aucune idée, cela dit. Mais j'étais prête à me battre.

— C'est ce que tu souhaiterais, Will ? Tu tiens encore à Alissa ? Et tu veux prendre ta place dans la vie de ta fille ?

Il a eu un sourire étrange... limite sournois.

— Si je tiens à Alissa ? Oui, bien sûr. Mais je peux vivre sans elle.

Je me suis rejetée en arrière dans mon fauteuil, mettant Will à distance, physiquement.

— C'est très dur, ce que tu dis. Et ta fille, tu t'en fiches ?

— Elle a tout ce qu'il lui faut chez les Hendricks. Elle est mieux chez eux qu'avec moi. Je ne ressens pas un fort instinct paternel, ou un truc du genre.

Il s'est levé, a glissé la main dans la poche de son jean et en a sorti un bout de papier un peu froissé.

— Tu n'es pas la première personne de la famille Hendricks à venir me voir aujourd'hui.

Will m'a tendu le papier que j'ai lissé sur ma cuisse — et j'ai eu un choc. Il s'agissait d'un chèque, rédigé par Dale, sur son compte privé... pour la somme de quatre mille cinq cents dollars.

— Je ne comprends pas, ai-je murmuré.

Il a haussé les épaules.

— Tel père, tel fils. James a acheté le silence de ma mère avec cette maison. Et maintenant Dale achète le mien. Je laisse Alissa tranquille. Je ne dévoile à personne ce que je sais au sujet de James. Je ne fais pas valoir mes droits en tant que père. J'aime bien Alissa, mais je vais être franc : c'est quand même plutôt cool d'avoir tout cet argent sur mon compte.

Ma bouche était si sèche que j'avais l'impression d'avoir avalé de la cendre.

305

Non. Ce n'est pas possible.

— Dale t'a sans doute remis ce chèque pour rémunérer un travail que tu as fait pour lui ?

Il a émis un petit rire sarcastique pour toute réponse. J'ai secoué la tête d'un geste mécanique.

— C'est pour payer le peintre qui a refait la façade, peut-être ? Il ne t'aurait pas donné tant d'argent sans contrepartie.

— La contrepartie, c'est que je me tiens à carreau et que je laisse sa sœur tranquille. Apparemment, il est prêt à payer le prix fort pour être débarrassé de moi.

J'étais horrifiée.

— Cette somme te paraît peut-être importante, maintenant, Will. Mais faire partie de la vie de ton enfant vaut infiniment plus que cela.

Il s'est mis à rire.

— Ces quatre mille cinq cents dollars ne sont qu'une goutte d'eau à côté de tout ce qu'il m'a déjà versé.

Je suis restée sans voix. Comme s'il n'y avait plus rien à répondre. Comme si les deux dernières années de ma vie se désintégraient en morceaux dont je n'étais pas certaine qu'ils seraient encore recollables.

— Il m'apporte le fric, petit à petit, sans prévenir. Tu as étudié les expériences faites sur des rats en cours de sciences ?

— Des expériences faites sur les rats ?

— Si on récompense des rats de façon aléatoire — genre, en leur donnant des quantités de nourriture variables à des intervalles irréguliers, on obtient d'eux beaucoup plus que si on les gratifie à heures fixes, avec des quantités constantes. Tu saisis le truc ? Eh bien, je pense que c'est la philosophie que Dale met en application avec moi. Je ne sais jamais quand le chèque suivant va arriver ; le montant, lui, change tout le temps. Mais j'ai la certitude que l'argent arrivera. Et lui sait que s'il arrête notre contrat tombe à l'eau.

J'avais envie de hurler. De le traiter de menteur, d'imposteur. Une fille de mon âge est apparue alors derrière la porte-moustiquaire. Elle l'a ouverte de quelques centimètres. J'ai jeté un regard perplexe à ses courts cheveux blonds coiffés en piques, ses longues jambes nues et son T-shirt ajusté.

— Qu'est-ce que tu fabriques, mon minou ? a-t-elle lancé à Will.

— Je parle affaires. Attends-moi à l'intérieur.

La fille m'a regardée. A bien pris le temps de me jauger. Je l'ai vue hésiter pour savoir si je représentais une menace, puis décider qu'elle n'avait rien à craindre de moi. Elle a refermé la porte.

S'il y avait une menace dans cette situation tordue, ce n'était pas moi. Ce n'était pas le pitbull. Et ce n'était même pas Will.

C'était l'homme que je m'apprêtais à épouser.

34. Erin

Bella et moi, nous avons passé encore une matinée morose à attendre au Coup d'Envoi. Mon cerveau fatiguait à force d'essayer d'imaginer ce qui avait pu arriver à Travis. Je m'épuisais à chercher des solutions. Notre immobilité forcée nous portait sur les nerfs, à ma petite compagne et à moi. A 11 heures, j'ai déclaré forfait et j'ai emmené Bella jusqu'à l'aire de jeux au bord du lac, juste à côté de ma résidence. J'aimais bien cet endroit car Carolyn n'y avait jamais mis les pieds. Rien là-bas ne me rappelait sa présence, hormis la sensation de pousser une petite fille sur une balançoire.

Une fois que Bella a fait le tour des jeux et a commencé à donner des signes d'ennui, je n'ai même pas pris la peine de refaire un tour au Coup d'Envoi. Le *coffee shop* n'était pas la réponse à mon problème. Je ne me voyais pas remettre Bella à Travis, à présent que je le savais capable de se comporter de façon aussi irresponsable envers sa fille.

De retour à mon appartement, je nous ai préparé des sandwichs au thon, puis nous avons joué au jeu de l'échelle et ça a été l'heure de la sieste. Je me suis allongée à côté de Bella pendant qu'elle dormait et j'ai ouvert son sac rose pour examiner la photo de Robin.

— As-tu idée, au moins, de ce que vit ta fille en ce moment ? ai-je murmuré à la jeune fille du portrait.

J'ai tiré les rideaux pour faire le noir dans la chambre, puis je me suis glissée sous les couvertures et me suis assoupie avec la photo de Robin toujours à la main. De nouveau, j'étais dans l'aire de jeux, mais c'était Carolyn que je poussais

308

sur la balançoire. Comme elle s'élançait vers l'avant, elle a tourné la tête vers moi.

« Tu t'es trompée, maman ! », m'a-t-elle crié alors que j'attendais que la balançoire la ramène à moi.

Je l'ai attrapée à deux mains et l'ai retenue dans mes bras, enfouissant mon visage dans les douces boucles blondes.

« Tu croyais que j'étais morte, mais tu vois bien que je suis toujours vivante. »

Je me suis réveillée en sursaut, le souffle coincé dans la gorge, avec un sourire jusqu'aux oreilles — jusqu'au moment où la réalité a repris ses droits. Mon regard s'est posé sur Bella qui s'était endormie, la main sous la joue. La tête de son petit mouton dépassait tout juste de sous la couette. Je lui ai effleuré les cheveux.

— Où est ta maman, ma puce ? Rêve-t-elle parfois qu'elle te tient dans ses bras ?

J'ai allumé ma lampe de chevet pour scruter le visage sur la photo. A sa place, j'aurais tout donné pour retrouver ma fille. *Tout*. Etait-ce la même et douloureuse nostalgie qui tenaillait Robin, jour après jour ?

Beaufort. Ce n'était pas si loin de Raleigh... A deux ou trois heures d'ici tout au plus. J'avais la photo de Robin et je savais où elle habitait. Dans une petite ville comme celle-là, je finirais bien par tomber sur quelqu'un qui la reconnaîtrait.

Je suis descendue de mon lit et j'ai commencé à préparer quelques affaires pour la route. Il faudrait prévoir une halte à l'épicerie pour acheter quelques en-cas. Et faire un dernier arrêt avec Bella au Coup d'Envoi. Quand même. Juste au cas où.

— Il est là papa, aujourd'hui ? m'a demandé Bella lorsque j'ai détaché sa sangle et l'ai aidée à descendre de voiture le lendemain matin.

Nous étions garées juste devant le Coup d'Envoi.

— Je ne crois pas non, ma puce. Mais je veux juste vérifier avant de partir faire notre petite sortie.

Bella a logé sa main menue dans la mienne.

— Une sortie aux balançoires ?

— Non. Plus loin que ça.

J'avais prévu de faire d'abord étape dans mon ancienne maison. Au grenier était stocké le lecteur de DVD portable que nous utilisions pour les longs trajets avec Carolyn. Au début, j'avais trouvé choquante l'idée de coller ma fille pendant des heures devant un écran. Mais Michael avait répliqué : « Pourquoi pas ? Cela ne te ferait pas plaisir, toi, si tu pouvais regarder un bon film pour passer le temps en voiture ? » Les DVD avaient permis à Carolyn de ne pas souffrir des longues heures de route. Et j'étais certaine qu'ils apporteraient aussi une distraction bienvenue à Bella.

Comme tout le laissait prévoir, Travis ne se trouvait pas dans le *coffee shop*. J'ai fait un saut jusqu'au comptoir où Nando s'activait seul. Sa nouvelle collègue débutante n'avait pas tenu longtemps à son poste, semblait-il.

— Du café, un jus d'orange et un muffin ? a cru deviner Nando.

J'ai secoué la tête.

— Non, juste un café pour moi.

Bella venait de manger un bol de céréales à la maison et je ne me sentais pas en état d'avaler quoi que ce soit de solide.

— Travis est toujours au travail, alors ? a observé Nando en plaçant le couvercle sur mon gobelet en carton.

J'ai émis un son vague qui pouvait passer aussi bien pour un oui que pour un non et lui ai tendu un billet de cinq dollars.

— Nous passons du bon temps, toutes les deux. Pas vrai, Bella ?

— Nous allons faire un voyage avec les Wonder Choux ! a-t-elle annoncé, toute fière.

Je lui avais parlé des DVD que nous emporterions. Et elle s'était prise d'enthousiasme pour le projet lorsque j'avais mentionné les Wonder Choux. Il ne me restait plus qu'à prier pour que je parvienne à mettre la main dessus...

Nando a pianoté sur sa caisse enregistreuse.

— Tu en as de la chance, Bella ! Vous partez où, alors ?

— A Beaufort, pour quelques jours.

— Cool, a répondu Nando en me rendant ma monnaie. Vous avez de la famille, là-bas ?

— Non, non. On se fait juste un petit break à la mer.

J'ai reporté mon attention sur Bella.

— Tu veux aller faire pipi, avant qu'on parte ?

Elle a secoué la tête. Juste avant de quitter l'appartement, elle était allée aux toilettes. Mais il était toujours bon de vérifier.

— Bon. Eh bien on y va, alors.

J'ai fait un signe à Nando en guise d'au revoir et, quelques minutes plus tard, nous remontions en voiture et prenions la direction de mon ancien chez-moi.

L'idée que je tomberais sur Michael en milieu de matinée ne m'a même pas traversé l'esprit. Sans prendre la peine de jeter un coup d'œil dans le garage au passage, j'ai contourné la maison. J'ai poussé la porte — et j'ai trouvé Michael debout devant moi, arrêté net dans son geste alors qu'il portait une tasse de café à ses lèvres. Je me suis figée et Bella s'est accrochée à mes jambes. Le regard de Michael s'est posé tour à tour sur elle et sur moi. En réponse à son froncement de sourcils interrogateur, j'ai essayé de prendre un ton enjoué.

— Ah tiens, salut, Michael. Je te présente Bella.

Il a reposé lentement sa tasse de café.

— Bonjour, Bella.

Il l'a regardée un instant avant de revenir à moi.

— Qu'est-ce qui se passe ? Comment se fait-il que… ?

— Je garde Bella pour quelques jours et je voulais prendre le lecteur de DVD pour le mettre dans ma voiture.

— Il est dans le grenier.

— Oui, je sais. Je vais le chercher, j'en ai pour une minute.

J'ai pris la main de Bella et j'ai commencé à me diriger vers le couloir.

311

— Dis, Erin, je pourrais jouer encore à la dînette dans la chambre de la petite fille ?

Je me suis arrêtée net au son de la voix fluette. Ainsi cette vérité-là était sortie du puits. Je me suis retournée vers Michael qui me fixait, interloqué.

— Nous sommes déjà venues avant-hier, Bella et moi, pour prendre quelques livres et…

— Vous êtes allées dans la chambre de *Carolyn* ?

J'ai acquiescé d'un signe de tête.

— Bella, tu pourras jouer un petit moment pendant que j'irai chercher le lecteur de DVD, d'accord ?

Le cœur lourd, je me suis engagée dans l'escalier. La perspective de répondre aux questions de Michael me sciait les jambes. Je l'ai entendu qui nous emboîtait le pas. Bella a jeté un coup d'œil par-dessus l'épaule.

— Je ne veux pas que le monsieur vienne avec nous, a-t-elle chuchoté.

— Non, non, il reste ici. Ce sera juste une virée entre filles.

— Je veux dire, maintenant. J'aimerais mieux qu'il n'entre pas dans la chambre de la petite fille.

Ah.

— Il n'entrera pas, Bella.

Parvenue sur le palier, je me suis adressée à Michael :

— Tu peux attendre ici une minute, s'il te plaît ? Je vais juste accompagner Bella un instant, le temps qu'elle démarre son jeu, puis je reviendrai t'expliquer… ce qui se passe. Peut-être pourrais-tu récupérer le lecteur pour moi, pendant ce temps ?

Il a mis un moment avant de hocher la tête.

— O.K. Je m'en occupe, a-t-il acquiescé enfin.

Dans la chambre de Carolyn, Bella s'est dirigée tout droit vers la petite gazinière en plastique et a recommencé à jouer avec les casseroles. J'ai attendu qu'elle soit complètement absorbée, puis je me suis agenouillée à côté d'elle.

— Je vais parler une seconde à Michael. Je serai juste là, dans le couloir, d'accord ?

Elle a hoché la tête d'un air distrait puis a poussé un cri

de plaisir aigu en ouvrant la porte du four. Elle a sorti des côtelettes de porc en caoutchouc et Dieu sait quoi encore que Carolyn avait stocké là dans le temps.

— Hé, regarde ! Il y a encore plein de nourriture, là-dedans !

— Prépare-nous quelque chose de bon à manger, d'accord ?

Michael m'attendait déjà sur le palier avec le lecteur et un sac rempli de DVD.

— J'avoue que je ne comprends plus rien, là, a-t-il murmuré en désignant la chambre du menton.

— Bella est la fille de quelqu'un avec qui j'ai lié connaissance dans un *coffee shop*, près de mon appartement. Je vais la conduire à Beaufort où vit sa maman. On me l'a pour ainsi dire collée sur les bras. Je n'avais pas le choix.

— Comment ça, on te l'a collée sur les bras ?

J'ai hésité une fraction de seconde sur la réponse à donner. Mais Michael me ferait interner si je lui disais la vérité.

— Le père de Bella a trouvé du travail et il n'avait personne pour s'occuper d'elle. J'ai accepté de le dépanner.

Michael a fixé le sol un moment pendant qu'il digérait l'information.

— C'est une bonne chose pour toi, a-t-il déclaré en relevant la tête.

Il avait l'air si sincère. De sa main libre, il m'a effleuré le bras.

— Elle t'a permis d'entrer dans la chambre de Carolyn. Bella a réussi là où j'ai échoué. C'est une étape importante dans ton processus.

J'ai hoché la tête, à contrecœur. Pourquoi m'était-il si difficile d'accepter qu'il me témoigne de la gentillesse ? Je me sentais repliée sur moi-même, retirée derrière un épais mur de briques. Incapable de le laisser entrer.

— Comment se fait-il que tu sois à la maison en pleine journée ?

— C'est pour m'avancer sur mon jeu, en fait. Tu te souviens du nouveau concept que je développe ? Nous le testons sur un groupe cible. Je communique avec l'artiste sur Skype et c'est plus calme à la maison qu'au bureau. En fait, c'est... c'est une longue histoire. Mais ça se passe bien.

Que pouvais-je lui répondre ? *Je suis contente pour toi que ton jeu progresse comme tu le souhaites ?* Peut-être que j'étais envieuse, tout simplement. Jalouse de la facilité avec laquelle il avait réussi à mettre la mort de Carolyn de côté et à se jeter dans son prétendu travail.

— Tant mieux pour toi, Michael.

Des mots creux. Je lui ai pris le lecteur et les DVD des mains.

— Bon. Nous allons prendre la route, Bella et moi.

— Tu fais juste l'aller-retour ? On pourrait peut-être dîner ensemble ce soir ou demain soir ? Je voudrais te parler de quelque chose.

— Je ne sais pas encore comment cela va se passer. Il se peut que je reste à Beaufort quelques jours.

Je n'avais aucune idée du temps qu'il me faudrait pour pister Robin.

— Je t'appelle à mon retour, d'accord ? Merci pour tout.

Michael a jeté un coup d'œil dans la chambre de Carolyn où Bella s'activait à ses fourneaux en papotant à voix haute.

— C'est au sujet de mon jeu que je voulais avoir ton opinion. Celui sur lequel je travaille depuis des mois.

Michael paraissait mal à l'aise.

— Je pourrais avoir besoin de ta contribution. Et de celle des membres du forum en ligne dont tu fais partie. S'ils sont prêts à participer.

J'ai froncé les sourcils.

— Le forum du « Papa de Harley » ? Je ne comprends pas ?

— Mon jeu traite du deuil, à sa manière. Plus précisément, le thème serait : honorer une personne aimée que l'on a perdue. C'est une meilleure façon de dire les choses, je trouve. Même si cette formulation fait partie du problème qui se pose à moi et où tu pourrais m'apporter ton aide. Comment décrire...

— Tu as inventé un *jeu* qui traite du deuil ?

J'étais horrifiée. Michael a hoché la tête.

— Pour le moment, je l'ai baptisé « Perdre Carolyn ». Comme tous mes autres jeux, il est collaboratif. Plus les gens seront nombreux à jouer, mieux il devrait fonctionner. Je me suis inspiré des cinq étapes du deuil d'Elisabeth Kübler-Ross pour…

Je l'ai interrompu en secouant la tête.

— *Michael !* Je n'arrive pas à y croire !

Imaginer qu'il ait pu nourrir son *jeu* avec son expérience de deuil. Avec la mort de Carolyn. *Notre fille.* L'idée même me paraissait monstrueuse.

— C'est justement pour ça que j'aimerais parler avec toi de…

Il s'est tu en voyant Bella sortir de la chambre. Elle a jeté un rapide coup d'œil dans sa direction puis s'est tournée vers moi.

— On est obligées de rester encore longtemps ici ?

Je lui ai tendu la main.

— Nous pouvons partir maintenant, Bella.

Michael a plongé son regard dans le mien.

— Tu accepterais de parler avec moi du sujet que je viens de mentionner ?

— Lorsque je serai de retour. Mais je préfère te le dire tout net : en aucun cas, je ne demanderai à mes amis du groupe de « Harley » de *jouer* avec la tristesse née de la perte de leur enfant.

J'ai eu la surprise de le voir sourire, même si son visage demeurait triste.

— Tu changeras peut-être d'avis si tu veux bien m'écouter quelques minutes, le temps que je te décrive mon jeu.

Il a fait un pas vers moi. Pour me prendre dans ses bras, à l'évidence. Je me suis penchée dans sa direction et lui ai déposé un rapide baiser sur la joue.

— Je te rappellerai. Promis.

Puis j'ai descendu l'escalier en tenant la main de Bella solidement serrée dans la mienne.

35. Travis

C'est le rayon de soleil qui m'a chatouillé le visage qui m'a arraché à mon sommeil. Ma première pensée, presque béate, a été : *J'ai pu dormir — enfin !* La seconde, moins tranquille celle-là, a été de m'interroger sur l'heure. L'inquiétude a achevé de me réveiller en sursaut et je me suis redressé sur mon matelas. Je m'étais garé le long d'une petite route de campagne, et à en juger par la position du soleil qui se répandait généreusement entre les arbres, il était déjà tard. Alors que je m'étais promis que je serais au Coup d'Envoi *dès l'ouverture*. Je me suis glissé sur le siège conducteur et j'ai pêché ma montre dans le porte-gobelet. 8 h 45, déjà. *Oh non.*

Mon téléphone avait sonné cette nuit juste au moment où je glissais dans le sommeil et j'avais coupé le son d'un geste rageur. Me rendre injoignable m'avait donné un sentiment de pouvoir sur Roy et Savannah. Je n'étais plus en possession de ce qu'ils voulaient à tout prix obtenir de moi. Ce qui ne les empêcherait pas d'exercer leur vengeance, bien sûr. Mais pour le moment, ils n'avaient aucun moyen de savoir où j'étais. Quant à Bella, ils la croyaient à Beaufort. Ce que je ferais, une fois que j'aurais récupéré ma fille, je n'en avais encore aucune idée. Mais je savais que j'allais au Coup d'Envoi et ça, c'était déjà un projet en soi.

Je suis descendu de voiture pour me brosser les dents et soulager ma vessie. Il n'y avait personne aux alentours et j'ignorais ma localisation précise. Je m'étais juste enfilé sur cette petite route, content d'avoir pu échapper à Roy et à Savannah et de me sentir un peu plus proche de Bella. Du moins, si Erin ne l'avait pas déjà remise aux services de protection de l'enfance... Je me suis passé la main dans les cheveux pour les discipliner un peu, puis j'ai repris le volant et j'ai commencé à rouler. Je n'avais pas parcouru deux mètres que je m'arrêtais : j'avais crevé.

Pendant quelques minutes, je suis resté paralysé au volant. Environ un mois plus tôt, j'avais dû changer ma roue après avoir roulé sur un clou à Carolina Beach. Et je n'avais pas eu les moyens de la remplacer. Pas de roue de secours, autrement dit. Mon isolement qui m'avait tant rassuré m'apparaissait à présent comme une erreur majeure. J'étais peut-être à des kilomètres de toute habitation. Et avec dix-huit dollars en poche, inutile d'espérer appeler une dépanneuse.

Je suis descendu du fourgon pour examiner le pneu. Plat comme une crêpe. Si je conduisais dans ces conditions, je pouvais dire adieu à ma roue. J'ai glissé le téléphone dans ma poche et je suis parti à pied dans les bois. Il ne me semblait pas avoir roulé très longtemps hier soir après avoir quitté la route principale. Mais dans l'état d'épuisement où j'étais j'avais fonctionné dans un grand flou. Je marchais depuis environ dix minutes lorsque j'ai aperçu une voiture. Elle s'engageait sur un chemin de terre, juste devant moi. Une petite chapelle blanche en bois, dans un piteux état, se cachait au milieu des arbres. « Jedediah Baptist » indiquait le panneau. En voyant un homme descendre de voiture et se diriger vers l'entrée latérale de la petite construction, j'ai orienté mes pas vers la chapelle. Il avait déjà la main sur la poignée lorsqu'il a remarqué ma présence. Son bras est retombé le long de son flanc.

— Je peux faire quelque chose pour vous ?

Il était sapé comme un prince. Costume de bonne coupe. Cravate. Belle allure. Noir. Agé entre quarante-cinq et cinquante ans. Je me suis vu à travers ses yeux : un jeune Blanc trop maigre en besoin urgent d'une douche. Vêtements sales. Cheveux pas lavés. Le profil type du SDF.

J'ai pointé du doigt la direction d'où je venais.

— Bonjour. J'ai ma voiture un peu plus loin sur la route. Avec un pneu crevé.

Il a froncé les sourcils comme s'il ne me croyait pas. Il me voyait plutôt parti pour l'assommer et arracher le tronc pour la quête. Le pasteur a tourné malgré tout la tête dans la direction que je lui montrais, même s'il lui était impossible de voir mon fourgon de là où il se trouvait.

— Vous avez une roue de secours ?

Je me suis efforcé de sourire tandis que je faisais non de la tête.

— J'ai déjà eu le même problème il y a un mois et je l'ai utilisée. C'était sur un chantier où je travaillais. J'ai roulé sur un clou.

Je mentionnais les circonstances de la crevaison dans l'espoir qu'une allusion à un emploi passé me ferait remonter d'un demi-cran dans son estime.

Il a incliné la tête sur le côté.

— Que faites-vous ici, sur cette route, mon fils ?

— J'avais besoin d'un endroit pour dormir hier soir.

— Vous avez une destination particulière ?

— N'importe quel endroit où je pourrais trouver du travail.

— Votre métier ?

— Le bâtiment. Le bois. La plomberie… Au point où j'en suis, n'importe quoi, ai-je ajouté avec un second sourire.

Il a secoué la tête. Je le sentais déjà un peu plus rassuré sur mon cas.

— Pas facile, en ce moment, de trouver quelque chose, pas vrai ?

— Non, c'est sûr. Je me demandais si vous pouviez me donner le nom de cette route. Et peut-être m'indiquer une station-service qui assure les dépannages, ai-je fait en sortant mon téléphone de ma poche.

— Je peux vous trouver ça, oui. Venez. Suivez-moi dans mon bureau.

Il a déverrouillé la porte et je l'ai suivi dans un petit couloir qui donnait sur une pièce de proportions modestes. La plaque sur la porte indiquait « Révérend WINN ». Il s'est assis à sa table de travail et a commencé à consulter un carnet d'adresses rotatif archaïque. Ses doigts se sont immobilisés sur une fiche qu'il a tapotée à plusieurs reprises avant de lever les yeux vers moi.

— Il faudra probablement qu'ils vous tirent jusqu'au garage. Ou au moins qu'ils viennent chercher le pneu pour le réparer dans leur atelier.

— Il y a des chances, oui.

Il ne restait plus trace de mon bel optimisme de ce matin. Où était Bella, à présent ? J'avais envie de frapper quelque chose du poing en lâchant une longue série de jurons. Si je n'avais pas eu un ecclésiastique devant moi, j'aurais hurlé des horreurs. Je voulais retrouver ma fille !

Il a recopié le numéro de téléphone sur un Post-it, a fait le geste de me tendre le papier, puis s'est ravisé.

— Vous avez de quoi payer la réparation, mon fils ?

J'ai hésité.

— Il me reste dix-huit dollars.

Il s'est frotté le menton en regardant par l'unique fenêtre de la pièce.

— Vous avez des outils avec vous ?

— Oui, m'sieur.

— La porte de la cuisine est voilée. Si vous m'arrangez ça, je payerai le dépannage.

C'était ce que je pouvais espérer de mieux ! Et même au-delà.

— C'est très généreux de votre part. Merci.

Il s'est levé.

— Quand avez-vous mangé pour la dernière fois ? Nous avons eu le déjeuner annuel des dames de la paroisse, hier. Le réfrigérateur est plein.

Il m'a posé la main sur l'épaule et m'a conduit dans une petite cuisine.

Ma première pensée a été que ce type était un bon pasteur. Il s'en est fallu de peu que je ne lui dise tout. Que je déverse mon histoire pourrie dans ses oreilles ecclésiastiques. Mais naturellement, j'ai tenu ma langue. J'irais manger les restes du déjeuner annuel de ces dames et je réparerais la porte en attendant que mon pneu soit remis en état. Cela prendrait du temps. Du temps pendant lequel j'imaginerais Erin se lavant les mains de mon sort et conduisant ma petite fille de quatre ans quelque part où je ne serais plus jamais autorisé à la voir.

Il était déjà midi et demi lorsque j'ai repris le volant de mon fourgon. J'ai remis de l'ordre dans mes pensées. J'avais quatre pneus en état de marche, un estomac plein et, dans ma poche, un billet de vingt dollars que le révérend m'avait donné au moment de nous dire au revoir. Si je n'avais pas pris autant de retard, j'aurais qualifié ma crevaison de coup de chance. Mais les limites de la patience d'Erin étaient probablement atteintes. Selon toute probabilité, Bella se trouvait à présent dans une famille d'accueil et Erin avait renfilé sa blouse de pharmacienne. Peut-être qu'au Coup d'Envoi quelqu'un pourrait me renseigner sur l'endroit où elle travaillait ? C'était à peu près le seul espoir qu'il me restait de retrouver ma fille.

Avant de faire démarrer la voiture, je me suis décidé à remettre la sonnerie de mon téléphone et à regarder mes messages. J'en avais cinq : quatre de Roy et un de Savannah. Je n'ai pas perdu de temps à les écouter. Mais lorsque le portable a sonné juste au moment où je mettais la clé dans le contact, je me suis résigné à répondre en voyant « Savannah » s'afficher à l'écran. De toute façon, ils ne me lâcheraient pas tant qu'ils me croiraient en possession de leur came. J'ai ouvert le téléphone et annoncé la couleur direct.

— Je ne l'ai plus, votre coke.

Mais Savannah hurlait déjà :

— Pourquoi tu n'as pas rappliqué hier, merde ? Qu'est-ce qui ne va pas dans ta tête ? Tu n'imagines même pas dans quoi tu t'es fourré, là, Travis. Si tu essayes de livrer toi-même le chargement, Roy te tuera.

— Il est parti, votre chargement, ai-je répondu d'une voix lasse.

Mais Savannah avait dû passer le portable à Roy, car c'est sa voix à lui qui m'a beuglé dans les oreilles :

— Tu cherches vraiment les ennuis, mec. Tu es où, là ?

— Comme si j'allais te le dire. Je ne l'ai plus, ta came. Alors oublie-la, O.K. ? Passe ta dope par pertes et profits. C'est ce que j'ai fait aussi.

— Arrête de délirer, mon pote. T'as pas assez de couilles pour négocier la marchandise tout seul.

— Je m'en suis débarrassé.

— C'est quoi, ce délire ?

Je me suis mis à hurler :

— Je les ai jetées, vos boîtes ! Je n'en ai plus une seule. Alors foutez-moi la paix.

— Tu as une idée de ce que vaut ce chargement, au moins ? Récupère-le ou tu es mort. Et ta fille avec.

— Laisse ma fille en dehors de ça !

— Ce soir. Même heure. Même endroit. Tu m'entends ?

J'ai soupiré, comme si je lui concédais la victoire.

— Dans un lieu plus public, alors.

Négocier un nouveau rendez-vous me donnerait un peu de marge. S'ils pensaient me voir arriver ce soir, ils me ficheraient peut-être la paix aujourd'hui. Cela me laisserait le temps de pister Erin et Bella. Si seulement je pouvais emmener ma fille à des milliers de kilomètres d'ici cette nuit…

— Les lieux publics, ce n'est pas un bon plan, mon pote.

— Tu veux ta came, oui ou non ? Ne compte pas sur moi pour vous retrouver au beau milieu de nulle part.

Savannah est intervenue à l'arrière-plan et je les ai entendus délibérer à voix basse pendant une bonne minute. Puis Roy a repris le téléphone.

— Dans le parking du bas, au centre commercial de Crab Valley. Tu sais où c'est ?

— Je trouverai.

— C'est ta dernière chance, c'est *clair* ?

Et il a coupé la communication.

J'ai refermé lentement le téléphone puis j'ai mis le moteur en marche et j'ai roulé le long de la route étroite, adressant au passage un petit signe de la main à la chapelle qui avait été mon chez-moi du matin. Une fois de retour sur l'axe principal, j'ai pris à gauche. Glenwood. Voilà qui me mènerait droit sur Brier Creek. J'ai failli sourire. *Le pauvre con, c'est toi, Roy.* Mais j'ai quand même gardé l'œil rivé sur mon rétroviseur, guettant une Mustang rouge. Une habitude qui ne me lâcherait sans doute pas de sitôt.

Lorsque j'ai atteint le parking devant le Target, j'étais repassé à fond en mode paranoïaque, même si j'étais à peu près certain de ne pas avoir été suivi. En tout cas, pas par la voiture de Roy. Plutôt que de me garer devant le Coup d'Envoi, j'ai laissé mon fourgon à l'entrée du supermarché et je suis parti à pied en direction du *coffee shop*, zigzaguant entre les voitures en stationnement comme un lièvre cherchant à brouiller sa piste. En entrant dans le café, j'étais hors d'haleine. Plus par angoisse qu'à cause de l'exercice physique. Le cœur battant, j'ai fouillé la salle des yeux. Pas d'Erin. Pas de Bella. Je me suis laissé tomber dans le fauteuil normalement occupé par Erin. Mais qu'allais-je donc bien pouvoir faire ?

— Hé, Travis !

C'était Nando qui me saluait du comptoir.

— Alors, il paraît que tu as trouvé du boulot, mon pote ? C'est une bonne nouvelle, ça !

Moi, trouver du boulot ? Qu'est-ce qu'il racontait ? Je me suis levé pour m'approcher du bar.

— Tu as vu Erin, récemment ? Je veux dire, la femme qui...

— Oui, bien sûr. Tous les jours. Elle est encore passée ce matin avec Bella.

Erin n'a pas lâché Bella, alors ! J'ai dû me raccrocher au bord du comptoir pour ne pas sauter de joie. Il fallait que je garde mon calme.

— J'ai confié ma fille à Erin pour quelques jours. J'espérais les retrouver ici, en fait.

— Avant qu'elles ne prennent la route, je parie ?

Nando a attrapé une éponge pour essuyer une tache sur le comptoir.

— Avant qu'elles ne *prennent la route* ?

Je devais avoir l'air abruti grave. Si je voulais inspirer confiance, j'avais intérêt à me ressaisir.

— Ah, tu veux dire qu'elles sont…

Je ne savais pas quoi inventer, à vrai dire. A quoi Nando faisait-il allusion ?

— … parties en voiture pour Beaufort, c'est bien ça ? Je te fais un café ? Tu as l'air d'en avoir besoin.

Beaufort. Pourquoi Erin serait-elle allée à Beaufort ? Je ne voyais qu'une seule raison possible. Je me souvenais distinctement du regard attentif qu'elle avait posé sur la photo de Robin pendant que je donnais mon explication standard : « C'est sa maman. Elle vit à Beaufort. »

J'ai gratifié Nando d'un sourire crispé.

— Ah oui, Beaufort. Bien sûr. Tu te souviens à quelle heure elles sont parties ?

— Il y a deux heures, à peu près. Pourquoi tu ne lui passes pas un coup de fil ?

Je me suis écarté du comptoir.

— Bonne idée. J'ai son numéro dans ma voiture.

Sauf que c'était faux. Je me suis rué vers la porte. Nando devait probablement me prendre pour un timbré, mais avec un peu de chance, je ne remettrais plus jamais les pieds dans ce *coffee shop*.

Je me suis faufilé de nouveau à travers le parking, fuyant les regards que j'imaginais rivés sur moi. Une fois dans le fourgon, j'ai tourné la clé de contact. Un quart de réservoir encore. J'en remettrais quelques litres de plus. Juste pour avoir de quoi arriver là où je devais aller.

323

36. Robin

Alissa et moi étions seules à la maison avec Hannah. A part nous, il y avait juste l'aide ménagère qui passait l'aspirateur dans le séjour, à l'autre extrémité du couloir. Je connaissais bien mes deux employées des chambres d'hôtes et elles comptaient pour moi en tant que personnes et pas seulement en tant que membres du personnel. Mais je ne savais rien de la dame qui faisait le ménage chez les Hendricks à l'exception de son prénom : Ella. Quelques mois plus tôt, Mollie m'avait gentiment chapitrée sur la façon dont je me comportais avec mon personnel. Je me montrais « trop familière avec ces filles », selon elle. Ce qui me compliquerait la tâche si je devais avoir un jour une remontrance à leur faire ou leur demander un effort supplémentaire. « Veille à garder avec elles un rapport toujours strictement professionnel, ma chérie. »

J'avais essayé de trouver un équilibre entre ma nature spontanément amicale et mon rôle d'employeuse. Et je continuais de m'intéresser aux petits amis et aux soucis divers et variés de mes deux aides. Il m'était même arrivé, à l'occasion, de prêter quelques dollars à l'une d'elles. Mais je comprenais mieux à présent pourquoi Mollie gardait une telle distance avec les gens qui travaillaient pour elle. Et je n'étais pas surprise que leur femme de ménage soit une personne entre deux âges au physique assez ordinaire qui s'activait dans la plus grande discrétion. Je pouvais imaginer pourquoi Mollie avait appliqué des critères de recrutement de ce type après la liaison de James avec la mère de Will…

Je tripotais le moniteur d'apnée pendant qu'Alissa berçait Hannah sur ses genoux. Elle avait les yeux rivés sur le visage de son bébé et étudiait ses traits avec autant de fascination que je l'avais fait le jour de sa naissance. Alissa avait mis du temps à se sentir mère, mais le lien qui l'unissait désormais à sa fille était intense et authentique. Ce que je savais au sujet de Will — s'il m'avait dit la vérité — serait d'une incroyable violence pour elle.

Pour ce qui était de Mollie, je ne pouvais qu'imaginer ce qu'elle avait ressenti en découvrant l'infidélité de James. Puis le choc d'apprendre que sa propre fille, tombée amoureuse du fils de « l'autre femme », portait de surcroît son enfant ! Cela avait dû être très douloureux, très mortifiant. Quant à James, j'espérais ne pas tomber sur lui pendant les quelques prochains jours. Il m'inspirait un écœurement qui serait long à disparaître. Plus jamais, je ne porterais le même regard sur lui. *Il est humain, c'est tout*, ai-je tenté de me raisonner. Eh bien moi aussi, j'étais humaine. Mais de là à tromper mon conjoint ainsi, sous son propre toit… Dale en serait-il capable, lui ? Tel père, tel fils, avait dit Will. Et j'avais la révoltante sensation que Dale me trahissait déjà, à sa façon.

Non ! Je ne pouvais croire que Dale ait de tels secrets pour moi. Will m'avait-il menti ? J'avais besoin de comprendre. D'obtenir des réponses claires. « Il y a des choses que tu ne sais pas et que tu n'as pas besoin de savoir. »

J'ai étouffé un juron, et j'ai lâché le moniteur pour m'adresser à Alissa :

— Je viens de me rappeler que j'ai laissé mon foulard dans l'appartement de Dale. Je reviens tout de suite.

— Mmh, a-t-elle murmuré sans détourner les yeux de sa fille.

J'ai grimpé jusqu'à l'étage réservé à Dale et j'ai ouvert à l'aide de la clé qu'il m'avait confiée peu après le début de notre relation. Cette clé avait eu une forte valeur symbolique à mes yeux, à l'époque. Le fait qu'il me l'ait remise signifiait pour moi qu'il me faisait confiance, que son amour était durable et sincère et qu'il n'avait rien à me cacher.

J'ai traversé le grand living. La porte de la pièce qui lui servait de bureau était fermée mais pas verrouillée. Elle s'est ouverte avec un léger grincement. Il était rare que j'entre ici. J'avais toujours considéré son bureau comme son espace privé. L'endroit était minuscule, presque confiné, avec des étagères couvertes de livres de droit et la grande table de travail presque aussi organisée que Dale l'était lui-même. Mon nouveau cœur pompait le sang avec force lorsque je me suis assise à son bureau. Que penserait Dale s'il rentrait à la maison et me prenait sur le fait ? Tant pis. C'était un risque à courir. Je me faisais l'effet de quelqu'un de sournois, qui faisait ses coups en douce, et néanmoins ma démarche était légitime, j'en avais la conviction. Si Dale me trouvait, eh bien je lui dirais la vérité, en espérant, contre toute probabilité, qu'il pourrait justifier ce paiement adressé à Will.

Mais alors même que je sortais son carnet de chèques du tiroir en haut à droite de son bureau, j'ai compris que ses explications ne changeraient rien. *Rien* de ce qu'il pourrait me dire n'excuserait cet argent versé à Will. Et peu importaient les preuves que je trouverais ou non dans ses papiers — j'avais, de toute façon, cessé de l'aimer. Ce que je ressentais encore pour lui, j'avais du mal à le définir, mais ce n'était plus de l'amour. J'aimais Alissa. Hannah. Mollie. Mais les sentiments que j'avais eus pour Dale étaient partis en fumée ces quelques dernières semaines. Peut-être s'érodaient-ils déjà depuis des mois.

J'ai jeté un coup d'œil sur le talon de son chéquier. Le dernier chèque qu'il avait rédigé, le n° 1432, à l'ordre de W.S., était d'un montant de quatre mille cinq cents dollars. En examinant le reste de la souche, j'ai compté plus de *sept* chèques libellés à l'intention de « W.S. », pour des sommes variant entre deux et huit mille dollars. *Des gratifications aléatoires pour le rongeur.* J'ai fermé le chéquier, l'ai glissé de nouveau dans le tiroir et me suis levée lentement. Je suis sortie du bureau sans même prendre la peine de fermer la porte derrière moi. Quelle importance maintenant ? J'étais désormais capable de mettre un nom sur le sentiment que m'inspirait Dale : le dégoût.

37. Erin

Sur la route

Fascinée par les Wonder Choux et autres Dora l'exploratrice, Bella s'est montrée une compagne de voyage exemplaire. Mon état d'esprit, en revanche, était loin d'être au beau fixe. Entendre passer les anciens DVD de Carolyn à l'arrière de ma voiture me donnait le tournis. Toutes les deux minutes, je vérifiais dans le rétroviseur que c'était bien Bella et non ma fille qui se trouvait assise derrière moi. Ma récente conversation avec Michael continuait de me hanter. *Un jeu sur le deuil ?* J'ai tenté de faire remonter l'irritation que j'avais ressentie sur le coup, mais j'avais du mal à ranimer la flamme de mon indignation du moment. Le jeu était LA façon qu'avait Michael d'affronter le monde : il s'agissait pour lui de mettre au point des jeux qui permettaient de résoudre tel ou tel problème de société. Je me sentais partagée entre la colère et l'empathie. Lui aussi avait souffert ; lui aussi avait pleuré Carolyn tout du long. Mais à sa façon.

J'ai aussitôt refoulé cette pensée. Ce retour d'empathie pour Michael était nouveau. Et s'accordait mal avec le mur de briques que j'avais élevé pour le maintenir à l'extérieur de moi.

Ma nervosité montait au fur et à mesure que nous nous rapprochions de la côte. Je me disais que cela venait des incertitudes liées à mon projet de retrouver la mère de Bella. J'avais juste une photo déjà ancienne et un prénom. C'était tout. Et si personne ne reconnaissait Robin ? Sans compter que l'obtention de la garde par Travis pouvait être due au fait que la maman était folle, instable ou droguée ? Mais lorsque nous sommes passées devant la sortie pour Atlantic Beach, j'ai compris d'où venait réellement mon anxiété. Le panneau m'a prise par surprise et j'ai détourné les yeux. *Ridicule.* Je voulais surmonter cette phobie une fois pour toutes. Judith m'avait dit au cours d'une séance qu'il me faudrait peut-être un jour retourner sur la jetée et la parcourir de bout en bout pour me débarrasser des images obsédantes liées à la mort de Carolyn. Il s'agissait d'affronter ma peur et de réinjecter une dose de réalité là où les pires fantasmes d'horreur brouillaient désormais le tableau.

« Vous avez fait de cette jetée quelque chose qu'elle n'est pas, Erin. » Elle avait raison. La jetée était devenue un monstre dévoreur d'âmes. « Si un jour, vous réussissez à y retourner, vos visions disparaîtront peut-être. »

Je lui avais répondu qu'il ne fallait pas y compter. Qu'elle aurait aussi bien pu demander à un phobique des hauteurs de se jeter du haut de la tour Eiffel. Mais l'idée me venait à présent que je *pouvais* le faire, que c'était peut-être le moment.

J'ai quitté l'autoroute au premier embranchement et je suis résolument repartie en sens inverse. Lorsque la sortie « Atlantic Beach » a approché, je me suis appliquée à regarder le panneau en face.

— Nous allons faire une petite pause, ai-je annoncé à Bella.

Elle n'a pas réagi, trop occupée à chanter en même temps que le DVD. Elle trébuchait sur la moitié des mots mais elle était complètement absorbée.

Un grand calme d'arrière-saison régnait à Atlantic Beach et je n'avais que l'embarras du choix pour les places de stationnement. Sans me laisser le temps de réfléchir, je suis descendue de voiture et j'ai ouvert la portière arrière pour Bella. Mais je sentais l'angoisse palpiter à fleur de peau.

Bella, indifférente à son environnement, restait scotchée devant son écran vidéo. Je me suis penchée pour la détacher de son siège-auto.

— Tu viens, ma puce ? Nous allons faire une promenade.
— Oh non, s'il te plaît… Je veux encore regarder ça !

Ce serait bientôt l'heure de sa sieste. Il y avait un petit hôtel de charme à Beaufort où j'avais séjourné avec Michael, bien des années plus tôt. A cette époque de l'année, il y aurait sûrement de la place. J'irais directement là-bas pour prendre une chambre et mettre Bella au lit. A son réveil, il ne nous resterait plus qu'à parcourir la ville à pied avec la photo de Robin à la main pour demander aux gens s'ils la connaissaient. J'ai eu une brève vision de nous en train d'arpenter Front Street. Dans quelle galère improbable je me lançais, vraiment ! Mais je ne voyais pas d'autre solution pour le moment que d'essayer de retrouver la mystérieuse Robin.

En attendant, j'avais une mission personnelle à accomplir.

— Allez, viens te dégourdir les jambes, Bella. Tu pourras regarder la suite dans quelques minutes. On va juste marcher un petit peu pour regarder l'océan, d'accord ?

Ma voix était si calme, si normale ! J'ai gardé la main de Bella dans la mienne et nous avons avancé jusqu'à la jetée. Dans le magasin de pêche qui sentait le poisson, le métal et le sel, j'ai payé un dollar pour nos tickets d'entrée. Le temps de franchir la porte ouverte et nous étions sur la jetée. La première série de planches larges était encore au-dessus de la terre ferme, mais mon cœur battait quand même très vite.

Malgré le temps radieux, il n'y avait guère plus qu'une poignée de pêcheurs sur le ponton et la scène était très différente du soir où Carolyn était tombée à la mer. A la claire lumière du jour et avec la foule en moins, la jetée était méconnaissable. Mais il restait les lattes horizontales qui sécurisaient les garde-fous. Il n'y en avait que deux mais elles étaient plus larges que dans mon souvenir. Plus sûres, aussi. J'ai montré les pêcheurs, à distance.

— Tu vois, les messieurs là-bas ? Ils essaient d'attraper du poisson, ai-je expliqué à Bella.

J'ai tenté de me calmer en parlant d'une voix égale, mais je devais hyperventiler car j'ai été obligée de m'interrompre entre « attraper du » et « poisson » pour reprendre mon souffle. Nous avons continué sur la partie de la jetée qui s'étirait très haut au-dessus de la plage, mais une fois qu'il n'y a plus eu sous nous que les vagues bouillonnantes, je me suis pétrifiée tout net sans pouvoir faire un pas de plus. Au loin, je voyais l'extrémité de la jetée, l'endroit où ma fille avait disparu pour toujours. Les lattes de bois sous mes pieds se sont mises à tanguer et à se soulever. J'ai dû me raccrocher au dossier d'un des bancs intégrés dans la rambarde pour reprendre mon équilibre. Jamais je ne pourrais aller jusqu'au bout. J'ai soulevé Bella dans mes bras, j'ai fait demi-tour et couru presque jusqu'à la sortie.

— S'il te plaît, s'il te plaît ! Je veux voir les petits poissons ! pleurait Bella à mon oreille.

— Il faut qu'on retourne à la voiture, mon cœur... Tu verras la suite des Wonder Choux.

Je pouvais à peine respirer.

— Bientôt, nous irons déjeuner quelque part. Et tu feras ta petite sieste.

Dans la voiture, j'ai laissé Bella boucler elle-même sa ceinture. Si elle avait eu besoin de moi, j'aurais été incapable de l'aider tant mes mains tremblaient fort. Une fois assise au volant, j'ai fermé les yeux et renversé la tête contre le dossier. *Prématuré*, telle a été la conclusion que j'ai tirée de l'aventure. Si je ne pouvais pas encore envisager le plongeoir de la piscine ni le petit pont de bois au-dessus du ruisseau près de chez moi, il paraissait ambitieux de se confronter si vite avec La Jetée elle-même. J'ai quitté Atlantic Beach sans un regard en arrière. Je n'ai recommencé à respirer librement qu'en retrouvant l'autoroute qui nous mènerait vers la sécurité de Beaufort.

L'hôtel de mes vingt ans existait toujours. C'était une jolie demeure de trois étages, avec une terrasse en bois qui donnait sur la mer. En ce mois d'octobre somnolent, l'établissement était presque vide. Munie de ma clé, je suis montée dans l'ascenseur. Là seulement, j'ai tiqué. On m'avait attribué la même chambre que celle que j'avais partagée avec Michael, toutes ces années plus tôt : la 333. Alors que les trois quarts de l'hôtel étaient vides, c'était vraiment jouer de malchance ! Mon premier réflexe fut de redescendre à la réception pour en demander une autre. Mais Bella était devenue si grognon à ce stade que je n'ai pas eu le cœur de lui infliger ce nouveau délai.

J'ai donc pris possession de la chambre et installé Bella dans le grand lit pour sa sieste. Puis je suis passée sur le balcon et j'ai contemplé le front de mer, de l'autre côté de la rue, au-delà de la rangée de boutiques. A distance, on voyait les côtes de Carrot Island et je distinguais deux silhouettes de poneys caracolant juste au bord de l'eau. Je commençais à peine à me calmer après ces quelques minutes passées sur la jetée. Serrant mon manteau autour de moi, je me suis installée dans un des fauteuils à bascule blancs. J'avais laissé la porte de la chambre ouverte de manière à entendre Bella si elle se réveillait. Je me souvenais de cette même vue, du temps où Michael et moi avions séjourné ici, lorsque Carolyn n'était rien de plus, encore, qu'une idée dans le futur — l'un des trois ou quatre enfants que nous avions projeté d'avoir ensemble. *Notre famille.* L'avenir nous semblait à portée de main, comme un fruit prêt à être cueilli. Tout était si simple, si limpide. Nous pensions maîtriser nos existences, en ce temps-là. Comme si cela ne dépendait que de nous... J'étais si éperdument amoureuse de Michael, alors. Je ne me lassais pas de lui faire l'amour. « Cette chambre a un pouvoir magique », c'était la conclusion à laquelle nous avions abouti. Nous projetions une balade en ville, mais à peine avions-nous marché une demi-heure que déjà une envie irrépressible de nous étreindre, encore et encore, nous poussait à revenir sur nos pas. Je passais mon diplôme de pharmacie à l'époque et, lorsque je lui parlais principe actif et molécules, Michael me posait mille questions, comme s'il ne pouvait imaginer sujet plus fascinant. De son côté, il venait juste de découvrir la « fonction sociale du jeu collaboratif », comme il l'appelait. Je pensais de lui que c'était un homme remarquable. Un idéaliste passionné.

Ça, c'était longtemps avant qu'il ne nous lâche, Carolyn et moi. Métaphoriquement parlant. Et littéralement, aussi.

Alors même que nous nous noyions, ma fille et moi, Michael était parti en courant.

38. Travis

J'ai atteint Beaufort de justesse, avec le témoin essence allumé et l'aiguille de la jauge flirtant avec le zéro. Pendant tout le trajet, j'avais secoué la tête en me disant qu'on nageait en pleine histoire de fous, avec cette expédition à Beaufort. Je disais toujours aux gens que la mère de Bella vivait là-bas mais, en vérité, je n'avais aucune idée de ce que devenait Robin. Je savais qu'elle avait effectivement vécu un temps à Beaufort après sa rééducation cardiaque parce que ma mère connaissait quelqu'un qui connaissait quelqu'un qui connaissait le père de Robin. Mais maintenant ? Après quatre ans ? J'avais du mal à imaginer qu'elle ait pu stagner dans une aussi petite ville. Lorsque je me surprenais à penser à Robin, je me la représentais plutôt en étudiante. A l'école d'infirmière ou peut-être même en médecine. Elle avait toujours voulu se former à un métier médical. Et elle était entièrement libre de ses faits et gestes, n'ayant pas la responsabilité matérielle du bébé dont elle m'avait caché l'existence pendant toute sa grossesse.

Quoi qu'il en soit, si Erin avait emmené Bella à Beaufort, cela ne pouvait être que pour une seule raison : ne me voyant pas revenir, elle s'était mis en tête de confier ma fille à sa mère. Je l'imaginais allant de porte en porte, tenant Bella d'une main et la vieille photo de Robin de l'autre. Beaufort n'était pas une grande ville, mais ce n'était pas non plus un village où tout le monde connaissait tout le monde.

Pour ma part, je n'avais pas de photo mais j'avais le nom de famille de Robin. A moins qu'elle ne se soit mariée entre-temps ? *Ouah*. Cette pensée m'a fait l'effet d'un coup de poignard dans le cœur. Un peu absurde, comme réaction, alors qu'elle m'avait rayé de sa vie depuis des années. Une autre possibilité m'a traversé soudain l'esprit : et si Robin était morte ? J'ai croisé les doigts pour qu'il n'en soit rien. L'idée qu'elle ait pu mourir avant d'avoir eu le temps de vivre me révoltait. Cela dit, en admettant qu'elle soit vivante et qu'elle réside encore dans le secteur, je doutais qu'elle accueille Bella à bras ouverts si Erin se présentait à sa porte.

Pour le moment, en tout cas, je n'espérais qu'une chose : que Robin, contre toute probabilité, vive encore à Beaufort et qu'Erin l'ait retrouvée. Si nous débarquions chez elle, chacun de notre côté, Erin et moi, Robin serait notre point d'intersection. Le seul moyen pour moi de retrouver Bella. Je ne pouvais nier d'autre part que *j'avais envie* de revoir Robin. Une fois de plus, je créerais des remous dans sa vie. Et je la placerais dans une position plutôt compliquée. Mais c'était plus fort que moi : oui, je voulais la voir.

Je suis descendu de voiture et j'ai fait quelques pas sur les lattes de bois de la promenade de bord de mer. D'un côté, il y avait le port de plaisance avec une douzaine de bateaux blancs de grand luxe. De l'autre, un alignement de boutiques et de restaurants. Très attrape-touriste, tout ça. Si Robin était une résidente permanente de la ville, elle ne devait pas forcément fréquenter ce genre d'endroit. Mais elle pouvait être *employée* dans un de ces commerces, en revanche. J'ai traversé pour entrer dans une petite boutique qui proposait de la poterie artisanale, des bijoux et des souvenirs très kitch.

Une dame aux cheveux gris époussetait les objets en exposition sur une étagère de verre.

— Excusez-moi, madame ? Je cherche quelqu'un qui vit peut-être encore à Beaufort. Je sais que j'ai une chance sur mille, mais juste au cas où… Connaîtriez-vous une jeune femme du nom de Robin Saville ?

La femme s'est tournée pour m'examiner des pieds à la tête. Juste une fraction de seconde, j'ai cru voir ses narines frémir. Je n'osais imaginer l'odeur de mes vêtements mal lavés…

— Vous n'avez pas l'air d'un journaliste.

Bizarre, comme commentaire.

— Je ne suis pas journaliste, non.

— Et vous n'êtes pas de Beaufort non plus.

De nouveau, j'ai fait non de la tête.

— Vous connaissez Robin Saville, madame ?

— Tout le monde la connaît, mon petit ! Elle est fiancée avec un homme d'ici qui s'imagine qu'il sera notre prochain maire.

— *Espérons* qu'il sera notre nouveau maire, est intervenu un homme déjà âgé assis derrière une vitrine à bijoux.

Je n'avais pas remarqué sa présence en entrant, et sa voix m'a fait sursauter.

— Là-dessus, nous ne serons jamais du même avis, a rétorqué la dame grisonnante. Mais pour Robin, au moins, nous pouvons trouver un terrain d'entente. Je me demande ce qu'une gentille fille comme elle fait dans cette famille de grippe-sous.

J'ai eu l'impression que le sol se dérobait sous mes pieds.

— C'est bien de Robin *Saville* que vous parlez ?

Ce n'était pas un nom courant et je savais qu'il ne pouvait s'agir que d'elle. Mais je m'attendais à tout sauf à cette soudaine célébrité. Toute la ville apparemment connaissait *ma* Robin.

— Cela vous ennuierait de m'indiquer où je pourrais la trouver ?

Cette fois, la dame s'est faite soupçonneuse.

— Que lui voulez-vous, à cette jeune femme ?

Je n'avais aucun mal à me voir à travers ses yeux. Robin était donc sur le point d'épouser un probable futur maire. Un type bien propre sur lui qui avait apparemment de l'argent. Et la brave dame avait devant elle un individu semi-clochardisé qui n'avait pas dormi dans un vrai lit depuis des semaines.

— Nous sommes de vieux amis de toujours, Robin et moi.

L'explication paraissait affreusement bidon. Et pourtant, ma gorge s'est serrée au moment où je prononçais ces mots.

— Je l'ai connue quand nous étions encore ados. Il y a des années que je ne l'ai pas revue, mais comme je suis de passage à Beaufort, j'ai pensé que ce serait sympa de…

— Elle tient le Taylor's Creek Bed and breakfast, juste au bout de la rue, a indiqué le vieil homme.

— Hé !

La femme l'a interrompu en agitant son chiffon à poussière dans sa direction.

— Veux-tu tenir ta langue, à la fin ! On ne sait pas d'où il sort, ce garçon !

L'homme a haussé les épaules.

— Je ne vois pas quel mal cela peut faire.

Je me hâtais déjà vers la porte.

— Il n'y a pas de souci, vraiment. Nous sommes bel et bien de vieux amis. Il n'y a aucun problème.

Sitôt dehors, je me suis mis à courir en direction de mon fourgon, le cœur battant en rythme avec le claquement de mes tennis frappant le sol. J'étais si près d'elle après toutes ces années. Me claquerait-elle sa porte au nez ? Ou se souviendrait-elle, au moins vaguement, de ce qui m'avait noué la gorge dans la boutique — ce lien dont nous pensions qu'il nous maintiendrait solidaires à jamais ?

337

39. Erin

De minute en minute, mon projet de retrouver la mère de Bella me paraissait plus compromis. Nous déambulions sur le front de mer, Bella et moi. Photo en main, j'ai interrogé chaque passant, je suis entrée dans chaque boutique, chaque restaurant. Nous en étions à notre énième tentative infructueuse et nous nous préparions à traverser la route, lorsqu'une Mustang rouge s'est immobilisée le long du trottoir, juste devant nous. Une jeune femme a poussé la portière côté passager et s'est propulsée hors de la voiture. Bella a ouvert grand les yeux et a laissé échapper un cri de joie. Lâchant ma main, elle s'est élancée vers la jeune femme dont les cheveux étaient très longs et très blonds. Ce n'était pas étonnant que personne n'ait reconnu Robin sur la photo que je leur avais montrée ! Elle avait radicalement changé de style et d'apparence, en quelques années.

— Bella !

La jeune femme l'a soulevée dans ses bras et l'a fait tournoyer autour d'elle. Au creux de ma main, je sentais l'espace vide où s'étaient trouvés les doigts de Bella. Mais j'avais accompli ma mission. C'était en vue de ces retrouvailles entre mère et fille que j'avais fait le voyage jusqu'ici. J'ai pressé la paume de ma main sur le nœud qui s'était formé dans ma gorge.

La jolie blonde a calé Bella sur une hanche et a reporté son attention sur moi.

— Bonjour, Robin. Ravie de vous rencontrer. Je m'appelle Savannah.

Quoi ?

— Mais je ne suis pas Robin ! Je pensais que c'était vous, en fait.

Elle a froncé les sourcils.

— Comment cela, vous n'êtes pas Robin ?

— Je suis à sa recherche, justement.

La dénommée Savannah s'est mise à rire.

— C'est quoi, cette histoire ? Si vous n'êtes pas Robin, que faites-vous avec Bella ?

— De fait, je…

Consciente que je nageais dans la plus totale confusion, je lui ai retourné sa question.

— Et vous, qui êtes-vous ? Comment connaissez-vous Bella ? Vous êtes une amie de…

Mon cerveau patinait tellement que je m'apprêtais à lui demander si elle était une amie de Robin — pas très logique de ma part… Je me sentais comme au sortir d'un rêve lorsqu'on ne sait plus très bien démêler ce qui est réel de ce qui appartient encore au songe.

La vitre de la Mustang rouge s'est ouverte et la blonde s'est penchée pour parler au conducteur.

— Elle dit qu'elle *cherche* Robin.

L'homme au volant a posé une question que je n'ai pas entendue.

— Aucune idée, lui a répondu Savannah.

Elle s'est redressée et a posé Bella sur le trottoir. Puis elle a ouvert la portière et a incliné le siège passager vers l'avant.

— Allez, grimpez, m'a-t-elle dit. Nous allons vous aider à trouver Robin.

— Super, merci.

Je me suis glissée sur la banquette arrière et Bella m'a rejointe. Il n'y avait pas de siège-auto, évidemment. Mais avec un peu de chance nous n'aurions pas à rouler très longtemps. La voiture sentait la cigarette et la friture. Le conducteur a tourné la tête pour me sourire. C'était un homme d'une quarantaine d'années. Très beau garçon. Mais il tenait une cigarette dans sa main qui reposait sur le volant et j'aurais bien aimé qu'il l'éteigne.

— Bonjour, m'a-t-il saluée.

Comme s'il avait lu dans mes pensées, il a entrouvert sa vitre pour jeter le mégot allumé.

— Comment vous appelez-vous ?

— Erin.

Je me suis mise à rire.

— Et j'avoue que je suis un peu perdue. Je suis venue ici pour trouver Robin et voilà que je tombe sur vous deux et...

Mon regard est tombé sur le revolver qu'il tenait. Un jouet ? Il voulait le passer à Bella pour la distraire pendant le trajet, ce n'était pas possible que... Il s'était retourné sur son siège et il me faisait presque face, à présent. Le canon de son arme était pointé un peu au-dessus du sommet de ma tête. Il haussait les sourcils et attendait en silence que je réagisse à sa menace. D'instinct, j'ai tendu la main vers la portière. Et me suis souvenue qu'il n'y en avait *pas à l'arrière*. Nous étions prises au piège.

— Que nous voulez-vous ? ai-je demandé dans un murmure.

Au même moment, Bella questionnait gaiement Savannah.

— Il est avec toi, mon papa ?

— Non, ma bichette.

Le conducteur a fait passer l'arme à Savannah puis a enclenché une vitesse. J'ai voulu serrer Bella contre moi mais elle était trop excitée pour vouloir se blottir. Savannah s'est tournée vers moi.

— Comment se fait-il que vous ayez Bella avec vous ?

— Je me suis occupée d'elle pendant que son père travaillait.

— Bizarre, a-t-elle marmonné à l'intention du conducteur.

Celui-ci a haussé les épaules.

— On s'en fout, on a la gamine.

Je devais rester calme. Je me suis éclairci la voix.

— Ecoutez, laissez-nous descendre, s'il vous plaît. Il s'agit manifestement d'une erreur.

— Une erreur ? C'est ça, bien sûr. Comme par hasard vous débarquez à Beaufort où vit Robin ?

La voix du chauffeur était cynique et mauvaise. Il me regardait dans le rétroviseur et les yeux que j'avais trouvés attirants une minute plus tôt étaient à présent petits, plissés et inquiétants.

— Vous êtes une amie de Robin, c'est ça ? Vous feriez mieux de nous dire la vérité si vous voulez sauver votre peau. Ça ne sert à rien d'essayer de nous raconter des salades, au point où vous en êtes.

— Je ne connais *pas* Robin ! Travis m'a confié Bella à Raleigh et…

— A Raleigh ?

Il n'avait pas l'air de me croire.

— Oui, à Raleigh. Il m'a demandé de la garder juste une nuit mais il n'est pas revenu. Comme je savais que sa mère vivait à Beaufort, je suis venue ici pour essayer de la trouver. S'il vous plaît, laissez-nous descendre. Il s'agit d'un malentendu ou…

Un début de tremblement me gagnait, mais Bella ne semblait pas percevoir la tension qui régnait dans la voiture. Elle s'était penchée en avant pour jouer avec les longs cheveux de Savannah. Une pensée tournait dans mon esprit à la manière d'un mantra. *Protège-la. Protège-la. Protège-la.*

Le conducteur a asséné sur le volant un coup si violent que même Savannah a fait un bond.

— Ça commence à bien faire, ces conneries ! Combien de temps va-t-il nous faire tourner en bourrique ?

— Nous avons Bella, Roy, a argué Savannah.

Je voyais qu'elle cherchait à le calmer — et j'ai prié pour qu'elle y parvienne.

— A la seconde où je récupère la marchandise, Travis est mort.

— Quelle… marchandise ? ai-je demandé.

Mais je savais déjà. Je ne vivais pas dans une bulle. Il ne pouvait s'agir que d'une histoire de drogue. *Ce n'était vraiment pas ce que tu pouvais faire de plus malin, Travis.*

Bella a émis un son plaintif. Etait-ce d'avoir entendu
« Travis est mort » ? Ou avait-elle été effrayée par l'explosion
de colère de Roy ? Toujours est-il qu'elle a fondu en larmes.
Je l'ai attirée contre moi et, cette fois, elle a bien voulu que
je la prenne dans mes bras et que je lui frictionne le dos.

— Tout va bien, lui ai-je chuchoté. Ça va aller, Bella.

Savannah s'est tournée vers son compagnon.

— Tu peux te calmer, Roy ? Tu lui fais peur.

— Ah toi, ne commence pas à faire dans le sentimental.

Le ton de l'homme était dur. Elle s'est aussitôt écartée de
lui et s'est tassée contre sa portière. L'homme — Roy — m'a
jeté un regard dans le rétro.

— On peut se débarrasser d'elle et garder juste la gamine.
Elle va nous encombrer inutilement, celle-ci.

J'aurais dû être plus terrifiée que je ne l'étais. Ils avaient
une arme et ils parlaient de me *supprimer*. L'homme au
volant était fou et la femme à côté ne valait guère mieux.
Mais je sentais de l'acier dans mes bras. Dans ma poitrine.
Je ne les laisserais *pas* me séparer de Bella. J'ai visualisé la
jetée. Carolyn disparaissant dans les eaux noires. La menace
d'une arme n'était rien à côté de la terreur que véhiculaient
ces images. *Protège-la.*

40. Robin

Les filles faisaient les chambres en haut, mes pensionnaires se promenaient en ville, et j'étais seule dans la cuisine pour préparer le plat au four que je servirais demain matin au petit déjeuner. Cette tâche me plaisait ; me rendait heureuse, même. Ou du moins aussi heureuse que je pouvais l'être, vu ce que je savais désormais au sujet de Dale. Je me suis souvenue qu'il m'avait fait promettre de déléguer à Bridget toutes mes tâches pratiques au bed and breakfast, une fois que nous serions mariés. J'avais accepté, même si je ne souhaitais pas interrompre mon activité. En fait, je m'étais toujours pliée à ses demandes. Qu'est-ce qui faisait que je cédais toujours face à ses exigences ? Il avait un tel besoin d'exercer un contrôle sur son entourage ! Tout m'excédait chez Dale, ces derniers temps. J'ai haché des oignons et des poivrons avec toute mon énergie, la lame de mon couteau frappant la planche à découper à un rythme vengeur. De quel droit me faisait-il renoncer à des occupations qui me rendaient heureuse ? Pourquoi fallait-il toujours faire les choses à *sa* façon ? Dale n'avait aucune idée de ce que signifiait pour moi savourer pleinement chaque instant de ma vie. La cuisine et le rangement étaient des corvées pour lui alors que je les vivais comme des moments de joie presque méditative. Nous étions tellement, tellement différents, lui et moi. Entre nous, il n'y avait *plus rien*. Il n'était pas l'homme que j'avais vu en lui. Et sûrement pas l'homme dont je souhaitais partager l'existence. Il me fallait réfléchir maintenant au moyen de rompre, sans blesser le reste de sa famille — ou moi-même — au passage.

Lorsqu'on a sonné à la porte, je me suis hâtée de couvrir mon plat avec une feuille d'aluminium. Quelque touriste de passage se présentant à l'improviste dans l'espoir de trouver une chambre ? Je n'attendais pas de nouveaux clients cet après-midi. Dans le vestibule, à travers la fenêtre d'imposte, j'ai aperçu un fourgon blanc stationné le long du trottoir. Peut-être un réparateur que j'aurais fait venir et dont j'aurais oublié la venue ? J'ai songé au robinet qui fuyait dans une des salles de bains à l'étage et aux bardeaux du toit que la dernière tempête avait malmenés. Mais j'étais sûre et certaine que les deux entreprises n'intervenaient que la semaine prochaine.

J'ai tiré le battant à moi — et il était là. *Travis*. Dans un premier temps, aucun de nous deux n'a prononcé un mot. Nous nous sommes regardés et je me suis réjouie de la solidité de mon nouveau cœur ; l'ancien n'aurait pas résisté à la brusque accélération des pulsations. Ni, surtout, à la déchirante nostalgie qui m'a saisie. Des souvenirs par centaines. Et des milliers de regrets.

— *Robin*, a-t-il dit enfin.

Et dans ce simple mot, j'ai entendu tant de choses. De la douleur, déjà. Et quoi d'autre ? Comme une demande silencieuse de pardon ? J'ai pris peur. Il s'était passé quelque chose. Avec mon enfant. *Notre* enfant.

J'ai porté la main à la bouche.

— Elle... elle va bien ?

— Je crois que oui.

Il a tendu une main vers moi et je l'ai prise, l'attirant dans le vestibule pour l'entourer de mes bras. Je n'aurais su dire lequel de nous deux se raccrochait le plus fort à l'autre. Nous gardions le silence. Quelque part en moi je savais que nos sentiments se reflétaient avec la plus parfaite exactitude et qu'ils parlaient d'un amour qui avait pris racine lorsque nous n'étions encore tous deux que des enfants. Un amour qui avait été étouffé, muselé, condamné à une existence souterraine. Nous l'avions refoulé, réduit au silence, effacé de nos cœurs et de nos consciences. Et néanmoins, il avait survécu. En tout cas, en moi. Et la façon dont Travis me serrait contre lui me disait que son cœur était resté jumeau du mien. *Je t'aime et tu m'aimes,* ai-je pensé. Il n'avait pas besoin de prononcer les mots pour que je les entende.

J'ai fini par m'écarter de lui.

— Nous ne sommes pas seuls ici, Travis. Viens avec moi.

Je lui ai pris la main et nous avons traversé le vestibule pour passer dans mon appartement privé. Dans le living, j'ai fermé la porte derrière nous puis me suis tournée pour lui faire face, la main de nouveau plaquée sur la bouche, ne pouvant croire que *Travis Brown* se tenait devant moi, ici, à Beaufort. Il avait le visage émacié, fatigué. Et ne s'était pas rasé non plus depuis des jours.

Son regard douloureux a scruté le mien.

— Je pensais que tu serais en colère que je me pointe ici. J'avais promis de ne jamais plus me manifester, mais...

— Je suis tout sauf en colère.

Je lui ai attrapé les deux mains et l'ai entraîné jusqu'au canapé.

— Dis-moi tout. *Tout.* Pourquoi tu es ici. Où est ma... ta fille. Qu'entends-tu par « je *crois* qu'elle va bien » ?

— C'est pour ça que je suis venu. J'ai merdé, Robin. Je pensais que quelqu'un l'aurait conduite ici. J'espérais qu'elle serait déjà arrivée, en fait.

Son regard a balayé la pièce comme s'il espérait la trouver dissimulée quelque part.

— Personne ne s'est manifesté à ce sujet, aujourd'hui ?

J'ai fait non de la tête.

— Pourquoi serait-elle ici ? Je ne comprends pas.

Il s'est levé pour arpenter le salon. Il était tellement plus maigre que lorsque je l'avais connu ; mais ses yeux, ses cils étaient restés les mêmes. Avec la même désarmante beauté.

— C'est une longue histoire, Robin.

— Je veux l'entendre.

Je me suis levée à mon tour pour vérifier l'Interphone près de la porte et m'assurer que j'entendrais sonner.

— Où est-elle, Travis ?

— Avec une femme... une amie.

Il s'est rassis, les mains sur les genoux.

— Mais toi ? Ton cœur ? Tu en es où ? s'est-il inquiété.

Comme s'il voulait s'assurer que j'étais en état de supporter ce qu'il se préparait à m'apprendre.

— Mon cœur est à toute épreuve. Pas de souci.

Je me suis perchée sur l'accoudoir, à côté de lui.

— Dis-moi ce qui se passe, Travis.

Il a levé les yeux vers moi.

— Tu as l'air... radieuse. Tellement pleine de vie. Je suis heureux de te voir comme ça, tu sais.

— *Raconte-moi*, ai-je insisté.

— Nous vivions avec ma mère, Bella et moi. Mais...

— Bella est ta femme ?

Travis a paru surpris par ma question.

— Ma femme ? Je ne suis pas marié. Bella est ma fille. *Ta* fille.

Bella comme « belle ». Depuis la naissance de Hannah, ma fille avait repris peu à peu une réalité dans mon esprit. Mais à présent, j'avais une image d'elle, plus vive, presque tangible.

— La fille dont tu avais refusé de me révéler l'existence.

Cette fois, j'ai entendu de la colère dans sa voix.

— J'ai essayé de t'écrire, Travis. Mais mon père bloquait mes mails à distance. Et lorsque je m'en suis enfin rendu compte, tu étais déjà marié.

Il a froncé les sourcils.

— Je n'ai jamais été marié !

Un doute affreux m'a saisie.

— Mon père prétendait que si, pourtant. Peut-être voulait-il dire que tu vivais maritalement avec quelqu'un ?

Travis m'a jeté un regard incrédule.

— Non, sans rire, il t'a raconté que j'étais *marié* ? Depuis la naissance de Bella, je n'ai pas eu une seule petite amie. Rien de sérieux, en tout cas.

— Pourtant mon père m'a juré que...

J'ai soupiré. Mes épaules se sont affaissées.

— Il m'a menti, Travis. Il prétendait que tu avais épousé quelqu'un et que je devais respecter ta vie de famille. Et cela n'a peut-être pas été son seul mensonge.

— Moi, il m'a dit que tu me haïssais. Et que tu étais furieuse que j'aie décidé d'élever Bella.

— Au début, cela m'a contrariée, c'est vrai. Mais après j'étais contente, au contraire. Il est mort l'année dernière. Mon père.

— Je sais. Ma mère a vu l'avis de décès. Et maintenant, elle est morte, elle aussi, Robin.

Il s'est passé la main dans les cheveux.

— C'est ce qui a déclenché la dégringolade. Nous vivions avec elle et elle s'occupait de Bella pendant que je travaillais. Je faisais le manœuvre sur les chantiers.

— Le manœuvre ? Mais tu voulais devenir biologiste marin ! Tu étais bon en sciences et en maths. Et tu…

Il a balayé mes protestations d'un geste de la main.

— Ce que j'essaie de te dire, c'est que notre maison de Carolina Beach a pris feu par accident et que ma mère est morte dans l'incendie.

J'ai plaqué mes mains sur mes joues.

— Oh ! Travis, je suis désolée.

Je refusais de me représenter la scène. Ce serait trop horrible. J'avais gardé de bons souvenirs de sa mère.

— Elle a toujours été adorable avec moi.

J'ai revu la femme maternelle et généreuse qui m'avait ouvert sa porte avec joie. Sa gentillesse envers moi avait encore exacerbé ma colère contre mon père pour la froideur qu'il témoignait à Travis.

— Du jour au lendemain, je me suis retrouvé sans toit au-dessus de ma tête et sans personne pour garder Bella. Au boulot, j'ai été viré et puis… Je t'avais prévenue, c'est une longue histoire. En fait…

Il a fermé les yeux.

— J'ai honte du récit que j'ai à te faire. Tu voulais un bon foyer pour ton bébé. Et jusqu'à très récemment, je crois que j'ai été à la hauteur en tant que père, Robin. Je te jure que j'étais heureux de m'occuper de Bella, de l'aider à grandir. Personne n'aurait pu l'aimer comme je l'aime et je *dois* la retrouver absolument !

Je me suis laissée glisser sur le canapé pour m'asseoir à côté de lui, ma main posée sur son bras. Toucher Travis était naturel. Comme une évidence.

— Je te crois. Mais pourquoi n'est-elle pas avec toi, maintenant ? Où est passée cette amie ? Pourquoi viendrait-elle ici ?

— Ton père a dit que tu ne voulais plus entendre parler de notre bébé. C'était un mensonge, ça aussi ?

J'ai pris une inspiration.

— Non, c'était la vérité. Je sais que cela paraît dur, de la part d'une mère. Mais vers la fin de ma grossesse j'étais si faible et si malade que... je ne me souviens même plus de ce qui s'est passé exactement, en fait. Je t'aimais et je me suis battue pour garder mon enfant. Mais la grossesse a pompé mes dernières forces et, lorsqu'on atteint un stade de la maladie où la mort finit par être plus proche que la vie, les priorités changent. A la fin, je n'avais plus qu'un seul objectif : survivre. Depuis quelque temps, en revanche...

J'ai secoué la tête.

— C'est vraiment incroyable que tu débarques ici maintenant, car depuis quelques semaines, je ne pense plus qu'à toi et à l'enfant.

— Il ne faut pas penser à moi, Robin. Je suis tellement largué. Démoli. Regarde dans quoi tu vis.

D'un geste large de la main, il a englobé mon living.

— La personne qui m'a donné ton adresse m'a dit que tu allais te marier avec un type qui se présente à la mairie de Beaufort.

— Je le hais, en ce moment.

Travis a poursuivi sans même relever :

— Je suis complètement dans la panade, Robin. Et c'est même pire que ça ; je me suis mis dans une histoire pas possible. Voilà ce que j'essaie de te dire depuis le début. Une amie... ou plutôt quelqu'un que je *croyais être* une amie, m'avait trouvé un boulot dans le bâtiment à Raleigh. Mais lorsque nous avons débarqué là-bas, Bella et moi, on m'a demandé de conduire une voiture pour faire un transport de drogue.

Choquée, je me suis appuyée au dossier du canapé.

— La drogue ? *Toi ?* Tu as toujours été tellement contre !

— Je ne savais pas dans quoi je me lançais. Ça va te paraître nul, comme excuse, mais c'est vrai. Ce type — Roy — m'a raconté qu'ils piquaient des boîtes de lait maternisé pour les revendre sur internet et j'ai gobé son histoire. Je n'avais plus un rond pour manger. Aucune perspective. Personne pour garder Bella. On dormait dans mon fourgon, elle et moi. Comme je ne trouvais rien d'autre, j'ai accepté de faire juste un voyage. Je pensais qu'une fois renfloué j'aurais de meilleures chances de trouver un vrai travail.

— Et ça a mal tourné ?

— C'est le moins que l'on puisse dire. Mais pour en revenir à Bella, j'avais rencontré une nana — une femme vraiment très bien — dans un *coffee shop* à Raleigh. Quelqu'un de calme, plus âgée que nous... Genre, dans la trentaine. Et elle était super avec Bella. Alors je la lui ai laissée pour une nuit, le temps de faire le transport. Mais tout a foiré. Je n'ai pas pu revenir à temps pour la récupérer. Et l'endroit où j'étais supposé déposer la drogue...

Il s'est frotté le front, les yeux rivés sur le sol devant lui.

— Bon, enfin bref, il y a eu des complications, mais on s'en fiche. Ce qui compte, c'est que j'ai fini par jeter mon chargement. J'ai tout balancé dans une grosse poubelle pour ne plus avoir cette saleté dans mon fourgon. C'était de la cocaïne qu'ils planquaient dans des boîtes de lait en poudre.

— Du lait pour *bébé* ?

— Oui. Je m'en suis débarrassé, donc, et le gars avec qui j'étais en contact — il s'appelle Roy — veut ma peau. J'avais peur de le conduire jusqu'à Bella, donc je ne pouvais pas retourner au *coffee shop* où la femme m'attendait avec elle. Lorsque j'ai fini par y faire un saut ce matin, on m'a dit qu'Erin était partie pour Beaufort avec Bella. J'en ai conclu qu'elle s'était mise à ta recherche. Je lui avais dit que la maman de Bella vivait ici…

— Mais elle connaît mon nom ? Comment compte-t-elle me retrouver ?

— Elle sait que ton prénom est Robin et elle a une photo de toi.

J'allais d'étonnement en étonnement !

— Une photo de moi ? Mais d'où la sort-elle ?

Pour la première fois depuis qu'il était entré ici, Travis a souri.

— Tu te souviens de celle que tu m'avais donnée quand on était ensemble ? En première ?

— Et comment se fait-il que cette Erin l'ait en sa possession ?

— Parce que Bella la porte toujours sur elle. Elle a un petit sac à main rose dont elle ne se sépare jamais. Et ta photo est dedans. Toujours. Elle sait que c'est un portrait de sa maman.

Elle était de plus en plus réelle, dans mon esprit, cette petite fille. Je l'imaginais avec son sac rose et cette photo de moi qu'elle devait sortir de temps en temps. Pour regarder la maman qu'elle ne connaissait pas. Qui ne l'avait jamais vue ni tenue. Mes yeux commençaient à me piquer et j'ai dû cligner des paupières.

— Elle est donc au courant que je suis absente de sa vie, mais quelle raison lui as-tu donnée ?

— Elle sait que tu es malade. Que tu *étais malade*. C'est ce que je lui ai toujours dit. Que tu l'aimes mais que tu étais trop faible pour t'occuper d'elle.

— Oh ! Travis ! Je veux la voir ! Tu as essayé d'appeler la femme qui la garde ? Comment s'appelle-t-elle déjà ? Erin ?

Il a frotté ses paumes sur ses cuisses d'un geste nerveux.

— Je sais que ça va te paraître monstrueux mais je n'ai pas son numéro. Et elle n'a pas le mien. Je ne connais même pas son nom de famille. Tout ce que je sais d'elle, c'est qu'elle est, comment dire… ? Solide. Elle travaille dans une pharmacie mais j'ignore laquelle. Je ne me doutais pas que les choses dégénéreraient comme ça. Si j'avais imaginé un instant que je mettrais Bella en danger par mes actes, jamais…

Il s'est levé, a sorti son portefeuille de la poche arrière de son jean et m'a tendu une photo. Je ne m'étais pas préparée à voir le portrait de ma fille. La photo provenait d'une de ces cabines que l'on trouve dans les grandes surfaces. Travis était assis sur un tabouret avec une petite fille d'environ deux ans perchée sur ses genoux. Il était rasé de près. Souriant. Tout le différenciait de l'homme d'aujourd'hui, avec ses traits tirés, son expression traquée. La petite fille aussi souriait, et ils avaient les mêmes yeux gris clair. Mais je me suis reconnue dans le visage de l'enfant. Je me revoyais telle que sur mes photos d'enfance. Bella avait les mêmes joues bien roses dont je m'étais plainte toute ma vie, sauf pendant les années où j'avais été si malade. Tout en moi — mon esprit, mon corps, mon cœur — aspirait à tenir cette enfant dans mes bras. Muette, j'ai longuement scruté le cliché. Lorsque j'ai levé de nouveau les yeux, le visage de Travis s'est brouillé devant moi. Tout doucement, il m'a souri.

— J'ai gâché ces quatre dernières années à ruminer ma colère contre toi, Robin.

Il s'est penché, les mains sur mes épaules, et m'a embrassée sur la joue. Un gentil petit baiser plein d'une vie entière d'affection. J'ai attrapé une de ses mains et l'ai tenue serrée entre les miennes.

— Qu'est-ce qu'on fait maintenant, Travis ? Comment allons-nous la retrouver ?

— Je devrais peut-être retourner en ville pour voir si je les croise. Mais je ne connais même pas la voiture d'Erin.

J'ai réfléchi un instant.

— Le mieux serait peut-être que tu attendes ici. Presque tout le monde me connaît à Beaufort. Si elle me cherche, elle me trouvera.

C'était étrange. Si tout autre homme que Travis s'était présenté à moi avec un pareil récit, j'aurais pris mes distances avec précaution. Mais avec Travis se produisait l'exact contraire. Je me suis rapprochée de lui jusqu'au moment où j'ai eu mes bras autour de sa taille, ma joue pressée contre ses cheveux. Je savais que, qu'il soit riche ou pauvre et quoi qu'il ait pu faire, nous nous appartenions, lui et moi.

41. Erin

Nous n'arrêtions pas de tourner en rond dans Beaufort, avec Bella et moi piégées à l'arrière de la Mustang pendant que Roy et Savannah parlementaient tout bas à l'avant. Par moments, Roy haussait la voix. Savannah lui répondait parfois sur le même ton, mais il lui arrivait aussi de se murer dans le silence. Dans les deux cas de figure, les flambées de colère de Roy se répercutaient en moi sous forme de secousses nerveuses qui se propageaient comme des traînées de poudre. Une seule fois, il nous a autorisées à descendre de voiture et c'était pour aller aux toilettes. Lorsque j'ai annoncé à Roy que Bella avait besoin d'une « pause technique », j'ai caressé un instant l'espoir qu'il nous déposerait devant un fast-food ou tout autre endroit raisonnablement fréquenté où je pourrais me débrouiller pour faire passer le message que nous avions besoin d'aide. Mais il s'est hélas arrêté sur une aire de repos déserte où Savannah nous a conduites jusqu'aux toilettes pour femmes. Je pensais à prendre Bella dans mes bras et à partir en courant, mais pour aller où ? Autour de nous, il n'y avait rien, hormis des étendues de pelouse. Et je n'avais plus de téléphone. Roy me l'avait confisqué peu après que nous étions montées à bord de la Mustang.

Par moments, il se mettait à chantonner sur une joyeuse mélodie de son invention :

« On lui a pris sa môme, on lui a pris sa môme. »

Sa voix me glaçait. Bella avait peur de lui mais se sentait

353

très à l'aise avec Savannah, et je commençais à me faire une idée plus claire de la situation : Travis aurait vu en Savannah une amie sûre et elle avait trahi sa confiance. Au début, ils m'avaient menacée pour que je leur révèle où se trouvait Travis mais j'avais fini par les convaincre qu'ils en savaient nettement plus que moi sur ce qu'il était advenu de lui ces trois derniers jours. Au cours de la discussion, Savannah avait commencé à m'expliquer ce qui s'était passé — quelque chose au sujet de Travis qui ne s'était pas présenté pour une livraison — mais Roy l'avait réduite au silence en lui jetant un regard mauvais. D'après le peu qu'elle m'avait dit, cependant, j'ai compris que Travis avait eu peur d'eux, ou en tout cas de Roy. Et que c'était contre son gré qu'il s'était trouvé mêlé à leur trafic.

— J'ai faim, a pleurniché Bella.

Il y avait deux heures maintenant que nous tournions sans but dans les rues de Beaufort. Savannah a renchéri :

— Moi aussi, j'ai faim, Roy. On ne pourrait pas s'arrêter quelque part et acheter quelque chose ?

Il a rejeté une longue bouffée de fumée en direction du pare-brise, puis a pris un rapide virage à gauche qui nous a ramenés sur Front Street.

— Bon, d'accord. On mange un bout puis j'appellerai Don et on verra pour le bateau.

Le bateau ? Voilà sans doute sur quoi portait la conversation chuchotée qu'ils avaient eue un peu plus tôt. Je ferais bien désormais d'écouter avec plus d'attention. Si je voulais avoir une chance de leur échapper, j'avais intérêt à me faire une idée la plus précise possible du sort qu'ils nous réservaient, à Bella et à moi. Ce projet de bateau n'était pas de nature à me rassurer. J'étais incapable de monter sur quoi que ce soit de flottant depuis la mort de Carolyn.

Roy s'est garé sur un petit parking devant un snack-bar. Notre hôtel n'était qu'à quelques pas et j'aurais tellement voulu être de nouveau sur mon balcon au-dessus de l'eau pendant que Bella dormait paisiblement dans la chambre juste derrière moi…

Roy a sorti deux billets de banque de sa poche et les a tendus à Savannah.

— Prends ce que tu veux. Et grouille-toi.
— Pouvons-nous l'accompagner pour aller aux toilettes ? ai-je demandé à Roy.
— Vous venez d'y aller.
— J'aurais besoin d'y retourner, ai-je menti.

Sans même prendre la peine de me répondre, il a sorti son téléphone portable et a consulté ses messages. Ou ses mails. Je ne voyais pas très bien de là où j'étais assise.

— J'ai faim, a gémi de nouveau Bella.
— Je sais, ma puce. Savannah est allée chercher à manger.

Elle a avancé la lèvre inférieure et s'est collée contre moi. J'ai passé un bras autour d'elle. Au même moment, j'ai repéré une femme qui marchait dans notre direction. Lorsqu'elle passerait à hauteur de la voiture, elle ne se trouverait qu'à quelques mètres de nous. Avec un grand sac de plage en paille sur l'épaule, elle progressait d'un pas vif sur le parking. J'ai jeté un coup d'œil à Roy — toujours absorbé par son écran. Lâchant Bella, j'ai pressé les deux mains à plat sur la vitre, des deux côtés de mon visage que j'ai collé contre la glace, priant pour attirer l'attention de l'inconnue alors que j'articulais en silence les trois syllabes de « au secours ».

La douleur fulgurante à l'arrière de ma tête m'a prise au dépourvu. J'ai laissé échapper un cri. Roy tenait son arme à la main et j'ai compris : il venait de m'assener un coup avec la crosse. Il a secoué la tête en me regardant et son expression disait clairement que je n'avais pas intérêt à abuser de sa patience plus que limitée. Puis, sans un mot, il a reporté son attention sur son téléphone.

Terrifiée par la violence du geste, Bella a éclaté en sanglots. J'étais aussi sidérée qu'elle. Portant les doigts à l'arrière de mon crâne, j'ai senti poisser mes cheveux à l'endroit où il avait frappé. J'ai émis un petit son rassurant.

— Ça va aller, Bella. Ne t'inquiète pas.

J'ai attrapé mon sac pour en sortir un mouchoir et le presser contre la plaie. Il est ressorti taché de sang. J'avais la tête qui tournait un peu et je sentais déjà une bosse se former sous mes doigts.

Savannah est revenue avec du poulet et des frites pour quatre. Nous n'avons fait que picorer nos portions, Bella et moi, même si elle avait crié famine une minute plus tôt. Sitôt son repas avalé, Roy a remis la Mustang en route. J'ai papoté avec Bella, joué à des devinettes et déroulé notre répertoire de chansons. Ce faisant, je me suis aussi penchée vers l'avant autant que je l'osais pour tenter de surprendre leur conversation.

— Ça va encore nous bouffer de l'argent, a dit Roy, mais ça reste la meilleure solution.

J'imaginais qu'il voulait parler du propriétaire du bateau. Savannah paraissait sceptique.

— Mais comment veux-tu qu'on prévienne Travis s'il ne répond pas au téléphone ?

Roy a glissé la main dans sa poche et lui a montré *mon* portable. S'il pensait que l'appel pouvait venir de moi, Travis répondrait forcément. J'en étais persuadée. Et Roy aussi, apparemment.

— Il n'y a que pour sa gamine qu'il lâchera la came.

— Mais qu'est-ce qu'on fera de… ?

Savannah a incliné la tête dans ma direction.

— Dommage collatéral.

Même si Roy avait répondu à voix basse, je n'avais pas manqué d'entendre. Comme je n'ai pas manqué non plus de remarquer la façon dont Savannah s'est détournée de lui. J'ai vu ses doigts trembler alors qu'elle glissait une mèche de ses longs, longs cheveux blonds derrière une oreille.

42. Travis

Robin se montrait plus que compréhensive avec moi, ce qui n'aurait pas dû me surprendre. Elle avait toujours été ainsi, depuis que je l'avais connue, du temps où on était ados. La différence, c'est qu'aujourd'hui, je ne méritais pas sa gentillesse. J'étais mortifié d'être tombé aussi bas. Et d'avoir fait subir à Bella les conséquences de mes décisions désastreuses et de mes erreurs de jugement. J'aurais voulu pouvoir parler à Robin du père que j'avais été avant l'incendie. Lui prouver que les choses n'avaient pas toujours été comme aujourd'hui. Mais elle semblait avoir compris d'emblée que j'avais pris soin de notre fille du mieux possible. Elle me touchait tout le temps — mon bras, mon épaule, ma main. Son toucher était affectueux et je voyais de la douceur dans son regard. Je devais chaque fois me remettre en tête que c'était pour *l'ancien* Travis qu'elle gardait cette grande tendresse. Pour le garçon plein de promesses qui avait eu de beaux rêves d'avenir. Pas pour le raté que j'étais devenu.

Elle paraissait si différente de l'adolescente fragile qu'elle avait été. Je l'avais toujours connue jolie et bien habillée, mais maintenant, elle rayonnait de vie, de santé. J'ai détaillé sa chevelure lisse, l'éclat de ses yeux bruns, la perfection de sa peau, les petits diamants qui scintillaient à ses oreilles. Elle ressemblait au type de fille avec lequel je n'entrais même pas en contact, normalement.

— Tu as un air… je ne sais pas… sophistiqué, ai-je observé.

Nous étions toujours sur son canapé à attendre qu'Erin,

d'une manière ou d'une autre, finisse par trouver son chemin jusqu'à nous.

Robin a fait la grimace.

— Ce n'est pas du tout l'image que j'ai envie de donner.

Elle s'est tue un instant, le regard rivé sur ses mains.

— Je vis dans un monde où je n'ai pas ma place, Travis.
— Comment ça ?
— Je suis venue à Beaufort avec l'idée de trouver un petit boulot pour un an. Je voulais me donner du temps pour décider de ce que j'avais envie de faire de ma vie — de ma vie toute neuve avec mon cœur tout neuf. Et puis j'ai rencontré cette famille…

D'un geste de la main, elle a désigné la maison voisine où elle m'avait expliqué que Dale vivait avec ses parents et sa sœur.

— Les Hendricks ont été super pour moi. Ils m'ont cocoonée, adoptée. Et ont fini petit à petit par polir mes aspérités. Par me *domestiquer*. Il m'a fallu du temps pour en prendre conscience. Ils me transformaient tout en douceur en quelqu'un que je ne suis pas. Au début, j'étais séduite. Tout me tombait tout cuit entre les mains : l'argent, la notoriété. Tout ce que je désirais, je pouvais l'obtenir. Et le beau Dale pour lequel les femmes étaient prêtes à se battre me jurait son amour éternel. Une vie enviable s'ouvrait devant moi. Je pouvais me passer de travailler si je le souhaitais. Et rien ne m'aurait empêchée de passer mes journées à jouer au golf ou au tennis… Même si je hais le golf et le tennis, a-t-elle ajouté avec un petit rire. Mais pour tout cela, il y avait un prix à payer.

Je l'ai regardée avec curiosité.

— Et c'est quoi, ce prix ?
— Vivre une fausse vie. Abdiquer sa personnalité. Enfin… pour moi, en tout cas. Je suppose que pour d'autres il pourrait s'agir d'une existence tout à fait valable. Mais moi, elle ne me convient pas. Et puis…

Elle a tordu l'une contre l'autre ses mains qui reposaient sur ses genoux.

— Et puis quoi ?

— Je viens de découvrir que Dale donne de l'argent au garçon dont sa sœur est amoureuse pour le tenir éloigné d'elle. Cela... cela m'a ramenée à notre histoire. Et aux manœuvres de mon père pour nous séparer, toi et moi. Alissa, comme moi, a eu un bébé. Une petite fille...

Elle a souri, le regard tourné vers la fenêtre. Mais je savais que c'était le bébé qu'elle voyait.

— Cet enfant a réveillé une part de moi que j'avais réduite au silence. La part de moi qui était mère.

Robin a reporté son attention sur moi.

— Depuis la naissance de Hannah, mon propre bébé s'est remis à exister très fort dans ma tête — dans mon cœur aussi. Et toi avec. Je me sentais devenir de plus en plus étrangère à ma vie d'ici. En fait, je pensais à toi tout le temps, Travis. C'est vraiment étrange que tu te sois matérialisé sur le pas de ma porte. C'est comme si j'avais *senti* que tu étais sur le point de resurgir dans ma vie. Si tu n'étais pas venu, je crois que je serais partie à ta recherche. Je ne pouvais pas épouser Dale alors que tu étais ma seule obsession.

J'ai secoué la tête.

— A l'époque nous étions beaucoup plus jeunes et les problèmes d'argent et d'enfant à élever ne se posaient pas. Nous ne pensions encore qu'à une chose et c'était de... de nous aimer, ai-je risqué après un temps d'hésitation.

— C'est la seule chose réellement importante, non ?

Je n'ai pas eu le temps de lui répondre car mon téléphone a sonné — celui que Roy m'avait procuré. Je l'ai sorti de ma poche et l'ai posé sur la table.

— Je ne réponds pas. C'est le gars qui me réclame la drogue que je n'ai plus. Je ne veux plus entendre parler de lui.

Je n'avais plus rien à dire à Roy — sauf que ce n'était pas son numéro qui s'affichait à l'écran, pour une fois, ni celui de Savannah. Un doute affreux m'a saisi. J'ai attrapé le portable, l'ai ouvert et me suis levé d'un bond.

— Erin ?

Mais c'est la voix de Roy qui m'a résonné dans l'oreille.

— Est-ce que tu veux revoir ta fille vivante ?

Non. Ce n'était pas possible. Il ne pouvait pas avoir *Bella.*

— C'est quoi, ce délire ? Tu appelles avec le portable de qui, là ?

— Dis-moi seulement combien de temps il te faut pour arriver à Beaufort ?

Les pensées se bousculaient dans ma tête. Je n'étais pas sûr de comprendre ce qui se passait, mais je sentais que la situation venait de se retourner à mon désavantage.

— Je *suis* à Beaufort.

— Tu te fiches de moi ?

Il s'est mis à rire.

— Eh bien, c'est parfait. Tu veux retrouver ta fille ?

— Arrête ton cirque, Roy, O.K. ?

— Je l'ai ici avec moi.

Je n'ai pu m'empêcher de crier.

— Non. C'est impossible. Tu mens !

— Ah ouais, tu crois ça, toi ? Je les ai chopées toutes les deux. Elle et Erin.

— Sale pourriture !

Robin s'est rapprochée et a posé la main sur mon bras.

— Qu'est-ce qui se passe ?

— Alors voilà ce que tu vas faire, a repris Roy. Et c'est ta dernière chance, mec. A minuit ce soir, tu apportes la poudre à cette adresse.

J'ai fait signe à Robin qu'il me fallait quelque chose pour écrire. Aussitôt, elle m'a trouvé un carnet et un stylo.

— C'est à la pointe orientale de Beaufort. Il s'agit d'une maison un peu particulière mais le proprio est cool. Roule jusqu'à l'arrière de la baraque. On sera sur le ponton.

— Un ponton ?

— On a un bateau.

— Je veux d'abord ma fille. Je la veux *maintenant*.

— Ouais, c'est ça, compte dessus. Tu crois que je vais te la rendre avant d'avoir la came, vu comme tu as été fiable jusqu'ici ? A tout à l'heure, minuit.

— Hé, attends ! Passe-moi Bella !

— Tu peux toujours te gratter, Brown.
— Et qu'est-ce qui me prouve qu'elle est avec toi ?

Je voulais entendre la voix de Bella, même si j'avais déjà la certitude qu'elle se trouvait entre les griffes de Roy. Comment, sinon, aurait-il eu le téléphone d'Erin ?

J'ai entendu parler à l'arrière-plan. Une voix de femme. Peut-être Savannah ? Puis j'ai reconnu le timbre d'Erin.

— Travis ?
— Erin ? Je suis désolé. Que s'est-il passé ?
— Il faut que tu fasses ce qu'il te dit, Travis.
— Bella est O.K. ?
— Oui, mais Roy ne plaisante pas. Il est armé. S'il te plaît, fais ce qu'il te demande.

J'ai hésité.

— Il peut m'entendre, là ? ai-je chuchoté.
— Comment ? Non. Je ne crois pas.
— Je ne l'ai plus, la drogue, Erin. J'ai tout balancé. Je n'en voulais pas dans ma voiture.

Silence sur la ligne. Peut-être hurlait-elle les mêmes insultes muettes que je m'adressais à moi-même ?

— Il faut que tu leur apportes la marchandise, Travis. Fais ce qu'il te demande.
— Mais tu ne comprends pas. Je n'ai pas...
— A minuit. Tu peux le faire, Travis. Souviens-toi de ta partie de pêche. Des deux gobelets.
— Hein ? Je ne comprends pas.

J'ai entendu Roy poser la même question de son côté. Puis il y a eu comme un bruit de bagarre. Et de nouveau la voix hargneuse de Roy à mon oreille.

— Minuit, tu m'entends ? Et ne t'avise pas d'appeler les flics. Sinon, tu risques de ne pas aimer les conséquences.

Là-dessus, il a coupé et je me suis retrouvé, comme un idiot, face au téléphone muet. Défait, je me suis tourné vers Robin.

— Ils ont Erin et Bella.
— Comment ont-ils réussi à... ?

— Je ne sais pas, mais ils les ont prises en otages. Roy veut que je lui apporte la drogue à minuit à cette adresse.

J'ai montré le bout de papier où j'avais griffonné les indications.

— Quand je lui ai expliqué que je n'avais plus la drogue, Erin a dit quelque chose de bizarre, à propos d'une partie de pêche et de deux...

Je me suis frappé le front.

— Ça y est. Je crois que j'ai compris. Mais... Oh merde.
— Quoi ?
— Il faut que j'achète du lait maternisé.

J'ai attrapé les clés de mon fourgon.

— Et en grosses quantités, même. Tu sais où je peux en trouver ?

43. Erin

Parler avec Travis m'avait soulagée. Le simple fait de communiquer avec quelqu'un d'extérieur à la Mustang confinée agissait comme une bouffée d'oxygène. Mais j'avais perçu la terreur dans sa voix, surtout lorsqu'il m'avait avoué qu'il n'était plus en possession de la drogue. Avait-il compris ce que je cherchais à lui dire lorsque je lui avais parlé des deux gobelets intervertis avant la partie de pêche ? Je croisais les doigts pour qu'il ait saisi le message.

Après la conversation avec Travis, Roy nous a conduits de nouveau dans la même aire de repos déserte. En sortant des toilettes pour femmes, j'ai ouvert le robinet pour que Bella puisse se laver les mains aux lavabos et j'ai surpris le regard de Savannah qui m'observait dans le miroir. J'ai revu le tremblement de ses mains lorsque Roy avait évoqué le « dommage collatéral ».

Je me suis adressée à son reflet :

— Je ne sais pas comment vous vous êtes trouvée mêlée à ce trafic, mais il y a moyen d'en sortir. Si vous nous aidez, Bella et moi, je vous paierai.

Elle a haussé les épaules.

— Avec quel argent ? Ça m'étonnerait que vous ayez les moyens de me donner ce que je gagne en faisant ces petits voyages lucratifs.

Savannah a reporté son attention sur son propre reflet et a lissé ses longs cheveux blonds.

— Et puis, ce n'est pas si simple de rompre les ponts avec son mari.

Sidérée, j'ai tendu une serviette en papier à Bella.

— Vous êtes mariée avec *Roy*?

Elle m'a adressé un pâle sourire.

— Depuis l'âge de seize ans. Il n'a pas l'air comme ça, mais quand il veut, il peut mettre le paquet, niveau charme.

Je me suis lavé les mains, lentement, méthodiquement, appréciant ce moment de répit passé hors de la voiture. J'ai humidifié une serviette et je l'ai pressée sur l'hématome douloureux à l'arrière de ma tête. Que pourrais-je dire à Savannah qui la convaincrait de se libérer de l'homme qui la tenait en otage tout aussi sûrement que Bella et moi?

Mais Savannah a repris d'elle-même :

— Et vous? Vous êtes mariée?

— Oui.

— Alors, vous savez ce que c'est. Parfois, c'est tout rose, parfois ça craint. On oscille tout le temps entre l'amour et la haine, Roy et moi.

En retournant à la voiture, avec Savannah, j'ai serré la main de Bella très fort dans la mienne. Je pensais à mon mari, capable de convertir son deuil en jeu. Il pouvait tourner *n'importe quoi* en jeu. Dans l'immédiat, j'aurais pu faire bon usage d'une création à la Michael du style : *Comment se sortir d'une situation de prise d'otages?* Avec mille joueurs en ligne. Cent mille joueurs même. « Plus il y a de *gamers*, plus il y a d'idées », aurait-il dit. J'ai songé au forum du « Papa de Harley » et à la façon dont nous nous aidions et soutenions mutuellement. A la façon dont j'avais pu m'appuyer sur cette mise en commun de nos souffrances. *De façon collaborative*. Brusquement, j'ai vu les parallèles entre le mode de deuil de Michael et le mien. Le support était peut-être différent mais l'objectif était le même — sortir de la dévastation suscitée par la perte d'un enfant. Pourquoi ma voie serait-elle la bonne et non la sienne? Je l'ai imaginé travaillant sans relâche à la création de son jeu, de tôt le matin à tard le soir. « Perdre Carolyn. » C'était sa recette à lui pour affronter l'infinie douleur. Pour immortaliser notre fille. Là, tout à coup, j'ai senti que je *devais* parler à Michael. Lui dire que c'était O.K., que je comprenais enfin.

De retour à la voiture, j'ai demandé à Roy si je pouvais passer un rapide coup de fil à mon mari. Il s'est retourné pour me regarder, a marqué une hésitation, émis un son qui n'était ni un oui ni un non, puis a fini par refuser.

— *Niet.*

Mes yeux se sont mis à me picoter. Je n'excluais pas d'être le « dommage collatéral » qu'avait évoqué Roy. Et je ne voulais pas mourir sans avoir dit à Michael que je l'aimais.

Roy a déposé Savannah dans une marina avec pour mission de récupérer le bateau qu'ils louaient. Nous n'étions donc plus que trois dans la Mustang lorsque nous avons remonté une allée privée qui menait à une grande maison sombre aux fenêtres éteintes. Sans Savannah dans la voiture, mon niveau d'anxiété grimpait en flèche. A l'arrière de la maison inoccupée, la lune se reflétait sur une vaste étendue d'eau. J'ignorais s'il s'agissait du canal, de Taylor's Creek ou d'autre chose. Les eaux étaient trop lisses pour qu'il puisse s'agir de l'océan, mais c'était la seule certitude que j'avais. Roy avait pris un itinéraire compliqué pour arriver jusque-là et toute mon attention avait été requise par Bella, si bien que je n'avais pu me concentrer sur la route. Bella avait été tellement courageuse jusqu'à maintenant. Elle avait enduré avec beaucoup de stoïcisme les longues heures passées enfermée dans la voiture, malgré l'odeur de fumée, les conversations hostiles et la tension. Mais la fatigue prenait le dessus et sa résistance nerveuse était à bout. J'avais essayé de feindre le calme pendant que la soirée s'étirait d'une façon interminable. Mais avec la tombée de la nuit et sans Savannah pour faire tampon, Bella devenait de plus en plus perméable à mon angoisse. Comment aurait-il pu en être autrement ? Ma tête me faisait mal et j'avais la poitrine tellement nouée que je parvenais à peine à respirer. Lorsque je frictionnais le dos de Bella, je sentais la peur glisser le long de mon bras jusqu'au bout de mes doigts pour couler en elle et l'envahir. Elle se blottissait contre moi, un peu comme si elle essayait d'entrer à l'intérieur de mon corps. J'ai passé les bras autour d'elle pour l'entourer de mon mieux et posé le menton sur sa tête.

Je n'avais aucune idée de ce qui allait se passer. Il n'y avait personne dans la maison, de toute évidence. Je n'avais pas l'impression que nous allions y rencontrer quelqu'un. J'avais détesté toutes ces heures passées enfermée dans la Mustang enfumée mais, tant que nous roulions, j'avais eu un relatif sentiment de sécurité. Mais ma peur montait alors que nous avancions à vitesse réduite sur le chemin privé. Mes mains qui tenaient Bella étaient trempées de sueur. Alors que nous approchions du garage, Roy a quitté l'allée et il s'est engagé sur la pelouse, contournant la maison par l'arrière pour se diriger vers le rivage. Pendant quelques instants terrifiants, j'ai cru qu'il allait continuer tout droit et laisser la voiture s'enfoncer dans l'eau avec nous à bord. Mais ce qu'il avait en tête était presque pire. Il s'est garé sur la pelouse à côté d'un long, long ponton — comme un interminable trait d'argent sous la lune. J'avais à peine la force de le regarder.

Roy a coupé le moteur mais n'a pas fait mine pour autant de vouloir descendre de voiture. Il a allumé le plafonnier pour regarder l'heure à sa montre.

Je me suis éclairci la voix.

— Comment on procède, alors ?

Comme s'il allait me révéler ses intentions ! J'avais la bouche tellement sèche que j'en croassais presque.

J'ai cru que Roy laisserait ma question sans réponse. Il scrutait la nuit à travers le pare-brise, comme s'il y avait autre chose à voir face à nous que l'embarcadère argenté et les eaux noyées de lune.

— Dans un moment, Savannah nous rejoindra ici avec le bateau.

Roy s'est retourné pour me faire face.

— Donc voilà ce qu'on va faire. Vous allez descendre de voiture, avec Bella, et marcher jusqu'à l'extrémité du ponton. C'est là que Savannah amarrera le bateau. Lorsque Travis se pointera — et il a intérêt à ne pas se défiler — on chargera les caisses. Une fois qu'on aura récupéré le chargement, je vous laisserai repartir avec Brown, vous et la petite. La suite ne vous regarde pas. Elle ne concerne que Savannah et moi. C'est simple.

Pas *simple* du tout, non.

— Et si on attendait plutôt ici, Bella et moi ? Sur la pelouse ? Ou même ici, dans la voiture. Vous pourrez la verrouiller.

Je préférais de loin être enfermée dans la Mustang plutôt que de m'aventurer sur la fragile construction de bois qui s'étirait au-dessus de l'eau.

— Je ne crois pas, non. Dès que Savannah me donnera le feu vert, on ira sur le ponton. En attendant, on peut tous faire une petite sieste.

Il a incliné le dossier de son siège jusqu'à toucher les genoux de Bella. Elle a relevé les jambes pour se recroqueviller sur le siège arrière. Je l'ai attirée tout contre moi en essayant de mettre au point une stratégie de fuite. Si Roy s'endormait, n'y aurait-il pas moyen… Moyen de quoi ? Nous étions coincées à l'arrière. Et j'avais le sentiment qu'une fois hors de la voiture les choses ne s'arrangeraient guère.

J'ai fermé les yeux. *Mais comment pourrais-je nous sortir de là, Bella et moi ?* C'était bien le moment de nous inventer quelque brillante manœuvre de diversion… Mais dès l'instant où j'ai fermé les paupières, il a été de retour : le long ruban argenté qui s'étirait devant moi dans la nuit : la jetée et le cauchemardesque week-end à Atlantic Beach avaient repris possession de moi.

Notre petite escapade à l'océan avait commencé en beauté, pourtant, avec un temps tiède et ensoleillé en ces premiers jours d'avril. Nous avions loué un petit bungalow de bord de mer pour nous trois. L'eau était froide après un hiver inhabituellement glacé en Caroline du Nord. Mais nous avions joué sur la plage et fait de grandes promenades. En bref, nous nous étions livrés à notre activité favorite,

Michael et moi : consacrer du temps à notre fille. Il y avait une cheminée dans le bungalow et nous avions allumé un bon feu le vendredi soir avant de sortir les jeux de société. Carolyn avait été aux anges, bénéficiant pour une fois de la pleine attention de ses deux parents, au lieu d'avoir à partager son père avec son ordinateur et sa mère avec ses lectures ou ses tâches domestiques. Michael et moi avions fait l'amour ce vendredi soir. J'avais arrêté la pilule quelques semaines plus tôt et nous étions pleins d'espoir et d'enthousiasme, prêts à nous laisser bousculer par une nouvelle arrivée dans la famille.

Le samedi soir, nous avions décidé de faire la promenade de la jetée. Nous avions passé la boutique d'articles de pêche où nous avions réglé notre droit d'entrée. Dès l'instant où nous avons mis le pied sur les planches du ponton, j'ai eu une montée d'anxiété. Un panneau détaillait toutes sortes de dangers et j'ai voulu m'arrêter pour le lire, mais Michael a continué de marcher. La nuit était noire mais la jetée était bien éclairée et grouillait de pêcheurs, hommes et femmes. Ce n'était pas la première fois que je me trouvais sur un ponton de pêche et je m'étais même déjà aventurée sur cette jetée-ci, mais jamais de nuit. Et je découvrais un autre monde. On voyait des amateurs passionnés avec des chariots spécialement aménagés pour transporter leurs cannes, leurs seaux et leurs appâts. Ils se tenaient côte à côte, leurs épaules se touchant presque, certains d'entre eux cumulant jusqu'à une demi-douzaine de lignes. Carolyn était fascinée. Elle voulait marcher seule devant nous, jeter un coup d'œil dans chaque baquet, regarder les plus chanceux soulever hors de l'eau les poissons au ventre étincelant dans les lumières des lampadaires. C'était sur les hameçons, surtout, que portait mon inquiétude. J'avais des visions d'un pêcheur envoyant par mégarde sa ligne par-dessus l'épaule et accrochant l'œil ou l'oreille de ma fille. Je n'étais pas aussi anxieuse en temps normal, mais cette image d'hameçon me hantait et je ne cessais de rappeler Carolyn vers nous pour qu'elle me tienne la main.

— Elle ne risque rien, est intervenu Michael. Elle s'éclate. Laisse-la donc tranquille.

A l'intention de Carolyn, il a ajouté :

— Ne t'éloigne pas trop, d'accord ? Et fais attention de ne pas te mettre dans les jambes des pêcheurs.

Ses instructions lui paraissaient suffisantes pour une enfant de trois ans. J'ai frissonné.

— Ce sont les hameçons qui m'inquiètent, Michael.

— Que veux-tu qu'il lui arrive ? Tu sais que tu la surprotèges, par moments, Erin ?

La longue et haute jetée s'étirait loin au-dessus de la mer, dominant les eaux noires. Nous continuions de flâner en direction de la pointe. J'avais toujours aimé les jetées. Elles permettaient de s'avancer loin sur l'océan, là où il était mystérieux et profond, tout en ayant sous les pieds la rassurante solidité des planches. Mais ce soir-là, mon plaisir habituel n'était pas au rendez-vous.

Je me souviens encore d'avoir vu Carolyn à quelques mètres devant nous, penchée sur un baquet rempli de poissons. Les mains en appui sur les genoux, elle comptait tout haut.

— Maman, regarde ! Il y en a sept !

Nous l'avions rejointe pour admirer la prise du jour à notre tour. Puis elle s'était élancée de nouveau.

— Carolyn ! Stop ! Ne t'éloigne pas trop de nous !

— Elle s'amuse. J'aime bien la voir comme ça : aventureuse, curieuse d'explorer le monde. Tu vas en faire une angoissée si tu ne la laisses pas vivre ses propres expériences.

Sa remarque m'a blessée. J'étais une bonne mère, attentive à ne pas couver mon enfant à l'excès.

— Quand est-ce que je l'empêche de faire ses propres expériences ?

— Ce matin, sur la plage, par exemple, avec la méduse.

— Mais je suis quasiment certaine qu'elle était vénéneuse !

— Carolyn voulait la toucher avec son bâton. Et la bestiole était plus morte que morte.

J'avais sans doute réagi un peu vivement, en effet. En la voyant se pencher sur le vilain tas gélatineux, j'avais hurlé.

369

Si fort que Carolyn avait sursauté puis regardé la méduse comme s'il s'agissait d'un monstre susceptible de venir l'assaillir dans son sommeil.

— O.K., peut-être. Mais ce n'est pas mon attitude habituelle avec elle.

Il a passé le bras autour de mes épaules.

— Non, c'est vrai. Et la bête n'était pas ragoûtante... Tu es une mère merveilleuse et je t'aime, a-t-il ajouté en me serrant un peu plus fort contre lui.

J'ai glissé la main dans la poche arrière de son jean.

— Moi aussi, je t'aime.

Nous approchions de l'extrémité de la jetée. Six à huit personnes étaient alignées presque coude à coude le long du garde-fou. Carolyn se hâtait dans leur direction mais elle ne courait pas. Pas vraiment. A travers les ouvertures de la rambarde, on voyait l'eau noire qui s'étendait à l'infini et j'ai eu une bouffée d'appréhension. Juste une bouffée. Avec une vision de Carolyn passant entre deux lattes et disparaissant dans l'abysse. J'ai failli la rappeler mais je ne voulais pas entendre Michael me répéter que je l'empêchais de vivre. J'ai tenu ma langue.

Et là, d'un coup, *ma fille s'est évanouie*. Tout s'est passé si vite que je ne l'ai pas vue tomber et j'ai été incapable par la suite d'expliquer à la police comment l'accident s'était produit. Peut-être, portée par son élan, avait-elle perdu l'équilibre et était-elle partie tête la première entre le sol et une latte cassée du garde-fou ? J'ignorais si Carolyn avait hurlé dans sa chute, s'il y avait eu un bruit d'éclaboussure lorsqu'elle avait heurté l'eau. Moi-même, je n'avais rien entendu. Que les cris d'horreur des pêcheurs alignés le long de la rambarde. A l'instant où j'ai compris ce qui se passait, je me suis élancée, j'ai franchi la rambarde dans un accès passager de folie et me suis précipitée dans le vide sans autre pensée que celle de sauver mon enfant.

La chute m'a paru interminable jusqu'au moment où l'eau m'a frappée comme un mur de glace compacte. Je me suis enfoncée dans une tombe liquide, le souffle arraché par le choc. J'avais les yeux ouverts et mes mains griffaient l'eau avec frénésie, cherchant le corps d'enfant que je savais proche mais que l'obscurité me dérobait.

De l'heure qui a suivi, je n'ai conservé que des lambeaux de souvenirs. Quelqu'un m'a tirée de force à bord d'un petit bateau à moteur alors que je hurlais et me débattais. Je n'oublierais jamais la sensation de tous ces bras qui me maintenaient plaquée au fond de l'embarcation qui roulait et tanguait, alors que je luttais comme une possédée pour retourner à l'eau et rejoindre ma fille. Je me suis attaquée aux yeux de mes sauveteurs, j'ai lacéré leurs joues de mes ongles afin qu'ils me libèrent. Mais ils me gardaient prisonnière de leurs bras, de leurs couvertures, et criaient à mes oreilles des mots dont le sens m'échappait.

Et Michael pendant ce temps ? Il était toujours sur la jetée et courait à toutes jambes. Courait dans la direction *opposée* à celle où nous étions en train de nous noyer, Carolyn et moi. Comment avait-il pu ne pas se jeter à l'eau à son tour ? Peut-être avais-je agi d'une manière stupide en me précipitant ainsi dans l'eau froide. Il est certain que mon acte désespéré n'avait servi à rien. Mais j'en revenais toujours à ce même constat : Michael n'avait pas couru *vers* nous mais nous *avait tourné le dos*, à moi et à ma fille.

Il s'était rué en direction de la plage, m'avait-il expliqué par la suite. Il pensait que de là-bas il serait plus à même d'agir pour nous sauver. La police m'avait dit qu'il n'avait pas eu les idées beaucoup plus claires que les miennes et que, n'étant pas un très bon nageur, il avait fait au mieux. Mais quand même… S'il avait sauté à son tour, si nous avions eu quatre bras pour tâtonner à la recherche de Carolyn, qui sait si nous ne l'aurions pas retrouvée à temps ?

Je ne lui en avais pas voulu tout de suite. Plusieurs semaines s'étaient écoulées avant que je ne commence à remettre son attitude en cause. Au début, je n'avais eu conscience que d'une chose : *Carolyn était partie.* J'expérimentais alors ce que l'on sait d'une manière intuitive au sujet de parents confrontés à la mort de leur enfant : une incapacité à y croire. Je vivais à mon tour le refus de ces parents de penser à la disparition de leur petit bout, le trou sans fond qui s'ouvre sous leurs pieds, leur avenir confisqué ; et, quelque part, dans la zone irrationnelle que chacun porte en soi, la conviction qu'il y a erreur et qu'il doit exister un moyen de récupérer l'enfant perdu. Ce phénomène dont j'avais eu une connaissance purement intellectuelle avant la mort de Carolyn, je l'ai connu dans mes tripes. Et l'expérience m'avait plongée dans une souffrance qui dépassait ce qu'il était possible d'endurer.

— Je veux mon papa, a gémi Bella.

J'ai ouvert les yeux en sursaut et me suis retrouvée de nouveau dans l'obscurité à l'arrière de la voiture de Roy, désorientée, le cœur au bord des lèvres et passablement sonnée. J'ai passé les bras autour de Bella.

— Je sais, ma chérie.
— Maintenant, tout de suite ! *Mon* papa !

Roy a grommelé sur le siège avant :

— Faites-la taire, merde ! Elle me dérange dans ma sieste.

J'avais beau me dire qu'il fallait que je m'occupe de Bella, j'étais encore sur la jetée d'Atlantic Beach. Impossible d'arracher mes pensées de Carolyn. De mon mari. Après l'accident, Michael s'était engagé corps et âme dans une croisade solitaire pour obtenir que le garde-corps de la jetée soit renforcé. Mon cœur s'est serré quand j'ai songé à l'âpreté avec laquelle il avait mené son combat. Un combat perdu, au final, car les rambardes avaient été testées et jugées suffisamment sûres. Juste ce jour-là, une des lattes horizontales avait été brisée par un chariot de pêche qui s'était emballé. Et personne ne l'avait signalé. Par le plus effroyable des hasards, c'était l'endroit où Carolyn s'était précipitée vers le garde-fou et où le vide l'avait happée.

Le téléphone de Roy a sonné et il a répondu par quelques mots brefs que je ne suis pas parvenue à comprendre. Puis il est descendu de voiture et a incliné son siège vers l'avant.

— Allez, ouste. On dégage de là.

J'ai glissé la bride de mon sac sur mon épaule, attrapé Bella et me suis extirpée du véhicule. Je n'étais pas très assurée sur mes jambes et la tête me tournait si fort que j'ai dû m'adosser un instant à la Mustang. Bella se raccrochait toujours à son sac rose et à son doudou. Un grand calme régnait autour de nous et on n'entendait que le discret clapotis de l'eau léchant le rivage et les piles du ponton. Bella m'a tirée par la main.

— Il est ici, mon papa ?

Je me suis penchée pour amener mon visage à hauteur du sien.

— Il va peut-être venir, ma puce. Je ne suis pas sûre.

J'ignorais s'il fallait espérer ou non qu'il tienne sa promesse... Penser que Roy nous laisserait partir tranquillement tous les trois, avec tout ce que nous savions désormais à son sujet et celui de Savannah paraissait pour le moins naïf. Et que se passerait-il si Travis arrivait les mains vides ? Je préférais ne pas y penser. Surtout que j'avais un problème tout aussi terrifiant à régler dans l'immédiat : je me sentais incapable de marcher sur ce ponton. S'il n'y avait pas eu Bella, j'aurais pris le risque de la fuite, avec l'espoir de regagner la route à la faveur de l'obscurité. Mais avec la petite, ce serait de toute façon impossible.

J'ai désigné à Roy l'embarcadère faiblement éclairé par la lune.

— Je ne peux pas aller sur ce truc-là. Il faudra nous laisser ici, Bella et moi.

— Mais bien sûr, voyons. Quelle heureuse idée !

Il a émis un petit rire aigre.

— Je n'ai pas dit que c'était en option. Avancez !

— Savannah ne pourrait pas venir un peu plus près avec le bateau ?

— Il n'y a pas assez de fond.

J'ai continué de résister désespérément.

— C'est un genre de... de phobie, chez moi. S'il vous plaît.

— C'est l'occasion de la surmonter. Allez, ouste. Je vais vous guérir vite fait, moi.

373

Il se tenait derrière moi et j'ai senti quelque chose de dur dans mon dos. Son arme ? *Probablement.* Je ne me suis pas retournée pour vérifier. La main de Bella serrée dans la mienne, j'ai commencé à marcher. Mais, arrivée sur la première planche, je me suis penchée pour la prendre dans mes bras. Ce serait trop facile de la perdre. Trop facile de laisser ses doigts s'échapper alors que les miens étaient trempés de sueur.

— Continuez, a ordonné Roy.

J'ai fait quelques pas de plus sur le ponton. Sous mes pieds, les lattes semblaient solides, mais l'embarcadère était très étroit et il n'y avait rien pour me retenir, ni rampe, ni garde-fou ni rien. Mon cœur battait si vite que j'ai dû m'arrêter.

— Je ne peux pas continuer, ai-je chuchoté.
— Ah ouais ? Donnez-la-moi !

Avant que je puisse réagir, il m'a arraché Bella des bras. Elle a poussé un petit cri de détresse et son agneau est tombé à l'eau.

— Petit Mouton ! Petit Mouton ! a-t-elle sangloté, la main tendue vers l'endroit où la peluche avait disparu.

Roy la portait sous un bras, à la manière d'un ballon de rugby, et il a plaqué une main sur sa bouche pour la faire taire.

— Je vais le faire ! ai-je crié. Posez-la.

Il a fait volte-face pour me foudroyer du regard.

— Arrêtez de crier, nom de Dieu. Les sons portent loin par ici.

Il a reposé Bella sur ses pieds. Elle a couru vers moi et s'est raccrochée à mes jambes.

— Là, là… ça va aller, Bella.

Je l'ai soulevée de nouveau dans mes bras.

— Accroche-toi bien, jeune fille. Nous allons marcher jusqu'au bout du ponton.

En chemin, j'ai décliné tout mon répertoire de chansons pour enfants, plus pour me rassurer moi-même que pour réconforter Bella. Ma prestation musicale a été des plus incertaines mais j'ai continué de chanter jusqu'à la fin. Puis je me suis assise à même les lattes du ponton, en continuant de trembler de la tête aux pieds. J'ai serré Bella sur mes genoux, si fort qu'elle s'est plainte de ne pouvoir respirer. Mais tant pis. Je l'ai gardée pressée contre moi quand même. Là, au moins, elle était en sécurité.

Pour le moment en tout cas.

44. Robin

J'avais toujours considéré Travis comme quelqu'un de fort — à l'émotionnel comme au physique. Mais ce soir, je voyais son côté vulnérable. Vulnérable parce que père. Père de *notre* enfant. Il irait jusqu'à tuer pour Bella, je n'avais aucun doute à ce sujet. Mais ma grande peur était qu'il se *fasse* tuer pour elle ce soir. Je voulais qu'ils survivent l'un et l'autre à cette nuit terrible. Je voulais un avenir avec eux. Quelle forme prendrait notre vie à trois, je n'en avais aucune idée. Mais lorsqu'il a quitté la maison à 23 h 30, j'étais à des années-lumière de toutes ces interrogations matérielles. Ma seule obsession était de garder Travis en vie. Je savais à quoi je me préparais à tourner le dos : l'argent et la sécurité. Mais aussi à l'hypocrisie et au stress d'avoir à être une autre que moi-même.

Travis et moi avions sillonné la région en voiture pour acheter suffisamment de caisses de lait infantile de la bonne marque, écumant toutes les grandes surfaces sur un rayon de cinquante kilomètres. Certains de ces magasins ne vendaient ce produit qu'en quantités limitées. Dans d'autres, on ne trouvait que des boîtes individuelles et non des cartons. Mais Travis s'était montré tenace. *Nous* avions été tenaces. Malgré nos recherches effrénées, il nous manquait deux caisses par rapport au total de départ. Et je savais que cela inquiétait Travis. Mais il nous avait été impossible de faire mieux.

— Ils ont peut-être oublié combien il y avait de cartons en tout, a-t-il observé. Ils pensaient en récupérer quinze mais ils étaient loin d'avoir fini de charger lorsque je me suis enfui avec le fourgon. Donc ils ne savent peut-être plus très bien combien j'en avais au total.

De retour au bed and breakfast, Travis était pâle et stressé. Je lui ai fait des œufs au bacon mais il n'a pas touché à son assiette.

— Sérieusement, Travis. Il faut prévenir la police.

C'était au moins la troisième fois en dix minutes que je lui faisais cette suggestion pressante.

— Je sais que Roy t'a ordonné de ne pas le faire. Mais c'est trop dangereux d'y aller seul. S'il te plaît, laisse faire les gens dont c'est le métier.

— S'il voit arriver les flics à ma place, c'est Bella qui prendra. Ce type est un psychopathe, Robin. Il se vengera sur Bella et j'atterrirai en prison.

Mais à mesure que l'heure avançait et que nous alternions des phases de silence terrifié et des conversations au sujet de Bella — je ne me lassais pas de l'entendre parler de notre fille —, il me paraissait de plus en plus évident que l'intervention de la police s'imposait. C'était ma vision du monde : en cas de gros problème, on fait appel aux flics et ils vous tirent d'affaire.

J'avais peur que Dale ne décide de faire un saut dans la soirée. A 20 heures, je lui ai passé un rapide coup de fil pour lui annoncer que je me coucherais avec les poules. J'en avais terminé, mais alors vraiment terminé, avec Dale Hendricks.

Lorsque Travis est parti au volant de son fourgon, ma peur s'est muée en panique. J'ai suivi des yeux ses feux arrière qui s'éloignaient dans la nuit. *Tu ne l'as retrouvé que pour le perdre. Les perdre l'un et l'autre, lui et ta fille.*

J'ai couru attraper mon téléphone. Travis serait furieux, mais tant pis. J'étais prête à prendre la responsabilité sur moi.

Dale a décroché, la voix alourdie par le sommeil.

— Dale, réveille-toi, vite. J'ai besoin de toi tout de suite et je voudrais que tu m'écoutes attentivement. Tu as la tête claire ?

— Robin… Mais qu'est-ce qui se passe ?

— Une livraison de drogue a lieu en ce moment sur un des pontons au bout de Lenoxville Road. Et je…

— Tu as fait un mauvais rêve, ma chérie ? Une livraison de drogue…

— J'ai besoin de ton aide, Dale. Tu connais tout le monde ici. Il y a des gens qui te sont redevables et qui accepteront de t'aider. Appelle un de tes amis de la police et dis-leur de se montrer très, très prudents. Car la vie d'une petite fille est en jeu.

— Nom de Dieu, mais qu'est-ce que tu me racontes, Robin ? Tu es malade ? Tu as avalé quelque chose ?

Je l'imaginais bien, à présent, tout à fait réveillé et dressé dans son lit.

— Non, je ne suis pas malade et je n'ai rien avalé. L'un des hommes est armé. Il tient une petite fille — ainsi qu'une femme — en otages. Il faut que la police intervienne.

— Commence déjà par me fournir un minimum d'explications, Robin ! Comment se fait-il que tu sois au courant de… ?

— Je te dirai cela plus tard. Mais fais appel à un de tes amis de la police *maintenant*, c'est tout ce que je te demande. Ah, oui… Dale ?

— Quoi ?

— La petite fille… C'est la mienne.

378

45. Travis

J'ai tourné quelque temps dans le quartier pour prendre des repères. Ma seule certitude dans l'immédiat, c'était que les gens qui vivaient ici avaient de gros moyens. Cela se voyait, même dans l'obscurité. Seules une douzaine de propriétés occupaient cette grande avancée de terre. Robin et moi avions recherché l'adresse sur une carte satellite. Chaque terrain disposait d'un long ponton et, vus du ciel, ils s'étiraient au-dessus de l'eau à la manière des rayons d'une roue. Nous avions repéré l'endroit sur l'écran, mais la configuration des lieux paraissait beaucoup plus simple sur une image satellite que sur place, même si la lune offrait un assez bon éclairage. Les habitations avaient été construites très en retrait de la route et l'abondante végétation des jardins obstruait la vue. Mais mes phares ont fini par éclairer une boîte aux lettres avec le numéro de rue que je cherchais. Je me suis engagé dans l'allée en songeant aux caisses de lait infantile à l'arrière de mon fourgon. A mi-chemin, j'ai enfoncé la pédale de frein. *Bon sang. Les X!* J'aurais dû penser à tracer de petites croix sur le côté de chaque carton puisque les caisses volées portaient cette marque distinctive! Mais il était trop tard pour réparer mon oubli. Roy n'examinerait peut-être pas les caisses de si près? Il faisait noir, de toute façon.

La maison est apparue, toutes fenêtres éteintes. Et tellement massive que je voyais à peine la vaste étendue d'eau, juste derrière. Roy m'avait dit de poursuivre jusqu'à l'arrière de la propriété, mais l'allée s'arrêtait devant le garage. J'ai hésité un instant puis me suis décidé à rouler sur la pelouse pour longer le côté du bâtiment. Là seulement, j'ai vu la voiture de Roy garée juste au bord de l'eau et deux points lumineux qui oscillaient au bout de l'embarcadère. Quatre silhouettes étaient visibles, dont une minuscule. Celle-là, une fois que je l'eus repérée, je n'ai plus vu qu'elle.

La disposition des lieux sentait le traquenard à plein nez. L'endroit était désert. Il faisait noir. Et à coup sûr ils m'attendaient au bout du ponton avec une arme. Si Roy tirait, le son de la déflagration porterait assez loin sur l'eau. Mais y avait-il seulement quelqu'un alentour pour entendre ? J'étais dans un tel état de nervosité que j'avais l'impression que l'on m'avait injecté de la caféine en intraveineuse.

J'ai immobilisé mon fourgon à côté de la Mustang et me suis élancé sur le ponton pour rejoindre Bella.

— Reste où tu es, Brown ! m'a intimé Roy.

Il se dirigeait vers moi. A grands pas. Quelqu'un — Savannah, selon toute vraisemblance — tenait une torche braquée sur moi qui m'aveuglait presque entièrement. Mais j'ai quand même distingué une chose : le *revolver* dans la main de Roy. Il était pointé sur moi et m'a stoppé net dans mon élan.

— Papa !

J'entendais ma fille mais je la voyais à peine tant j'étais ébloui. Portant la main en visière, j'ai essayé de me protéger du faisceau lumineux.

La voix d'Erin s'est élevée.

— Tu restes ici avec moi, pour le moment, Bella... Travis, sois prudent. Fais ce qu'il te dit, surtout !

— Je suis là, Bella ! ai-je crié à l'intention de ma fille. Tout va bien se passer maintenant.

— Vous allez la fermer, tous ? a aboyé Roy.

Savannah a fait pivoter sa lampe de poche de quelques millimètres et j'ai revu Bella. Elle se tenait debout devant Erin, qui avait les mains vissées sur ses épaules. J'ai deviné le petit sac rose dans sa main. J'étais à quelques mètres de ma fille mais je ne m'étais jamais senti aussi loin d'elle qu'en cet instant.

— Laisse-moi récupérer Bella, Roy. Je peux la laisser dans le fourgon pendant que je...

— On charge le bateau d'abord.

Je ne voyais rien sur l'eau mais le bateau était sans doute caché par l'extrémité du ponton.

— Va chercher un des cartons et apporte-le ici, m'a ordonné Roy. Dépêche-toi.

Il ne laisserait pas partir Erin et Bella avant d'être certain d'avoir la drogue. Autant dire qu'aucun de nous trois ne ressortirait vivant de l'aventure.

— Laisse Erin et Bella s'avancer jusqu'à moi et j'irai...

— N'essaie pas de négocier, Brown. Et mets-la en sourdine.

— Fais ce qu'il te dit, Travis, est intervenue Savannah.

Avais-je encore vraiment le choix ? Les jambes comme du plomb, je suis retourné au fourgon et j'ai sorti une des caisses que j'ai transportée jusque sur le ponton. Roy, lui, était revenu sur ses pas et m'attendait à l'extrémité du débarcadère en compagnie des trois autres. Le voir si près de Bella — *penser* qu'il avait passé une journée entière avec elle — me donnait envie de vomir.

— Papa ! Papa !

Bella s'est remise à pleurer dès qu'elle m'a vu approcher. Je voulais lâcher cette fichue caisse pour la rejoindre mais je n'avais pas le droit de prendre ce risque. *Evite les mouvements brusques, surtout.*

— Reste bien là où tu es, Bell.

— Papaaaa...

Elle pleurait à gros sanglots maintenant.

— Erin ! Calmez-la ! s'est emporté Roy.

Erin s'est penchée pour dire quelque chose à Bella. Lorsque je n'ai plus été qu'à quelques mètres d'eux, j'ai posé lentement la caisse sur le ponton et me suis avancé vers ma fille. Mais Roy s'est interposé et a appuyé le canon de son arme sur ma poitrine.

— Reste où tu es, toi.

— O.K. Je propose qu'on en finisse, et vite. Je ne veux pas de cette came dans ma bagnole et je ne veux pas avoir à faire avec les flics. Tout ce que je te demande, c'est de laisser partir Bella et Erin. Alors je propose qu'on décharge tout ça en vitesse et qu'on n'en parle plus.

— Si tu avais fait ce qu'on te demandait depuis le début, on n'en serait pas là, Travis, a lancé Savannah.

Roy a fait un pas de côté pour lui remettre quelque chose. L'objet a brillé d'un éclat métallique sous la lune et j'ai cru un instant qu'ils avaient un pistolet chacun.

— Ouvre une des boîtes, pour voir, a ordonné Roy à Savannah.

Elle s'est avancée vers moi. Elle avait un *couteau* à la main. La panique me desséchait la gorge.

— Ce n'est pas la peine de vérifier le contenu. Tout est là. Je n'ai rien touché et le reste du chargement est dans ma voiture... Tu m'écoutes, Roy, au moins ? Je n'en veux pas et je n'en ai jamais voulu, de ta came !

J'avais sans doute tort de protester avec autant d'énergie. Cela ne servirait qu'à renforcer sa suspicion. Roy n'a même pas pris la peine de me répondre.

— Apporte-moi une boîte ouverte, Savannah.

Elle s'est accroupie à côté du carton et a fendu le ruban adhésif avec la lame. Je tremblais, à présent, débordé par une surcharge d'adrénaline. Quelques mètres seulement me séparaient de ma fille et je voulais la prendre dans mes bras et m'enfuir, mais Roy gardait son arme fermement pointée sur moi. Difficile d'oublier qu'il avait fait feu sans hésiter lorsque les deux hommes l'avaient surpris sur le parking. C'était comme si j'entendais encore siffler la balle qui était passée au ras de ma voiture. Pétrifié, j'attendais sans oser faire un geste. Erin s'était accroupie à côté de Bella et la tenait serrée contre sa poitrine, lui murmurant quelque chose à l'oreille pour la calmer. Quel que soit le sort qui nous attendait, j'aurais voulu avoir le temps de demander pardon à Erin. C'était tellement étrange d'avoir une telle pensée alors que nos trois vies ne tenaient qu'à un fil. Mais je regrettais de toutes mes forces de l'avoir embringuée dans cette équipée mortelle.

Savannah s'est levée avec une boîte de lait à la main qu'elle a portée à Roy. Je serrais les poings. *Allez, abaisse ton arme, maintenant, Roy... Déconcentre-toi juste un instant.* Mais il gardait son attention rivée sur moi alors qu'il ordonnait à Savannah sans même la regarder :

— Retire le couvercle.

Elle s'est accroupie de nouveau sur le ponton, a posé sa lampe sur les planches du sol et s'est employée à ouvrir la boîte. Au bout de quelques essais infructueux, elle a ôté le couvercle et a retiré un opercule en aluminium — j'espérais juste que ce ne serait pas un indice révélateur. Les boîtes trafiquées avaient-elles aussi cette fermeture ? Quelle différence, de toute façon ? Dans deux secondes, Roy saurait que je le dupais et je serais un homme mort.

Récupérant sa lampe de poche, Savannah a pris la boîte et s'est relevée pour la tendre à Roy. Il a trempé un index dans la poudre, son arme pendant de sa main. J'ai retenu mon souffle lorsqu'il a porté son doigt à la bouche. Son visage éclairé par la torche s'est crispé, ses narines ont frémi. Il a pointé l'arme sur ma poitrine.

— Pauvre crétin.

Et j'ai su que j'étais mort.

Savannah a été rapide. Si rapide qu'il m'a fallu un instant pour comprendre ce qui se passait. J'ai vu le nuage de poudre blanche au moment où elle a projeté le contenu de la boîte au visage de Roy. Pendant une fraction de seconde, je suis resté pétrifié par la stupéfaction. Puis je me suis rué en avant pour l'envoyer au sol.

— Cours ! ai-je hurlé à Erin.

Mais elle avait déjà pris Bella dans ses bras et s'élançait du bord du ponton pour se jeter à l'eau. J'avais entendu le coup de feu partir mais j'aurais été incapable de déterminer si Roy m'avait touché ou non. J'étais bien trop occupé à lui marteler le visage de mes poings. Encore, encore et encore. Si occupé, même, que je n'ai pas entendu le son distant des sirènes de police qui montait en puissance dans la nuit sombre.

46. Erin

L'eau était froide. Elle a envahi mes narines, s'est refermée au-dessus de ma tête, m'a avalée tout entière. Mais j'ai refait surface aussitôt en entendant tirer tout près. A tout instant, je m'attendais à sentir l'impact de la balle qui me déchirerait le corps. Au-dessus de moi, je voyais les étoiles, la lune et la silhouette noire du ponton. En me propulsant avec les jambes, je me suis réfugiée à l'abri des regards sous la plate-forme flottante. Des éclats de voix retentissaient au-dessus de moi. Un hurlement. Les sons glissaient sur moi comme dans mes cauchemars — et ceci en était un que je ne connaissais que trop bien.

La seule différence, c'est que cette fois je n'avais pas les bras vides. Je tenais une enfant terrifiée et en pleurs contre moi. Tout en pédalant pour nous maintenir à flot, je lui embrassais les joues, le sommet de la tête. Et je pleurais de reconnaissance pour chaque petit son plaintif qui sortait de ses lèvres, parce que cette enfant-ci était vivante — tellement, tellement vivante.

47. Travis

A l'abri des regards, dans le box que l'on m'avait attribué aux urgences, je tenais Bella sur mes genoux. Elle avait pleuré jusqu'à se vider de toutes ses larmes et se raccrochait maintenant à moi, les bras agrippés à mon cou. Une imploration muette résonnait dans ma tête : *Faites qu'elle oublie cette nuit*. De la même manière que j'avais prié pour qu'elle perde tout souvenir de l'incendie. Et de mon abandon, ce matin-là, au Coup d'Envoi. Mais s'il y avait un dieu, je lui en demandais beaucoup trop. Nous étions *en vie*. Pour le reste, il nous faudrait prendre les choses telles qu'elles se présenteraient. Je n'avais aucune idée du temps que j'aurais à passer en prison pour les délits que j'avais commis. Mais maintenant que Robin faisait partie de la vie de Bella, j'étais déjà moins inquiet pour l'avenir de ma fille.

A toutes les questions de la police, j'ai répondu sans rien omettre, même si je savais que j'aurais probablement dû la boucler et attendre qu'un avocat me soit commis d'office. Mais tant pis. Je n'avais pas envie de me lancer dans des stratégies juridiques. Tout ce que je voulais, c'était me laver des événements des derniers jours. Mon corps atterrirait peut-être en cellule mais mon esprit et ma conscience seraient libres.

J'ignorais où se trouvait Roy. Peut-être au poste de police ? Je n'en avais aucune idée. Nous avions tous été séparés. Erin était partie dans une ambulance, même si elle avait pu me remettre elle-même Bella dans les bras avant qu'ils ne m'emmènent. Une seconde ambulance avait emporté Savannah et je savais qu'elle était en salle d'opération, victime d'au minimum une blessure par balle. Je savais aussi que je lui devais la vie.

A l'hôpital, ils m'avaient recousu une coupure au visage que je n'avais même pas remarquée. Quant à mon cou, il me faisait tellement mal que j'arrivais à peine à tourner la tête. J'avais dû me démettre quelque chose en m'acharnant sur Roy. Mais ce n'étaient que des petits bobos. Des détails. Ce qui comptait, c'est que j'avais retrouvé Bella. Nous étions de nouveau ensemble, elle et moi, même si une nouvelle séparation était imminente. Elle ne m'avait pas lâché depuis notre arrivée à l'hôpital. Ses bras restaient accrochés à mon cou douloureux et je me cramponnais à elle tout aussi passionnément, conscient que je n'aurais peut-être plus l'occasion de la tenir ainsi pendant un bon bout de temps.

48. Robin

— C'est bon. Ils ont été admis aux urgences, m'a annoncé Dale en refermant son portable.

Il venait de passer un quart d'heure pendu à son téléphone en faisant les cent pas dans mon séjour pendant que je me rongeais les ongles sur le canapé, à attendre de connaître le sort échu à Travis et à Bella.

— Et maintenant, tu vas me faire le plaisir de me dire enfin ce qui se passe !

Dale était en colère. Mais son humeur ne m'impressionnait pas. J'étais bien trop ravagée par l'inquiétude.

— Pourquoi les urgences ? *Qui* est blessé ?

— Une des femmes a dû subir une intervention chirurgicale. Elle a été atteinte par balle. A priori, elle devrait s'en sortir. La gamine est saine et sauve. L'un des deux hommes est aux mains de la police et l'autre…

— *Lequel* des deux hommes ?

J'aurais voulu me lever pour être sur une sorte de pied d'égalité avec Dale. Mais je n'étais pas sûre que mes jambes me soutiendraient.

— Je n'en sais strictement rien, Robin !

Dale avait l'air écœuré. Je voyais bien qu'il se sentait manipulé, trahi. Mais je n'étais pas en état de me soucier de ses susceptibilités.

— Qu'est-ce que tu allais dire au sujet de l'autre homme ?

— Qu'il est soigné à l'hôpital pour une blessure à la tête. Sans caractère de gravité.

— Et la petite fille ? Où est-elle ?

387

— Avec lui. Et maintenant, terminé, le jeu des mille questions.

Dale avait élevé la voix et il me regardait, à présent, comme s'il avait affaire à l'un de ses opposants politiques.

— J'exige des explications *immédiates*, Robin.

Il hurlait presque. Je lui ai fait signe de se taire en désignant le plafond.

— Chut! Tu vas réveiller les pensionnaires.

— Que voulais-tu dire par « cette petite fille, c'est la mienne » ? Et comment se fait-il que tu sois acoquinée avec cette racaille ? Tu as décidé de ficher mon avenir en l'air, ou quoi ?

— Ne me parle pas sur ce ton, Dale. Ne t'y risque même pas.

J'étais si incroyablement furieuse contre lui pour la fausse image qu'il m'avait donnée de sa personne. Et la colère était une émotion inhabituelle pour moi. Inhabituelle et libératrice. Je me sentais forte comme je ne l'avais encore jamais été.

— Si tu veux bien la fermer pendant une demi-seconde, je te dirai de quoi il retourne et comment je les connais. Je te raconterai tout ce que je sais. Et ensuite, je te dirai ce que tu vas faire pour moi.

Il a fait un pas en arrière. *Tu sais à qui tu parles, au moins ?* J'ai lu distinctement la question dans ses yeux.

— *Qui* es-tu, Robin ? J'ai l'impression de ne plus te connaître, ce soir !

— Ce n'est pas une impression. Tu ne me connais pas, en effet. Et une chose est certaine : je ne savais pas non plus qui tu étais.

— Qu'est-ce que tu me racontes ?

— Voilà ce que tu vas faire pour moi, Dale.

Je me suis levée, sentant mes forces revenir. S'il n'était pas encore complètement sur la défensive, je savais qu'il le serait bientôt.

— Tu vas tirer quelques ficelles, peu m'importe lesquelles, pour effacer cette situation. C'est quelque chose que tu peux faire. Je sais que tu sais comment procéder. L'homme avec la petite fille — son père, Travis Brown —, tu vas faire en sorte qu'il ne soit pas inquiété par la police.

— Tu plaisantes ! Un trafiquant de drogue ?

— Travis n'est *pas* un trafiquant de drogue. Il a été embarqué contre son gré dans quelque chose qu'il ne maîtrisait pas. Et tu sais quoi ? Cela n'a même pas d'importance. Je ne te dois aucune explication à son sujet. La seule chose qui compte, c'est qu'il n'aille pas en prison. Et je suis persuadée que tu peux étouffer cette affaire.

— Il est hors de question que je fasse une chose pareille. C'est impossible.

— Oh si, c'est possible. Tu as la ville entière dans ta poche. Débrouille-toi pour qu'aucune charge ne soit retenue contre Travis.

— Qui est-ce, ce Travis, d'abord ?

— Le père de mon enfant. De la petite fille.

Dale est devenu livide.

— Tu as donc bel et bien *eu un enfant* ? Et tu ne m'en as rien dit ? A quel jeu as-tu joué avec moi, Robin ? Tu t'es juré de me faire perdre cette élection ?

— Non, figure-toi. Au contraire. Tu ne la perdras pas si tu fais ce que je te demande.

Le ton de Dale s'est fait glacial.

— Je ne te conseille pas d'essayer de te lancer dans ce genre de chantage avec moi. Ce n'est même pas la peine d'y penser, Robin. J'ai tout fait pour toi. Tu es arrivée à Beaufort, seule, perdue, sans amis. Tu étais juste une petite… *rien du tout*, sans aucune perspective. Regarde-toi maintenant. Tu nages dans l'opulence. Comment oses-tu… ?

— J'ai eu une discussion avec Will.

Il a froncé les sourcils, comme s'il ne comprenait pas le rapport.

— Comment cela ?

— Je sais maintenant que tu le payes pour le maintenir à distance d'Alissa. De la même manière que ton père a acheté sa mère.

389

Dale a ouvert la bouche pour répondre. Mais s'est ravisé et s'est assis plutôt lourdement sur le canapé.

— Fais le nécessaire pour sortir Travis de ce mauvais pas et je garderai le silence sur ce que je sais de tes agissements. Je continuerai à me comporter comme une fiancée comblée jusqu'aux élections. Ensuite, je m'éclipserai en toute discrétion. Si tu ne m'aides pas pour Travis, en revanche, je n'hésiterai pas à parler.

Il a secoué lentement la tête.

— Espèce de… Je n'arrive pas à croire que tu puisses avoir ce genre de comportement, Robin.

— Les gens pardonnent toutes sortes de choses : les liaisons, les perversions, les prostituées. Ils iront peut-être même jusqu'à te pardonner d'avoir trahi leur confiance. Mais ils n'accepteront pas de découvrir que tu as trahi la mienne. Tu as fait en sorte que la population d'ici m'aime, Dale.

J'ai failli sourire tant je me sentais forte en cet instant.

— Merci d'avoir fait cela pour moi.

— Je leur dirai que tu m'as menti.

— Moi *et* Debra ? Coup sur coup ? Deux femmes t'auraient embobiné d'affilée ? Quelles conclusions le public en tirera-t-il à ton sujet ? Que tu te fais duper bien facilement pour quelqu'un qui a la prétention de diriger une ville, tu ne crois pas ? Ils pourraient douter de tes facultés de discernement.

— Je ne peux pas faire ce que tu me demandes. Je n'ai pas le pouvoir d'aider ton… *ami*.

Dale a prononcé ce dernier mot avec un rictus ironique avant d'enchaîner d'un ton sec :

— Il ne relève pas de mon autorité de…

— Il faudra pourtant que tu trouves un moyen, Dale. Tu as vingt-quatre heures.

Je me suis dirigée vers la porte et j'ai posé la main sur la poignée.

— Crois-moi, c'est mon souhait le plus cher que Travis reparte d'ici sans être inquiété. Mais pour être sincère, cela me procurerait un réel plaisir de révéler à la face du monde ce que je sais désormais de toi.

Dale a gardé le silence un instant.

— L'enfant… Pourquoi me l'as-tu cachée ? Je sais que tu n'as pas une nature à dissimuler les choses. Au fond de toi, tu es sincère, spontanée. Pourquoi ne m'as-tu pas parlé de ta fille ?

— Parce que j'avais occulté son existence. Ce mensonge à moi-même m'a permis de survivre, ces dernières années. Mais elle s'est réimplantée petit à petit dans mes pensées. Et maintenant, plus que toute autre chose au monde, je veux être sa mère.

— Te rends-tu compte, au moins, que tu vas tout perdre ? Ton confort, ton statut, ta notoriété ?

J'ai songé à la vie artificielle que j'avais menée depuis deux ans.

— J'aurai quelque chose de mieux à la place, Dale. J'aurai l'authenticité.

49. Erin

J'ai remercié l'infirmière qui m'avait conduite jusqu'au box et j'ai écarté le rideau. Travis était installé sur un brancard, assis dans une position légèrement affaissée. Il avait les yeux fermés et Bella dormait dans ses bras, la tête contre sa poitrine. J'ai vu le pansement que Travis avait à la tempe, la minerve qui lui soutenait le cou. Je suis restée là quelques instants à les regarder, vêtue du sweat-shirt et du pantalon que l'assistante sociale avait réussi à me trouver. Je flottais dans cette tenue de fortune, mais au moins les vêtements étaient chauds et secs.

— Travis ?

Il a ouvert les yeux et s'est redressé comme il l'a pu, en maintenant Bella serrée contre lui.

— Erin ! Ça va ?

— Comme tu vois. En parfait état de marche. Mais toi ?

J'ai touché mon propre front à l'endroit où le sien était bandé. Il a passé outre à ma question.

— Je suis désolé, Erin. Tu n'imagines pas à quel point je m'en veux.

Il paraissait anéanti par les remords. Je me suis assise sur un tabouret devant le rideau et j'ai laissé mon regard tomber sur Bella. Elle avait reçu des vêtements secs, elle aussi, mais ses cheveux étaient encore un peu humides. Son sac rose était posé sur le plateau roulant près du lit et les deux photos gondolées séchaient sur une serviette en papier.

— Je le sais bien que tu es désolé. Tu n'as rien de grave ? Et Bella ?

Il a porté la main avec précaution au pansement sur sa tête.

— Nous sommes vivants et c'est l'essentiel. Je ne pourrai jamais, jamais te remercier assez pour ce que tu as fait pour Bella. Et encore moins m'excuser assez.

— Tout est O.K. pour moi, Travis.

Je me sentais tellement calme. Plus calme que je ne l'avais été depuis très longtemps.

— Tu devrais avoir envie de m'étrangler. Je t'ai fait passer par la pire épreuve de ta vie.

— Non, Travis. Cela n'a pas été la pire épreuve de ma vie.

— Tu plaisantes ?

Bella a émis un petit gémissement et Travis lui a caressé le bras d'un geste tendre. Mais son regard interrogateur restait rivé au mien.

— Tu veux dire que tu es passée par quelque chose de plus horrible encore que ça ?

J'ai hoché la tête. Pris une longue inspiration.

— Tu te souviens, quand nous avons fait connaissance, au Coup d'Envoi ? Tu m'as demandé si j'avais des enfants et je t'ai répondu que non.

— Je me souviens, oui.

— Eh bien, j'ai été mère, en fait. D'une petite fille un tout petit peu plus jeune que Bella. Elle est morte noyée en tombant de la grande jetée d'Atlantic Beach.

Mes mains se sont nouées sur mes genoux.

— Et cela a été pire, bien pire, que ce que j'ai enduré cette nuit.

Travis a ouvert la bouche, mais je crois que je l'ai laissé momentanément sans voix. Sa tête est retombée contre l'oreiller et il a fermé les yeux.

— Oh ! merde. Je suis désolé, Erin.

Il a cherché mon regard.

— Comment as-tu pu surmonter cela ? Je crois que je n'y arriverais pas.

— Je ne surmontais rien du tout, en fait. Je vivais une mort lente qui me gagnait, petit à petit. Jour après jour. Jusqu'au moment où vous avez surgi dans ma vie, Bella et toi. Soudain, j'ai su de nouveau pourquoi je me levais le matin. Lorsque tu m'as laissé ta fille, j'ai eu à me soucier de quelqu'un d'autre que ma Carolyn. De quelqu'un d'autre que moi.

Travis paraissait incrédule.

— Tu es en train de me dire que je t'ai aidée à avancer dans ta vie ?

— Eh oui. Toi et Bella. Grâce à vous deux, j'ai pu faire un pas hors de mon marasme. C'est fou, non ?

Il a baissé les yeux sur sa fille endormie. A passé la main dans ses cheveux emmêlés.

— Elle t'a fait du bien, alors ?

— Elle a été un amour. Mais je me fais du souci pour elle. Du souci pour vous deux. Que va-t-il vous arriver maintenant ?

Travis a soupiré.

— Sur le plan médical, je suis prêt à sortir. Donc j'attends le flic qui m'a conduit ici pour qu'il... qu'il procède à l'arrestation.

Il a dégluti avec peine. Et a détourné les yeux.

— Robin va venir chercher Bella. Il faut qu'elle passe par les services sociaux pour obtenir l'autorisation de la prendre. Ce sera la première fois que Bella verra sa mère et... et ça va être difficile pour moi d'avoir à les laisser, toutes les deux.

— Comment se fait-il que tu aies obtenu la garde de ta fille, Travis ?

— Robin était entre la vie et la mort lorsque Bella est née. Elle a eu une greffe du cœur peu après sa naissance et elle n'aurait pas été en état de prendre soin d'un bébé. Et j'avais signé un contrat avec son père où je m'engageais à ne jamais essayer de revoir sa fille ni de communiquer avec elle de quelque manière que ce soit.

Avec une petite grimace de douleur, il a ajusté sa minerve.

— Il y a eu beaucoup de... malentendus entre Robin et moi, et nous avions perdu tout contact. Je l'ai revue hier pour la première fois depuis bien avant la naissance de Bella. Lorsque j'ai appris que tu étais partie à Beaufort avec ma fille, j'ai pensé que c'était forcément Robin que tu cherchais.

Alors je suis venu, moi aussi, et je n'ai pas eu trop de mal à la retrouver.

Il a souri.

— Le plus étrange, c'est que Robin nous attendait, d'une certaine façon. Bella était de plus en plus présente dans ses pensées, ces derniers temps, et elle prenait conscience de tout ce à côté de quoi elle était passée. Si quelque chose de bon peut résulter de ce désastre, ce sera ça : le rapprochement entre mère et fille.

— Ce sera une première rencontre, alors ?

— Une découverte mutuelle, oui. Et Robin est merveilleuse. C'est un peu comme un miracle. Je ne sais pas pendant combien de temps ils me garderont en prison, mais savoir que Bella sera avec sa mère... C'est mieux que tout ce que j'avais pu espérer.

Je me suis penchée pour effleurer les boucles de Bella.

— Si je peux faire quoi que ce soit pour t'aider, Travis, n'hésite pas. Je ne sais pas si le fait de témoigner en ta faveur servira ou desservira ta cause. Mais j'ai entendu des échanges entre Roy et Savannah. Et il apparaissait clairement que tu ne savais pas dans quoi tu te lançais.

Il a baissé le nez.

— Je disposais de suffisamment d'informations pour savoir que je faisais la pire erreur de ma vie. Pour de l'argent.

Oui, sans doute. Mais comment aurait-il pu prévoir que les choses tourneraient comme elles avaient tourné ?

— Comment vas-tu rentrer à Raleigh ? s'est inquiété Travis. Tu as laissé ta voiture quelque part ?

— A l'hôtel où je suis descendue, ici, à Beaufort. Un des policiers m'a proposé de me raccompagner là-bas, une fois que j'en aurais terminé ici. Mais je ne voulais pas m'en aller sans vous avoir vus d'abord, Bella et toi.

Travis a embrassé le sommet de la tête de sa fille.

— Elle est à bout de forces. J'espère qu'il n'y aura pas trop de répercussions psychologiques. Après l'incendie, elle faisait des cauchemars tout le temps et elle a pas mal régressé. Et maintenant, ce truc-là.

— Sa Nana — ta maman —, elle est morte dans l'incendie, c'est ça?

Il a fait oui de la tête.

— Vous êtes passés par de grosses épreuves, tous les deux.

— Pour toi, ça a été encore pire. Ta fille. Ton couple.

— Il est en route pour venir me rejoindre ici, à Beaufort. Mon mari, je veux dire.

J'avais emprunté le téléphone de l'assistante sociale pour appeler Michael. Je lui avais raconté mon histoire — ou en tout cas, le peu que j'avais réussi à caser dans les cinq minutes de communication qui m'étaient accordées. Michael avait insisté pour venir sur-le-champ même si je lui avais assuré que ce serait absurde, puisque nous nous retrouverions ici avec deux voitures. Mais la vérité, c'est que j'attendais avec impatience le moment de le voir apparaître. Nous passerions la nuit à l'hôtel, dans notre chambre 333. Je lui raconterais tous les événements de ces deux dernières semaines et je l'écouterais m'expliquer son jeu vidéo.

— Nous avons besoin de parler, lui et moi, ai-je confié à Travis. Je lui en ai voulu pour ce qui est arrivé à notre fille. Mais je pense maintenant que je l'ai accusé à tort.

— Tu lui en voulais de quoi?

— J'ai sauté à l'eau et pas lui.

Travis a eu une esquisse de sourire.

— Comme tu l'as fait cette nuit?

— A part que la jetée d'Atlantic Beach est beaucoup plus haute. Michael a couru jusqu'à la plage en pensant qu'il serait plus facile d'agir de là.

— Lui, il pense. Toi, tu sautes.

Je me suis mise à rire.

— Cela résume assez bien la situation. Tu te souviens que je t'avais dit que c'était un concepteur de jeux?

— Je me souviens bien, oui.

— Il m'a dit qu'il a travaillé tous ces mois sur un jeu sur le thème du deuil pour des parents qui perdent leur enfant. Au début, j'ai trouvé ça un peu… choquant. Mais maintenant, je ne sais plus. Je suis prête à écouter ce qu'il a à m'en dire.

396

Travis a abandonné sa tête contre l'oreiller et a regardé le plafond.

— Tu crois qu'il fonctionnerait, ce jeu, si c'était une mère qui mourait au lieu d'un enfant ?

Il avait l'air parfaitement sérieux, comme s'il souhaitait une vraie réponse à cette question. Comme s'il avait eu *besoin* de ce type de jeu.

Je me suis levée pour les embrasser et les serrer l'un et l'autre dans mes bras. Au moment où je me redressais, le rideau s'est écarté. Je me suis retournée pour me retrouver face à une superbe version adulte de la fille sur la photo. Je me suis écartée car j'étais très clairement invisible à ses yeux. Elle ne voyait que la petite fille dans les bras de Travis. Robin a porté la main à sa bouche.

— Bella ? a murmuré Travis en la secouant un peu.

La petite a fini par relever la tête et s'est frotté les yeux, avec une moue boudeuse et un air ensommeillé.

— Bella ? Tu es réveillée, ma puce ? Il y a quelqu'un ici qui aimerait te voir.

Robin se tenait à un mètre environ du lit. Travis a tendu la main pour prendre la sienne, et j'ai vu Robin pâlir alors qu'elle se raccrochait à lui de toutes ses forces.

— Bella ? a-t-elle dit d'une voix douce.

La petite a tourné les yeux vers elle. Ses cheveux encore mouillés et en désordre tombaient sur son visage et Travis les a relevés avec tendresse. Bella a regardé Robin puis la photo sur le plateau, puis de nouveau Robin.

— Voici ta maman, Bell.

— Ma maman de la photo ?

Travis a souri.

— Oui, ma puce.

— Je suis tellement, tellement heureuse d'être enfin avec toi, Bella.

Robin s'est penchée sur elle jusqu'à ce que leurs deux visages ne soient plus qu'à quelques centimètres l'un de l'autre. Je percevais la soif d'amour dans sa voix ; je sentais le désir qu'elle avait de toucher sa fille, de la tenir. Et je débordais de reconnaissance que cette chance lui soit accordée. J'ai fait un pas en arrière pour me rasseoir sur le tabouret. Mes jambes ne m'auraient pas soutenue une seconde de plus.

— Maman…

Bella a tendu une de ses mains menues vers le visage de sa mère. Elle a effleuré sa joue. A passé maladroitement les doigts dans ses cheveux bruns. Robin l'a entourée de ses bras en se mordant très fort la lèvre.

— Tu es belle, lui a chuchoté Bella.

Robin a ri tout bas.

— Je peux t'embrasser ?

Bella a tendu son bras libre et l'a passé autour de sa mère, et je les ai vus se retirer peu à peu du reste du monde, tous les trois, réunis dans une étreinte qui leur avait été refusée trop longtemps.

Juste au moment où ils se détachaient les uns des autres, un officier de police a passé la tête à l'intérieur du box et a posé son regard sur moi.

— Vous êtes prête, madame ?

Je me suis levée et j'ai tiré la bride de mon sac mouillé sur une épaule.

— Je vous suis.

Le policier s'est tourné vers Travis.

— L'interne a dit que vous étiez en état de sortir.

Travis a hoché la tête.

— Oui, je sais. J'attends juste que vous autres, vous m'emmeniez pour…

L'officier lui a jeté un regard indéchiffrable.

— Comme je viens de vous le dire, vous avez votre bon de sortie.

Travis a ouvert la bouche pour répondre mais Robin a pressé un doigt sur ses lèvres.

— Ne discute pas, lui a-t-elle dit doucement.

Quelqu'un, quelque part, avait fait jouer ses relations, apparemment. Et je m'en réjouissais. J'ai pris congé et j'ai suivi l'officier de police jusqu'à sa voiture de patrouille. La nuit était encore sombre et j'ai regardé ma montre lorsque nous sommes passés sous un lampadaire. Michael ne serait pas là avant au moins une heure. J'ai revu la chambre 333, celle qui nous avait paru tellement magique lorsque nous y avions séjourné au tout début de notre mariage, du temps où nos vies étaient remplies d'espoir. J'éprouvais une certaine nervosité à présent à l'idée qu'une remarque de Michael pourrait déclencher chez moi une réaction défensive. A l'idée que je n'en avais pas encore tout à fait fini avec ma colère et qu'il n'en avait pas fini de son côté avec son irritation face à mon besoin de parler tout le temps de notre fille. Mais quelque chose me disait que ces retrouvailles, cette nuit, marqueraient un premier pas pour chacun de nous deux. Il nous faudrait évaluer ensuite quelle distance nous étions disposés à parcourir l'un et l'autre.

Peut-être, j'ai bien dit peut-être, la chambre 333 retrouverait-elle sa magie cette nuit.

Epilogue

Travis
Une année plus tard

Je suis ravi de vivre une vie normale — vous savez, le genre de vie où il ne se passe rien de franchement spectaculaire. Vous faites juste partie d'une petite famille : père, mère, enfant. Vous avez un toit au-dessus de votre tête et de la nourriture sur votre table. Et votre plus grave problème du moment est d'avoir à décider si votre fille de cinq ans fera encore une année de maternelle ou si elle entrera au CP avec un peu d'avance. Robin et moi avons choisi la première solution. Bella n'a passé en tout et pour tout que six mois en maternelle. Et même si son institutrice juge qu'elle se débrouille vraiment très bien, une année de plus lui permettra d'être brillante en primaire. Alors nous avons tranché en faveur de l'année supplémentaire pour la laisser être au top. Voilà pourquoi, aujourd'hui, ma fille est assise sur le siège arrière de Moby Dick, à balancer les jambes et à mettre des coups de pied dans mon dossier. Je vais la déposer à l'école. C'est mon tour, ce matin.

En sortant du parking de notre immeuble de Brier Creek, je proteste en riant :

— Tu me cognes le dos avec tes pieds, Bell.

— C'est pas ma faute, papa ! Je suis trop excitée !

— Du calme, jeune fille. N'oublie pas que c'est juste la répétition générale, aujourd'hui.

Je ne suis pas certain que Bella fasse vraiment la différence entre la générale et la représentation officielle que sa classe donnera demain.

— Je sais ! Et demain, toi et maman, vous venez voir mon pestacle !

— Bien sûr qu'on va venir te voir, Bell.

Robin devra faire sauter un de ses cours mais elle s'arrangera pour le rattraper. Elle trouve qu'elle a déjà manqué tant d'étapes cruciales de la vie de Bella qu'elle veut partager à présent chaque moment fort de son existence.

— Et tu sais qui d'autre va venir à ton spectacle ?
— Qui ? Qui ?
— Erin et Michael.

Bella bat des mains.

— Et le bébé aussi ?

— Il est encore dans le ventre d'Erin, ma puce. Il sera là dans quelques mois.

En fait, quand le bébé de Michael et d'Erin sera né, nous aurons déménagé à Wilmington, tout près de Carolina Beach, où nous vivions avant.

C'est drôle, au fond, comme les choses se sont passées. Nous nous sommes tous décalés d'une case, comme des pièces d'un jeu d'échecs. Après les événements de Beaufort, Erin est retournée vivre avec Michael, dans leur maison. Mais son bail courait encore pour plusieurs mois et elle a insisté pour que je m'installe dans son appartement de Brier Creek avec Bella, le temps que je m'organise et que je reprenne ma vie en main. Robin, elle, est restée à Beaufort dans un premier temps pour jouer son rôle de fiancée modèle du candidat à la mairie — à présent élu — puis elle a mis toute la ville sens dessus dessous en se « dégonflant » juste la veille du mariage. Elle a assumé tous les torts et déclaré que le problème venait d'elle et uniquement d'elle.

« Je me suis soudain sentie affreusement jeune et immature, a-t-elle "avoué" aux journalistes. Dale est quelqu'un de merveilleux et j'ai eu peur de me précipiter dans quelque chose que je pourrais regretter par la suite. J'ai pensé que ce serait injuste pour lui. »

Elle a disparu de Beaufort et changé si vite son nom pour prendre celui de Brown que personne n'a réussi à retrouver sa piste. Pas encore, en tout cas. En s'évanouissant mystérieusement de la scène, elle a pris rang parmi les légendes de la ville, à côté de la fille enterrée dans un tonneau de rhum et de Barbe-Noire le pirate. La famille Hendricks — à l'exception d'Alissa — l'a vue partir avec soulagement, rassurée qu'elle emporte dans sa fuite les secrets qu'elle détient à leur sujet. Je sais qu'Alissa et Hannah manquent beaucoup à Robin, mais la rupture franche était la seule solution viable. Je fais de mon mieux pour que Robin ne regrette pas trop la vie à laquelle elle a renoncé.

Nous avons eu des hauts et des bas, au cours de l'année écoulée, Robin et moi. Finalement, son père ne s'était pas complètement trompé en voyant un obstacle dans nos différences de milieu social. Il faut dire que, en plus de l'écart initial, Robin a passé deux ans entre les griffes des Hendricks. A côté d'elle, il m'arrive par moments de me sentir un peu brut de décoffrage. Même si elle, jamais, ne me traite de haut — elle aimerait juste que j'arrête de dire « Hé, mec ! » pour appeler quelqu'un. Mais la plupart du temps, nous nous entendons super-bien.

— Toi aussi, tu vas à la maternelle, aujourd'hui, papa ? me demande Bella alors que je me gare devant son école.

Je me mets à rire.

— A l'université, Bell.

Je la soupçonne presque de faire la faute exprès, car elle me voit craquer chaque fois qu'elle me pose cette question. Il faut dire qu'elle est si mignonne, notre fille.

— Oui, j'ai des cours, plus tard dans la journée. Donc je vais travailler dur, comme toi.

Je lui tends la boîte où j'ai mis son déjeuner et j'exige un baiser qu'elle oublie de me donner, ces derniers temps, tellement elle a hâte de retrouver ses copains de classe.

— A tout à l'heure, ma petite grenouille. Amuse-toi bien.

Je la suis des yeux alors qu'elle s'élance vers sa maîtresse qui m'adresse un signe de la main sur le pas de la porte. Son institutrice de l'année dernière nous avait confié qu'elle dessinait beaucoup de pistolets, ce qui m'a pas mal préoccupé pendant un temps. Mais cette année elle est de nouveau à fond dans les princesses et les animaux. Ma fille est merveilleuse et c'est un vrai modèle de résilience.

En tournant à droite après l'école, je souris encore en songeant à la réflexion de Bella sur mes cours en maternelle. Robin et moi, nous avons repris nos études l'un et l'autre. Et j'ai un emploi à mi-temps. Robin étudie ici même, à Raleigh. Alors que j'ai choisi de suivre un enseignement à distance avec le Cape Fear Community College, pour passer déjà quelques unités avant notre déménagement à Wilmington. Là, je m'inscrirai directement pour me former à la biologie marine. Cela fait un moment maintenant que j'ai perdu l'habitude du travail scolaire. Mais à vingt-trois ans, je me sens plus mûr pour étudier qu'à dix-sept. Et je m'en sors finalement plutôt bien.

Au début, je refusais d'accepter que mes droits d'inscription à l'université soient payés avec l'argent que Robin a hérité de son père. Je ne voulais rien devoir à cet homme. Mais Robin m'a convaincu que j'avais tort de me braquer ainsi par fierté. Son père, disait-elle, aurait certainement voulu que sa petite-fille soit élevée par deux parents ayant l'un et l'autre un bon niveau d'études. Elle a sans doute raison sur ce point. Mais s'il y a une chose que je sais avec certitude, c'est que, vivant, il aurait lutté avec toute son énergie pour que je ne devienne jamais le mari de sa fille. Cela dit, maintenant que j'ai surmonté l'humiliation de dépendre de l'argent de mon vieil ennemi pour étudier, il m'arrive de tirer une sorte de plaisir pervers de la situation. Jamais je ne confierais cela à Robin, mais il ne me déplaît pas de penser que le vieux doit s'en retourner de temps en temps dans sa tombe.

Je me gare à côté du Coup d'Envoi et j'entre par-derrière pour rejoindre Nando, déjà occupé à disposer les pâtisseries dans la vitrine de verre.

403

— Ah te voilà, Trav. Ça va, mon pote ?

Il me lance mon tablier bleu par-dessus le comptoir. Je l'enfile et l'attache en passant derrière le bar. Chaque fois, cela me rappelle le jour où je suis sorti de ce café en courant comme un dingue, persuadé que je n'y remettrais plus les pieds de ma vie. Résultat : j'y suis presque tous les jours à préparer des cafés, des cappuccinos et des mélanges bavarois au chocolat et aux cacahuètes grillées. J'essaie de ne pas me demander si j'aurais pu décrocher ce même emploi il y a un an. Pendant que je courais partout pour trouver du travail dans le bâtiment, aurais-je pu gagner de quoi survivre à quelques mètres de l'endroit où je m'asseyais tous les matins avec Bella ? Peut-être. Mais Robin et moi serions encore séparés. Et cela, je refuse de l'imaginer. Qui aurait pu penser que le pire cauchemar de ma vie accoucherait ainsi d'un grand bonheur ?

Un homme encore jeune entre dans le *coffee shop* avec deux petites filles, âgées d'environ quatre et cinq ans. Ce n'est pas la première fois que je le vois et j'aime bien la façon dont il se comporte avec ses gamines. Il les aide à passer commande, les encourage à dire « s'il vous plaît » lorsqu'elles demandent un muffin. Chaque fois, je le regarde dans les yeux et j'essaie de deviner ce qui se passe dans sa vie. Il doit probablement me trouver un peu bizarre. Mais j'ai appris que les apparences d'une personne ne disent pas tout de ce qui se passe en elle. On peut voir le visage d'un homme, sans pour autant percevoir les démons qui le hantent.

Je lui prépare son café puis je sors deux muffins de la vitrine et les glisse chacun dans un sachet individuel. Cela me fait penser aux biscuits et aux raisins que j'ai ajoutés au déjeuner que Bella a emporté à l'école ce matin. « Tu es la crème des pères », a murmuré Robin alors que je glissais une brique de jus d'orange dans le sac à dos de notre fille.

Comment elle peut affirmer cela après ce que j'ai fait endurer à Bella, je n'en ai aucune idée. Mais j'ai appris à ne plus discuter.

Je tends le café au père et un muffin à chacune des

petites filles et je les regarde se diriger vers le canapé que je squattais tous les matins avec Bella. L'homme déballe le petit cake pour la plus jeune. En le regardant faire, je m'interroge. Sera-t-il un jour mis à l'épreuve comme je l'ai été ? Et si c'est le cas, fera-t-il de meilleurs choix que les miens ? J'ai tendance à penser que oui, mais j'ai renoncé à me culpabiliser et à m'autoflageller à longueur de temps. Je préfère me focaliser sur la vie géniale que j'ai maintenant.

Donc, pour l'instant, je suis étudiant et serveur à mi-temps. Un jour, avec un peu de chance et beaucoup de travail, j'obtiendrai mon diplôme en biologie marine. Mais aujourd'hui, tout ce qui m'intéresse vraiment, c'est d'être un bon père.

REMERCIEMENTS

Tant de gens ont apporté leur contribution à ce livre tout au long du périple qui a conduit à sa publication. Comme toujours, je suis reconnaissante à mes collègues écrivains et amies chères de mon groupe d'écriture, les « Weymouth Seven » : Mary Kay Andrews, Margaret Maron, Katy Munger, Sarah Shaber, Alexandra Sokoloff et Brenda Witchger. Je ne sais pas ce que je ferais sans votre amitié et votre talent pour le brainstorming.

Merci à mon agent, Susan Ginsburg, qui assure tout simplement sur tous les plans, et à son assistante, Stacy Testa, qui partage l'attitude positive de Susan et dont les mails éclairent toujours mes journées.

Ma brillante éditrice et femme de lettres, Miranda Indrigo, qui a juste à jeter un coup d'œil sur un manuscrit pour repérer aussitôt ce qui fonctionne et ce qui ne fonctionne pas. Merci d'avoir tiré le meilleur de mes romans, Miranda. Je suis aussi reconnaissante à toute l'équipe qui apporte son aide en coulisses : Michelle Renaud, Melanie Dulos, Emily Ohanjanians, Maureen Stead, Stacy Widdrington, Ana Luxton, Diane Mosher, Alana Burke, Katharine Fournier, Katherine Orr, Craig Swinhood, Loriana Sacilotto et Margaret Marbury. Au sein de l'équipe britannique, j'ai une gratitude particulière pour Kimberley Young, Jenny Hutton et les autres qui ont travaillé tellement dur pour que le lectorat du Royaume-Uni et du Commonwealth réserve un bon accueil à mes livres.

Mes assistantes à divers stades de la rédaction — Denise Gibbs, Eleanor Smith et Lindsey LeBret — toujours à la recherche de sources pour mes recherches, qui faisaient tourner mon bureau et m'aidaient à peaufiner ma présence sur internet. Merci à vous trois.

D'autres ont su m'offrir leurs suggestions lorsque je me

débattais avec des éléments de l'intrigue. Ou se charger de dégoter des informations indispensables qui me manquaient. Merci à, entre autres, Jessica Tocco, Jennifer Thompson, Julie Kibler, Sylvia Gum et Deborah Dunn. Kelly English s'est trouvée forcée de m'écouter parler de mon histoire trois jours durant alors que nous étions clouées ensemble par une tempête sur Topsail Island. Merci à la fois pour ta tolérance et pour tes idées, Kelly !

Merci à mon amie sur Facebook, Colleen Albert, pour avoir improvisé le nom du *coffee shop* : le Coup d'Envoi. Kelli Creelman des Rocking Chair Books a bien voulu partager avec moi les récits d'une enfance vécue à Beaufort, en Caroline du Nord. Et Dave DuBuisson, propriétaire du Pecan Tree Inn Bed and breakfast à Beaufort m'a enseigné quelques rudiments sur l'art de tenir des chambres d'hôtes.

Deux petits bouts de trois et quatre ans m'ont été immensément utiles pour la création de Bella. Merci à vous, Claire et Garrett, ainsi qu'à vos mères, mes filles adoptives Caitlin Campbell et Brittany Walls.

Et, comme toujours, merci, John Pagliuca, d'être mon premier lecteur, as du brainstorming, photographe à domicile et gourou informatique, et de m'apporter ton soutien indéfectible et ta foi en moi.

CHEZ MOSAÏC POCHE

Par ordre alphabétique d'auteur

DIANE CHAMBERLAIN	*Une vie plus belle*
SYLVIA DAY	*Afterburn/Aftershock*
KRISTAN HIGGINS	*L'Amour et tout ce qui va avec*
	Tout sauf le grand Amour
	Trop beau pour être vrai
	Amis et RIEN de plus
LISA JACKSON	*Ce que cachent les murs*
	Le couvent des ombres
	Passé à vif
	De glace et de ténèbres
ANNE O'BRIEN	*Le lys et le léopard*
TIFFANY REISZ	*Sans limites*
	Sans remords
EMILIE RICHARDS	*Le bleu de l'été*
	Le parfum du thé glacé
	La saison des fleurs sauvages
NORA ROBERTS	*Par une nuit d'hiver*
	La saga des O'Hurley
	La fierté des O'Hurley
ROSEMARY ROGERS	*Un palais sous la neige*
	L'intrigante
	Une passion russe
	La belle du Mississippi
	Retour dans le Mississippi
KAREN ROSE	*Le silence de la peur*
	Elles étaient jeunes et belles
	Les roses écarlates
	Dors bien cette nuit
	Le lys rouge

La plupart de ces titres sont disponibles en numérique.

Composé et édité par HARLEQUIN

Achevé d'imprimer en France
par CPI
en janvier 2016

Dépôt légal en juin 2015
N° d'impression : 132021

Pour l'édition, le principe est d'utiliser des papiers
composés de fibres naturelles, renouvelables, recyclables
et fabriquées à partir de bois issus de forêts qui adoptent
un système d'aménagement durable. En outre, Harlequin
attend de ses fournisseurs de papier qu'ils s'inscrivent dans
une démarche de certification environnementale reconnue.

Composé et édité par HARLEQUIN

Achevé d'imprimer en France
par CPI
en janvier 2016

Dépôt légal en juin 2015
N° d'impression : 133071

Pour l'éditeur, le principe est d'utiliser des papiers
composés de fibres naturelles, renouvelables, recyclables,
et fabriquées à partir de bois issus de forêts qui adoptent
un système d'aménagement durable. En outre, l'éditeur attend
de ses fournisseurs de papier qu'ils s'inscrivent dans
une démarche de certification environnementale reconnue.